C000142655

COLLECTION
FOLIO CLASSIQUE

Honoré de Balzac

Modeste Mignon

*Édition présentée,
établie et annotée
par Anne-Marie Meininger.*

Gallimard

© *Éditions Gallimard, 1982.*

ISBN : 2-07-037360-6

PRÉFACE

*Ne vous fiez pas au nom. L'« Immodeste », dit Canalis ;
il n'a pas tort. Et, sans oublier : « Pourrez-vous voir et lire
ce mot Mignon sans un sourire ? », écrit par Balzac à
Mme Hanska, Mignon, nom historique français, nom littéraire allemand et lié à Goethe très présent dans l'œuvre,
convient à l'héroïne mi-allemande, mi-française. Quant au
récit de son histoire, Gide l'estimait « un des meilleurs » de
Balzac. Peu, en tout cas, procédèrent de faits et de
personnages réels aussi repérables et, pour les principaux,
hors du commun.*

*Balzac n'aurait pu écrire Modeste Mignon s'il n'était allé
séjourner à Saint-Petersbourg, pendant l'été de 1843,
auprès de Mme Hanska, enfin veuve. Onze ans plus tôt, leur
roman commençait par une lettre de la Polonaise, comme le
roman de Modeste, comme tant de romans de femmes et
d'écrivains. Le hasard voulut que, durant ce séjour, fût
publiée la traduction en français de la Correspondance
inédite de Goethe et de Mme Bettina d'Arnim. Mme Hanska
l'acheta, Balzac l'emprunta ; d'où réflexions, débats et,
finalement, un article qui éclaire certaine courbure donnée
ensuite au roman[1]. Allemagne, Pologne, Russie : plus
l'Europe allait vers l'Est, plus fleurissaient l'épitromanie et
la graphomanie de ses femmes, trop désœuvrées dans leur*

---

1. Voir *Goethe et Bettina*, dans les Documents.

*vide citadin, trop isolées dans leurs immenses terres, qui
meublaient leur solitude par de fluviales correspondances, si
possible prestigieuses, et par leurs fameux albums, raillés
par Griboïedov, par Pouchkine, où elles recopiaient intermi-
nablement vers, proses et lettres. Mme Hanska ne faillit pas à
la règle. Outre sa correspondance avec Balzac, en témoignent, conservés à la Bibliothèque Lovenjoul, son Journal,
quantité d'albums, et toutes les lettres reçues ou communi-
quées, gardées ou recopiées : une malle aux trésors, déjà
existante en 1843, et évidemment fouillée alors de fond en
comble par Balzac.*

*Rentré de Russie très atteint de n'avoir pu décider la
comtesse à l'épouser, frappé d'une « arachnitis » (inflam-
mation d'une méninge) qui le rend incapable de travailler,
Balzac multiplie, comme toujours en pareil cas, les projets.
Surtout des projets de nouvelles qui comptent dans l'élabora-
tion de l'œuvre future, comme* Ce que veulent les femmes,
Le Programme d'une jeune veuve, *annoncé plusieurs fois
en décembre, et* Un grand artiste : *« le Tartufe moderne,
arrivant sans fortune dans une famille, et y jouant tous les
rôles et comédies nécessaires pour épouser une héritière. »
Éclos le 17 décembre, ce sujet devient peu à peu un roman :*
Les Petits Bourgeois. *« C'est grand, c'est à effrayer »,
constate bientôt Balzac. Il s'effraie réellement, pour des
raisons physiques et psychologiques, et abandonne vers la
fin de janvier 1844. Provisoirement, croit-il ; l'arrêt sera
définitif. Or, il doit publier ce roman dans les Débats qui
l'annoncent. En proie à de violents maux de tête, de
nouveau incapable d'écrire, Balzac passe février dans le
désarroi.*

*Un second hasard veut que Mme Hanska lui écrive alors
le sujet d'une nouvelle qu'elle a composée et brûlée. Flatteur
et en panne, Balzac lui demande par retour du courrier, le
1er mars, de la réécrire et, pour l'utiliser, lui donne ses
instructions : peindre « une jeune fille exaltée, romanesque » en province, et « un poète à Paris. L'ami du poète,
qui continuera la correspondance, doit être un de ces
hommes d'esprit qui se font les caudataires d'une gloire,*

*c'est une jolie peinture que celle de ces servants-cavaliers,
qui soignent les journaux, font les courses, etc. Le dénouement doit être en faveur de ce jeune homme, contre le grand
poète, montrer les manies et les aspérités d'une grande âme,
qui effraye les petites.* » Puis, Balzac retombe dans le
marasme, repense au Programme d'une jeune veuve. *Tout
à coup, le 16 mars :* « *Je suis au 50ᵉ feuillet de* Modeste
Mignon, *le sujet venu du 60ᵉ degré.* » D'accès créateurs en
rechutes, en passant par une jaunisse, maladie particulièrement éprouvante, Balzac et son œuvre subiront bien des à-
coups avant le point final du 19 juillet. Et pour finir dans ce
délai, le romancier malade de corps, de cœur et d'esprit, dut
manier aux moindres frais ses matériaux.

Le sujet vint du 60ᵉ degré, cela est vrai, mais plus de la
malle aux trésors qu'inspiré par Mᵐᵉ Hanska en personne,
quoi qu'on en ait écrit, et qui est trop connu pour ne pas
privilégier ici le méconnu, l'inconnu, et pourtant l'essentiel.
Sans doute, comme Modeste, Mᵐᵉ Hanska avait-elle écrit la
première, sous l'anonyme, par le canal d'un éditeur. Mais,
détails négligés, cette première lettre était datée d'Odessa,
un port, comme *Le Havre* ; et ce n'est pas Balzac qui
« continua la correspondance » : il eut ensuite à s'expliquer
sur ses « deux écritures [2] ». Mᵐᵉ Hanska était amateur
d'autographes, pas de facéties : la réponse qui n'était pas de
l'écriture de Balzac a donc disparu, avec la possibilité
d'identifier son auteur. Or, le plus vraisemblable proche que
Balzac ait pu charger de répondre à sa place, par jeu mais
dans le ton, ne fut-il pas Borget, séjournant avec lui à la
Poudrière des Carraud où cette réponse fut écrite ? Ce « bon
Borget », pendant la période même des premiers mois du
réel roman épistolaire, ne s'institua-t-il pas volontairement
en très exact La Brière de Balzac, l'ami-secrétaire qui fait
les courses, les affaires, traite pour son grand homme ? Il
suffit de comparer les notations sur La Brière et les passages
sur Borget de la correspondance entre Balzac et Zulma
Carraud pour être éclairé.

2. *Lettres à Mᵐᵉ Hanska*, I, 12, 26, 32.

En corollaire, Canalis représenterait un cas de plus des usages sans complaisance que Balzac fit de l'auto-observation (voir la note 140). Il est vrai que, de l'idée initiale au point final, le poète de Paris subit de durs changements. Sa « grande âme », qu'en reste-t-il ? Son « génie » devient talent, d' « étoile de la pléiade moderne » il tombe au « Dorat de sacristie » (note 51). Et Balzac lui inflige, in extremis (note 54), un sérieux fil à la patte, la duchesse de Chaulieu, sans lequel il aurait toutes les peines du monde à décourager Modeste. Car ce composé de Lamartine à hautes doses, de Hugo dont il porte, au départ, les prénoms (note 45), de Vigny « fier de sa noblesse autant que de son talent », de Balzac, n'est tout de même pas n'importe qui. Ses ambitions politiques sont celles de Lamartine, de Hugo, de Balzac. Et, preuve incontestable de sa supériorité pour qui connaît l'ampleur de la réflexion inspirée à Balzac par Napoléon, c'est Canalis qui, dans toute La Comédie humaine, *parle le plus et le mieux de Napoléon, notamment dans* Modeste Mignon. *Mais, en outre, il y eut Liszt.*

Première différence et de taille entre Modeste Mignon *et la comtesse Éveline Rzewuska, veuve Hanska, cette dernière n'était pas exactement une jeune fille, et moins encore la créature blonde, svelte, « sublime de naïveté froide, de virginité contenue », vivant dans la plus profonde retraite « la vie du Monde Spirituel ». « Mme Hanska est une personne pleine de connaissances qui court après tous les gens célèbres par leur esprit », notait un de ses compatriotes[3]. Juste avant l'arrivée de Balzac à Saint-Petersbourg, elle venait de faire un bout de chemin avec Liszt. La rencontre avec cette « gloire », cet « être phénoménal » la laisse « doublement troublée » et son départ, avec « je l'avoue, un certain vide dans l'âme ». Son* Journal[4] *le révélera au romancier, et Canalis héritera des humeurs provoquées par Liszt, figurant du « programme d'une jeune*

---

3. Cité par Sophie de Korwin-Piotrowska, *Balzac et le monde slave*, p. 80.

4. Publié par André Lorant, *L'Année balzacienne 1962*, pp. 20-27.

veuve ». L'évident dérivé du sujet qui porte ce titre, « le programme d'une jeune fille », constitue la troisième partie de *Modeste Mignon. Balzac* y use pour Canalis pratiquement des termes mêmes appliqués dans ses lettres à Mme Hanska au Liszt qu'il revoit à Paris au moment où il rédige cette partie : ce « saltimbanque » (note 141) qui « est déjà comme une vieille coquette, à qui l'applaudissement est indispensable », « on l'a gâté » et, après avoir « joué la comédie du sentiment » à qui vous savez, il a sa duchesse de Chaulieu : il « est comme le maître chez la princesse B[elgiojoso] [5] ». Jusqu'à la scène d'ivresse, qui sert à la déconfiture de Canalis, vint directement et immédiatement du Liszt décrit le 23 juin, impudent sur certain chapitre à cause du « vin de Champagne dont il a bu avec une abondance effrayante ».

Du même Journal, du même programme, Balzac dut aussi retenir le suranné « Mr. de Balk [6] », adorateur platonique de Mme Hanska, dont les déclarations jointes au complaisant étalage de sa propre conduite d' « ange consolateur » occupent assez de pages pour en extraire un duc d'Hérouville. Mais Modeste, non. Celle-ci était d'une autre trempe.

« On trouve Modeste trop instruite et trop spirituelle ; mais votre cousine Caliste et vous de qui j'ai fait mes modèles, sont supérieures à elle », écrit Balzac à Mme Hanska le 31 juillet 1844, et, le 7 août : « Avez-vous dit à la tante Ros[alie] que M[odeste] M[ignon] est fait[e], à une distance énorme, sur Calyste. »

Balzac a très rarement donné ses clefs. Il est donc singulier que, dans le cas de Modeste, la bonne n'ait pas été utilisée. Indirectement entrevue à travers son biographe Kosmian, décrétée bas-bleu, Caliste se réduit à la mention des deux phrases de Balzac dans l'exégèse de *Modeste Mignon. Vierges* de tout examen, les papiers de Mme Hanska antérieurs à 1843 offraient pourtant une vue directe sur

5. *Lettres à Mme Hanska*, II, 447, 457.
6. *Lettres à Mme Hanska*, II, 123 et n. 4.

Caliste, la vue même que Balzac put prendre, aussi exceptionnelle que l'était pour ses exégètes la chance de pouvoir comparer réalités et création. Non seulement Caliste Rzewuska et Modeste Mignon, mais, les unes n'allant pas sans les autres, leurs entourages, leurs familles. Tous « apparaissent à leur tour, à peine déformés », notait Sophie de Korwin-Piotrowska[7], dans le roman qui pour elle représentait « le plus pur climat rzewuskien qu'il est possible de rêver. »

Mais la démonstration restait à faire, et les faits relatifs à de tels personnages entravent fort la réduction des uns et des autres à l'essentiel : avant Charles Mignon, sa femme Bettina, et leurs filles Marie-Modeste et Bettina-Caroline, il y eut Wenceslas Rzewuski (cousin du père de Mme Hanska), sa femme Rosalie, Caliste et Caroline Rzewuska.

Charles Mignon est comte, Wenceslas Rzewuski aussi. « Par ma mère », écrit Modeste, « je tiens à toutes les pages de l'almanach de Gotha », réservé, on le sait, aux familles régnantes et princières : la mère de Caliste était née princesse Lubomirska. Les Mignon ont eu quatre enfants, les Rzewuski aussi. Les Mignon ont perdu deux enfants, deux fils précisait le manuscrit (note 20), puis, un ou deux ans avant le début de l'action, une fille. En 1843, la comtesse Rosalie, qui avait déjà perdu deux fils, avait perdu une fille un an avant le séjour de Balzac à Saint-Petersbourg. C'est cette mort que retient le romancier ; les autres, indiquées par nécessité interne, pour les blessures infligées à la mère, sont réduites à l'inaction romanesque par le fait qu'il s'agit d'enfants. Les fils de Rosalie, il est vrai, auraient mérité chacun un roman : Stanislas, l'aîné, avait été candidat au trône de Belgique juste avant de mourir pour la cause nationale polonaise en 1831 ; Witold, le deuxième, avait été tué au Caucase par une belle Circassienne en 1839. Passions et destins bouleversés par les troubles des temps marquèrent la vie des Rzewuski. Celle des Mignon aussi.

Charles Mignon est le fils d'un homme qui, après avoir

7. *Balzac et le monde slave*, p. 375.

*trahi son honneur en pactisant avec les ennemis des siens,
les révolutionnaires, perd la vie. Séverin Rzewuski, le père
de Wenceslas, fut déclaré traître pour son rôle dans la
Confédération de Targowica et se suicida. Et si la Révolution française confisque tous les biens de Charles Mignon,
tous les biens de Wenceslas Rzewuski furent confisqués pour
son rôle dans l'insurrection polonaise contemporaine de
notre révolution de 1830. Mignon est un de ces « aventu-
riers étonnants qui traînent avec eux toute l'odeur de
l'histoire, qui ont traversé toutes les tourmentes et subi le
ressac de chaque tempête », pour Maurice Bardèche, qui
admire l'inventivité déployée par Balzac pour créer ce héros.
À l'inverse de son critique, Balzac n'ignorait pas jusqu'à
l'existence de Wenceslas Rzewuski, gravée dans la mémoire
de la Pologne pour ses aventures exceptionnelles et comme
héros de son histoire.*

*Charles Mignon disparaît deux fois après son mariage :
lors des dernières convulsions de l'Empire en combattant les
Russes, puis, vers la fin de la Restauration, pour refaire sa
fortune, en Asie Mineure. Un détail : Balzac l'embarque sur
un bateau « partant pour Constantinople », ce qui, du
Havre, était rigoureusement invraisemblable. La réalité
piège ici le romancier qui en joue par simple chassé-croisé.
Wenceslas Rzewuski avait, en effet, disparu deux fois après
son mariage : d'abord en Asie Mineure, puis en combattant
les Russes. Farouche partisan de la liberté, il partit pour
l'Asie Mineure, par Odessa et Constantinople, quand
l'écroulement de l'Empire français eut sonné le glas de
l'indépendance de la Pologne, abandonnée par le congrès de
Vienne au joug de la Russie. Très lié à l'orientaliste
Hammer (auquel Balzac fut présenté à Vienne en 1835 par
Mme Hanska, elle-même introduite auprès du savant par la
comtesse Rosalie, amie de Hammer sa vie durant), Wenceslas Rzewuski avait appris le turc et l'arabe, étudié l'Asie
Mineure où il partit, sinon pour y commercer comme Charles
Mignon, pour y mettre en œuvre l'exploitation des mines
d'Orient à laquelle il avait consacré un travail publié à
Vienne de 1809 à 1813. Ses aventures devaient largement*

dépasser ce cadre. Il n'alla pas en Chine trafiquer sur l'opium. Mais, sous le couvert d'un trafic de chevaux arabes, chargé de missions secrètes qui font de lui un Lawrence polonais, il chevaucha « d'Alep à Bagdad, de Damas à La Mecque, du Liban à Palmyre et à Baalbeck [...] escorté de ses Bédouins[8] ». *Sa valeur lui valut en Orient le titre d'Émir et le nom d'*Émir-Tadz-el-Faher-abd-el-Nisham. *C'est sous le nom de l'Émir, notait S. de Korwin-Piotrowska, « qu'il nous est le plus familier en Pologne », et sous ce nom qu'il passa à la postérité, même celle de Pierre Larousse. Or, dans le* Catalogue des ouvrages que contiendra la Comédie humaine, *établi pour 1845, Balzac inscrivait dans les* Scènes de la vie militaire *le numéro et le titre d'un projet : « 98. L'Émir. »*

Ancien capitaine de cavalerie, Wenceslas Rzewuski vécut à cheval, avec ses Bédouins, toute son aventure orientale, puis c'est avec « une troupe de cosaques qui remplaçaient les fils du désert[9] » *qu'il vécut à son retour en Pologne. Officier de cavalerie, resté cavalier émérite et pratiquant au point de traiter à cheval aussi bien ses affaires que le mariage de sa fille, Charles Mignon revient de ses aventures en Asie avec une troupe de fidèles nègres, mulâtres et mulâtresse.*

*Pendant la disparition vers l'Orient de « celui dont la vie aventureuse devait certainement défrayer les conversations de la famille », et marquer la mémoire de « sa jeune cousine Éveline » — la future M*me *Hanska —, comment la comtesse Rosalie, qui ignore si son mari reviendra jamais, « comment une fillette sensible, comme l'était Calixte Rzewuska, n'auraient-elles pas parlé de l'absent*[10] » ? *Balzac s'attache à dire la vie de Bettina et de Modeste, vouée à l'absent, qu'elles évoquent inlassablement « sans rien savoir d'une destinée en apparence aussi périlleuse, aussi aventureuse que l'exil en Sibérie ». Comme Bettina, la*

8. *Balzac et le monde slave*, pp. 47-48.
9. *Balzac et le monde slave*, p. 49.
10. *Balzac et le monde slave*, p. 47.

comtesse Rosalie subit deux fois la torture de l'incertitude. Irréductible patriote, son mari fomentait « un soulèvement général des cosaques contre la Russie [...] pour le combiner avec le mouvement patriotique en Pologne [...] Au soulève-ment de 1830, il fut un des premiers à prendre les armes. Après la bataille de Daszów, il disparut, et toutes sortes de bruits coururent sur cette disparition [11]. » Fut-il tué dans les forêts où les Russes traquaient les insurgés ? Fut-il pris et traîné avec tant d'autres Polonais en Sibérie ? Son corps ne fut jamais retrouvé. Longtemps sa femme, sa fille purent espérer. « Longtemps les paysans de Podolie, parmi lesquels il jouissait d'une grande popularité, ne voulurent pas croire à sa mort [12]. »

La beauté même de Charles Mignon et de Bettina est celle de Wenceslas Rzewuski et de sa femme, le contraste entre l'Antinoüs brun et l'Ève au blond d'or pâle ; et l'opposition du tempérament méridional de Charles avec celui de Bettina, fille du Nord, reproduit l'opposition notée entre Rosalie et Wenceslas : « aussi impétueux, bouillant, impul-sif, qu'elle était raisonnable et réfléchie [13]. » La froideur de la comtesse Rosalie, toute d'apparence, se trouve démentie par le témoignage de ses intimes et par ses lettres. Dès 1835, l'une d'elles pouvait l'apprendre à Balzac lors de son séjour à Vienne auprès de Mme Hanska, à laquelle Rosalie écrivait alors : « Je me suis jetée dans le café noir, cela me tient éveillée et cela prolonge d'assez tristes rêveries qui parfois viennent déranger ma philosophie [14]. » Le renom de la comtesse à Vienne dut attirer l'attention de Balzac sur elle dès ce séjour avant le décisif hasard qui, en 1843, le mit à portée du dernier coup d'une vie exceptionnellement drama-tique.

« La vie réelle est trop dramatique ou pas assez souvent

---

11. *Balzac et le monde slave*, p. 49.
12. Pierre Larousse, *Grand Dictionnaire Universel du XIXᵉ siècle*, article Rzewuski (Venceslas).
13. *Balzac et le monde slave*, p. 46.
14. Lov. A 385 bis, fᵒˢ 171 vᵒ-172. Toutes ses lettres sont en français.

littéraire [15]. » *Orpheline de mère, une des beautés de
Francfort, Bettina perd deux enfants, son mari, le retrouve,
règne sur Le Havre, perd de nouveau son mari et une fille.
Faute de pouvoir rendre littéraire la vie de la comtesse
Rzewuska, Balzac la réduit à ce passé; Bettina est à peu
près sans rôle dans l'action. Mais Modeste est « tout le
portrait » de sa mère. Caliste est toujours dépeinte par
rapport à sa mère, à qui, selon Falloux par exemple, elle
« ressemblait beaucoup avec une dose d'originalité en
plus* [16] ».

Guillotinée par la Révolution française, la mère de
Rosalie avait dû son surnom de Princesse-Printemps à une
splendeur blonde qu'elle transmit à sa fille et à sa petite-
fille. Aux « blondes célestes » que sont Bettina et Modeste.
De Rosalie, « M. de Narbonne dit qu'elle lui donne l'idée
du beau idéal », nota la baronne du Montet [17] qui la connut
à Vienne. Car c'est à Vienne que fut élevée, par son père, la
future Allemande romanesque, à Vienne qu'elle se maria,
comme Bettina à Francfort, et qu'elle « brillait par tant
d'avantages », selon le comte de Montbel, avant qu'elle se
« soit retirée du monde » lors de la première disparition de
son mari. « Je fus frappé de la noblesse et de la beauté de
ses traits », remarquait-il encore, « de sa taille élevée et
cependant pleine de grâce; je le fus bientôt davantage de
son instruction prodigieuse, de son esprit pénétrant, et de
l'élégance de son langage dont le charme est augmenté par
un organe remarquablement mélodieux* [18]. » Modeste, dont
la ligne a une « élégance, comparable à celle d'un jeune
peuplier », était « grande » selon une indication rayée du
manuscrit; sa voix, au « timbre à la fois suave et frais »,
« avait gagné la plus précieuse flexibilité à l'étude de trois
langues ». Cette connaissance des langues, très singulière
chez une héroïne française, était toute naturelle pour des*

---

15. Préface du *Cabinet des Antiques.*
16. *Mémoires d'un royaliste* (Perrin et Cie, 1925), I, 92.
17. *Souvenirs* (Plon-Nourrit, 1904), p. 88.
18. *Souvenirs* (Plon-Nourrit, 1913), pp. 379, 380.

Polonaises pratiquant le français et l'allemand dès l'en-
fance. Modeste « donna pour pâture à son âme les chefs-
d'œuvre modernes des trois littératures anglaise, allemande
et française », « les grands ouvrages du dix-septième et du
dix-huitième siècle », les Fabliaux, Montaigne, Rabelais.
« La comtesse Rzewuska parle remarquablement bien plu-
sieurs langues ; elle possède les grandes littératures de
l'Europe et connaît les auteurs de l'antiquité. Elle n'a
cependant pas de pédanterie » mais une « charmante
mobilité d'esprit » ; quant à Caliste qui, on le sait, parlait
sept langues et qui, selon Montbel, « avait la taille de sa
mère », « on devait lui reconnaître encore plus de moyens et
d'esprit [19] *». La comtesse Rosalie figurait au « premier*
rang », nota Falloux, « de la véritable élite euro-
péenne [20] *». Chopin le savait et, débarquant à Vienne en*
décembre 1830, écrit que sa première visite sera pour « Mme
Rzewuska dont le salon est très fréquenté [...] elle reçoit
entre neuf et dix heures [...] Je dois y faire la con-
naissance de la célèbre Mme Cibini pour qui Moschélès a
écrit sa Sonate à quatre mains [21] *». Un détail : Moschélès*
remplace Liszt dans Modeste Mignon *(note 117). Mais, au*
« premier rang » ou « retirée du monde », la comtesse
Rosalie eut toujours « une conduite irréprochable [...] sous
l'influence de ses principes et de ses habitudes religieu-
ses [22] *». De même, la pieuse Bettina dans la splendeur ou la*
retraite.

De la double célébrité de la comtesse Rosalie, évidem-
ment révélée à Balzac lors de son séjour à Vienne,
Mme Hanska, qui en tirait un lustre certain, se servit pour
faire de son illustre et irréprochable parente un argus du
comportement de Balzac en lui attribuant propos et critiques
dont sa correspondance, en tout cas, ne donne pas de
preuves. Cette correspondance commence en 1835 lors du

---

19. *Souvenirs*, pp. 381-382.
20. *Mémoires d'un royaliste*, I, 92.
21. *Correspondance* (Richard-Massé, 1953), I, 225-226.
22. *Souvenirs* de Montbel, p. 381.

séjour de Mme Hanska à Vienne où, semble-t-il, elles se rencontrèrent pour la première fois. Il est possible que Balzac soit à l'origine de l'attention que la grande dame cosmopolite et cultivée se mit à porter à une parente liée à un écrivain déjà connu alors en Europe. Elle écrit à Mme Hanska que, bien qu'elle préfère les anciens aux « nouveautés du jour » : « je lirai cependant votre ami Balzac pour vous plaire et vous faire honneur[23]. »

Modeste loue souvent la largeur d'esprit de sa mère, son indulgence à l'amour, aux mariages d'amour sans considération d'intérêts. On retrouve ces traits, inouïs pour l'époque et pour le milieu de la grande dame prétendument rigoriste fabriquée par Mme Hanska, chez la comtesse Rosalie. Balzac put s'en convaincre en lisant ses lettres en 1843, notamment sa semonce à Mme Hanska pour la sévérité que cette dernière a témoignée à l'une de ses sœurs : « C'est votre aînée, puis sa conduite ne vous regarde point [...] Je hais la sévérité, les sermons et tout le bagage inutile de la vertu. » Quant aux mariages, tel, qui « charme les uns, fâche les autres », « devrait contenter tout le monde, car c'est l'amour qui l'a arrangé, et l'amour en vérité est une chose fort honorable, quand il ne s'y mêle aucun vil alliage ». Et directement : « vous avez décidé de vous livrer à mille sacrifices pour que votre fille soit un jour l'héritière par excellence ! eh bien, cela lui vaudra 40 maris au lieu d'un, ou du moins autant de brillantes propositions, mais cela lui vaudra-t-il du bonheur ? » Et, de plus : « Je ne saurais me réjouir de ce que vous me dites de votre petite, cet avancement si prodigieux de sa raison [...] faites-la coudre et broder et faire des confitures. » Mère surprenante pour un « bas-bleu ». Mais aussi indulgente, attentive, inquiète que Bettina. De la définition du bonheur, « un intérêt dans le calme », Rosalie écrit : « il n'y a rien d'aussi faux selon moi, et je défie d'avoir un intérêt et d'être calme, on l'est par minutes, par heure, mais cela ne passe point la journée. Voilà ce que j'éprouve pour Caliste. » Que de détails puisés

---

23. Lov. A 385 bis, f° 213.

*dans ses lettres. La vie même menée au Chalet par la mère et
la fille romanesques avec leurs intimes, le whist du soir,
le coucher à dix heures, n'en fut-elle pas tirée ?* « *Je mène
ici une vie assez retirée* », écrit Rosalie, « *nous sommes
ordinairement couchées avant dix heures. J'ai de tems en
tems de mes* amis intimes. » « *Caliste et moi avons pour le
sommeil le culte que d'autres ont pour les cartes, de façon
que lorsque les autres jouent, nous dormons. Cette vie
innocente n'est troublée par aucune passion*[24]. »

« *Cette tranquillité monastique cachait la vie la plus
orageuse, la vie par les idées* », note Balzac en préambule
du portrait intellectuel et moral de Modeste. Ce portrait est
l'un des plus longs de La Comédie humaine et, à bien y
regarder, il cherche à cerner autant qu'à faire admettre, à
force de traits extrêmement travaillés, parfois singuliers,
une personnalité féminine hors du commun. « *Modeste
avait transporté sa vie dans un monde aussi nié de nos jours
que le fut celui de Christophe Colomb au seizième siècle.
Heureusement, elle se taisait, autrement elle eût paru
folle.* » « *Née musicienne* [...] *elle composait* » ; se livrait à
des « *lectures continuelles, à s'en rendre idiote* », « *heureuse d'un chef-d'œuvre à s'en effrayer* » ; ayant « *une
admiration absolue pour le génie* » ; bâtissant des romans
empreints du « *lyrisme intime* » de sa vie intime « *flamboyante* » dont « *aucune lueur n'arrivait à la surface* » ;
donnant « *son immense tendresse dégagée des ennuis de la
passion* » à un « *homme enfin supérieur à la foule des
hommes* », fût-il pauvre ou « *fils d'un pair de France,
jeune homme excentrique, artiste* [qui] *devinait son cœur, et
reconnaissait l'étoile que le génie des Staël avait mise à son
front* » ; douée de « *l'étrange facultée donnée aux imaginations vives* [...] *de se jouer à soi-même la comédie de la vie,
et au besoin celle de la mort* » ; « *elle tint trop souvent la vie
dans le creux de sa main, elle se dit philosophiquement et
avec trop d'amertume, avec trop de sérieux et trop souvent :
Eh bien, après ? pour ne pas plonger jusqu'à la ceinture en ce*

24. Lov. A 385 bis, f°ˢ 212, 186, 174, 191 v°, 195, 183, 213, 221 v°.

profond dégoût dans lequel tombent les hommes de génie » ;
« *Cette satiété jeta cette fille, encore trempée de Grâce
catholique, dans l'amour de Dieu, dans l'infini du ciel.* »

Caliste, écrit sa mère à Mme Hanska en juin 1838, « *est
une chère et précieuse personne qui mériterait tous les biens
de la terre, mais qui leur préfère ceux du ciel ; elle dit* " *fi* "
à beaucoup de choses, je ne crois pas qu'elle ait raison[25] ».
Dans *Béatrix*, commencée la même année, Balzac créera
Camille Maupin, noble fille, écrivain et musicienne qui,
pour Calixte du Guénic, entrera au couvent et, en ceci, était
plus proche de Caliste Rzewuska que de George Sand...
Qu'elle ait été un peu Camille Maupin ou beaucoup la
« fille originale » qu'est Modeste, Caliste devait entrer dans
le monde de Balzac avec sa « dose d'originalité » qui
surprenait tous les Falloux de son milieu autant que celui
des héroïnes romanesques. Musicienne aussi bien qu'écrivain, Caliste « composait de courts romans », des pièces
parmi lesquelles l'une « dont tous les personnages étaient
des éléments chimiques et elle en avait tiré des combinaisons
fort piquantes[26] ». Outre cette comédie, pleine de son
indéniable humour et intitulée Les Empêchements, celle de
l' Histoire du Juste — avec l'Orgueil en Jeune France, la
Colère en vieille cuisinière allemande, l'Envie en vieille fille
vêtue de jaune, l'Imagination en charlatan italien —,
écrites en français, elle écrivit en allemand une étude sur la
musique et, encore en français, un roman, Grâce et
Prédestination que le « Walter Scott de la Pologne », son
cousin Henri Rzewuski, le frère de Mme Hanska, traduisit
en polonais et publia sous son nom[27].

Comment Balzac ne se serait-il pas intéressé à Caliste qui
s'intéressait à lui ? Dès Vienne, un mot d'elle ajouté à la
lettre de sa mère le lui prouvait : « *Adieu. Je n'ai pas le
temps d'être sublime, ni de répandre sur le papier quelques*

25. Lov. A 385 bis, f° 196 v°.
26. *Mémoires d'un royaliste*, I, 92.
27. *Balzac et le monde slave*, pp. 376-381 et *Grand Dictionnaire*,
article Rzewuski (Venceslas).

*étincelles de cette fournaise de rage et d'éloquence qui brûle
en moi, ni de vous inonder des flots de mon soleil. Mais
voici que je balzaquise sans m'en douter*[28]. » Elle témoigna
même à l'égard du « génie » une « admiration » plus
« absolue » et plus en faveur de l'abolition des distances que
Mme Hanska. « Vous savez », écrit sa mère à cette dernière
à propos de Balzac, « qu'il est notre cousin, c'est-à-dire
celui de Caliste et qu'une superbe généalogie Gordon le lui a
prouvé*[29].* »

Enthousiasme, humour, culture, la place tenue dans sa
vie par la musique, la grandeur, la complexité du caractère
de Modeste, jusqu'aux bizarreries, vinrent évidemment des
lettres de Caliste à Mme Hanska. Quelques passages de ces
lettres et une lecture attentive des pages consacrées au
portrait intellectuel et moral de Modeste permettent une rare
expérience d'étude de la création littéraire.

Le 30 octobre 1836 : « Éveline ! oh être trois fois
insupportable ! [...] vous attribuez tout mon enthousiasme à
l'amour [...] Jusques à quand, oh femmes inexplicables !
croirez-vous qu'il n'y a de magie véritable que celle de la
passion ! quand apprendrez-vous à comprendre qu'il est
d'autres idéals sur la terre qu'un frac et des pantalons ! [...]
Avez-vous donc oublié que nous autres musiciens, sommes
les êtres les moins romanesques de la terre*[30]* ! » Le
13 novembre 1837 : « Votre ami Balzac n'écrit-il plus ? Je
vous exhorte à écrire un roman cet hiver, et à me le dédier ;
je viens d'en barbouiller un qui est comme un brouillon, ou
plutôt l'Essence de toute l'histoire de notre épouvantable
famille, et je me ferai un plaisir de vous lire un jour ce noir
produit de ma plume. J'ai pris la liberté de nous trimballer
de Pologne en Italie, et de choisir Naples pour le théâtre de
nos crimes et de nos malheurs. J'ai fait cet été quelques
études de phrénologie, mais le livre de Broussais sur cette
matière est fait pour en dégoûter, car il a un ton si tran-*

28. Lov. A 385 bis, f⁰ 172 v⁰.
29. Lov. A 385 bis, f⁰ 183 v⁰.
30. Lov. A 385 bis, f⁰ 181.

*chant, si mathématiquement despote [...] qu'on est tenté
de tout révoquer en doute [...] Adieu, chère Évelichonne. Je
vous envoie la carte de quelqu'un qui vous est bien cher [?]
Votre autre* feu *amant imaginaire [Thalberg] fait fureur
avec ses arlequinades musicales*[31]. » Le 3 janvier 1838 :
« *chère Évelinette, soumettez votre plume à un frein
d'airain lorsque vous rédigez vos missives [...] Malheur
d'ailleurs au cœur qui ne sait contenir ses impressions [...]
Pourquoi pestez-vous contre le sujet du roman dont je vous
ai parlé ? Oui,* Polydore, *tel est son nom, réunit en lui tous
les crimes petits et grands de notre chère famille, seulement
je les ai groupés autour d'un crime très original de mon
invention, que j'ai garde de vous communiquer, de peur que
vous ne voliez mon idée au profit de Balzac. Je me flatte que
quand vous lirez la chose, quelques gouttes de sueur froide
vous tomberont du front [...] Dans ce moment, je n'écris,
je ne lis, je ne pense rien. Je suis abymée au moral et au
physique ; un triple ennui, une fatigue horrible m'accablent ;
c'est qu'au fond ma poitrine est dans un triste état, et que
cette souffrance affecte mes facultés. Comment songer à la
gaîté lorsqu'on est peut-être en train de s'embarquer pour les
Champs Élysées ! L'hiver me tue, j'ai soif du printemps, des
lilas et des rossignols. Chaque jour me rend plus impropre à
l'atmosphère pourrie des salons. A propos j'ai reçu une lettre
de Fischhof que vous osez mettre au-dessous de Thalberg.
Votre protégé n'est qu'un prestidigitateur sur le piano, et ses
compositions sont glaciales, tandis que l'autre comprend la
Musique comme elle doit l'être, et il est le biographe de
l'immortel Beethoven. Moi, qui suis une âme d'artiste
emprisonnée dans le corps d'une personne du monde,
j'apprécie doublement ceux qui ont su voir en moi l'esprit
créateur à travers la Dame, et c'est ce qu'a vu l'infortuné
que vous accablez de votre dérision [...] Ici, je m'éteins, rien
ne me stimule, et je ne suis pas entourée comme à la maison,
des glorieuses traditions de Gluck, Mozart, Palestrina,
Bach, etc., etc. ! je n'ai pas devant moi le portrait du Géant*

---

31. Lov. A 385 bis, f⁰ˢ 218-219.

de la symphonie, du prodigieux Beethoven ! ! Savez-vous ce que j'étudie à cette heure ? La langue Russe, et si j'avais un maître moins nigaud, je ferais de grands progrès [...] Une langue de plus, est une jambe et un bras de plus, surtout pour quelqu'un qui est cosmopolite et philanthrope[32]. »

Rosalie et Caliste Rzewuska eurent leur Caroline, dont la destinée ne pouvait avoir sur leurs sensibilités d'autre retentissement que celui que la destinée de Caroline Mignon a sur la sensibilité de sa mère et de sa jeune sœur. Si Caroline Rzewuska était seulement la cousine de Caliste, cette dernière la considérait comme sa sœur aînée : Caroline fut, en effet, élevée par Rosalie dont elle était la « pupille[33] ». Au moment même où il écrit l'histoire de Bettina-Caroline Mignon, Balzac pouvait être renseigné sur Caroline Rzewuska par la comtesse de Bocarmé, qu'il voit beaucoup à cette époque et nomme « Bettina II ». Le 21 mars 1844, il écrit à Mme Hanska : « Madame de Bocarmé a bien été élevée dans un couvent de Vienne avec la nièce de madame Rosalie. Voilà ce que vous m'avez demandé[34]. » « Phrase intéressante » dans le moment et par sa formulation, puisque « la nièce de madame Rosalie » était l'aînée des sœurs de Mme Hanska... Naguère cette dernière signalait Caroline à Balzac comme « la plus dangereuse des femmes » et sur le point de faire « la plus insigne folie[35] ».

Une étude de Roger Pierrot, complétant un article du Soviétique Alexinsky basé sur des archives secrètes, notamment celles du Cabinet de Nicolas Ier, a révélé la tumultueuse Caroline. La beauté brune de Caroline Mignon émerveille Le Havre — « Un diable et un ange ! », disait-on des deux sœurs. La brune Caroline, « une des beautés les plus brillantes » pour le romancier Markevitch[36], qui dit

32. Lov. A 385 bis, f° 220.
33. *Souvenirs* de la baronne du Montet, p. 97.
34. *Lettres à Mme Hanska*, II, 410.
35. *Lettres à Mme Hanska*, I, 443.
36. Cité par G. Alexinsky, « Un destin hors série. Caroline Sobanska », *Les Études balzaciennes* n° 10, pp. 409-410.

*inoubliables « ses apparitions », « sa grande taille », « ses
épaules opulentes » et « ses yeux ardents », rayonna plus
particulièrement sur l'autre port : Odessa. « La société
élégante d'Odessa ne manquait pas de belles femmes. La
reine en était Mme Caroline Sobanska » ; avec « ses cheveux
bronzés relevés en une coiffure fantastique », « Caroline
avait ce qu'on appelle la beauté du diable. Il serait difficile
de définir les raisons de cet ascendant qu'elle exerçait sur les
hommes, mais il était prodigieux », nota la biographe de
Mickiewicz [37]. Car Caroline, Bettina en ceci, fut en liaison
avec le monde qui fascine tant Modeste, celui des poètes.
Mickiewicz se laissa épingler par le charme de ce superbe
papillon et lui dédia toute « une série de poèmes célèbres qui
reflètent toute la gamme compliquée des sentiments qu'il
éprouvait pour elle ». Balzac n'ignora pas cet épisode et, lui
qui connut l'auteur du célèbre* Konrad Wallenrod *ne fait pas
par hasard de sa Caroline romanesque la fille de Bettina
Wallenrod. Il faut aussi mettre en regard de l'* Ode à une
jeune fille *qui inspire Modeste, le poème de Mickiewicz*
Pierwiosnek *où dialoguent une fleur et une alouette. Après
Mickiewicz, Caroline étourdit Pouchkine. « C'est la grande
beauté de Caroline qui avait ensorcelé Pouchkine. » Elle le
rendit positivement fou, comme en témoignent les brouillons
de ses lettres à celle qu'il nomme « Ellénore ». Trop joué par
Caroline, Pouchkine finit par fuir et, aussitôt après,
demanda la main de Natalia Gontcharova. Pour T. G.
Zenger, commentateur de Pouchkine : « le mariage le
sauvait de son amour pour Caroline Sobanska, amour
douloureux, dévastateur et sans espoir [38]. » Et ce mariage
allait conduire Pouchkine à la mort.*

*Femme « dangereuse », femme fatale, Caroline le fut
aussi pour elle-même. Si l'aventure de Caroline Mignon
commence au Havre, avec le scandale de sa « passion »
aveugle pour un coquin, séducteur et débauché, c'est à
Odessa qu'éclata le scandale de la vie de Caroline Rze-*

37. M. Czapska, *La Vie de Mickiewicz* (Plon, 1931), pp. 54, 55.
38. *Les Études balzaciennes* n° 10, pp. 406-409.

*wuska, sa « liaison ouvertement affichée », « son amour
passionné pour le comte Witt, un des Don Juan célèbres du
premier quart de siècle ». Pour cet aventurier, elle quitta
sinon ses père et mère, du moins son mari, Jérôme Sobanski,
de plus de trente ans son aîné.* Georges d'Estourny n'est
qu'un fugitif et dérisoire reflet de l'amant de la Caroline
réelle, jugé par le grand duc Constantin : « menteur et
salaud dans le sens le plus strict de ce mot, canaille dont le
monde n'avait pas encore connu de pareille, et digne de la
potence. » Jugement d'autant plus notable que Witt était
russe, général commandant les colonies militaires du Sud de
la Russie, et qu'il devait présider le tribunal militaire créé
pour juger les insurgés polonais en 1831. « Tout homme,
quelque scélérat qu'il soit, reste un amant. La passion est ce
qu'il y a de vraiment absolu dans les choses humaines »,
commente Balzac à propos du fol attachement de Caroline
Mignon. L'issue de la liaison de son héroïne semble
paraphraser une lettre écrite par Caroline Rzewuska lorsqu'elle se sépare de Witt : « Je n'ai plus dans le monde ni
nom, ni existence ; ma vie est flétrie mondainement parlant
[...] Je ne sens pas l'humiliation, je ne plains pas de devoir
partir souffrante d'âme et de corps ainsi que je le suis [...] Je
ne demande rien, je n'ai rien à désirer, car encore une
fois, tout est terminé pour moi ici-bas[39]. » « Pauvre
Caroline déchire l'âme », écrit la comtesse Rosalie[40].

Balzac ne pouvait que réduire à un écho l'aventure de
Caroline Mignon. Celle de Caroline Rzewuska débordait le
roman de mœurs : pour Witt, spécialiste de la police politique tsariste, elle ne fut « pas seulement une amante »,
mais aussi une « collaboratrice précieuse ». Elle « faisait
son travail d'agent secret d'une façon tellement habile et
fine » que Nicolas Ier conçut des soupçons à l'endroit de cette
Polonaise. « Son dévouement », proteste Paskievitch,
l'étrangleur russe du soulèvement national polonais, dans
une lettre au tsar, « est hors de doute ; à ce point de vue elle

---

39. *Les Études balzaciennes* nº 10, pp. 406, 413-415.
40. Lov. A 385 bis, fº 186.

a donné beaucoup de gages » ; *ses liens polonais ont été* « *très
utiles* » *par les* « *observations et les renseignements qu'elle
fournit au comte Witt*[41] ». *Jouant à fond la collaboration
avec le maître russe de la Pologne, Caroline elle-même met
en avant* « *le profond mépris que je porte au pays à qui j'ai
le malheur d'appartenir* », « *la conduite de mes frères* » *et
« les opinions que ma famille a toujours professées*[42] ».
« *Toujours* » *et toute sa famille, non. Mais Adam-Laurent
Rzewuski, son père — celui de M*ᵐᵉ *Hanska — et le cousin
du patriote Wenceslas, se rallia inconditionnellement à
l'Empire russe qui le fit sénateur et conseiller secret ; son
frère Adam fut aide de camp de Nicolas I*ᵉʳ *; son frère Henri
reçut une charge et devait écrire à leur sœur Éveline :* « *j'ai
été nourri du pain de mon Empereur, si je n'étais pas
franchement Russe, je serais un ingrat* », *et quant à feu la
Pologne souveraine :* « *ce qui est mort est mort, et mort
parce qu'il ne pouvait vivre, et les Polonais par leur
caractère n'ont aucune condition de vitalité politique
indépendante*[43] » *; et si sa sœur Éveline semble avoir été
plus frondeuse, son beau-frère Hański*[44], *fait maréchal de
la noblesse du Gouvernement de Volhynie, fut un très
obéissant serviteur du tsar. Des collaborationnistes, tout
pays, la Pologne aussi, en secrète. Chacun engendre aussi
des Wenceslas Rzewuski, pour qui l'indépendance de leur
patrie vaut le sacrifice de leur vie.*

  *Le privilège du romancier lui donne le droit de vie et de
mort, à son gré. Caroline Mignon meurt, Modeste vit,
Charles Mignon revient. Caroline Rzewuska ne mourut pas,
sinon au monde. Le bruit de sa mort s'accrédita et
Paskievitch dut assurer à Nicolas I*ᵉʳ *qu'il se révélait faux.
Alors même que Balzac compose* Modeste Mignon, *il parle
d'elle avec M*ᵐᵉ *Chlendowska, amie de Bettina II et femme*

---

41. *Les Études balzaciennes* nᵒ 10, pp. 410, 411.
42. *Les Études balzaciennes* nᵒ 10, p. 413.
43. Lov. A 385 bis, fᵒ 151.
44. Orthographe véritable du nom qui se prononce donc, avec le H
aspiré : Hagnski.

du futur éditeur du roman, « qui ne dit que du bien de Mme Car[oline]. Elle la croyait seulement morte[45] ». Ses aventures devaient connaître d'abord un dénouement à la Modeste puisqu'elle épousait l'aide de camp de Witt, Czerkowicz, homme « vertueux » et « honnête dans le plein sens du terme[46] », puis, après la mort de Balzac, en troisièmes noces et à cinquante-six ans, le frère du bibliophile Jacob, Jules Lacroix, de plus de treize ans son cadet ; elle devait mourir à quatre-vingt-dix ans passés, renversée par un omnibus. Un disciple de Lavater sait bien que les pulpeuses beautés brunes ne meurent pas comme Caroline Mignon, et Balzac accorde au Havre le droit de s'étonner : « Comment une jeune personne si forte, d'un teint espagnol, à chevelure de jais !... Elle ? poitrinaire !... » Wenceslas ne revint jamais. Et Caliste ?

« Vous seriez curieuse de savoir comment le cœur de Caliste s'est dégelé », écrit sa mère à Mme Hanska le 4 octobre 1839. Elle avait trouvé le fils de pair, le jeune homme noble, excentrique, artiste des rêves de Modeste. « Elle s'est décidée à épouser le fils aîné du Duc de Caetani qui en se mariant prendra le titre de prince de Teano [...] Caractère, esprit, talens, il a mille qualités ; et il ne lui manque que de la fortune. Amen[47]. » Artiste au plein sens du mot, Michele-Angelo Caetani, élève et ami de Tenerani et des Castellani, sculptait et, à vingt-quatre ans, avait déjà fait autorité en matière d'orfèvrerie de fouilles[48] ; il connaissait Dante mieux que personne, comme le dira Balzac en lui dédiant La Cousine Bette et Le Cousin Pons ; enfin il était l'« ami intime » de Stendhal qui admirait son « air si noble », sa pauvreté, et qui conseillait — détail notable dans l'histoire d'un roman où il est tant question du Tasse — de consulter Don Michele à propos d'une difficulté sur le Tasse[49].

45. *Lettres à Mme Hanska*, I, 481.
46. Cité d'après Caroline dans *Les Études balzaciennes* n° 10, p. 416.
47. Lov. 385 bis, f°s 200-201.
48. O. Raggi, *Della vita di Pietro Tenerani*, pp. 410-411.
49. *Correspondance* de Stendhal (Bibliothèque de la Pléiade, 1968), III, 54, 271, 273.

Le 24 juillet 1842, Caliste, poitrinaire depuis des années, mourait à trente-deux ans. Elle venait de mettre au monde un fils auquel elle avait donné un prénom qui ne peut laisser indifférent : Honoré.

« *Après avoir pleuré un mois dans sa chambre où elle voulut rester sans voir personne* », *à la mort de sa fille, Bettina* « *en sortit les yeux malades* ». *C'est seulement le 26 avril 1843 que la comtesse Rosalie pourra écrire pour la première fois à Mme Hanska, d'une grosse écriture déformée bien différente de son élégante et fine écriture d'antan :* « *Le malheur est un mauvais conseiller. Je suis si accablée, si abîmée que je ne prévois point ce que je peux, et ce que je veux faire* [...] *mes forces physiques et morales sont également abattues ; l'affaiblissement de la vue est un des maux dont je souffre, vous vous en apercevrez à cette grande écriture*[50]. » *Sa douleur est telle qu'elle ne peut encore écrire le nom de sa fille, ni même l'évoquer. La lettre où elle parle de Caliste pour la première fois depuis sa mort, et annonce qu'* « *on imprime à Varsovie* Wiadomoïe o Kal. Rz. & Teano » *(en fait :* Wspomnieie o Kalïscie Rzewuskieh ksiernie Teano, *ou* Souvenirs consacrés à la mémoire de Caliste Rzewuska, princesse Teano, *d'Andrzej Kosmian), elle l'écrivit le 29 août 1843. Resté à Saint-Petersbourg du 29 juillet au 7 octobre, comment Balzac n'aurait-il pas lu alors cette lettre ?* « *Caliste n'a point été assez connue* », *y écrivait encore la comtesse Rosalie,* « *ni assez appréciée. Vous êtes du petit nombre des Élues — oui... des Élues, car il fallait être soi-même aussi distinguée que vous l'êtes pour démêler le mérite de ma chère Enfant au milieu de ses bizarreries*[51]. » *Quel défi pour un romancier.*

Sur l'un de ses albums, Mme Hanska avait recopié les lettres qu'elle avait reçues de Caliste, et avait écrit en préambule une page que Balzac a évidemment lue : « *Celle qui a écrit les lettres qui vont suivre a été une des femmes les plus extraordinaires de son temps, par la force virile de son*

---

50. Lov. A 385 bis, f° 175.
51. Lov. A 385 bis, f° 208 v°.

génie, ainsi que par l'étendue et la prodigieuse variété de ses connaissances ; mais les malheurs politiques de son pays et les circonstances particulières de sa position individuelle l'ont tenue à l'écart, et n'ont permis qu'à un petit nombre d'élus d'entrevoir la splendeur de son intelligence à travers le charme de son incomparable commerce, car chez elle, comme chez la plupart des esprits élevés, le sang qui réchauffait son cœur était aussi noble, aussi généreux que celui qui animait son cerveau ; elle savait aimer et compatir, comme elle savait imaginer, et ses sentiments avaient la vivacité et la profondeur de ses pensées et de ses conceptions [52]. »

Le défi, Balzac ne l'a pas totalement relevé. Aussi bien, était-il peu en état de le faire, comme le prouve l'usage de simples chassés-croisés de faits relatifs à Caliste et à Caroline, la maladie, la mort ou le mariage, procédé mis aussi en œuvre pour transformer le comte Wenceslas en Charles Mignon. Caliste n'existe que dans le portrait intellectuel et moral de Modeste. Mais le roman de Modeste ne convient pas à son caractère. L'être exceptionnel que Balzac dépeint trop bien ne peut finir en épousant, dans l'un des dénouements les plus déprimants de La Comédie humaine, un gilet jaune soufre, des lèvres « mignardes », des dents « d'une régularité quasi postiche », une ressemblance avec Louis XIII inquiétante pour la fille douée de tous les tempéraments qu'est Modeste, un homme peu recherché par les femmes et, pour couronner le tout, possédé de l' « inquiétude du caniche en quête d'un maître », bref celui qui reste le « petit La Brière » même le jour où Modeste l'accepte, lui et sa cravache. Du moins, ici, Balzac se trahit : cette cravache n'est pas innocente. Aussi bien le réel lui avait tendu un piège, et quel piège pour le romancier qui, comme le dit Baudelaire, donnait du génie jusqu'à des portières. Faire d' « une des femmes les plus extraordinaires de son temps » une « âme petite » qu' « effraye » le génie, une petite bourgeoise du Havre qui préfère le « caudataire

52. Lov. A 373, fᵒ 121 vᵒ.

d'une gloire » à la gloire, *était pour lui un programme
contre nature.*

*Mais Le Havre, justement, devait offrir à Balzac le
moyen de greffer au réel trop hors du commun et pas assez
facilement littéraire, un réel « à hauteur d'appui », selon
une de ses expressions. Le Havre et Stendhal, l'ami de
Michele-Angelo Caetani, le mari de Caliste. La réalité, qui
est généreuse avec les romanciers en difficulté, procurait à
Balzac un autre ami de Stendhal, cet Adolphe de Mareste
qui était plutôt le La Brière de Beyle, « une espèce
d'appendice, de supplément à sa propre personne », s'il faut
en croire Delécluze*[53]. *Porte-parole, porte-coton, pourvoyeur
d'articles, réceptacle à monologues pour Stendhal, et
« tellement matagrabolisé qu'il ne rit plus qu'une fois tous
les mois », selon Mérimée*[54], *Mareste fut aussi le clair de
lune de Lamartine. Ce dernier payait sa dette en juin 1864
dans son* Cours familier de littérature : *« J'avais une
liaison intime [...] une parenté de cœur (et qui dure encore
en se resserrant) avec un des amis les plus intimes de M.
Beyle, M. de Mareste, connu, recherché, chéri d'à peu près
tous les hommes éminents de ce temps. » Par ses entremises
auprès d'éditeurs pour les* Méditations, *pour les œuvres de
Xavier de Maistre, le servant-cavalier Mareste ressemblait
fort à La Brière, et tout autant par son extraction de petite
noblesse de province et par sa parenté avec un ministre.
Comme le ministre des Employés case La Brière dans un
ministère, le ministre d'Argout casa son cousin Mareste à
l'Intérieur. Bien convenable et à la recherche d'un maître,
Adolphe, « ce bon garçon, dont la société serait fort
agréable », notait Delécluze, « si au lieu de vivre et de
penser aux dépens d'autrui il se contentait de son propre
fonds*[55] », *était aussi à la recherche d'une femme. En
décembre 1824, Delécluze écrit : « Il s'est marié il y a deux*

53. *Journal* (Grasset, 1948), p. 32.
54. *Correspondance générale* (Le Divan, 1941), I, 93.
55. *Journal*, p. 33.

mois » ; et il ajoute avec dépit : « Beyle est le seul de notre
société qui ait vu Mme de Mareste. L'ami faible n'aura pas
osé refuser cette faveur à Méphistophélès [56]. » Adolphe avait
fait un beau mariage : Aménaïde Sartoris était la fille d'un
négociant du Havre descendant d'une vieille famille du
Piémont ; par sa mère, qui vivait dans sa villa bâtie sur le
haut d'Honfleur, elle appartenait à une famille d'arma-
teurs ; et par son oncle Louis Sartoris, elle tenait à la haute
banque de Londres et de Paris. Aménaïde, « grande et assez
belle » selon Stendhal qui précise qu'elle « a près de cinq
pieds six pouces », avait aussi une dot : « Lussinge » —
non donné par Stendhal à Mareste — « réunit vingt-deux
ou vingt-trois mille livres de rente vers 1828 [57]. »

La Brière fut créé en 1837 pour La Femme supérieure,
roman devenu Les Employés lors des remaniements effec-
tués le 28 février 1844, donc la veille du jour où Balzac
recevait la lettre dans laquelle Mme Hanska lui contait le
sujet de sa nouvelle. Dès le roman de 1837, La Brière avait
des traits communs avec Mareste. Cette coïncidence de 1844
incita peut-être Balzac à reprendre son personnage et à lui
donner un rôle plus étendu grâce à Stendhal et à l'une de ses
œuvres. Certains détails de l'histoire de la future Mme de La
Brière rappellent, en effet, non seulement Mme de Mareste,
mais aussi Mina de Vanghel, héroïne du roman de
Stendhal, Le Rose et le Vert. Ce roman ne fut pas publié de
son vivant, mais il y travaillait en mai 1837, date à
laquelle, vraisemblablement, il rencontra Balzac qui commençait La Femme supérieure.

L'intérêt des ressemblances entre Mina et Modeste, déjà
signalé [58], doit être rappelé. Pour l'essentiel : les origines
allemandes communes ; une éducation « singulière », cause
de tous leurs déboires ; l'absence des pères ; la faiblesse

56. *Journal*, p. 34.
57. *Souvenirs d'égotisme*, dans *Œuvres intimes* (Bibliothèque de la
Pléiade, 1955), pp. 1434, 1435.
58. Anne-Marie Meininger, « Balzac et Stendhal en 1837 », *L'Année
balzacienne 1965*, pp. 143-155.

sentimentale des mères ; le chiffre considérable et identique de leurs dots. Plus importants, certains traits véritablement stendhaliens du comportement de Modeste dans l'action, ses « caprices », ses « boutades », son « air impérieux », ses impertinences. Enfin et surtout, les tactiques identiques, le « programme » décidé avec un même esprit supérieur, indépendant, par des filles soucieuses d'éprouver leurs prétendants, de trouver l'exception et désintéressée : ces jeunes personnes fortes et sentimentales ont l'originalité de vouloir n'être pas épousées « pour les millions ». Elles se disent pauvres et, dans les deux cas, il est des moments où l'on ne sait plus très bien si elles ne le sont pas vraiment. Plusieurs détails surprennent par leur similitude : le regroupement pour un départ en ligne des prétendants, dont un banquier israélite, un duc, un « bel homme » amant d'une duchesse et un jeune amoureux, Isaac Wentig, le duc de Miossince, Saint-Maurice amant de la duchesse de Montenotte et Léon pour Mina, Gobbenheim, le duc d'Hérouville, Canalis, le « bel homme » de la duchesse de Chaulieu, et Ernest pour Modeste ; et le même recours de ces deux belles blondes à l'épreuve de la défiguration : le vert de houx de Mina et la fluxion dentaire de Modeste. Enfin si vaisseaux, banqueroutes et la crise de Londres et de New York jouent un grand rôle dans la vie de Charles Mignon, il en joue un aussi important dans la vie du père de Mina, le comte de Vanghel ou Pierre Wanghen, lui aussi noble par à-coups, tantôt armateur, tantôt banquier, et toujours ancien militaire et fort vaillant. Et si Mignon après ses aventures a « sept millions au moins », voici ce que, le 23 mai 1837, Stendhal projetait : « que la fortune de Mina soit comme celle de M. de L... [Lussinge?] 1° en portefeuille : 5 millions ; 2° en vaisseaux : 2 1/2 millions. P. Wanghen n'assurait pas ses vaisseaux, ou les assurait à soi-même. Mina dit au jeune duc qu'elle est ruinée en grande partie, des tempêtes ont fait périr ses vaisseaux, des banqueroutes ont beaucoup réduit son portefeuille, enfin certains États (l'Espagne par exemple) ne paient pas ses rentes. Le duc la croit quelque temps et dit : Je n'en aurai que plus de plaisir à vous épouser. Puis mad[ame] de Strombek par instinct de bavardage dit au duc un jour qu'elle se trouve seule avec lui qu'il n'en est rien. Mina sait cela plus tard, mais croit que le duc a su que la confidence était fausse dès le moment où elle a été faite. Son épreuve a donc manqué [59]. » Dans Modeste Mignon *aussi, il y a des épreuves manquées...*

Devant de telles rencontres des arguments, il est permis de supposer que, rencontrant Balzac en 1837, Stendhal ait conté le sujet du roman qu'il était en train d'écrire et peut-être aussi révélé ses « pilotis ». Mais une autre hypothèse doit être envisagée que m'a suggérée l'étude des relations entre Hetzel et Balzac. Devenues très mauvaises, achevées par une rupture, elles avaient connu une période idyllique à la fin de 1843 et au début de 1844. Stendhal était mort en 1842, désignant comme exécuteur testamentaire son cousin Romain Colomb. En possession de tous les manuscrits, Colomb voulut réaliser l'édition des Œuvres complètes de Stendhal et le fit savoir. Hetzel, qui se lançait, le sollicita. De longues tractations s'ensuivirent, aboutirent à un traité entre Hetzel et Colomb en février 1845, puis l'affaire sombra. Colomb traitera avec Lévy en 1853. Mais Hetzel avait eu les manuscrits de Stendhal entre les mains, y compris les inédits, dont Le Rose et le Vert. Pourquoi pas Balzac ? Il admirait Stendhal, il était l'ami d'Hetzel et, Les Petits Bourgeois en cale sèche, il aurait eu tout le temps de lire, lui qui ne pouvait écrire le roman que les Débats attendaient...

Deux derniers détails intéressent la création de Modeste Mignon et, à partir d'elle, la création chez Balzac, constructeur d'un monde voulu à l'image du monde réel, mais peu à peu pourvu de ses références propres. Ainsi, dans le monde réel, un port est de nécessité. Avant de partir pour la Russie, Balzac nota dans la préface de la troisième partie d'Illusions perdues *qu'il manque « aux* Scènes de la vie de province *pour être complètes » : « le tableau d'une ville de*

---

59. Stendhal, *Romans* (Bibliothèque de la Pléiade, 1952), II, 1140.

garnison frontière, celui d'un port de mer, celui d'une ville où le théâtre est une cause de désordre. » Circonstances ou priorité ? Le Havre de Modeste Mignon *devait seul remplir une de ces lacunes. Plus spécifique à la création chez Balzac, du fait du système des personnages reparaissants, est le déterminisme qu'engendre son propre monde. Le choix de tel personnage reparaissant, donc déjà chargé de faits, plutôt que de tel autre pour telle action, est en soi créateur de cette action. Dans* Modeste Mignon, *il y a trois personnages reparaissants : La Brière, et j'ai indiqué les motifs possibles de ce choix, la duchesse de Chaulieu et Canalis. La duchesse avait déjà paru dans les* Mémoires de deux jeunes mariées *où aujourd'hui, selon le* Furne *corrigé après la rédaction de* Modeste Mignon, *nous lisons que Canalis est son amant. Mais du vivant de Balzac, dans la version des* Mémoires de deux jeunes mariées *du* Tome II *de* La Comédie humaine *publiée en 1842, elle était la maîtresse d'un M. de Saint-Héreen. Était-ce un simple nom que Balzac a jugé interchangeable ? Ou était-ce l'amant et, dans ce cas, répercutait-il dans son monde romanesque un fait de société réel, à savoir que les lois de l'adultère sont moins contraignantes que les lois du mariage ? Canalis, dans* Modeste Mignon, *permet de poser la question. En effet, en reprenant Canalis, en 1844, comme soupirant dont le destin est de se voir évincé, Balzac a déterminé ce destin par le choix même du personnage puisque Canalis est déjà marié : dans l'épilogue d'* Un début dans la vie, *publié en 1842, Canalis a épousé la fille de Moreau de l'Oise, et c'est même pour ce fait qu'il apparut pour la première fois dans le monde de Balzac.*

*En mars 1849, Balzac écrira à sa sœur, à propos de son mariage avec M*me *Hanska : « Si je ne suis pas grand par* La Comédie humaine, *je le serai par cette réussite, si elle vient*[60]. » *Incroyable. Mais, pour l'histoire de* Modeste Mignon, *il fallait rappeler cette phrase. Nos quatre Rzewuski, avec leurs statures de personnages de l'Histoire, y*

60. *Correspondance*, V, 527.

sont. Être leur cousin devait constituer une part de « cette réussite ». Au retour de Russie, Balzac désespérait de l'être et on peut imaginer dans quelles conditions psychiques, lui qui était arrivé à mettre son œuvre dans une telle balance, il écrivit Modeste Mignon. Avec ce désespoir, avec l'horrible épuisement d'une jaunisse qui arrêta deux mois son travail, de tant de peines sortit une histoire légère, pleine d'humour, d'apparence étonnamment facile. Chaque lecteur en pensera ce qu'il voudra, il aura trouvé ici un certain nombre des pierres et l'état réel du constructeur. De quelque façon que l'on juge cette œuvre, c'est à lui que l'on peut songer en fin de compte. A lui qui, en 1838, écrivait à un ami : « mes doutes sur moi-même sont infinis. Je ne suis sûr que de mon courage de lion et de mon invincible travail[61]. »

Anne-Marie Meininger

61. *Correspondance*, III, 482.

Modeste Mignon

À UNE POLONAISE [1]

Fille d'une terre esclave, ange par l'amour, démon par la fantaisie, enfant par la foi, vieillard par l'expérience, homme par le cerveau, femme par le cœur, géant par l'espérance, mère par la douleur et poète par tes rêves; à toi, qui es encore la Beauté, cet ouvrage où ton amour et ta fantaisie, ta foi, ton expérience, ta douleur, ton espoir et tes rêves sont comme les chaînes qui soutiennent une trame moins brillante que la poésie gardée dans ton âme, et dont l'expression quand elle anime ta physionomie est, pour qui t'admire, ce que sont pour les savants les caractères d'un langage perdu.

DE BALZAC.

I. *Une souricière.*

Au commencement du mois d'octobre 1829, monsieur Simon Babylas Latournelle, un notaire, montait du Havre à Ingouville, bras dessus bras dessous avec son fils, et accompagné de sa femme, près de laquelle allait, comme un page, le premier clerc de l'Étude, un petit bossu nommé Jean Butscha. Quand ces quatre personnages, dont deux au moins faisaient ce chemin tous les soirs, arrivèrent au coude de la route qui tourne sur elle-même comme celles que les Italiens appellent des *corniches*, le notaire examina si personne ne pouvait l'écouter du haut d'une terrasse, en arrière ou en avant d'eux, et il prit le médium de sa voix par excès de précaution.

— Exupère, dit-il à son fils, tâche d'exécuter avec intelligence la petite manœuvre que je vais t'indiquer, et sans en rechercher le sens ; mais si tu le devines, je t'ordonne de le jeter dans ce Styx que tout notaire ou tout homme qui se destine à la magistrature doit avoir en lui-même pour les secrets d'autrui. Après avoir présenté tes respects, tes devoirs et tes hommages à madame et mademoiselle Mignon, à monsieur et madame Dumay, à monsieur Gobenheim s'il est au Chalet ; quand le silence se sera rétabli, monsieur Dumay te prendra dans un coin ; tu regarderas avec curiosité (je te le permets) mademoiselle Modeste pendant tout le temps qu'il te parlera. Mon digne ami te priera de sortir et d'aller te promener, pour rentrer au bout d'une heure environ, sur les neuf heures, d'un air empressé ; tâche alors d'imiter la respiration d'un homme essoufflé, puis tu lui diras à l'oreille, tout bas, et néanmoins de manière à ce que mademoiselle Modeste t'entende : — *Le jeune homme arrive !*

Exupère devait partir le lendemain pour Paris, y commencer son Droit. Ce prochain départ avait décidé Latournelle à proposer à son ami Dumay son fils pour complice de l'importante conspiration que cet ordre peut faire entrevoir.

— Est-ce que mademoiselle Modeste serait soupçonnée d'avoir une intrigue ? demanda Butscha d'une voix timide à sa patronne.

— Chut ! Butscha, répondit madame Latournelle en reprenant le bras de son mari.

Madame Latournelle, fille du greffier du tribunal de première instance, se trouve suffisamment autorisée par sa naissance à se dire issue d'une famille parlementaire. Cette prétention indique déjà pourquoi cette femme, un peu trop couperosée, tâche de se donner la majesté du tribunal dont les jugements sont griffonnés par monsieur son père. Elle prend du tabac, se tient roide comme un pieu, se pose en femme considérable, et ressemble parfaitement à une momie à laquelle le galvanisme aurait rendu la vie pour un instant. Elle essaye de donner des tons aristocratiques à sa voix aigre ; mais elle n'y réussit pas plus qu'à couvrir son défaut d'instruction. Son utilité sociale semble incontestable à voir les bonnets armés de fleurs qu'elle porte, les tours tapés sur ses tempes, et les robes qu'elle choisit. Où les marchands placeraient-ils ces produits, s'il n'existait pas des madame Latournelle ? Tous les ridicules de cette digne femme, essentiellement charitable et pieuse, eussent peut-être passé presque inaperçus ; mais la nature, qui plaisante parfois en lâchant de ces créations falottes, l'a douée d'une taille de tambour-major, afin de mettre en lumière les inventions de cet esprit provincial. Elle n'est jamais sortie du Havre, elle croit en l'infaillibilité du Havre, elle achète tout au Havre, elle s'y fait habiller ; elle se dit Normande jusqu'au bout des

ongles, elle vénère son père et adore son mari. Le petit
Latournelle eut la hardiesse d'épouser cette fille arrivée à
l'âge anti-matrimonial de trente-trois ans, et sut en avoir
un fils. Comme il eut obtenu partout ailleurs les soixante
mille francs de dot donnés par le greffier, on attribua son
intrépidité peu commune au désir d'éviter l'invasion du
Minotaure, de laquelle ses moyens personnels l'eussent
difficilement garanti, s'il avait eu l'imprudence de mettre
le feu chez lui, en y mettant une jeune et jolie femme. Le
notaire avait tout bonnement reconnu les grandes qualités
de mademoiselle Agnès (elle se nommait Agnès), et
remarqué combien la beauté d'une femme passe promptement pour un mari. Quant à ce jeune homme insignifiant,
à qui le greffier imposa son nom normand sur les fonts,
madame Latournelle est encore si surprise d'être devenue
mère, à trente-cinq ans sept mois, qu'elle se retrouverait
des mamelles et du lait pour lui, s'il le fallait, seule hy-
perbole qui puisse peindre sa folle maternité. — Comme il
est beau, mon fils !... disait-elle à sa petite amie Modeste
en le lui montrant, sans aucune arrière-pensée, quand
elles allaient à la messe et que son bel Exupère marchait
en avant. — Il vous ressemble, répondait Modeste Mignon
comme elle eût dit : Quel vilain temps ! La silhouette de ce
personnage, très-accessoire, paraîtra nécessaire en disant
que madame Latournelle était depuis environ trois ans le
chaperon de la jeune fille à laquelle le notaire et Dumay
son ami voulaient tendre un de ces pièges appelés
souricières dans la *Physiologie du Mariage*[2].

Quant à Latournelle, figurez-vous un bon petit homme,
aussi rusé que la probité la plus pure le permet, et que tout
étranger prendrait pour un fripon à voir l'étrange physionomie à laquelle le Havre s'est habitué. Une vue, dite tendre,
force le digne notaire à porter des lunettes vertes pour
conserver ses yeux, constamment rouges. Chaque arcade
sourcilière, ornée d'un duvet assez rare, dépasse d'une
ligne environ l'écaille brune du verre en en doublant en
quelque sorte le cercle. Si vous n'avez pas observé déjà sur
la figure de quelque passant l'effet produit par ces deux

circonférences superposées et séparées par un vide, vous
ne sauriez imaginer combien un pareil visage vous intrigue ; surtout quand ce visage, pâle et creusé, se termine en
pointe comme celui de Méphistophélès que les peintres ont
copié sur le masque des chats, car telle est la ressemblance offerte par Babylas Latournelle. Au-dessus de ces
atroces lunettes vertes s'élève un crâne dénudé, d'autant
plus artificiel que la perruque, en apparence douée de
mouvement, a l'indiscrétion de laisser passer des cheveux
blancs de tous côtés, et coupe toujours le front inégale-
ment. En voyant cet estimable Normand, vêtu de noir
comme un coléoptère, monté sur ses deux jambes comme
sur deux épingles, et le sachant le plus honnête homme du
monde, on cherche, sans la trouver, la raison de ces
contre-sens physiognomiques[3].

Jean Butscha, pauvre enfant naturel abandonné, de qui
le greffier Labrosse et sa fille avaient pris soin, devenu
premier clerc à force de travail, logé, nourri chez son
patron qui lui donne neuf cents francs d'appointements,
sans aucun semblant de jeunesse, presque nain, faisait de
Modeste une idole, il eût donné sa vie pour elle. Ce pauvre
être, dont les yeux semblables à deux lumières de canon
sont pressés entre des paupières épaisses, marqué de la
petite-vérole, écrasé par une chevelure crépue, embarrassé de ses mains énormes, vivait sous les regards de la
pitié depuis l'âge de sept ans : ceci ne peut-il pas vous
l'expliquer tout entier[4] ? Silencieux, recueilli, d'une
conduite exemplaire, religieux, il voyageait dans l'immense étendue du pays appelé, sur la carte de Tendre,
Amour-sans-espoir, les steppes arides et sublimes du
Désir. Modeste avait surnommé ce grotesque premier clerc
le nain mystérieux. Ce sobriquet fit lire à Butscha le roman
de Walter Scott[5], et il dit à Modeste : — Voulez-vous,
pour le jour du danger, une rose de votre nain mystérieux ?
Modeste refoula soudain l'âme de son adorateur dans sa
cabane de boue, par un de ces regards terribles que les
jeunes filles jettent aux hommes qui ne leur plaisent pas.
Butscha se surnommait lui-même le *clerc obscur,* sans

savoir que ce calambour remonte à l'origine des panonceaux ; mais il n'était, de même que sa patronne, jamais
sorti du Havre.

Peut-être est-il nécessaire, dans l'intérêt de ceux qui ne
connaissent pas le Havre, d'en dire un mot en expliquant
où se rendait la famille Latournelle, car le premier clerc y
est évidemment inféodé.

II. *Croquis d'Ingouville.*

Ingouville est au Havre ce que Montmartre est à Paris,
une haute colline au pied de laquelle la ville s'étale, à
cette différence près que la mer et la Seine entourent la
ville et la colline, que le Havre se voit fatalement
circonscrit par d'étroites fortifications, et qu'enfin l'embouchure du fleuve, le port, les bassins, présentent un
spectacle tout autre que celui des cinquante mille maisons
de Paris. Au bas de Montmartre, un océan d'ardoises
montre ses lames bleues figées ; à Ingouville, on voit
comme des toits mobiles agités par les vents. Cette
éminence, qui, depuis Rouen jusqu'à la mer, côtoie le
fleuve en laissant une marge plus ou moins resserrée entre
elle et les eaux, mais qui certes contient des trésors de
pittoresque avec ses villes, ses gorges, ses vallons, ses
prairies, acquit une immense valeur à Ingouville depuis
1816, époque à laquelle commença la prospérité du
Havre. Cette commune devint l'Auteuil, le Ville-d'Avray,
le Montmorency des commerçants qui se bâtirent des
villas, étagées sur cet amphithéâtre pour y respirer l'air de
la mer parfumé par les fleurs de leurs somptueux jardins.
Ces hardis spéculateurs s'y reposent des fatigues de leurs
comptoirs et de l'atmosphère de leurs maisons serrées les
unes contre les autres, sans espace, souvent sans cour,
comme les font et l'accroissement de la population du

Havre, et la ligne inflexible de ses remparts, et l'agrandissement des bassins. En effet, quelle tristesse au cœur du Havre et quelle joie à Ingouville ! La loi du développement social a fait éclore comme un champignon le faubourg de Graville, aujourd'hui plus considérable que le Havre, et qui s'étend au bas de la côte comme un serpent. A sa crête, Ingouville n'a qu'une rue ; et, comme dans toutes ces positions, les maisons qui regardent la Seine ont nécessairement un immense avantage sur celles de l'autre côté du chemin auxquelles elles masquent cette vue, mais qui se dressent, comme des spectateurs, sur la pointe des pieds, afin de voir par-dessus les toits. Néanmoins il existe là, comme partout, des servitudes. Quelques maisons assises au sommet occupent une position supérieure ou jouissent d'un droit de vue qui oblige le voisin à tenir ses constructions à une hauteur voulue. Puis la roche capricieuse est creusée par des chemins qui rendent son amphithéâtre praticable ; et, par ces échappées, quelques propriétés peuvent apercevoir ou la ville, ou le fleuve, ou la mer. Sans être coupée à pic, la colline finit assez brusquement en falaise. Au bout de la rue qui serpente au sommet, on aperçoit les gorges où sont situés quelques villages, Sainte-Adresse, deux ou trois saints-je-ne-sais-qui, et les criques où mugit l'Océan. Ce côté presque désert d'Ingouville forme un contraste frappant avec les belles villas qui regardent la vallée de la Seine. Craint-on les coups de vent pour la végétation ? les négociants reculent-ils devant les dépenses qu'exigent ces terrains en pente ?... Quoi qu'il en soit, le touriste des bateaux à vapeur est tout étonné de trouver la côte nue et ravinée à l'ouest d'Ingouville, un pauvre en haillons à côté d'un riche somptueusement vêtu, parfumé.

III. *Le Chalet.*

En 1829, une des dernières maisons du côté de la mer, et qui se trouve sans doute au milieu de l'Ingouville d'aujourd'hui, s'appelait et s'appelle peut-être encore *le Chalet.* Ce fut primitivement une habitation de concierge avec son jardinet en avant. Le propriétaire de la villa dont elle dépendait, maison à parc, à jardins, à volière, à serre, à prairies, eut la fantaisie de mettre cette maisonnette en harmonie avec les somptuosités de sa demeure, et la fit reconstruire sur le modèle d'un *cottage.* Il sépara ce cottage de son boulingrin orné de fleurs, de plates-bandes, la terrasse de sa villa, par une muraille basse le long de laquelle il planta une haie pour la cacher. Derrière le cottage, nommé, malgré tous ses efforts, le Chalet, s'étendent les potagers et les vergers. Ce Chalet, sans vaches ni laiterie, a pour toute clôture sur le chemin un palis dont les charniers[6] ne se voient plus sous une haie luxuriante. De l'autre côté du chemin, la maison d'en face, soumise à une servitude, offre un palis et une haie semblables qui laissent la vue du Havre au Chalet. Cette maisonnette faisait le désespoir de monsieur Vilquin, propriétaire de la villa. Voici pourquoi. Le créateur de ce séjour dont les détails disent énergiquement : *Cy reluisent des millions !* n'avait si bien étendu son parc vers la campagne que pour ne pas avoir ses jardiniers, disait-il, dans ses poches. Une fois fini, le Chalet ne pouvait plus être habité que par un ami. Monsieur Mignon, le précédent propriétaire, aimait beaucoup son caissier, et cette histoire prouvera que Dumay le lui rendait bien, il lui offrit donc cette habitation. A cheval sur la forme, Dumay fit signer à son patron un bail de douze ans à trois cents francs de loyer, et monsieur Mignon le signa volontiers en disant : — Mon cher Dumay, songes-y ? tu t'engages à vivre douze ans chez moi.

Par des événements qui vont être racontés, les propriétés de monsieur Mignon, autrefois le plus riche négociant du Havre, furent vendues à Vilquin, l'un de ses antagonistes sur la place. Dans la joie de s'emparer de la célèbre villa Mignon, l'acquéreur oublia de demander la résiliation de ce bail. Dumay, pour ne pas faire manquer la vente, aurait alors signé tout ce que Vilquin eût exigé ; mais, une fois la vente consommée, il tint à son bail comme à une vengeance. Il resta dans la poche de Vilquin, au cœur de la famille Vilquin, observant Vilquin, gênant Vilquin, enfin le taon des Vilquin. Tous les matins, à sa fenêtre, Vilquin éprouvait un mouvement de contrariété violente en apercevant ce bijou de construction, ce Chalet qui coûta soixante mille francs, et qui scintille comme un rubis au soleil. Comparaison presque juste ! L'architecte a bâti ce cottage en briques du plus beau rouge rejointoyées en blanc. Les fenêtres sont peintes en vert vif, et les bois en brun tirant sur le jaune. Le toit s'avance de plusieurs pieds. Une jolie galerie découpée règne au premier étage, et une véranda projette sa cage de verre au milieu de la façade. Le rez-de-chaussée se compose d'un joli salon, d'une salle à manger, séparés par le palier d'un escalier en bois dont le dessin et les ornements sont d'une élégante simplicité. La cuisine est adossée à la salle à manger, et le salon est doublé d'un cabinet qui servait alors de chambre à coucher à monsieur et à madame Dumay. Au premier étage, l'architecte a ménagé deux grandes chambres accompagnées chacune d'un cabinet de toilette, auxquelles la véranda sert de salon ; puis, au-dessus, se trouvent, sous le faîte, qui ressemble à deux cartes mises l'une contre l'autre, deux chambres de domestique, éclairées chacune par un œil de bœuf, et mansardées, mais assez spacieuses. Vilquin eut la petitesse d'élever un mur du côté des vergers et des potagers. Depuis cette vengeance, les quelques centiares que le bail laisse au Chalet ressemblent à un jardin de Paris. Les communs, bâtis et peints de manière à les raccorder au Chalet, sont adossés au mur de la propriété voisine. L'intérieur de cette charmante habitation est en harmonie avec l'extérieur. Le salon, parqueté tout en bois de fer, offre aux regards les merveilles d'une peinture imitant les laques de Chine. Sur des fonds noirs encadrés d'or, brillent les oiseaux multicolores, les feuillages verts impossibles, les fantastiques dessins des Chinois. La salle à manger est entièrement revêtue en bois du Nord[7] découpé, sculpté comme dans les belles cabanes russes. La petite antichambre formée par le palier et la cage de l'escalier sont peintes en vieux bois et représentent des ornements gothiques. Les chambres à coucher, tendues de perse, se recommandent par une coûteuse simplicité. Le cabinet où couchaient alors le caissier et sa femme est boisé, plafonné, comme la chambre d'un paquebot. Ces folies d'armateur expliquent la rage de Vilquin. Ce pauvre acquéreur voulait loger dans ce cottage son gendre et sa fille. Ce projet connu de Dumay pourra plus tard vous expliquer sa ténacité bretonne. On entre au Chalet par une petite porte en fer, treillissée, et dont les fers de lance s'élèvent de quelques pouces au-dessus du palis et de la haie. Le jardinet, d'une largeur égale à celle du fastueux boulingrin, était alors plein de fleurs, de roses, de dahlias, des plus belles, des plus rares productions de la Flore des serres ; car, autre sujet de douleur vilquinarde, la petite serre élégante, la serre de fantaisie, la serre, dite de Madame, dépend du Chalet et sépare la villa Vilquin, ou, si vous voulez, l'unit au cottage. Dumay se consolait de la tenue de sa caisse par les soins de la serre, dont les productions exotiques faisaient un des plaisirs de Modeste. Le billard de la villa Vilquin, espèce de galerie, communiquait autrefois par une immense volière en forme de tourelle avec cette serre ; mais, depuis la construction du mur qui le priva de la vue des vergers, Dumay mura la porte de communication. — Mur pour mur ! dit-il. — Vous et Dumay, vous murmurez[8] ! dirent à Vilquin les négociants pour le taquiner. Et tous les jours, à la Bourse, on saluait d'un nouveau calembour le spéculateur jalousé. En 1827, Vilquin offrit à Dumay six mille francs d'appointements et dix mille

francs d'indemnité pour résilier le bail ; le caissier refusa,
quoiqu'il n'eût que mille écus chez Gobenheim, un ancien
commis de son patron. Dumay, croyez-le, est un Breton
repiqué par le Sort en Normandie. Jugez de la haine
conçue contre ses locataires du Chalet par le normand
Vilquin, un homme riche de trois millions ! Quel crime de
lèse-million que de démontrer aux riches l'impuissance de
l'or ? Vilquin, dont le désespoir le rendait la fable du
Havre, venait de proposer une jolie habitation en toute
propriété à Dumay, qui de nouveau refusa. Le Havre
commençait à s'inquiéter de cet entêtement, dont, pour
beaucoup de gens, la raison se trouvait dans cette phrase :
— Dumay est Breton. Le caissier, lui, pensait que
madame et surtout mademoiselle Mignon eussent été trop
mal logées partout ailleurs. Ses deux idoles habitaient un
temple digne d'elles, et profitaient du moins de cette
somptueuse chaumière où des rois déchus auraient pu
conserver la majesté des choses autour d'eux, espèce de
décorum qui manque souvent aux gens tombés. Peut-être
ne regrettera-t-on pas d'avoir connu par avance et l'habitation et la compagnie habituelle de Modeste ; car, à son âge,
les êtres et les choses ont sur l'avenir autant d'influence
que le caractère, si toutefois le caractère n'en reçoit pas
quelques empreintes ineffaçables.

IV. *Une scène de famille.*

A la manière dont les Latournelle entrèrent au Chalet,
un étranger aurait bien deviné qu'ils y venaient tous les
soirs.

— Déjà, mon maître ?... dit le notaire en apercevant
dans le salon un jeune banquier du Havre, Gobenheim,
parent de Gobenheim-Keller [9], chef de la grande maison de
Paris.

Ce jeune homme à visage livide, un de ces blonds aux yeux noirs dont le regard immobile a je ne sais quoi de fascinant, aussi sobre dans sa parole que dans le vivre, vêtu de noir, maigre comme un phtisique, mais vigoureusement charpenté, cultivait la famille de son ancien patron et la maison de son caissier, beaucoup moins par affection que par calcul : on y jouait le whist à deux sous la fiche, une mise soignée n'était pas de rigueur, il n'acceptait que des verres d'eau sucrée, et n'avait aucune politesse à rendre en échange. Cette apparence de dévouement aux Mignon laissait croire que Gobenheim avait du cœur, et le dispensait d'aller dans le grand monde du Havre, d'y faire des dépenses inutiles, de déranger l'économie de sa vie domestique. Ce catéchumène du Veau d'or se couchait tous les soirs à dix heures et demie, et se levait à cinq heures du matin. Enfin, sûr de la discrétion de Latournelle et de Butscha, Gobenheim pouvait analyser devant eux les affaires épineuses, les soumettre aux consultations gratuites du notaire, et réduire les cancans de la place à leur juste valeur. Cet apprenti gobe-or (mot de Butscha) appartenait à cette nature de substances que la chimie appelle absorbantes. Depuis la catastrophe arrivée à la maison Mignon, où les Keller le mirent en pension pour apprendre le haut commerce maritime, personne au Chalet ne l'avait prié de faire quoi que ce soit, pas même une simple commission ; sa réponse était connue. Ce garçon regardait Modeste comme il aurait examiné une lithographie à deux sous. — C'est l'un des pistons de l'immense machine appelée Commerce, disait de lui le pauvre Butscha dont l'esprit se trahissait par de petits mots timidement lancés.

Les quatre Latournelle saluèrent avec la plus respectueuse déférence une vieille dame vêtue en velours noir, qui ne se leva pas du fauteuil où elle était assise, car ses deux yeux étaient couverts de la taie jaune produite par la cataracte. Madame Mignon sera peinte en une seule phrase. Elle attirait aussitôt le regard par le visage auguste des mères de famille dont la vie sans reproches défie les coups du Destin, mais qu'il a pris pour but de ses flèches, et qui forment la nombreuse tribu des Niobé. Sa perruque blonde bien frisée, bien mise, seyait à sa blanche figure froidie comme celle de ces femmes de bourgmestre peintes par Mirevelt. Le soin excessif de sa toilette, des bottines de velours, une collerette de dentelles, le châle mis droit, tout attestait la sollicitude de Modeste pour sa mère.

Quand le moment de silence, annoncé par le notaire, fut établi dans ce joli salon, Modeste, assise près de sa mère et brodant pour elle un fichu, devint pendant un instant le point de mire des regards. Cette curiosité cachée sous les interrogations vulgaires que s'adressent tous les gens en visite, et même ceux qui se voient chaque jour, eût trahi le complot domestique médité contre la jeune fille à un indifférent ; mais Gobenheim, plus qu'indifférent, ne remarqua rien, il alluma les bougies de la table à jouer. L'attitude de Dumay rendit cette situation terrible pour Butscha, pour les Latournelle, et surtout pour madame Dumay qui savait son mari capable de tirer, comme sur un chien enragé, sur l'amant de Modeste. Après le dîner, le caissier était allé se promener, suivi de deux magnifiques chiens des Pyrénées soupçonnés de trahison, et qu'il avait laissés chez un ancien métayer de monsieur Mignon ; puis, quelques instants avant l'entrée des Latournelle, il avait pris à son chevet ses pistolets et les avait posés sur la cheminée en se cachant de Modeste. La jeune fille ne fit aucune attention à tous ces préparatifs, au moins singuliers.

Quoique petit, trapu, grêlé, parlant tout bas, ayant l'air de s'écouter, ce Breton, ancien lieutenant de la Garde, offre la résolution, le sang-froid si bien gravés sur son visage, que personne, en vingt ans, à l'armée, ne l'avait plaisanté. Ses petits yeux d'un bleu calme, ressemblent à deux morceaux d'acier. Ses façons, l'air de son visage, son parler, sa tenue, tout concorde à son nom bref de Dumay. Sa force, bien connue d'ailleurs, lui permet de ne redouter aucune agression. Capable de tuer un homme d'un coup de poing, il avait accompli ce haut fait à Bautzen, en s'y trouvant sans armes, face à face avec un Saxon, en arrière de sa compagnie [10]. En ce moment la ferme et douce physionomie de cet homme atteignit au sublime du tragique ; ses lèvres pâles comme son teint indiquèrent une convulsion domptée par l'énergie bretonne ; une sueur légère, mais que chacun vit et supposa froide, rendit son front humide. Le notaire savait que, de tout ceci, pouvait résulter un drame en Cour d'Assises. En effet, pour le caissier, il se jouait, à propos de Modeste Mignon, une partie où se trouvaient engagés un honneur, une foi, des sentiments d'une importance supérieure à celle des liens sociaux, et résultant d'un de ces pactes dont le seul juge, en cas de malheur, est au ciel. La plupart des drames sont dans les idées que nous nous formons des choses. Les événements qui nous paraissent dramatiques ne sont que les sujets que notre âme convertit en tragédie ou en comédie, au gré de notre caractère.

Madame Latournelle et madame Dumay, chargées d'observer Modeste, eurent je ne sais quoi d'emprunté dans le maintien, de tremblant dans la voix que l'inculpée ne remarqua point, tant elle paraissait absorbée par sa broderie. Modeste plaquait chaque fil de coton avec une perfection à désespérer des brodeuses. Son visage disait tout le plaisir que lui causait le mat du pétale qui finissait une fleur entreprise. Le nain, assis entre sa patronne et Gobenheim, retenait ses larmes, il se demandait comment arriver à Modeste, afin de lui jeter deux mots d'avis à l'oreille. En prenant position devant madame Mignon, madame Latournelle avait, avec sa diabolique intelligence de dévote, isolé Modeste. Madame Mignon, silencieuse dans sa cécité, plus pâle que ne la faisait sa pâleur habituelle, disait assez qu'elle savait l'épreuve à laquelle Modeste allait être soumise. Peut-être au dernier moment blâmait-elle ce stratagème, tout en le trouvant nécessaire. De là son silence. Elle pleurait en dedans. Exupère, la détente du piège, ignorait entièrement la pièce où le hasard lui donnait un rôle. Gobenheim restait, par un effet de son caractère, dans une insouciance égale à celle que

montrait Modeste. Pour un spectateur instruit, ce contraste
entre la complète ignorance des uns et la palpitante
attention des autres eût été sublime. Aujourd'hui plus que
jamais, les romanciers disposent de ces effets, et ils sont
dans leur droit ; car la nature s'est, de tout temps, permis
d'être plus forte qu'eux. Ici, la nature, vous le verrez, la
nature sociale, qui est une nature dans la nature, se
donnait le plaisir de faire l'histoire plus intéressante que le
roman, de même que les torrents dessinent des fantaisies
interdites aux peintres, et accomplissent des tours de force
en disposant ou léchant les pierres à surprendre les
statuaires et les architectes.

V. *Un portrait d'après nature.*

Il était huit heures. En cette saison, le crépuscule jette
alors ses dernières lueurs. Ce soir-là, le ciel n'offrait pas
un nuage, l'air attiédi caressait la terre, les fleurs
embaumaient, on entendait crier le sable sous les pieds de
quelques promeneurs qui rentraient. La mer reluisait
comme un miroir. Enfin il faisait si peu de vent que les
bougies allumées sur la table à jouer montraient leurs
flammes tranquilles, quoique les croisées fussent entrou-
vertes. Ce salon, cette soirée, cette habitation, quel cadre
pour le portrait de cette jeune fille, étudiée alors par ces
personnes avec la profonde attention d'un peintre en
présence de la Margherita Doni, l'une des gloires du palais
Pitti [11]. Modeste, fleur enfermée comme celle de Catulle,
valait-elle encore toutes ces précautions ?... Vous connaissez la cage, voici l'oiseau.

Alors âgée de vingt ans, svelte [12], fine autant qu'une de
ces sirènes inventées par les dessinateurs anglais pour
leurs *livres de beautés,* Modeste offre, comme autrefois sa
mère, une coquette expression de cette grâce peu comprise

en France, où nous l'appelons *sensiblerie*, mais qui, chez
les Allemandes, est la poésie du cœur arrivée à la surface
de l'être et s'épanchant en minauderies chez les sottes, en
divines manières chez les filles spirituelles. Remarquable
par sa chevelure couleur d'or-pâle, elle appartient à ce
genre de femmes nommées, sans doute en mémoire d'Ève,
les blondes célestes, et dont l'épiderme satiné ressemble à
du papier de soie appliqué sur la chair, qui frissonne sous
l'hiver ou s'épanouit au soleil du regard, en rendant la
main jalouse de l'œil. Sous ces cheveux, légers comme des
marabous [13] et bouclés à l'anglaise, le front, que vous
eussiez dit tracé par le compas tant il est pur de modelé,
reste discret, calme jusqu'à la placidité, quoique lumineux
de pensée ; mais quand et où pouvait-on en voir de plus
uni, d'une netteté si transparente ? il semble, comme une
perle, avoir un orient. Les yeux d'un bleu tirant sur le gris,
limpides comme des yeux d'enfants, en montraient alors
toute la malice et toute l'innocence, en harmonie avec l'arc
des sourcils à peine indiqué par des racines plantées
comme celles faites au pinceau dans les figures chinoises.
Cette candeur spirituelle est encore relevée autour des
yeux et dans les coins, aux tempes, par des tons de nacre à
filets bleus, privilège de ces teints délicats. La figure, de
l'ovale si souvent trouvé par Raphaël pour ses madones, se
distingue par la couleur sobre et virginale des pommettes,
aussi douce que la rose de Bengale, et sur laquelle les
longs cils d'une paupière diaphane jetaient des ombres
mélangées de lumière. Le col, alors penché, presque frêle,
d'un blanc de lait, rappelle ces lignes fuyantes, aimées de
Léonard de Vinci. Quelques petites taches de rousseur,
semblables aux mouches du dix-huitième siècle, disent
que Modeste est bien une fille de la terre, et non l'une de
ces créations rêvées en Italie par l'École Angélique.
Quoique fines et grasses tout à la fois, ses lèvres, un peu
moqueuses, expriment la volupté. Sa taille, souple sans
être frêle, n'effrayait pas la Maternité comme celle de ces
jeunes filles qui demandent des succès à la morbide
pression d'un corset. Le basin, l'acier, le lacet épuraient et

ne fabriquaient pas les lignes serpentines de cette élégance, comparable à celle d'un jeune peuplier balancé par le vent. Une robe gris de perle, ornée de passementeries couleur de cerise, à taille longue, dessinait chastement le corsage et couvrait les épaules, encore un peu maigres, d'une guimpe qui ne laissait voir que les premières rondeurs par lesquelles le cou s'attache aux épaules. A l'aspect de cette physionomie vaporeuse et intelligente tout ensemble, où la finesse d'un nez grec à narines roses, à méplats fermement coupés, jetait je ne sais quoi de positif ; où la poésie qui régnait sur le front presque mystique était quasi démentie par la voluptueuse expression de la bouche ; où la candeur disputait les champs profonds et variés de la prunelle à la moquerie la plus instruite [14], un observateur aurait pensé que cette jeune fille, à l'oreille alerte et fine que tout bruit éveillait, au nez ouvert aux parfums de la fleur bleue de l'Idéal, devait être le théâtre d'un combat entre les poésies qui se jouent autour de tous les levers de soleil et les labeurs de la journée, entre la Fantaisie et la Réalité. Modeste était la jeune fille curieuse et pudique, sachant sa destinée et pleine de chasteté, la vierge de l'Espagne plutôt que celle de Raphaël.

Elle leva la tête en entendant Dumay dire à Exupère :
— Venez ici, jeune homme ! et après les avoir vus causant dans un coin du salon, elle pensa qu'il s'agissait d'une commission à donner pour Paris. Elle regarda ses amis qui l'entouraient comme étonnée de leur silence, et s'écria de l'air le plus naturel : — Eh ! bien, vous ne jouez pas ? en montrant la table verte que la grande madame Latournelle nommait l'*autel.*

— Jouons ? reprit Dumay qui venait de congédier le jeune Exupère.

— Mets-toi là, Butscha, dit madame Latournelle en séparant par toute la table le premier clerc du groupe que formaient madame Mignon et sa fille.

— Et toi, viens là !... dit Dumay à sa femme en lui ordonnant de se tenir près de lui.

Madame Dumay, petite Américaine de trente-six ans, essuya furtivement des larmes, elle adorait Modeste et croyait à une catastrophe.

— Vous n'êtes pas gais, ce soir, reprit Modeste.

— Nous jouons, répondit Gobenheim qui disposait ses cartes.

Quelque intéressante que cette situation puisse paraître, elle le sera bien davantage en expliquant la position de Dumay relativement à Modeste. Si la concision de ce récit le rend sec, on pardonnera cette sécheresse en faveur du désir d'achever promptement cette scène, et à la nécessité de raconter l'argument qui domine tous les drames.

VI. *Avant-scène.*

Dumay (Anne-François-Bernard), né à Vannes, partit soldat en 1799, à l'armée d'Italie. Son père, président du tribunal révolutionnaire, s'était fait remarquer par tant d'énergie, que le pays ne fut pas tenable pour lui lorsque son père, assez méchant avocat, eut péri sur l'échafaud après le 9 thermidor. Après avoir vu mourir sa mère de chagrin, Anne vendit tout ce qu'il possédait et courut, à l'âge de vingt-deux ans, en Italie, au moment où nos armées succombaient. Il rencontra dans le département du Var un jeune homme qui, par des motifs analogues, allait aussi chercher la gloire, en trouvant le champ de bataille moins périlleux que la Provence. Charles Mignon, dernier rejeton de cette famille à laquelle Paris doit la rue et l'hôtel bâti par le cardinal Mignon [15], eut, dans son père, un finaud qui voulut sauver des griffes de la Révolution la terre de La Bastie, un joli fief du Comtat. Comme tous les peureux de ce temps, le comte de La Bastie, devenu le citoyen Mignon, trouva plus sain de couper les têtes que de se laisser couper la sienne. Ce faux terroriste disparut au

Neuf Thermidor et fut alors inscrit sur la liste des émigrés.
Le comté de La Bastie fut vendu. Le château déshonoré vit
ses tours en poivrière rasées. Enfin le citoyen Mignon,
découvert à Orange, fut massacré, lui, sa femme et ses
enfants, à l'exception de Charles Mignon qu'il avait envoyé
lui chercher un asile dans les Hautes-Alpes. Saisi par ces
affreuses nouvelles, Charles attendit, dans une vallée du
Mont-Genèvre, des temps moins orageux. Il vécut là
jusqu'en 1799 de quelques louis que son père lui mit dans
la main, à son départ. Enfin, à vingt-trois ans, sans autre
fortune que sa belle prestance, que cette beauté méridio-
nale qui, complète, arrive au sublime, et dont le type est
l'Antinoüs, l'illustre favori d'Adrien, Charles résolut de
hasarder sur le tapis rouge de la Guerre son audace
provençale qu'il prit, à l'exemple de tant d'autres, pour
une vocation. En allant au dépôt de l'armée, à Nice, il
rencontra le Breton. Devenus camarades et par la similitude de leurs destinées et par le constraste de leurs
caractères, ces deux fantassins burent à la même tasse, en
plein torrent, cassèrent en deux le même morceau de
biscuit, et se trouvèrent sergents à la paix qui suivit la
bataille de Marengo. Quand la guerre recommença,
Charles Mignon obtint de passer dans la cavalerie et perdit
alors de vue son camarade. Le dernier des Mignon de La
Bastie était, en 1812, officier de la Légion-d'Honneur et
major d'un régiment de cavalerie, espérant être renommé
comte de La Bastie et fait colonel par l'Empereur. Pris par
les Russes, il fut envoyé, comme tant d'autres, en Sibérie.
Il fit le voyage avec un pauvre lieutenant dans lequel il
reconnut Anne Dumay, non décoré, brave, mais malheureux comme un million de pousse-cailloux à épaulettes de
laine, le canevas d'hommes sur lequel Napoléon a peint le
tableau de l'Empire. En Sibérie, le lieutenant-colonel
apprit, pour tuer le temps, le calcul et la calligraphie au
Breton, dont l'éducation avait paru inutile au père Scé-
vola [16]. Charles trouva dans son premier compagnon de
route un de ces cœurs si rares où il put verser tous ses
chagrins en racontant ses félicités. Le fils de la Provence

avait fini par rencontrer le hasard qui cherche tous les jolis garçons. En 1804, à Francfort-sur-Mein, il fut adoré par Bettina Wallenrod [17], fille unique d'un banquier, et il l'avait épousée avec d'autant plus d'enthousiasme qu'elle était riche, une des beautés de la ville, et qu'il se voyait alors seulement lieutenant, sans autre fortune que l'avenir excessivement problématique des militaires de ce temps-là. Le vieux Wallenrod, baron allemand déchu (la Banque est toujours baronne), charmé de savoir que le beau lieutenant représentait à lui seul les Mignon de La Bastie, approuva la passion de la blonde Bettina, qu'un peintre (il y en avait un alors à Francfort) avait fait poser pour une figure idéale de l'Allemagne. Wallenrod, nommant par avance ses petits-fils comtes de La Bastie-Wallenrod, plaça dans les fonds français la somme nécessaire pour donner à sa fille trente mille francs de rente. Cette dot fit une très-faible brèche à sa caisse, vu le peu d'élévation du capital. L'Empire, par suite d'une politique à l'usage de beaucoup de débiteurs, payait rarement les semestres. Aussi Charles parut-il assez effrayé de ce placement, car il n'avait pas autant de foi que le baron allemand dans l'aigle impériale. Le phénomène de la croyance ou de l'admiration, qui n'est qu'une croyance éphémère, s'établit difficilement en concubinage avec l'idole. Le mécanicien redoute la machine que le voyageur admire, et les officiers étaient un peu les chauffeurs de la locomotive napoléonienne, s'ils n'en furent pas le charbon. Le baron de Wallenrod-Tustall-Bartenstild promit alors de venir au secours du ménage. Charles aima Bettina Wallenrod autant qu'il était aimé d'elle, et c'est beaucoup dire ; mais quand un Provençal s'exalte, tout chez lui devient naturel en fait de sentiment. Et comment ne pas adorer une blonde échappée d'un tableau d'Albert Dürer, d'un caractère angélique, et d'une fortune notée à Francfort ? Charles eut donc quatre enfants dont il restait seulement deux filles, au moment où il épanchait ses douleurs au cœur du Breton. Sans les connaître, Dumay aima ces deux petites par l'effet de cette sympathie, si bien rendue par Charlet, qui rend le soldat père de tout enfant ! L'aînée, appelée Bettina-Caroline, était née en 1805, l'autre, Marie-Modeste, en 1808.

Le malheureux lieutenant-colonel sans nouvelles de ces êtres chéris, revint à pied, en 1814, en compagnie du lieutenant, à travers la Russie et la Prusse. Ces deux amis, pour qui la différence des épaulettes n'existait plus, atteignirent Francfort au moment où Napoléon débarquait à Cannes [18]. Charles trouva sa femme à Francfort, mais en deuil ; elle avait eu la douleur de perdre son père de qui elle était adorée et qui voulait toujours la voir souriant, même à son lit de mort. Le vieux Wallenrod ne survivait pas aux désastres de l'Empire. A soixante-douze ans, il avait spéculé sur les cotons, en croyant au génie de Napoléon, sans savoir que le génie est aussi souvent au-dessus qu'au-dessous des événements. Ce dernier Wallenrod, des vrais Wallenrod-Tustall-Bartenstild, avait acheté presque autant de balles de coton que l'Empereur perdit d'hommes pendant sa sublime campagne de France [19]. « *Che meirs tans le godon !...* avait dit à sa fille ce père, de l'espèce des Goriot, en s'efforçant d'apaiser une douleur qui l'effrayait, *ed che meirs ne teffant rienne à berzonne* », car ce Français d'Allemagne mourut en essayant de parler la langue aimée de sa fille. Heureux de sauver de ce grand et double naufrage sa femme et ses deux filles [20], Charles Mignon revint à Paris où l'Empereur le nomma lieutenant-colonel dans les cuirassiers de la Garde, et le fit commandant de la Légion-d'Honneur. Le rêve du colonel, qui se voyait enfin général et comte au premier triomphe de Napoléon, s'éteignit dans les flots de sang de Waterloo. Le colonel, peu grièvement blessé, se retira sur la Loire et quitta Tours avant le licenciement.

VII. *Un drame vulgaire.*

Au printemps de 1816, Charles réalisa ses trente mille livres de rentes qui lui donnèrent environ quatre cent mille francs, et résolut d'aller faire fortune en Amérique, en abandonnant le pays où la persécution pesait déjà sur les soldats de Napoléon. Il descendit de Paris au Havre accompagné de Dumay, à qui, par un hasard assez ordinaire à la guerre, il avait sauvé la vie en le prenant en croupe au milieu du désordre qui suivit la journée de Waterloo. Dumay partageait les opinions et le découragement du colonel. Charles, suivi par le Breton comme par un caniche (le pauvre soldat idolâtrait les deux petites filles), pensa que l'obéissance, l'habitude des consignes, la probité, l'attachement du lieutenant en feraient un serviteur fidèle autant qu'utile, il lui proposa donc de se mettre sous ses ordres, au civil. Dumay fut très-heureux en se voyant adopté par une famille où il comptait vivre comme le guy [21] sur le chêne. En attendant une occasion pour s'embarquer, en choisissant entre les navires et méditant sur les chances offertes par leurs destinations, le colonel entendit parler des brillantes destinées que la paix réservait au Havre. En écoutant la dissertation de deux bourgeois, il entrevit un moyen de fortune, et devint à la fois armateur, banquier, propriétaire [22]; il acheta pour deux cent mille francs de terrains, de maisons, et lança vers New-York un navire chargé de soieries françaises achetées à bas prix à Lyon. Dumay, son agent, partit sur le vaisseau. Pendant que le colonel s'installait dans la plus belle maison de la rue Royale avec sa famille, et apprenait les éléments de la Banque en déployant l'activité, la prodigieuse intelligence des Provençaux, Dumay réalisa deux fortunes, car il revint avec un chargement de coton acheté à vil prix. Cette double opération valut un capital énorme à la maison Mignon. Le colonel fit alors l'acquisition de la villa d'Ingouville, et récompensa Dumay en lui donnant une modeste maison, rue Royale. Le pauvre Breton avait ramené de New-York, avec ses cotons, une jolie petite femme à laquelle plut, avant toute chose, la qualité de Français. Miss Grummer possédait environ quatre mille dollars, vingt mille francs que Dumay plaça chez son colonel. Dumay, devenu l'*alter Ego* de l'armateur, apprit en peu de temps la tenue des livres, cette science qui distingue, selon son mot, les sergents-majors du commerce. Ce naïf soldat, oublié pendant vingt ans par la Fortune, se crut l'homme le plus heureux du monde, en se voyant propriétaire d'une maison que la munificence de son chef garnit d'un joli mobilier, puis de douze cents francs d'intérêts qu'il eut de ses fonds, et de trois mille six cents francs d'appointements. Jamais le lieutenant Dumay, dans ses rêves, n'avait espéré situation pareille ; mais il était encore plus satisfait de se sentir le pivot de la plus riche maison de commerce du Havre. Madame Dumay, petite Américaine assez jolie, eut le chagrin de perdre tous ses enfants à leur naissance, et les malheurs de sa dernière couche la privèrent de l'espérance d'en avoir ; elle s'attacha donc aux deux demoiselles Mignon, avec autant d'amour que Dumay qui les eût préférées à ses enfants. Madame Dumay, qui devait le jour à des cultivateurs habitués à une vie économe, se contenta de deux mille quatre cents francs pour elle et son ménage. Ainsi, tous les ans, Dumay plaça deux mille et quelques cents francs de plus dans la maison Mignon. En examinant le bilan annuel, le patron grossissait le compte du caissier d'une gratification en harmonie avec les services. En 1824, le crédit du caissier se montait à cinquante-huit mille francs. Ce fut alors que Charles Mignon, comte de La Bastie, titre dont on ne parlait jamais, combla son caissier en le logeant au Chalet, où, dans ce moment, vivaient obscurément Modeste et sa mère.

L'état déplorable où se trouvait madame Mignon, que son mari avait laissée belle encore, a sa cause dans la

catastrophe à laquelle l'absence de Charles était due. Le
chagrin avait employé trois ans à détruire cette douce
Allemande ; mais c'était un de ces chagrins semblables à
des vers logés au cœur d'un bon fruit. Le bilan de cette
douleur est facile à chiffrer. Deux enfants, morts en bas
âge, eurent un double *ci-gît* dans cette âme qui ne savait
rien oublier. La captivité de Charles en Sibérie fut, pour
cette femme aimante, la mort tous les jours. La catastrophe
de la riche maison Wallenrod et la mort du pauvre
banquier sur ses sacs vides, fut, au milieu des doutes de
Bettina sur le sort de son mari, comme un coup suprême.
La joie excessive de retrouver son Charles faillit tuer cette
fleur allemande. Puis la seconde chute de l'Empire,
l'expatriation projetée furent comme de nouveaux accès
d'une même fièvre. Enfin, dix ans de prospérités continuelles, les amusements de sa maison, la première du
Havre ; les dîners, les bals, les fêtes du négociant heureux,
les somptuosités de la villa Mignon, l'immense considération, la respectueuse estime dont jouissait Charles, l'entière affection de cet homme, qui répondit par un amour
unique à un unique amour, tout avait réconcilié cette
pauvre femme avec la vie. Au moment où elle ne doutait
plus, où elle entrevoyait un beau soir à sa journée
orageuse, une catastrophe inconnue, enterrée au cœur de
cette double famille et dont il sera bientôt question, avait
été comme une sommation du malheur. En janvier 1826,
au milieu d'une fête, quand le Havre tout entier désignait
Charles Mignon pour son député, trois lettres, venues de
New-York, de Paris et de Londres, avaient été comme
autant de coups de marteau sur le palais de verre de la
Prospérité. En dix minutes, la ruine avait fondu de ses
ailes de vautour sur cet inouï bonheur, comme le froid sur
la Grande Armée en 1812. En une seule nuit, passée à
faire des comptes avec Dumay, Charles Mignon avait pris
son parti. Toutes les valeurs, sans en excepter les
meubles, suffisaient à tout payer. — Le Havre, avait dit le
colonel au lieutenant, ne me verra pas à pied. Dumay, je
prends tes soixante mille francs à six pour cent... — A

trois, mon colonel. — A rien alors, avait répondu Charles
Mignon péremptoirement. Je te ferai ta part dans mes
nouvelles affaires. Le *Modeste*, qui n'est plus à moi, part
demain, le capitaine m'emmène. Toi, je te charge de ma
femme et de ma fille. Je n'écrirai jamais ! Pas de
nouvelles, bonnes nouvelles. Dumay, toujours lieutenant,
n'avait pas fait à son colonel une seule question sur ses
projets. — Je pense, avait-il dit à Latournelle d'un petit air
entendu, que mon colonel a son plan fait. Le lendemain, il
avait accompagné au petit jour son patron sur le navire le
Modeste, partant pour Constantinople. Là, sur l'arrière du
bâtiment, le Breton avait dit au Provençal : — Quels sont
vos derniers ordres, mon colonel ? — Qu'aucun homme
n'approche du Chalet ! s'était écrié le père en retenant mal
une larme. Dumay ! garde-moi mon dernier enfant, comme
me le garderait un boule-dogue. La mort à quiconque
tenterait de débaucher ma seconde fille ! Ne crains rien,
pas même l'échafaud, je t'y rejoindrais. — Mon colonel,
faites vos affaires en paix. Je vous comprends. Vous
retrouverez mademoiselle Modeste comme vous me la
confiez, ou je serais mort ! Vous me connaissez et vous
connaissez nos deux chiens des Pyrénées. On n'arrivera
pas à votre fille. Pardon de vous dire tant de phrases ! Les
deux militaires s'étaient jetés dans les bras l'un de l'autre
comme deux hommes qui s'étaient appréciés en pleine
Sibérie. Le jour même, le *Courrier du Havre* avait publié
ce terrible, simple, énergique et honnête premier-Havre [23].

« La maison Charles Mignon suspend ses payements.
Mais les liquidateurs soussignés prennent l'engagement de
payer toutes les créances passives. On peut, dès à présent,
escompter aux tiers-porteurs les effets à terme. La vente
des propriétés foncières couvre intégralement les comptes
courants.

« Cet avis est donné pour l'honneur de la maison et pour
empêcher tout ébranlement du crédit sur la place du
Havre.

« Monsieur Charles Mignon est parti ce matin sur le
Modeste pour l'Asie-Mineure [24], ayant laissé de pleins

pouvoirs à l'effet de réaliser toutes les valeurs, même immobilières.

« DUMAY *(liquidateur pour les comptes de banque)*; LATOURNELLE, *notaire (liquidateur pour les biens de ville et de campagne)*; GOBENHEIM *(liquidateur pour les valeurs commerciales)*. »

Latournelle avait dû sa fortune à la bonté de monsieur Mignon, qui lui avait prêté cent mille francs, en 1817, pour acheter la plus belle Étude du Havre. Ce pauvre homme, sans moyens pécuniaires, premier clerc depuis dix ans, atteignait alors à l'âge de quarante ans et se voyait clerc pour le reste de ses jours. Il fut le seul dans tout le Havre dont le dévouement pût se comparer à celui de Dumay ; car Gobenheim profita de la liquidation pour continuer les relations et les affaires de monsieur Mignon, ce qui lui permit d'élever sa petite maison de banque. Pendant que des regrets unanimes se formulaient à la Bourse, sur le port, dans toutes les maisons ; quand le panégyrique d'un homme irréprochable, honorable et bienfaisant, remplissait toutes les bouches, Latournelle et Dumay, silencieux et actifs comme des fourmis, vendaient, réalisaient, payaient et liquidaient. Vilquin fit le généreux en achetant la villa, la maison de ville et une ferme. Aussi Latournelle profita-t-il de ce bon premier mouvement en arrachant un bon prix à Vilquin. On voulut visiter madame et mademoiselle Mignon ; mais elles avaient obéi à Charles en se réfugiant au Chalet, le matin même de son départ qui leur fut caché dans le premier moment. Pour ne pas se laisser ébranler par leur douleur, le courageux banquier avait embrassé sa femme et sa fille pendant leur sommeil. Il y eut trois cents cartes mises à la porte de la maison Mignon. Quinze jours après, l'oubli le plus profond, prophétisé par Charles, révélait à ces deux femmes la sagesse et la grandeur de la résolution ordonnée. Dumay fit représenter son maître à New-York, à Londres et à Paris. Il suivit la liquidation des trois maisons de banque auxquelles cette ruine était due, réalisa cinq cent mille francs de 1826 à 1828, le huitième de la fortune

de Charles ; et, selon des ordres écrits pendant la nuit du
départ, il les envoya dans le commencement de l'année
1828, par la maison Mongenod, à New-York, au compte de
monsieur Mignon. Tout cela fut accompli militairement,
excepté le prélèvement de trente mille francs pour les
besoins personnels de madame et de mademoiselle Mignon
que Charles avait recommandé de faire et que ne fit pas
Dumay. Le Breton vendit sa maison de ville vingt mille
francs, et les remit à madame Mignon, en pensant que,
plus son colonel aurait de capitaux, plus promptement il
reviendrait. Faute de trente mille francs quelquefois on
périt, avait-il dit à Latournelle qui lui prit à sa valeur cette
maison où les habitants du Chalet trouvaient toujours un
appartement.

Tel fut, pour la célèbre maison Mignon du Havre, le
résultat de la crise qui bouleversa, de 1825 à 1826, les
principales places de commerce et qui causa, si l'on se
souvient de ce coup de vent, la ruine de plusieurs
banquiers de Paris, dont l'un présidait le Tribunal de
Commerce [25].

VIII. *Simple histoire.*

On comprend alors que cette chute immense, couron-
nant un règne bourgeois de dix années, avait pu être le
coup de la mort pour Bettina Wallenrod, qui se vit encore
une fois séparée de son mari, sans rien savoir d'une
destinée en apparence aussi périlleuse, aussi aventureuse
que l'exil en Sibérie ; mais le mal qui l'entraînait vers la
tombe est à ces chagrins visibles ce qu'est aux chagrins
ordinaires d'une famille l'enfant fatal qui la gruge et la
dévore. La pierre infernale jetée au cœur de cette mère
était une des pierres tumulaires du petit cimetière d'Ingouville, et sur laquelle on lit :

BETTINA-CAROLINE MIGNON,
Morte à vingt-deux ans.
PRIEZ POUR ELLE.
1827.

Cette inscription est pour la jeune fille ce qu'une épitaphe est pour beaucoup de morts, la table des matières d'un livre inconnu. Le livre, le voici dans son abrégé terrible qui peut expliquer le serment échangé dans les adieux du colonel et du lieutenant.

Un jeune homme, d'une charmante figure, appelé Georges d'Estourny, vint au Havre sous le vulgaire prétexte de voir la mer, et il y vit Caroline Mignon. Un soi-disant élégant de Paris n'est jamais sans quelques recommandations ; il fut donc invité, par l'intermédiaire d'un ami des Mignon, à une fête donnée à Ingouville. Devenu très-épris et de Caroline et de sa fortune, le Parisien entrevit une fin heureuse. En trois mois, il accumula tous les moyens de séduction, et enleva Caroline. Quand il a des filles, un père de famille ne doit pas plus laisser introduire un jeune homme chez lui sans le connaître, que laisser traîner des livres ou des journaux sans les avoir lus. L'innocence des filles est comme le lait que font tourner un coup de tonnerre, un vénéneux parfum, un temps chaud, un rien, un souffle même. En lisant la lettre d'adieu de sa fille aînée, Charles Mignon fit partir aussitôt madame Dumay pour Paris. La famille allégua la nécessité d'un voyage subitement ordonné par le médecin de la maison qui trempa dans cette excuse nécessaire ; mais sans pouvoir empêcher le Havre de causer sur cette absence. — Comment, une jeune personne si forte, d'un teint espagnol, à chevelure de jais !... Elle ? poitrinaire !... — Mais, oui, l'on dit qu'elle a commis une imprudence. — Ah ! ah ! s'écriait un Vilquin. — Elle est revenue en nage d'une partie de cheval, et a bu à la glace ; du moins, voilà ce que dit le docteur Troussenard [26]. Quand madame Dumay revint, les malheurs de la maison Mignon étaient consommés, personne ne fit plus attention à l'absence de Caroline

ni au retour de la femme du caissier. Au commencement
de l'année 1827, les journaux retentirent du procès de
Georges d'Estourny, condamné pour de constantes fraudes
au jeu par la Police correctionnelle. Ce jeune corsaire
s'exila, sans s'occuper de mademoiselle Mignon, à qui la
liquidation faite au Havre ôtait toute sa valeur. En peu de
temps, Caroline apprit et son infâme abandon, et la ruine
de la maison paternelle. Revenue dans un état de maladie
affreux et mortel, elle s'éteignit, en peu de jours, au
Chalet. Sa mort protégea du moins sa réputation. On crut
assez généralement à la maladie alléguée par monsieur
Mignon lors de la fuite de sa fille, et à l'ordonnance
médicale qui dirigeait, disait-on, mademoiselle Caroline
sur Nice. Jusqu'au dernier moment, la mère avait espéré
conserver sa fille ! Bettina fut sa préférence, comme
Modeste était celle de Charles. Il y avait quelque chose de
touchant dans ces deux élections. Bettina fut tout le
portrait de Charles, comme Modeste est celui de sa mère.
Chacun des deux époux continuait son amour dans son
enfant. Caroline, fille de la Provence, tint de son père et
cette belle chevelure noire comme l'aile d'un corbeau
qu'on admire chez les femmes du midi, et l'œil brun,
fendu en amande, brillant comme une étoile, et le teint
olivâtre, et la peau dorée d'un fruit velouté, le pied
cambré, cette taille espagnole qui fait craquer les basqui-
nes. Aussi le père et la mère étaient-ils fiers de la
charmante opposition que présentaient les deux sœurs. —
Un diable et un ange ! disait-on sans malice, quoique ce
fût une prophétie.

Après avoir pleuré pendant un mois dans sa chambre où
elle voulut rester sans voir personne, la pauvre Allemande
en sortit les yeux malades. Avant de perdre la vue, elle
était allée, malgré tous ses amis, contempler la tombe de
Caroline. Cette dernière image resta colorée dans ses
ténèbres, comme le spectre rouge du dernier objet vu brille
encore, après qu'on a fermé les yeux par un grand jour.
Après cet affreux, ce double malheur, Modeste devenue
fille unique, sans que son père le sût, rendit Dumay, non

pas plus dévoué, mais plus craintif que par le passé. Madame Dumay, folle de Modeste comme toutes les femmes privées d'enfant, l'accabla de sa maternité d'occasion, sans cependant méconnaître les ordres de son mari qui se défiait des amitiés féminines. La consigne était nette. — Si jamais un homme de quelque âge, de quelque rang que ce soit, avait dit Dumay, parle à Modeste, la lorgne, lui fait les yeux doux, c'est un homme mort, je lui brûle la cervelle et je vais me mettre à la disposition du Procureur du Roi, ma mort la sauvera peut-être. Si tu ne veux pas me voir couper le cou, remplace-moi bien auprès d'elle, pendant que je suis en ville. Depuis trois ans, Dumay visitait ses armes tous les soirs. Il paraissait avoir mis de moitié dans son serment les deux chiens des Pyrénées, deux animaux d'une intelligence supérieure ; l'un couchait à l'intérieur et l'autre était posté dans une petite cabane d'où il ne sortait pas et n'aboyait point ; mais l'heure où ces deux chiens auraient remué leurs mâchoires sur un quidam eût été terrible !

IX. *Un soupçon.*

On peut maintenant deviner la vie menée au Chalet par la mère et la fille. Monsieur et madame Latournelle, souvent accompagnés de Gobenheim, venaient à peu près tous les soirs tenir compagnie à leurs amis, et jouaient au whist. La conversation roulait sur les affaires du Havre, sur les petits événements de la vie de province. Entre neuf et dix heures du soir, on se quittait. Modeste allait coucher sa mère, elles faisaient leurs prières ensemble, elles se répétaient leurs espérances, elles parlaient du voyageur chéri. Après avoir embrassé sa mère, la fille rentrait dans sa chambre à dix heures. Le lendemain, Modeste levait sa mère avec les mêmes soins, les mêmes prières, les mêmes

causeries. A la louange de Modeste, depuis le jour où la
terrible infirmité vint ôter un sens à sa mère, elle s'en fit la
femme de chambre, et déploya la même sollicitude, à tout
instant, sans se lasser, sans y trouver de monotonie. Elle
fut sublime d'affection, à toute heure, d'une douceur rare
chez les jeunes filles, et bien appréciée par les témoins de
cette tendresse. Aussi, pour la famille Latournelle, pour
monsieur et madame Dumay, Modeste était-elle au moral
la perle que vous connaissez. Entre le déjeuner et le dîner,
madame Mignon et madame Dumay faisaient, pendant les
jours de soleil, une petite promenade jusque sur les bords
de la mer, accompagnées de Modeste, car il fallait le
secours de deux bras à la malheureuse aveugle. Un mois
avant la scène, au milieu de laquelle cette explication fait
comme une parenthèse, madame Mignon avait tenu conseil
avec ses seuls amis, madame Latournelle, le notaire et
Dumay, pendant que madame Dumay amusait Modeste par
une longue promenade. — Écoutez, mes amis, avait dit
l'aveugle, ma fille aime, je le sens, je le vois... Une
étrange révolution s'est accomplie en elle, et je ne sais pas
comment vous ne vous en êtes pas aperçus... — Nom d'un
petit bonhomme ! s'était écrié le lieutenant. — Ne m'inter-
rompez pas, Dumay. Depuis deux mois, Modeste prend
soin d'elle, comme si elle devait aller à un rendez-vous.
Elle est devenue excessivement difficile pour sa chaus-
sure, elle veut faire valoir son pied, elle gronde madame
Gobet, la cordonnière. Il en est de même avec sa
couturière. En de certains jours, ma pauvre petite reste
morne, attentive, comme si elle attendait quelqu'un ; sa
voix a des intonations brèves comme si, quand on
l'interroge, on la contrariait dans son attente, dans ses
calculs secrets ; puis, si ce quelqu'un attendu, est venu...
— Nom d'un petit bonhomme ! — Asseyez-vous, Dumay,
avait dit l'aveugle. Eh ! bien, Modeste est gaie ! Oh ! elle
n'est pas gaie pour vous, vous ne saisissez pas ces nuances
trop délicates pour des yeux occupés par le spectacle de la
nature. Cette gaieté se trahit par les notes de sa voix, par
des accents que je saisis, que j'explique. Modeste, au lieu

de demeurer assise, songeuse, dépense une activité folle
en mouvements désordonnés… Elle est heureuse, enfin ! Il
y a des actions de grâce jusque dans les idées qu'elle
exprime. Ah ! mes amis, je me connais au bonheur aussi
bien qu'au malheur… Par le baiser que me donne ma
pauvre Modeste, je devine ce qui se passe en elle : si elle a
reçu ce qu'elle attend, ou si elle est inquiète. Il y a bien
des nuances dans les baisers, même dans ceux d'une fille
innocente, car Modeste est l'innocence même, mais, c'est
comme une innocence instruite. Si je suis aveugle, ma
tendresse est clairvoyante, et je vous engage à surveiller
ma fille. Dumay devenu féroce, le notaire en homme qui
veut trouver le mot d'une énigme, madame Latournelle en
duègne trompée, madame Dumay qui partagea les craintes
de son mari, se firent alors les espions de Modeste.
Modeste ne fut pas quittée un instant. Dumay passa les
nuits sous les fenêtres, caché dans son manteau comme un
jaloux Espagnol ; mais il ne put, armé de sa sagacité de
militaire, saisir aucun indice accusateur. A moins d'aimer
les rossignols du parc Vilquin, ou quelque prince Lutin,
Modeste n'avait pu voir personne, n'avait pu recevoir ni
donner aucun signal. Madame Dumay, qui ne se coucha
qu'après avoir vu Modeste endormie, plana sur les chemins
du haut du Chalet avec une attention égale à celle de son
mari. Sous les regards de ces quatre argus, l'irréprochable
enfant, dont les moindres mouvements furent étudiés,
analysés, fut si bien acquittée de toute criminelle conversation, que les amis taxèrent madame Mignon de folie, de
préoccupation. Madame Latournelle, qui conduisait elle-
même à l'église et qui en ramenait Modeste, fut chargée de
dire à la mère qu'elle s'abusait sur sa fille. — Modeste, fit-
elle alors observer, est une jeune personne très-exaltée,
elle se passionne pour les poésies de celui-ci, pour la prose
de celui-là. Vous n'avez pas pu juger de l'impression qu'a
produite sur elle cette symphonie de bourreau (mot de
Butscha qui prêtait de l'esprit à fonds perdu à sa
bienfaitrice), appelée le *Dernier Jour d'un Condamné*[27] ;
mais elle me paraissait folle avec ces admirations pour ce

monsieur Hugo. Je ne sais pas où ces gens-là (Victor Hugo, Lamartine, Byron sont ces *gens-là* pour les madame Latournelle) vont prendre leurs idées. La petite m'a parlé de *Childe Harold*, je n'ai pas voulu en avoir le démenti, j'ai eu la simplicité de me mettre à lire *cela* pour pouvoir en raisonner avec elle. Je ne sais pas s'il faut attribuer cet effet à la traduction ; mais le cœur me tournait, les yeux me papillotaient, je n'ai pas pu continuer. Il y a là des comparaisons qui hurlent : des rochers qui s'évanouissent, les laves de la guerre !... Enfin, comme c'est un Anglais qui voyage, on doit s'attendre à des bizarreries, mais cela passe la permission. On se croit en Espagne, et il vous met dans les nuages, au-dessus des Alpes, il fait parler les torrents et les étoiles ; et, puis, il y a trop de vierges !... c'en est impatientant ! Enfin, après les campagnes de Napoléon, nous avons assez des boulets enflammés, de l'airain sonore qui roulent de page en page[28]. Modeste m'a dit que tout ce pathos venait du traducteur[29] et qu'il fallait lire l'anglais. Mais, je n'irai pas apprendre l'anglais pour lord Byron, quand je ne l'ai pas appris pour Exupère. Je préfère de beaucoup les romans de Ducray-Duminil[30] à ces romans anglais ! Moi je suis trop Normande pour m'amouracher de tout ce qui vient de l'étranger, et surtout de l'Angleterre... Madame Mignon, malgré son deuil éternel, n'avait pu s'empêcher de sourire à l'idée de madame Latournelle lisant *Childe Harold.* La sévère nota-resse[31] accepta ce sourire comme une approbation de ses doctrines. — Ainsi donc, vous prenez, ma chère madame Mignon, les fantaisies de Modeste, les effets de ses lectures pour des amourettes. Elle a vingt ans. A cet âge, on s'aime soi-même. On se pare pour se voir parée. Moi, je mettais à feu ma pauvre petite sœur un chapeau d'homme, et nous jouions au monsieur... Vous avez eu, vous, à Francfort, une jeunesse heureuse ; mais, soyons justes ?... Modeste est ici, sans aucune distraction. Malgré la complaisance avec laquelle ses moindres désirs sont accueillis, elle se sait gardée, et la vie qu'elle mène offrirait peu de plaisir à une jeune fille qui n'aurait pas

trouvé comme elle des divertissements dans les livres.
Allez, elle n'aime personne que vous... Tenez-vous pour
très-heureuse de ce qu'elle se passionne pour les corsaires
de lord Byron, pour les héros de roman de Walter Scott,
pour vos Allemands, les comtes d'Egmont, Werther,
Schiller et autres Err. — Eh! bien, madame?... avait dit
respectueusement Dumay effrayé du silence de madame
Mignon. — Modeste n'est pas seulement amoureuse, elle
aime quelqu'un! avait répondu obstinément la mère. —
Madame, il s'agit de ma vie, et vous trouverez bon, non pas
à cause de moi, mais de ma pauvre femme, de mon colonel
et de vous, que je cherche à savoir qui de la mère ou du
chien de garde se trompe... — C'est vous, Dumay! Ah! si
je pouvais regarder ma fille!... avait dit la pauvre aveugle.
— Mais qui peut-elle aimer? avait répondu madame
Latournelle. Quant à nous, je réponds de mon Exupère. —
Ce ne saurait être Gobenheim que, depuis le départ du
colonel, nous voyons à peine neuf heures par semaine, dit
Dumay. D'ailleurs il ne pense pas à Modeste, cet écu de
cent sous fait homme! Son oncle Gobenheim-Keller lui a
dit : « Deviens assez riche pour épouser une Keller. »
Avec ce programme, il n'y a pas à craindre qu'il sache de
quel sexe est Modeste. Voilà tout ce que nous voyons
d'hommes ici. Je ne compte pas Butscha, pauvre petit
bossu, je l'aime, il est votre Dumay, madame, dit-il à la
notaresse. Butscha sait très-bien qu'un regard jeté sur
Modeste lui vaudrait une *trempée* à la mode de Vannes...
Pas une âme n'a de communication avec nous. Madame
Latournelle qui, depuis votre... votre malheur, vient
chercher Modeste pour aller à l'église et l'en ramène, l'a
bien observée, ces jours-ci, durant la messe, et n'a rien vu
de suspect autour d'elle. Enfin, s'il faut vous tout dire, j'ai
ratissé moi-même les allées autour de la maison depuis un
mois, et je les ai retrouvées le matin sans traces de pas...
— Les râteaux ne sont ni chers ni difficiles à manier, avait
dit la fille de l'Allemagne. — Et les chiens?... avait
demandé Dumay. — Les amoureux savent leur trouver des
philtres, avait répondu madame Mignon. — Ce serait à me

brûler la cervelle, si vous aviez raison, car je serais
enfoncé !... s'était écrié Dumay. — Et pourquoi, Dumay ?
— Eh ! madame, je ne soutiendrais pas le regard du
colonel s'il ne retrouvait pas sa fille, surtout maintenant
qu'elle est unique, aussi pure, aussi vertueuse qu'elle était
quand, sur le vaisseau, il m'a dit : — Que la peur de
l'échafaud ne t'arrête pas, Dumay, quand il s'agira de
l'honneur de Modeste ! — Je vous reconnais bien là tous
les deux ! avait dit madame Mignon pleine d'attendrisse-
ment. — Je gagerais mon salut éternel, que Modeste est
pure comme elle l'était dans sa barcelonette, avait dit
madame Dumay. — Oh ! je le saurai, avait répliqué
Dumay, si madame la comtesse veut me permettre d'essayer d'un moyen, car les vieux troupiers se connaissent en
stratagèmes. — Je vous permets tout ce qui pourra nous
éclairer sans nuire à notre dernier enfant. — Et, comment
feras-tu, Anne ?... avait demandé madame Dumay, pour
savoir le secret d'une jeune fille, quand il est si bien
gardé.

— Obéissez-moi bien tous, s'était écrié le lieutenant,
j'ai besoin de tout le monde.

Ce précis rapide, qui, développé savamment, aurait
fourni tout un tableau de mœurs (combien de familles
peuvent y reconnaître les événements de leur vie), suffit à
faire comprendre l'importance des petits détails donnés sur
les êtres et les choses pendant cette soirée où le vieux
militaire avait entrepris de lutter avec une jeune fille, et de
faire sortir du fond de ce cœur un amour observé par une
mère aveugle.

X. *Le problème reste sans solution.*

Une heure se passa dans un calme effrayant, interrompu
par les phrases hiéroglyphiques des joueurs de whist. —

Pique ! — Atout ! — Coupe ! — Avons-nous les honneurs ?
— Deux de *tri* (sic) ! — A huit ! — A qui à donner ?
Phrases qui constituent aujourd'hui les grandes émotions
de l'aristocratie européenne. Modeste travaillait sans
s'étonner du silence gardé par sa mère. Le mouchoir de
madame Mignon glissa de dessus son jupon à terre,
Butscha se précipita pour le ramasser ; il se trouva près de
Modeste et lui dit à l'oreille : — Prenez garde !... en se
relevant. Modeste leva sur le nain des yeux étonnés dont
les rayons, comme épointés, le remplirent d'une joie
ineffable. — Elle n'aime personne ! se dit le pauvre bossu
qui se frotta les mains à s'arracher l'épiderme. En ce
moment Exupère se précipita dans le parterre, dans la
maison, tomba dans le salon comme un ouragan, et dit à
l'oreille de Dumay : — Voici le jeune homme ! Dumay se
leva, sauta sur ses pistolets et sortit.

— Ah ! mon Dieu ! Et s'il le tue ?... s'écria madame
Dumay qui fondit en larmes.

— Mais que se passe-t-il donc ? demanda Modeste en
regardant ses amis d'un air candide et sans aucun effroi.

— Mais il s'agit d'un jeune homme qui tourne autour du
Chalet !... s'écria madame Latournelle.

— Eh ! bien, reprit Modeste, pourquoi donc Dumay le
tuerait-il ?...

— *Sancta simplicitas !...* dit Butscha qui contempla
aussi fièrement son patron qu'Alexandre regarde Babylone
dans le tableau de Lebrun [32].

— Où vas-tu, Modeste ? demanda la mère à sa fille qui
s'en allait.

— Tout préparer pour votre coucher, maman, répondit
Modeste d'une voix aussi pure que le son d'un harmonica.

— Vous n'avez pas fait vos frais ! dit le nain à Dumay
quand il rentra.

— Modeste est sage comme la vierge de notre autel,
s'écria madame Latournelle.

— Ah ! mon Dieu ! de telles émotions me brisent, dit le
caissier, et je suis cependant bien fort.

— Je veux perdre vingt-cinq sous, si je comprends un

mot à tout ce que vous faites ce soir, dit Gobenheim, vous m'avez l'air d'être fous.

— Il s'agit cependant d'un trésor, dit Butscha qui se haussa sur la pointe de ses pieds pour arriver à l'oreille de Gobenheim.

— Malheureusement, Dumay, j'ai la presque certitude de ce que je vous ai dit, répéta la mère.

— C'est maintenant à vous, madame, dit Dumay d'une voix calme, à nous prouver que nous avons tort.

En voyant qu'il ne s'agissait que de l'honneur de Modeste, Gobenheim prit son chapeau, salua, sortit, en emportant dix sous, et regardant tout nouveau *rubber* comme impossible.

— Exupère et toi, Butscha, laissez-nous, dit madame Latournelle. Allez au Havre, vous arriverez encore à temps pour voir une pièce, je vous paye le spectacle.

Quand madame Mignon fut seule entre ses quatre amis, madame Latournelle, après avoir regardé Dumay, qui, Breton, comprenait l'entêtement de la mère, et son mari qui jouait avec les cartes, se crut autorisée à prendre la parole.

— Madame Mignon, voyons ? quel fait décisif a frappé votre entendement ?

— Eh ! ma bonne amie, si vous étiez musicienne, vous auriez entendu déjà, comme moi, le langage de Modeste quand elle parle d'amour.

Le piano des deux demoiselles Mignon se trouvait dans le peu de meubles à l'usage des femmes qui furent apportés de la maison de ville au Chalet. Modeste avait conjuré quelquefois ses ennuis en étudiant sans maître. Née musicienne, elle jouait pour égayer sa mère. Elle chantait naturellement, et répétait les airs allemands que sa mère lui apprenait. De ces leçons, de ces efforts, il en était résulté ce phénomène, assez ordinaire chez les natures poussées par la vocation, que, sans le savoir, Modeste composait, comme on peut composer sans connaître l'harmonie, des cantilènes purement mélodiques. La mélodie est, à la musique, ce que l'image et le sentiment

sont à la poésie, une fleur qui peut s'épanouir spontané-
ment. Aussi les peuples ont-ils eu des mélodies nationales
avant l'invention de l'harmonie. La botanique est venue
après les fleurs. Ainsi Modeste, sans rien avoir appris du
métier de peintre, que ce qu'elle avait vu faire à sa sœur
quand sa sœur lavait des aquarelles, devait rester charmée
et abattue devant un tableau de Raphaël, de Titien, de
Rubens, de Murillo, de Rembrandt, d'Albert Dürer et
d'Holbein, c'est-à-dire devant le beau idéal de chaque
pays. Or, depuis un mois surtout, Modeste se livrait à des
chants de rossignol, à des tentatives, dont le sens, dont la
poésie avait éveillé l'attention de sa mère, assez surprise
de voir Modeste acharnée à la composition, essayant des
airs sur des paroles inconnues.

— Si vos soupçons n'ont pas d'autre base, dit Latournelle à madame Mignon, je plains votre susceptibilité.

— Quand les jeunes filles de la Bretagne chantent, dit
Dumay redevenu sombre, l'amant est bien près d'elles.

— Je vous ferai surprendre Modeste improvisant, dit la
mère, et vous verrez !...

— Pauvre enfant, dit madame Dumay ; mais si elle
savait nos inquiétudes, elle serait désespérée, et nous
dirait la vérité, surtout en apprenant de quoi il s'agit pour
Dumay.

— Demain, mes amis, je questionnerai ma fille, dit
madame Mignon, et peut-être obtiendrai-je plus par la
tendresse que vous par la ruse...

La comédie de *la Fille mal gardée*[33] se jouait-elle, là
comme partout et comme toujours, sans que ces honnêtes
Bartholo, ces espions dévoués, ces chiens des Pyrénées si
vigilants, eussent pu flairer, deviner, apercevoir l'amant,
l'intrigue, la fumée du feu ?... Ceci n'était pas le résultat
d'un défi entre des gardiens et une prisonnière, entre le
despotisme du cachot et la liberté du détenu, mais
l'éternelle répétition de la première scène jouée au lever
du rideau de la Création : Ève dans le paradis. Qui,
maintenant, de la mère ou du chien de garde avait raison ?
Aucune des personnes qui entouraient Modeste ne pouvait

comprendre ce cœur de jeune fille, car l'âme et le visage
étaient en harmonie, croyez-le bien ! Modeste avait transporté sa vie dans un monde, aussi nié de nos jours que le
fut celui de Christophe Colomb au seizième siècle. Heureusement, elle se taisait, autrement elle eût paru folle.
Expliquons, avant tout, l'influence du passé sur Modeste.

XI. *Les leçons du malheur.*

Deux événements avaient à jamais formé l'âme comme
ils avaient développé l'intelligence de cette jeune fille.
Avertis par la catastrophe arrivée à Bettina, monsieur et
madame Mignon résolurent, avant leur désastre, de marier
Modeste. Ils avaient fait choix du fils d'un riche banquier,
un Hambourgeois établi au Havre depuis 1815, leur obligé
d'ailleurs. Ce jeune homme, nommé Francisque Althor, le
dandy du Havre, doué de la beauté vulgaire dont se paient
les bourgeois, ce que les Anglais appellent un mastok [34]
(de bonnes grosses couleurs, de la chair, une membrure
carrée), abandonna si bien sa fiancée au moment du
désastre, qu'il n'avait plus revu ni Modeste, ni madame
Mignon, ni les Dumay. Latournelle s'étant hasardé à
questionner le papa Jacob Althor à ce sujet, l'Allemand
avait haussé les épaules en répondant : — Je ne sais pas
ce que vous voulez dire ! Cette réponse, rapportée à
Modeste afin de lui donner de l'expérience, fut une leçon
d'autant mieux comprise que Latournelle et Dumay firent
des commentaires assez étendus sur cette ignoble trahison.
Les deux filles de Charles Mignon, en enfants gâtés,
montaient à cheval, avaient des chevaux, des gens, et
jouissaient d'une liberté fatale. En se voyant à la tête d'un
amoureux officiel, Modeste avait laissé Francisque lui
baiser les mains, la prendre par la taille pour lui aider à
monter à cheval ; elle accepta de lui des fleurs, de ces

menus témoignages de tendresse qui encombrent toutes les cours faites à des prétendues ; elle lui avait brodé une bourse en croyant à ces espèces de liens, si forts pour les belles âmes, des fils d'araignée pour les Gobenheim, les Vilquin et les Althor. Au printemps qui suivit l'établissement de madame et de mademoiselle Mignon au Chalet, Francisque Althor vint dîner chez les Vilquin. En voyant Modeste par-dessus le mur du boulingrin, il détourna la tête. Six semaines après, il épousa mademoiselle Vilquin, l'aînée. Modeste, belle, jeune, de haute naissance, apprit ainsi qu'elle n'avait été, pendant trois mois, que mademoiselle *Million*. La pauvreté connue de Modeste fut donc une sentinelle qui défendit les approches du Chalet, aussi bien que la prudence des Dumay, que la vigilance du ménage Latournelle. On ne parlait de mademoiselle Mignon que pour l'insulter par des : — Pauvre fille, que deviendra-t-elle ? elle coiffera sainte Catherine. — Quel sort ! avoir vu tout le monde à ses pieds, avoir eu la chance d'épouser le fils Althor et se trouver sans personne qui veuille d'elle. — Avoir connu la vie la plus luxueuse, ma chère, et tomber dans la misère ! Et qu'on ne croie pas que ces insultes fussent secrètes et seulement devinées par Modeste ; elle les écouta, plus d'une fois, dites par des jeunes gens, par des jeunes personnes du Havre, en promenade à Ingouville ; et qui, sachant madame et mademoiselle Mignon logées au Chalet, parlaient d'elles en passant devant cette jolie habitation. Quelques amis des Vilquin s'étonnaient souvent que ces deux femmes eussent voulu vivre au milieu des créations de leur ancienne splendeur. Modeste entendit souvent derrière ses persiennes fermées, des insolences de ce genre. — Je ne sais pas comment elles peuvent demeurer là ! se disait-on en tournant autour du boulingrin, et peut-être pour aider les Vilquin à chasser leurs locataires. — De quoi vivent-elles ? Que peuvent-elles faire là ?... — La vieille est devenue aveugle ! — Mademoiselle Mignon est-elle restée jolie ? Ah ! elle n'a plus de chevaux ! Était-elle fringante ?... En entendant ces farouches sottises de l'Envie,

qui s'élance, baveuse et hargneuse, jusque sur le passé,
bien des jeunes filles eussent senti leur sang les rougir
jusqu'au front ; d'autres eussent pleuré, quelques-unes
auraient éprouvé des mouvements de rage ; mais Modeste
souriait comme on sourit au théâtre en entendant des
acteurs. Sa fierté ne descendait pas jusqu'à la hauteur où
ces paroles, parties d'en bas, arrivaient.

L'autre événement fut plus grave encore que cette
lâcheté mercantile. Bettina-Caroline était morte entre les
bras de Modeste, qui garda sa sœur avec le dévouement de
l'adolescence, avec la curiosité d'une imagination vierge.
Les deux sœurs, par le silence des nuits, échangèrent bien
des confidences. De quel intérêt dramatique Bettina
n'était-elle pas revêtue aux yeux de son innocente sœur ?
Bettina connaissait la passion par le malheur seulement,
elle mourait pour avoir aimé. Entre deux jeunes filles, tout
homme, quelque scélérat qu'il soit, reste un amant. La
passion est ce qu'il y a de vraiment absolu dans les choses
humaines, elle ne veut jamais avoir tort. Georges d'Estourny, joueur, débauché, coupable, se dessinait toujours
dans le souvenir de ces deux filles comme le dandy
parisien des fêtes du Havre, lorgné par toutes les femmes
(Bettina crut l'enlever à la coquette madame Vilquin),
enfin comme l'amant heureux de Bettina. L'adoration chez
une jeune fille est plus forte que toutes les réprobations
sociales. Aux yeux de Bettina, la Justice avait été
trompée : comment avoir pu condamner un jeune homme
par qui elle s'était vue aimée pendant six mois, aimée à la
passion dans la mystérieuse retraite où Georges la cacha
dans Paris, pour y conserver, lui, sa liberté. Bettina
mourante avait donc inoculé l'amour à sa sœur. Ces deux
filles avaient souvent causé de ce grand drame de la
passion que l'imagination agrandit encore et la morte avait
emporté dans sa tombe la pureté de Modeste, en la laissant
sinon instruite, au moins dévorée de curiosité. Néanmoins
le remords avait enfoncé trop souvent ses dents aiguës au
cœur de Bettina pour qu'elle épargnât les avis à sa sœur.
Au milieu de ses aveux, jamais elle n'avait manqué de

prêcher Modeste, de lui recommander une obéissance absolue à la famille. Elle avait supplié sa sœur, la veille de sa mort, de se souvenir de ce lit trempé de pleurs, et de ne pas imiter une conduite que tant de souffrances expiaient à peine. Bettina s'accusa d'avoir attiré la foudre sur la famille, elle mourut au désespoir de n'avoir pas reçu le pardon de son père. Malgré les consolations de la Religion attendrie par tant de repentir, Bettina ne s'endormit pas sans crier au moment suprême : Mon père ! mon père ! d'un ton de voix déchirant. — Ne donne pas ton cœur sans ta main, avait dit Caroline à Modeste une heure avant sa mort, et surtout n'accueille aucun hommage sans l'aveu de notre mère ou de papa... Ces paroles, si touchantes dans leur vérité textuelle, dites au milieu de l'agonie, eurent d'autant plus de retentissement dans l'intelligence de Modeste, que Bettina lui dicta le plus solennel serment. Cette pauvre fille, clairvoyante comme un prophète, tira de dessous son chevet un anneau, sur lequel elle avait fait graver au Havre par sa fidèle servante, Françoise Cochet [35] : *Pense à Bettina !* 1827, à la place de quelque devise. Quelques instants avant de rendre le dernier soupir, elle mit au doigt de sa sœur cette bague en la priant de l'y garder jusqu'à son mariage. Ce fut donc, entre ces deux filles, un étrange assemblage de remords poignants et de peintures naïves de la rapide saison à laquelle avaient succédé si promptement les bises mortelles de l'abandon ; mais où les pleurs, les regrets, les souvenirs furent toujours dominés par la terreur du mal.

Et cependant, ce drame de la jeune fille séduite et revenant mourir d'une horrible maladie sous le toit d'une élégante misère, le désastre paternel, la lâcheté du gendre des Vilquin, la cécité produite par la douleur de sa mère, ne répondent encore qu'aux surfaces offertes par Modeste, et dont se contentent les Dumay, les Latournelle, car aucun dévouement ne peut remplacer *la mère* !

XII. *L'ennemie qui veille*
dans le cœur des filles.

Cette vie monotone dans ce Chalet coquet, au milieu de
ces belles fleurs cultivées par Dumay, ces habitudes à
mouvements réguliers comme ceux d'une horloge ; cette
sagesse provinciale, ces parties de cartes auprès desquelles on tricotait, ce silence interrompu seulement par les
mugissements de la mer aux équinoxes ; cette tranquillité
monastique cachait la vie la plus orageuse, la vie par les
idées, la vie du Monde Spirituel. On s'étonne quelquefois
des fautes commises par des jeunes filles ; mais il n'existe
pas alors près d'elle une mère aveugle pour frapper de son
bâton sur un cœur vierge, creusé par les souterrains de la
Fantaisie. Les Dumay dormaient, quand Modeste ouvrait
sa fenêtre, en imaginant qu'il pouvait passer un homme,
l'homme de ses rêves, le cavalier attendu qui la prendrait
en croupe, en essuyant le feu de Dumay. Abattue après la
mort de sa sœur, Modeste s'était jetée en des lectures
continuelles, à s'en rendre idiote. Elevée à parler deux
langues, elle possédait aussi bien l'allemand que le
français ; puis, elle et sa sœur avaient appris l'anglais par
madame Dumay. Modeste, peu surveillée en ceci par des
gens sans instruction [36], donna pour pâture à son âme les
chefs-d'œuvre modernes des trois littératures anglaise,
allemande et française. Lord Byron, Goethe, Schiller,
Walter Scott, Hugo, Lamartine, Crabbe, Moore, les grands
ouvrages du dix-septième et du dix-huitième siècles,
l'Histoire et le Théâtre, le Roman depuis Rabelais jusqu'à
Manon Lescaut, depuis les *Essais* de Montaigne jusqu'à
Diderot, depuis les Fabliaux jusqu'à *la Nouvelle Héloïse,*
la pensée de trois pays meubla d'images confuses cette tête
sublime de naïveté froide, de virginité contenue, d'où
s'élança brillante, armée, sincère et forte, une admiration
absolue pour le génie. Pour Modeste, un livre nouveau fut

un grand événement ; heureuse d'un chef-d'œuvre à
effrayer madame Latournelle, ainsi qu'on l'a vu ; contris-
tée quand l'ouvrage ne lui ravageait pas le cœur. Un
lyrisme intime bouillonna dans cette âme pleine des belles
illusions de la jeunesse. Mais, de cette vie flamboyante,
aucune lueur n'arrivait à la surface, elle échappait et au
lieutenant Dumay et à sa femme, comme aux Latournelle ;
mais les oreilles de la mère aveugle en entendirent les
pétillements. Le dédain profond que Modeste conçut alors
de tous les hommes ordinaires imprima bientôt à sa figure
je ne sais quoi de fier, de sauvage qui tempéra sa naïveté
germanique, et qui s'accorde d'ailleurs avec un détail de sa
physionomie. Les racines de ses cheveux plantés en pointe
au dessus du front semblent continuer le léger sillon déjà
creusé par la pensée entre les sourcils, et rendent ainsi
cette expression de sauvagerie peut-être un peu trop forte.
La voix de cette charmante enfant, qu'avant son départ
Charles appelait *sa petite babouche de Salomon* [37], à cause
de son esprit, avait gagné la plus précieuse flexibilité à
l'étude de trois langues. Cet avantage est encore rehaussé
par un timbre à la fois suave et frais qui frappe autant le
cœur que l'oreille. Si la mère ne pouvait voir l'espérance
d'une haute destinée écrite sur le front, elle étudia les
transitions de la puberté de l'âme dans les accents de cette
voix amoureuse. A la période affamée de ses lectures,
succéda, chez Modeste, le jeu de cette étrange faculté
donnée aux imaginations vives de se faire acteur dans une
vie arrangée comme dans un rêve ; de se représenter les
choses désirées avec une impression si mordante qu'elle
touche à la réalité, de jouir enfin par la pensée, de dévorer
tout jusqu'aux années, de se marier, de se voir vieux,
d'assister à son convoi comme Charles-Quint, de jouer
enfin en soi-même la comédie de la vie, et, au besoin celle
de la mort. Modeste jouait, elle, la comédie de l'amour.
Elle se supposait adorée à ses souhaits, en passant par
toutes les phases sociales. Devenue l'héroïne d'un roman
noir, elle aimait, soit le bourreau, soit quelque scélérat qui
finissait sur l'échafaud, ou, comme sa sœur, un jeune

élégant sans le sou qui n'avait de démêlés qu'avec la
Sixième Chambre[38]. Elle se supposait courtisane, et se
moquait des hommes au milieu de fêtes continuelles,
comme Ninon. Elle menait tour à tour la vie d'une
aventurière, ou celle d'une actrice applaudie, épuisant les
hasards de Gil Blas et les triomphes des Pasta, des
Malibran[39], des Florine. Lassée d'horreurs, elle revenait à
la vie réelle. Elle se mariait avec un notaire, elle mangeait
le pain bis d'une vie honnête, elle se voyait en madame
Latournelle. Elle acceptait une existence pénible, elle
supportait les tracas d'une fortune à faire ; puis, elle
recommençait les romans : elle était aimée pour sa beauté ;
un fils de pair de France, jeune homme excentrique,
artiste, devinait son cœur, et reconnaissait l'étoile que le
génie des Staël avait mise à son front. Enfin, son père
revenait riche à millions. Autorisée par son expérience,
elle soumettait ses amants à des épreuves, ou elle gardait
son indépendance, elle possédait un magnifique château,
des gens, des voitures, tout ce que le luxe a de plus
curieux, et elle mystifiait ses prétendus jusqu'à ce qu'elle
eût quarante ans, âge auquel elle prenait un parti. Cette
édition des *Mille et une Nuits,* tirée à un exemplaire, dura
près d'une année, et fit connaître à Modeste la satiété par
la pensée. Elle tint trop souvent la vie dans le creux de sa
main, elle se dit philosophiquement et avec trop d'amertume, avec trop de sérieux et trop souvent : — Eh ! bien,
après ?... pour ne pas se plonger jusqu'à la ceinture en ce
profond dégoût dans lequel tombent les hommes de génie
empressés de s'en retirer par les immenses travaux de
l'œuvre à laquelle ils se vouent. N'était sa riche nature, sa
jeunesse, Modeste serait allée dans un cloître. Cette
satiété jeta cette fille, encore trempée de Grâce catholique
dans l'amour de Dieu, dans l'infini du ciel. Elle conçut la
Charité comme occupation de la vie ; mais elle rampa dans
des tristesses mornes en ne se trouvant plus de pâture pour
la Fantaisie tapie en son cœur, comme un insecte
venimeux au fond d'un calice. Et elle cousait tranquille-
ment des brassières pour les enfants des pauvres femmes !

Et elle écoutait d'un air distrait les gronderies de monsieur Latournelle qui reprochait à monsieur Dumay de lui avoir *coupé une treizième carte,* ou de lui avoir tiré son dernier atout. La foi poussa Modeste dans une singulière voie. Elle imagina qu'en devenant irréprochable, catholiquement parlant, elle arriverait à un tel état de sainteté, que Dieu l'écouterait et accomplirait ses désirs. — La foi, selon Jésus-Christ, peut transporter des montagnes, le Sauveur a traîné son apôtre sur le lac de Tibériade ; mais, moi, je ne demande à Dieu qu'un mari, se dit-elle, c'est bien plus facile que d'aller me promener sur la mer. Elle jeûna tout un carême, et resta sans commettre le moindre péché ; puis, elle se dit, qu'en sortant de l'église, tel jour elle rencontrerait un beau jeune homme digne d'elle, que sa mère pourrait agréer, et qui la suivrait amoureux fou. Le jour où elle avait assigné Dieu, à cette fin d'avoir à lui envoyer un ange, elle fut suivie obstinément par un pauvre assez dégoûtant, il pleuvait à verse, et il ne se trouvait pas un seul jeune homme dehors. Elle alla se promener sur le port, y voir débarquer des Anglais, mais ils amenaient tous des Anglaises, presque aussi belles que Modeste qui n'aperçut pas le moindre Childe Harold égaré. Dans ce temps-là, les pleurs la gagnaient quand elle s'asseyait en Marius sur les ruines de ses fantaisies. Un jour où elle avait *cité* Dieu pour la troisième fois, elle crut que l'élu de ses rêves était venu dans l'église, elle contraignit madame Latournelle à regarder à chaque pilier, imaginant qu'il se cachait par délicatesse. De ce coup, elle destitua Dieu de toute puissance. Elle faisait souvent des conversations avec cet amant imaginaire, en inventant les demandes et les réponses, et elle lui donnait beaucoup d'esprit.

L'excessive ambition de son cœur, cachée dans ces romans, fut donc la cause de cette sagesse tant admirée par les bonnes gens qui gardaient Modeste ; ils auraient pu lui amener beaucoup de Francisque Althor et de Vilquin fils, elle ne se serait pas baissée jusqu'à ces manants. Elle voulait purement et simplement un homme de génie, le talent lui semblait peu de chose, de même qu'un avocat

n'est rien pour la fille qui se rabat à un ambassadeur.
Aussi ne désirait-elle la richesse que pour la jeter aux
pieds de son idole. Le fond d'or sur lequel se détachèrent
les figures de ses rêves, était moins riche encore que son
cœur plein des délicatesses de la femme, car sa pensée
dominante fut de rendre heureux et riche, un Tasse, un
Milton, un Jean-Jacques Rousseau, un Murat, un Christophe Colomb. Les malheurs vulgaires émouvaient peu cette
âme qui voulait éteindre les bûchers de ces martyrs
souvent ignorés de leur vivant. Modeste avait soif des
souffrances innommées, des grandes douleurs de la
pensée. Tantôt, elle composait les baumes, elle inventait
les recherches, les musiques, les mille moyens par
lesquels elle aurait calmé la féroce misanthropie de Jean-
Jacques. Tantôt, elle se supposait la femme de lord Byron,
et devinait presque son dédain du réel en se faisant
fantasque autant que la poésie de Manfred, et ses doutes
en en faisant un catholique. Modeste reprochait la mélancolie de Molière à toutes les femmes du dix-septième
siècle. — Comment n'accourt-il pas, se demandait-elle,
vers chaque homme de génie, une femme aimante, riche,
belle qui se fasse son esclave comme dans *Lara*, le page
mystérieux [40] ? Elle avait, vous le voyez, bien compris *le
pianto* que le poète anglais a chanté par le personnage de
Gulnare. Elle admirait beaucoup l'action de cette jeune
Anglaise qui vint se proposer à Crébillon fils, et qu'il
épousa [41]. L'histoire de Sterne et d'Éliza Draper [42] fit sa vie
et son bonheur pendant quelques mois. Devenue en idée
l'héroïne d'un roman pareil, plus d'une fois elle étudia le
rôle sublime d'Éliza. L'admirable sensibilité, si gracieusement exprimée dans cette correspondance, mouilla ses
yeux des larmes qui manquèrent, dit-on, dans les yeux du
plus spirituel des auteurs anglais.

Modeste vécut donc encore quelque temps par la
compréhension, non-seulement des œuvres, mais encore
du caractère de ses auteurs favoris. Goldsmith, l'auteur
d'*Obermann* [43], Charles Nodier, Maturin, les plus pauvres,
les plus souffrants étaient ses dieux ; elle devinait leurs

douleurs, elle s'initiait à ces dénuements entremêlés de contemplations célestes, elle y versait les trésors de son cœur ; elle se voyait l'auteur du bien-être matériel de ces artistes, martyrs de leurs facultés. Cette noble compatissance, cette intuition des difficultés du travail, ce culte du talent est une des plus rares fantaisies qui jamais aient voleté dans des âmes de femme. C'est d'abord comme un secret entre la femme et Dieu ; car là rien d'éclatant, rien de ce qui flatte la vanité, cet auxiliaire si puissant des actions en France.

XIII. *Le premier roman des jeunes filles.*

De cette troisième période d'idées, naquit chez Modeste un violent désir de pénétrer au cœur d'une de ces existences anormales, de connaître les ressorts de la pensée, les malheurs intimes du génie, et ce qu'il veut, et ce qu'il est. Ainsi, chez elle, les coups de tête de la Fantaisie, les voyages de son âme dans le vide, les pointes poussées dans les ténèbres de l'avenir, l'impatience d'un amour en bloc à porter sur un point, la noblesse de ses idées quant à la vie, le parti pris de souffrir dans une sphère élevée au lieu de barboter dans les marais d'une vie de province, comme avait fait sa mère, l'engagement qu'elle maintenait avec elle-même de ne pas faillir, de respecter le foyer paternel et de n'y apporter que de la joie, tout ce monde de sentiments se produisit enfin sous une forme. Modeste voulut être la compagne d'un poète, d'un artiste, d'un homme enfin supérieur à la foule des hommes ; mais elle voulut le choisir, ne lui donner son cœur, sa vie, son immense tendresse dégagée des ennuis de la passion, qu'après l'avoir soumis à une étude approfondie. Ce joli roman, elle commença par en jouir. La tranquillité la plus profonde régna dans son âme. Sa physionomie se colora doucement. Elle devint la belle et sublime image de l'Allemagne que vous avez vue, la gloire du Chalet, l'orgueil de madame Latournelle et des Dumay. Modeste eut alors une existence double. Elle accomplissait humblement et avec amour toutes les minutes de la vie vulgaire au Chalet, elle s'en servait comme d'un frein pour enserrer le poème de sa vie idéale, à l'instar des Chartreux qui régularisent la vie matérielle et s'occupent pour laisser l'âme se développer dans la prière. Toutes les grandes intelligences s'astreignent à quelque travail mécanique afin de se rendre maîtres de la pensée. Spinoza dégrossissait des verres à lunettes, Bayle comptait les tuiles des toits, Montesquieu jardinait. Le corps ainsi dompté, l'âme déploie ses ailes en toute sécurité. Madame Mignon, qui lisait dans l'âme de sa fille, avait donc raison. Modeste aimait, elle aimait de cet amour platonique si rare, si peu compris, la première illusion des jeunes filles, le plus délicat de tous les sentiments, la friandise du cœur. Elle buvait à longs traits à la coupe de l'Inconnu, de l'Impossible, du Rêve. Elle admirait l'oiseau bleu du paradis des jeunes filles, qui chante à distance, et sur lequel la main ne peut jamais se poser, qui se laisse entrevoir, et que le plomb d'aucun fusil n'atteint, dont les couleurs magiques, dont les pierreries scintillent, éblouissent les yeux, et qu'on ne revoit plus dès que la Réalité, cette hideuse Harpie accompagnée de témoins et de monsieur le Maire, apparaît. Avoir de l'amour toutes les poésies sans voir l'amant! quelle suave débauche! quelle Chimère à tous crins, à toutes ailes!

Voici le futile et niais hasard qui décida de la vie de cette jeune fille.

Modeste vit à l'étalage d'un libraire le portrait lithographié d'un de ses favoris, de Canalis. Vous savez combien sont menteuses ces esquisses, le fruit de hideuses spéculations qui s'en prennent à la personne des gens célèbres, comme si leurs visages étaient des propriétés publiques. Or, Canalis, crayonné dans une pose assez byronienne, offrait à l'admiration publique ses cheveux en coup de

vent, son cou nu, le front démesuré que tout barde doit
avoir[44]. Le front de Victor Hugo fera raser autant de
crânes, que la gloire de Napoléon a fait tuer de maréchaux
en herbe. Cette figure, sublime par nécessité mercantile,
frappa Modeste, et le jour où elle acheta ce portrait, l'un
des plus beaux livres de d'Arthez venait de paraître. Dût
Modeste y perdre, il faut avouer qu'elle hésita long-temps
entre l'illustre poète et l'illustre prosateur. Mais ces deux
hommes célèbres étaient-ils libres ? Modeste commença
par s'assurer la coopération de Françoise Cochet, la fille
emmenée du Havre et ramenée par la pauvre Bettina-
Caroline, que madame Mignon et madame Dumay pre-
naient en journée préférablement à toute autre, et qui
demeurait au Havre. Elle emmena dans sa chambre cette
créature assez disgraciée ; elle lui jura de ne jamais donner
le moindre chagrin à ses parents, de ne jamais sortir des
bornes imposées à une jeune fille ; quant à Françoise, plus
tard, au retour de son père, elle lui assurerait une
existence tranquille, à la condition de garder un secret
inviolable sur le service réclamé. Qu'était-ce ? peu de
chose, une chose innocente. Tout ce que Modeste exigea
de sa complice, consistait à mettre des lettres à la poste et
à en retirer qui seraient adressées à Françoise Cochet. Le
pacte conclu, Modeste écrivit une petite lettre polie à
Dauriat, l'éditeur des poésies de Canalis, par laquelle elle
lui demandait, dans l'intérêt du grand poète, si Canalis
était marié ; puis elle le priait d'adresser la réponse à
mademoiselle Françoise, poste restante, au Havre.

XIV. *Une lettre de libraire.*

Dauriat, incapable de prendre cette épître au sérieux,
répondit par une lettre faite entre cinq ou six journalistes
dans son cabinet et où chacun d'eux mit son épigramme.

« Mademoiselle,

« Canalis (baron de), Constant Cyr Melchior [45], membre de l'Académie française, né en 1800, à Canalis (Corrèze), taille de cinq pieds quatre pouces, en très-bon état, vacciné, de race pure, a satisfait à la conscription, jouit d'une santé parfaite, possède une petite terre patrimoniale dans la Corrèze et désire se marier, mais très-richement.

« Il *porte mi-parti de gueules à la dolouère d'or et de sable à la coquille d'argent, sommé d'une couronne de baron, pour supports deux mélèzes de sinople. La devise :* OR ET FER, ne fut jamais aurifère [46].

« Le premier Canalis, qui partit pour la Terre-Sainte à la première croisade, est cité dans les chroniques d'Auvergne pour s'être armé seulement d'une hache, à cause de la complète indigence où il se trouvait et qui pèse depuis ce temps sur sa race. De là l'écusson sans doute. La hache n'a donné qu'une coquille. Ce haut baron est d'ailleurs célèbre aujourd'hui pour avoir déconfit force infidèles, et mourut à Jérusalem, sans or ni fer, nu comme un ver, sur la route d'Ascalon, les ambulances n'existant pas encore.

« Le château de Canalis, qui rapporte quelques châtaignes, consiste en deux tours démantelées, réunies par un pan de muraille remarquable par un lierre admirable, et paye vingt-deux francs de contribution.

« L'éditeur soussigné fait observer qu'il achète dix mille francs chaque volume de poésies à monsieur de Canalis, qui ne donne pas ses coquilles.

« Le chantre de la Corrèze, demeure rue de Paradis-Poissonnière [47], numéro 29, ce qui, pour un poète de l'École Angélique, est un quartier convenable. Les vers attirent les goujons. *Affranchir.*

« Quelques nobles dames du faubourg Saint-Germain prennent, dit-on, souvent le chemin du Paradis, et protègent le Dieu. Le roi Charles X considère ce grand poète au point de le croire capable de devenir administrateur ; il l'a nommé récemment officier de la Légion-d'Honneur, et, ce qui vaut mieux, Maître des Requêtes attaché au ministère des Affaires Étrangères[48]. Ces fonctions n'empêchent nullement le grand homme de toucher une pension de trois mille francs sur les fonds destinés à l'encouragement des Arts et des Lettres. Ce succès d'argent cause en Librairie une huitième plaie à laquelle a échappé l'Égypte, *les vers*[49]!

« La dernière édition des œuvres de Canalis, publiée sur cavalier vélin, avec des vignettes par Bixiou, Joseph Bridau, Schinner, Sommervieux, etc., imprimée par Didot, est en cinq volumes, du prix de neuf francs par la poste. »

Cette lettre tomba comme un pavé sur une tulipe. Un poète, Maître des Requêtes, émargeant au Ministère, touchant une pension, poursuivant la rosette rouge, adulé par les femmes du faubourg Saint-Germain, ressemblait-il au poète crotté, flânant sur les quais, triste, rêveur, succombant au travail et remontant à sa mansarde, chargé de poésie ?... Néanmoins, Modeste devina la raillerie du libraire envieux qui disait : — J'ai fait Canalis ! j'ai fait Nathan ! D'ailleurs, elle relut les poésies de Canalis, vers excessivement pipeurs, pleins d'hypocrisie, et qui veulent un mot d'analyse, ne fût-ce que pour expliquer son engouement.

XV. *Un poète de l'École Angélique.*

Canalis se distingue de Lamartine, le chef de l'École Angélique, par un patelinage de garde-malade, par une douceur traîtresse, par une correction délicieuse. Si le chef aux cris sublimes est un aigle ; Canalis, blanc et rose, est comme un flamant. En lui, les femmes voient l'ami qui leur manque, un confident discret, leur interprète, un être qui les comprend, qui peut les expliquer à elles-mêmes. Les grandes marges laissées par Dauriat dans la dernière

édition étaient chargées d'aveux écrits au crayon par
Modeste qui sympathisait avec cette âme rêveuse et
tendre. Canalis ne possède pas le don de vie, il n'insuffle
pas l'existence à ses créations ; mais il sait calmer les
souffrances vagues, comme celles qui assaillaient
Modeste. Il parle aux jeunes filles leur langage, il endort
la douleur des blessures les plus saignantes, en apaisant
les gémissements et jusqu'aux sanglots. Son talent ne
consiste pas à faire de beaux discours aux malades, à leur
donner le remède des émotions fortes, il se contente de
leur dire d'une voix harmonieuse, à laquelle on croit : —
Je suis malheureux comme vous, je vous comprends bien ;
venez à moi, pleurons ensemble sur le bord de ce ruisseau,
sous les saules ? Et l'on va ! Et l'on écoute sa poésie vide et
sonore comme le chant par lequel les nourrices endorment
les enfants. Canalis, comme Nodier en ceci, vous ensor-
cèle [50] par une naïveté, naturelle chez le prosateur et
cherchée chez Canalis, par sa finesse, par son sourire, par
ses fleurs effeuillées, par une philosophie enfantine. Il
singe assez bien le langage des premiers jours, pour vous
ramener dans la prairie des illusions. On est impitoyable
avec les aigles, on leur veut les qualités du diamant, une
perfection incorruptible ; mais, avec Canalis, on se
contente du petit sou de l'orphelin, on lui passe tout. Il
semble bon enfant, humain surtout. Ces grimaces de poète
angélique lui réussissent, comme réussiront toujours celles
de la femme qui fait bien l'ingénue, la surprise, la jeune,
la victime, l'ange blessé. Modeste, en reprenant ses
impressions, eut confiance en cette âme, en cette physionomie aussi ravissante que celle de Bernardin de Saint-
Pierre. Elle n'écouta pas le libraire. Donc, au commencement du mois d'août, elle écrivit la lettre suivante à ce
Dorat de sacristie [51] qui passe encore pour une des étoiles
de la pléiade moderne.

I.

À MONSIEUR DE CANALIS.

Déjà bien des fois, monsieur, j'ai voulu vous écrire, et pourquoi ? vous le devinez : pour vous dire combien j'aime votre talent. Oui, j'éprouve le besoin de vous exprimer l'admiration d'une pauvre fille de province, seulette dans son coin, et dont tout le bonheur est de lire vos poésies. De René, je suis venue à vous. La mélancolie conduit à la rêverie. Combien d'autres femmes ne vous ont-elles pas envoyé l'hommage de leurs pensées secrètes ?... Quelle est ma chance d'être distinguée dans cette foule ? Qu'est-ce que ce papier, plein de mon âme, aura de plus que toutes les lettres parfumées qui vous harcèlent ? Je me présente avec plus d'ennuis que toute autre : je veux rester inconnue et demande une confiance entière, comme si vous me connaissiez depuis long-temps.

« Répondez-moi, soyez bon pour moi. Je ne prends pas l'engagement de me faire connaître un jour, cependant je ne dis pas absolument non. Que puis-je ajouter à cette lettre ?... Voyez-y, monsieur, un grand effort, et permettez-moi de vous tendre la main, oh ! une main bien amie, celle de

« Votre servante
« O. D'ESTE-M.

« Si vous me faites la grâce de me répondre, adressez, je vous prie, votre lettre à mademoiselle F. Cochet, poste restante, au Havre. »

———

Maintenant, toutes les jeunes filles, romanesques ou non, peuvent imaginer dans quelle impatience vécut Modeste pendant quelques jours ! L'air fut plein de langues de feu. Les arbres lui parurent un plumage. Elle ne sentit pas son corps, elle plana dans la nature ! La terre

fléchissait sous ses pieds. Admirant l'institution de la
Poste, elle suivit sa petite feuille de papier dans l'espace,
elle se sentit heureuse, comme on est heureux à vingt ans
du premier exercice de son vouloir. Elle était occupée,
possédée comme au Moyen-âge. Elle se figura l'appartement, le cabinet du poète, elle le vit décachetant sa lettre,
et elle faisait des suppositions par myriades. Après avoir
esquissé la poésie, il est nécessaire de donner ici le profil
du poète. Canalis est un petit homme sec, de tournure
aristocratique, brun, doué d'une figure *vituline*[52], et d'une
tête un peu menue, comme celle des hommes qui ont plus
de vanité que d'orgueil. Il aime le luxe, l'éclat, la
grandeur. La fortune est un besoin pour lui plus que pour
tout autre. Fier de sa noblesse, autant que de son talent, il
a tué ses ancêtres par trop de prétentions dans le présent.
Après tout, les Canalis ne sont ni les Navarreins, ni les
Cadignan, ni les Grandlieu, ni les Nègrepelisse. Et,
cependant, la nature a bien servi ses prétentions. Il a ces
yeux d'un éclat oriental qu'on demande aux poètes, une
finesse assez jolie dans les manières, une voix vibrante ;
mais un charlatanisme naturel détruit presque ces avantages. Il est comédien de bonne foi. S'il avance un pied très-
élégant, il en a pris l'habitude. S'il a des formules
déclamatoires, elles sont à lui. S'il se pose dramatique-
ment, il a fait de son maintien une seconde nature. Ces
espèces de défauts concordent à une générosité constante,
à ce qu'il faut nommer le *paladinage*, en contraste avec la
chevalerie. Canalis n'a pas assez de foi pour être don
Quichotte ; mais il a trop d'élévation pour ne pas toujours
se mettre dans le beau côté des questions. Cette poésie,
qui fait ses éruptions miliaires à tout propos, nuit
beaucoup à ce poète qui ne manque pas d'ailleurs d'esprit ;
mais que son talent empêche de déployer son esprit ; il est
dominé par sa réputation, il vise à paraître plus grand
qu'elle. Ainsi, comme il arrive très-souvent, l'homme est
en désaccord complet avec les produits de sa pensée. Ces
morceaux câlins, naïfs, pleins de tendresse, ces vers
calmes, purs comme la glace des lacs ; cette caressante

poésie femelle a pour auteur un petit ambitieux, serré dans son frac, à tournure de diplomate, rêvant une influence politique, aristocrate à en puer, musqué, prétentieux, ayant soif d'une fortune afin de posséder la rente nécessaire à son ambition, déjà gâté par le succès sous sa double forme : la couronne de laurier et la couronne de myrte. Une place de huit mille francs, trois mille francs de pension, les deux mille francs de l'Académie, et les mille écus du revenu patrimonial, écornés par les nécessités agronomiques de la terre de Canalis, au total quinze mille francs de fixe, plus les dix mille francs que rapportait la poésie, bon an, mal an ; en tout vingt-cinq mille livres. Pour le héros de Modeste, cette somme constituait alors une fortune d'autant plus précaire, qu'il dépensait environ cinq ou six mille francs au-delà de ses revenus ; mais la cassette du roi, les fonds secrets du ministère avaient jusqu'alors comblé ces déficits. Il avait trouvé pour le Sacre, un hymne qui lui valut un service d'argenterie. Il refusa toute espèce de somme en disant que les Canalis devaient leur hommage au Roi de France. Le Roi-Chevalier sourit, et commanda chez Odiot une coûteuse édition des vers de *Zaïre*[53].

> Ah ! Versificateur, te serais-tu flatté
> D'effacer Charles dix en générosité ?

Dès cette époque, Canalis avait, selon la pittoresque expression des journalistes, vidé son sac ; il se sentait incapable d'inventer une nouvelle forme de poésie ; sa lyre ne possède pas sept cordes, elle n'en a qu'une ; et, à force d'en avoir joué, le public ne lui laissait plus que l'alternative de s'en servir à se pendre ou de se taire. De Marsay, qui n'aimait pas Canalis, s'était permis une plaisanterie dont la pointe envenimée avait atteint le poète au vif de son amour-propre. — Canalis, dit-il une fois, me fait l'effet de l'homme le plus courageux, signalé par le grand Frédéric après la bataille, *ce trompette qui n'avait cessé de souffler le même air dans son petit turlututu !*

Canalis voulut devenir un homme politique et tira parti
pour débuter du voyage qu'il avait fait à Madrid, lors de
l'ambassade du duc de Chaulieu, en qualité d'*attaché* ;
mais à la duchesse, selon le mot qu'on se disait alors dans
les salons [54]. Combien de fois un mot n'a-t-il pas décidé de
la vie d'un homme ? L'ancien président de la république
Cisalpine, le plus grand avocat du Piémont, Colla s'entend
dire, à quarante ans, par un ami, qu'il ne connaît rien à la
botanique ; il se pique, devient un Jussieu, cultive les
fleurs, en invente, et publie la *Flore du Piémont* [55], en
latin, l'ouvrage de dix ans. — Après tout, Canning et
Chateaubriand sont des hommes politiques, se dit le poète
éteint, et de Marsay trouvera son maître en moi ! Canalis
aurait bien voulu faire un grand ouvrage politique ; mais il
craignit de se compromettre avec la prose française, dont
les exigences sont cruelles à ceux qui contractent l'habitude de prendre quatre alexandrins pour exprimer une
idée. De tous les poètes de ce temps, trois seulement :
Hugo, Théophile Gautier, de Vigny, ont pu réunir la
double gloire de poète et de prosateur que réunirent aussi
Racine et Voltaire, Molière et Rabelais, une des plus rares
distinctions de la littérature française et qui doit signaler
un poète entre tous. Donc, le poète du faubourg Saint-
Germain faisait sagement en essayant de remiser son char
sous le toit protecteur de l'Administration.

XVI. *Particularités des secrétaires particuliers.*

En devenant maître des Requêtes, il éprouva le besoin
d'avoir un secrétaire, un ami qui pût le remplacer en
beaucoup d'occasions, faire sa cuisine en librairie, avoir
soin de sa gloire dans les journaux, et, au besoin, l'aider
en politique, être enfin son âme damnée. Beaucoup
d'hommes célèbres dans les Sciences, dans les Arts, dans

les Lettres, ont à Paris un ou deux caudataires, un capitaine des gardes ou un chambellan qui vivent aux rayons de leur soleil, espèces d'aides-de-camp chargés des missions délicates, se laissant compromettre au besoin, travaillant au piédestal de l'idole, ni tout à fait ses serviteurs ni tout à fait ses égaux, hardis à la réclame, les premiers sur la brèche, couvrant les retraites, s'occupant des affaires, et dévoués tant que durent leurs illusions ou jusqu'au moment où leurs désirs sont comblés. Quelques-uns reconnaissent un peu d'ingratitude chez leur grand homme, d'autres se croient exploités, plusieurs se lassent de ce métier, peu se contentent de cette douce égalité de sentiment, le seul prix que l'on doive chercher dans l'intimité d'un homme supérieur et dont se contentait Ali, élevé par Mahomet jusqu'à lui. Beaucoup se tiennent pour aussi capables que leur grand homme, abusés par leur amour-propre. Le dévouement est rare, surtout sans solde, sans espérance, comme le concevait Modeste. Néanmoins, il se trouve des Menneval[56], et plus à Paris que partout ailleurs, des hommes qui chérissent une vie à l'ombre, un travail tranquille, des Bénédictins égarés dans notre société sans monastère pour eux. Ces agneaux courageux portent dans leurs actions, dans leur vie intime, la poésie que les écrivains expriment. Ils sont poètes par le cœur, par leurs méditations à l'écart, par la tendresse, comme d'autres sont poètes sur le papier, dans les champs de l'intelligence et à tant le vers ! comme lord Byron, comme tous ceux qui vivent, hélas ! de leur encre, l'eau d'Hippo-crène d'aujourd'hui, par la faute du Pouvoir.

Attiré par la gloire de Canalis, par l'avenir promis à cette prétendue intelligence politique et conseillé par madame d'Espart qui fit en ceci les affaires de la duchesse de Chaulieu, un jeune Conseiller Référendaire à la Cour des Comptes se constitua le secrétaire bénévole du poète, et fut caressé par lui comme un spéculateur caresse son premier bailleur de fonds. Les prémices de cette camara-derie eurent assez de ressemblance avec l'amitié. Ce jeune homme avait déjà fait un stage de ce genre auprès d'un des

ministres tombés en 1827 [57] ; mais le ministre avait eu soin
de le placer à la Cour des Comptes. Ernest de La Brière,
jeune homme alors âgé de vingt-sept ans, décoré de la
Légion-d'Honneur, sans autre fortune que les émoluments
de sa place, possédait la triture des affaires, et savait
beaucoup après avoir habité pendant quatre ans le cabinet
du principal ministère. Doux, aimable, le cœur presque
pudique et rempli de bons sentiments, il lui répugnait
d'être sur le premier plan. Il aimait son pays, il voulait être
utile, mais l'éclat l'éblouissait. A son choix, la place de
secrétaire près d'un Napoléon lui eût mieux convenu que
celle de premier ministre. Ernest, devenu l'ami de
Canalis, fit de grands travaux pour lui ; mais, en dix-huit
mois, il reconnut la sécheresse de cette nature si poétique
par l'expression littéraire seulement. La vérité de ce
proverbe populaire : *L'habit ne fait pas le moine* est surtout
applicable à la littérature. Il est extrêmement rare de
trouver un accord entre le talent et le caractère. Les
facultés ne sont pas le résumé de l'homme. Cette séparation, dont les phénomènes étonnent, provient d'un mystère
inexploré, peut-être inexplorable. Le cerveau, ses produits
en tout genre, car dans les Arts la main de l'homme
continue sa cervelle, sont un monde à part qui fleurit sous
le crâne, dans une indépendance parfaite des sentiments,
de ce qu'on nomme les vertus du citoyen, du père de
famille, de l'homme privé. Ceci n'est cependant pas
absolu. Rien n'est absolu dans l'homme. Il est certain que
le débauché dissipera son talent, que le buveur le
dépensera dans ses libations, sans que l'homme vertueux
puisse se donner du talent par une honnête hygiène ; mais
il est aussi presque prouvé que Virgile, le peintre de
l'amour, n'a jamais aimé de Didon, et que Rousseau le
citoyen-modèle avait de l'orgueil à défrayer toute une
aristocratie. Néanmoins, Michel-Ange et Raphaël ont
offert l'heureux accord du génie, de la forme et du
caractère. Le talent, chez les hommes est donc à peu près,
quant au moral, ce qu'est la beauté chez les femmes, une
promesse. Admirons deux fois l'homme chez qui le cœur et

le caractère égalent en perfection le talent. En trouvant
sous le poète un égoïste ambitieux, la pire espèce de tous
les égoïstes, car il en est d'aimables, Ernest éprouva je ne
sais quelle pudeur à le quitter. Les âmes honnêtes ne
brisent pas facilement leurs liens, surtout ceux qu'ils ont
noués volontairement. Le secrétaire faisait donc bon
ménage avec le poète quand la lettre de Modeste courait la
poste ; mais, comme on fait bon ménage, en se sacrifiant
toujours. La Brière tenait compte à Canalis de la franchise
avec laquelle il s'était ouvert à lui. D'ailleurs, chez cet
homme, qui sera tenu grand pendant sa vie, qui sera fêté
comme le fut Marmontel, les défauts sont l'envers de
qualités brillantes. Ainsi, sans sa vanité, sans sa prétention, peut-être n'eût-il pas été doué de cette diction sonore,
instrument nécessaire à la vie politique actuelle. Sa
sécheresse aboutit à la rectitude, à la loyauté. Son
ostentation est doublée de générosité. Les résultats profi-
tent à la société, les motifs regardent Dieu. Mais, lorsque
la lettre de Modeste arriva, Ernest ne s'abusait plus sur
Canalis.

XVII. *Écrivez donc aux poètes célèbres.*

Les deux amis venaient de déjeuner et causaient dans le
cabinet du poète, qui occupait alors, au fond d'une cour,
un appartement donnant sur un jardin, au rez-de-chaussée.

— Oh ! s'écria Canalis, je le disais bien l'autre jour à
madame de Chaulieu, je dois lâcher quelque nouveau
poème, l'admiration baisse, car voilà quelque temps que je
n'ai reçu de lettres anonymes...

— Une inconnue ? demanda La Brière.

— Une inconnue ! une d'Este, et au Havre ! C'est
évidemment un nom d'emprunt.

Et Canalis passa la lettre à La Brière. Ce poème, cette exaltation cachée, enfin le cœur de Modeste fut insouciamment tendu par un geste de fat.

— C'est beau ! s'écria le Référendaire, d'attirer ainsi à soi les sentiments les plus pudiques, de forcer une pauvre femme à sortir des habitudes que l'éducation, la nature, le monde lui tracent, à briser les conventions... Quel privilège le génie acquiert ? Une lettre comme celle que je tiens, écrite par une jeune fille, une vraie jeune fille, sans arrière-pensée, avec enthousiasme...

— Eh ! bien ?... dit Canalis.

— Eh ! bien, on peut avoir souffert autant que le Tasse, on doit être récompensé, s'écria La Brière.

— On se dit cela, mon cher, à la première, à la seconde lettre, dit Canalis ; mais quand c'est la trentième !... Mais lorsqu'on a trouvé que la jeune enthousiaste est assez rouée ! Mais quand au bout du chemin brillant parcouru par l'exaltation du poète, on a vu quelque vieille Anglaise assise sur une borne et qui vous tend la main !... Mais quand l'ange de la poste se change en une pauvre fille médiocrement jolie en quête d'un mari !... Oh ! alors l'effervescence se calme [58].

— Je commence à croire, dit La Brière en souriant, que la gloire a quelque chose de vénéneux, comme certaines fleurs éclatantes.

— Et puis, mon ami, reprit Canalis, toutes ces femmes, même quand elles sont sincères, elles ont un idéal, et vous y répondez rarement. Elles ne se disent pas que le poète est un homme assez vaniteux, comme je suis taxé de l'être ; elles n'imaginent jamais ce qu'est un homme mal mené par une espèce d'agitation fébrile qui le rend désagréable, changeant ; elles le veulent toujours grand, toujours beau ; jamais elles ne pensent que le talent est une maladie ; que Nathan vit avec Florine, que d'Arthez est trop gras, que Joseph Bridau est trop maigre, que Béranger va très-bien à pied, que le Dieu peut avoir la pituite. Un Lucien de Rubempré, poète et joli garçon, est un phénix. Et pourquoi donc aller chercher de méchants compliments, et recevoir

les douches froides que verse le regard hébété d'une
femme désillusionnée ?...

— Le vrai poète, dit La Brière, doit alors rester caché
comme Dieu dans le centre de ses mondes, n'être visible
que par ses créations...

— La gloire coûterait alors trop cher, répondit Canalis.
La vie a du bon. Tiens ! dit-il en prenant une tasse de thé,
quand une noble et belle femme aime un poète, elle ne se
cache ni dans les cintres ni dans les baignoires du théâtre,
comme une duchesse éprise d'un acteur ; elle se sent assez
forte, assez gardée par sa beauté, par sa fortune, par son
nom pour dire comme dans tous les poèmes épiques : *Je
suis la nymphe Calypso, amante de Télémaque*. La mystifi-
cation est la ressource des petits esprits. Depuis quelque
temps, je ne réponds plus aux masques...

— Oh ! combien j'aimerais une femme venue à moi !...
s'écria La Brière en retenant une larme. On peut te
répondre, mon cher Canalis, que ce n'est jamais une
pauvre fille qui monte jusqu'à l'homme célèbre ; elle a trop
de défiance, trop de vanité, trop de craintes ! c'est toujours
une étoile, une...

— Une princesse, s'écria Canalis en partant d'un éclat
de rire, n'est-ce pas, qui descend jusqu'à lui... Mon cher,
cela se voit une fois en cent ans. Un tel amour est comme
cette fleur qui fleurit tous les siècles... Les princesses,
jeunes, riches et belles, sont trop occupées, elles sont
entourées, comme toutes les plantes rares, d'une haie de
sots, de gentilshommes bien élevés, vides comme des
sureaux ! Mon rêve, hélas, le cristal de mon rêve, brodé de
la Corrèze ici de guirlandes de fleurs, dans quelle
ferveur !... (n'en parlons plus), il est en éclats, à mes
pieds, depuis long-temps... Non, non, toute lettre anonyme est une mendiante ! Et quelles exigences ! Écris à
cette petite personne, en supposant qu'elle soit jeune et
jolie, et tu verras ! Tu n'auras pas autre chose à faire. On
ne peut raisonnablement pas aimer toutes les femmes.
Apollon, celui du Belvédère du moins, est un élégant
poitrinaire qui doit se ménager.

— Mais quand une créature arrive ainsi, son excuse doit être dans une certitude d'éclipser en tendresse, en beauté, la maîtresse la plus adorée, dit Ernest, et alors un peu de curiosité...

— Ah ! répondit Canalis, tu me permettras, trop jeune Ernest, de m'en tenir à la belle duchesse qui fait mon bonheur.

— Tu as raison, trop raison, répondit Ernest.

Néanmoins, le jeune secrétaire lut la lettre de Modeste, et la relut en essayant d'en deviner l'esprit caché.

— Il n'y a pourtant pas là la moindre emphase, on ne te donne pas du génie, on s'adresse à ton cœur, dit-il à Canalis. Ce parfum de modestie et ce contrat proposé me tenteraient...

— Signe-le, réponds, va toi-même jusqu'au bout de l'aventure, je te donne là de tristes appointements, s'écria Canalis en souriant. Va, tu m'en diras des nouvelles dans trois mois, si cela dure trois mois...

Quatre jours après, Modeste tenait la lettre suivante, écrite sur du beau papier, protégée par une double enveloppe, et sous un cachet aux armes de Canalis[59].

XVIII. *Un premier avis.*

II.

À MADEMOISELLE O. D'ESTE-M.

« Mademoiselle,

« L'admiration pour les belles œuvres, à supposer que les miennes soient telles, comporte je ne sais quoi de saint et de candide qui défend contre toute raillerie et justifie à tout tribunal la démarche que vous avez faite en m'écri-

vant. Avant tout, je dois vous remercier du plaisir que
causent toujours de semblables témoignages, même quand
on ne les mérite pas ; car le faiseur de vers et le poète s'en
croient intimement dignes, tant l'amour-propre est une
substance peu réfractaire à l'éloge. La meilleure preuve
d'amitié que je puisse donner à une inconnue, en échange
de ce dictame qui guérirait les morsures de la critique,
n'est-ce pas de partager avec elle la moisson de mon
expérience, au risque de faire envoler vos vivantes
illusions.

« Mademoiselle, la plus belle palme d'une jeune fille
est la fleur d'une vie sainte, pure, irréprochable. Êtes-vous
seule au monde ? Tout est dit. Mais si vous avez une
famille, un père ou une mère, songez à tous les chagrins
qui peuvent suivre une lettre comme la vôtre, adressée à
un poète que vous ne connaissez pas personnellement.
Tous les écrivains ne sont pas des anges, ils ont des
défauts. Il en est de légers, d'étourdis, de fats, d'ambitieux, de débauchés ; et, quelque imposante que soit
l'innocence, quelque chevaleresque que soit le poète
français à Paris, vous pourriez rencontrer plus d'un
ménestrel dégénéré, prêt à cultiver votre affection pour la
tromper. Votre lettre serait alors interprétée autrement que
je ne l'ai fait. On y verrait une pensée que vous n'y avez
pas mise, et que, dans votre innocence, vous ne soupçon-
nez point. Autant d'auteurs, autant de caractères. Je suis
excessivement flatté que vous m'ayez jugé digne de vous
comprendre ; mais si vous étiez tombée sur un talent
hypocrite, sur un railleur dont les livres sont mélancoli-
ques et dont la vie est un carnaval continuel, vous auriez
pu trouver au dénouement de votre sublime imprudence un
méchant homme, quelque habitué des coulisses, ou un
héros d'estaminet ! Vous ne sentez pas, sous les berceaux
de clématite où vous méditez sur les poésies, l'odeur du
cigare qui dépoétise les manuscrits ; de même qu'en allant
au bal, parée des œuvres resplendissantes du joaillier, vous
ne pensez pas aux bras nerveux, aux ouvriers en veste,
aux ignobles ateliers d'où s'élancent, radieuses, ces fleurs

du travail. Allons plus loin ?... En quoi la vie rêveuse et
solitaire que vous menez, sans doute au bord de la mer,
peut-elle intéresser un poète dont la mission est de tout
deviner, puisqu'il doit tout peindre ? Nos jeunes filles à
nous sont tellement accomplies, que nulle des filles d'Ève
ne peut lutter avec elles ! Quelle Réalité valut jamais le
Rêve ? Maintenant, que gagnerez-vous, vous, jeune fille
élevée à devenir une sage mère de famille, en vous initiant
aux agitations terribles de la vie des poètes dans cette
affreuse capitale, qui ne peut se définir que par ces mots :
Un enfer qu'on aime ! Si c'est le désir d'animer votre
monotone existence de jeune fille curieuse qui vous a mis
la plume à la main, ceci n'a-t-il pas l'apparence d'une
dépravation ? Quel sens prêterai-je à votre lettre ? Êtes-
vous d'une caste réprouvée, et cherchez-vous un ami loin
de vous ? Êtes-vous affligée de laideur et vous sentez-vous
une belle âme sans confident ? Hélas ! triste conclusion :
vous avez fait trop ou pas assez. Ou restons-en là ; ou, si
vous continuez, dites-m'en plus que dans la lettre que vous
m'avez écrite. Mais, mademoiselle, si vous êtes jeune, si
vous êtes belle, si vous avez une famille, si vous vous
sentez au cœur un nard céleste à répandre, comme fit
Madeleine aux pieds de Jésus, laissez-vous apprécier par
un homme digne de vous, et devenez ce que doit être toute
bonne jeune fille : une excellente femme, une vertueuse
mère de famille. Un poète est la plus triste conquête que
puisse faire une jeune personne, il a trop de vanités, trop
d'angles blessants qui doivent se heurter aux légitimes
vanités d'une femme, et meurtrir une tendresse sans
expérience de la vie. La femme du poète doit l'aimer
pendant un long-temps avant de l'épouser, elle doit se
résoudre à la charité des anges, à leur indulgence, aux
vertus de la maternité. Ces qualités, mademoiselle, ne sont
qu'en germe chez les jeunes filles.

« Écoutez la vérité tout entière, ne vous la dois-je pas
en retour de votre enivrante flatterie ? S'il est glorieux
d'épouser une grande renommée, on s'aperçoit bientôt
qu'un homme supérieur est, en tant qu'homme, semblable

aux autres. Il réalise alors d'autant moins les espérances, qu'on attend de lui des prodiges. Il en est alors d'un poète célèbre comme d'une femme dont la beauté trop vantée fait dire : — Je la croyais mieux, à qui l'aperçoit ; elle ne répond plus aux exigences du portrait tracé par la fée à laquelle je dois votre billet, l'Imagination ! Enfin, les qualités de l'esprit ne se développent et ne fleurissent que dans une sphère invisible, la femme du poète n'en sent plus que les inconvénients, elle voit fabriquer les bijoux au lieu de s'en parer. Si l'éclat d'une position exception-nelle vous a fascinée, apprenez que les plaisirs en sont bientôt dévorés. On s'irrite de trouver tant d'aspérités dans une situation qui, à distance, paraissait unie, tant de froid sur un sommet brillant ! Puis, comme les femmes ne mettent jamais les pieds dans le monde des difficultés, elles n'apprécient bientôt plus ce qu'elles admiraient, quand elles croient en avoir, à première vue, deviné le maniement. Je termine par une dernière considération dans laquelle vous auriez tort de voir une prière déguisée, elle est le conseil d'un ami. L'échange des âmes ne peut s'établir qu'entre gens disposés à ne se rien cacher. Vous montrerez-vous telle que vous êtes à un inconnu ? Je m'arrête aux conséquences de cette idée.

« Trouvez ici, mademoiselle, les hommages que nous devons à toutes les femmes, même à celles qui sont inconnues et masquées. »

XIX. *L'action s'engage.*

Avoir tenu cette lettre entre sa chair et son corset, sous son busc brûlant, pendant toute une journée !... en avoir réservé la lecture pour l'heure où tout dort, minuit, après avoir attendu ce silence solennel dans les anxiétés d'une imagination de feu !... avoir béni le poète, avoir lu par avance mille lettres, avoir supposé tout, excepté cette goutte d'eau froide tombant sur les plus vaporeuses formes de la fantaisie et les dissolvant comme l'acide prussique dissout la vie !... il y avait de quoi se cacher, quoique seule, ainsi que le fit Modeste la figure dans ses draps, éteindre la bougie et pleurer...

Ceci se passait dans les premiers jours d'août, Modeste se leva, marcha par sa chambre, et vint ouvrir la croisée. Elle voulait de l'air. Le parfum des fleurs monta vers elle, avec cette fraîcheur particulière aux odeurs pendant la nuit. La mer, illuminée par la lune, scintillait comme un miroir. Un rossignol chanta dans un arbre du parc Vilquin. — Ah ! voilà le poète, se dit Modeste dont la colère tomba. Les plus amères réflexions se succédèrent dans son esprit. Elle se sentit piquée au vif, elle voulut relire la lettre, elle ralluma la bougie, elle étudia cette prose étudiée, et finit par entendre la voix poussive du Monde réel. — Il a raison et j'ai tort, se dit-elle. Mais comment croire qu'on trouvera sous la robe étoilée des poètes un vieillard de Molière ?... Quand une femme ou une jeune fille est prise en flagrant délit, elle conçoit une haine profonde contre le témoin, l'auteur ou l'objet de sa faute. Aussi la vraie, la naturelle, la sauvage Modeste éprouva-t-elle en son cœur un effroyable désir de l'emporter sur cet esprit de rectitude et de le précipiter dans quelque contradiction, de lui rendre ce coup de massue. Cette enfant si pure, dont la tête seule avait été corrompue et par ses lectures, et par la longue agonie de sa sœur et par les dangereuses méditations de la solitude, fut surprise par un rayon de soleil sur son visage. Elle avait passé trois heures à courir des bordées sur les mers immenses du Doute. De pareilles nuits ne s'oublient jamais. Modeste alla droit à sa petite table de la Chine, présent de son père, et écrivit une lettre dictée par l'infernal esprit de vengeance qui frétille au fond du cœur des jeunes personnes.

III.

À monsieur de Canalis.

« Monsieur,

« Vous êtes certainement un grand poète, mais vous êtes quelque chose de plus, vous êtes un honnête homme. Après avoir eu tant de loyale franchise avec une jeune fille qui côtoyait un abîme, en aurez-vous assez pour répondre sans la moindre hypocrisie, sans détour, à la question que voici.

« Auriez-vous écrit la lettre que je tiens en réponse à la mienne ; vos idées, votre langage auraient-ils été les mêmes si quelqu'un vous eût dit à l'oreille ce qui peut se trouver vrai : Mademoiselle O. d'Este-M. a six millions et ne veut pas d'un sot pour maître ?

« Admettez pour certaine et pendant un moment cette supposition. Soyez avec moi comme avec vous-même, ne craignez rien, je suis plus grande que mes vingt ans, rien de ce qui sera franc ne pourra vous nuire dans mon esprit. Quand j'aurai lu cette confidence, si toutefois vous daignez me la faire, vous recevrez alors une réponse à votre première lettre.

« Après avoir admiré votre talent, si souvent sublime, permettez-moi de rendre hommage à votre délicatesse et à votre probité, qui me forcent à me dire toujours

« Votre humble servante,
« O. d'Este-M. »

XX. *Manche à manche.*

Quand Ernest de la Brière eut cette lettre entre les mains, il alla se promener sur les boulevards, agité dans son âme comme une frêle embarcation par une tempête où le vent parcourt tous les aires du compas, de moment en moment. Pour un jeune homme comme on en rencontre tant, pour un vrai parisien, tout eût été dit avec cette phrase : C'est une petite rouée !... Mais pour un garçon dont l'âme est noble et belle, cette espèce de serment déféré, cet appel à la Vérité eut la vertu d'éveiller les trois juges tapis au fond de toutes les consciences. Et l'Honneur, le Vrai, le Juste, se dressant en pied, criaient énergiquement : — Ah ! cher Ernest, disait le Vrai, tu n'aurais certes pas donné de leçon à une riche héritière !... Ah ! mon garçon, tu serais parti, et raide, pour le Havre, afin de savoir si la jeune fille était belle, et tu te serais senti très-malheureux de la préférence accordée au génie. Et si tu avais pu donner un croc-en-jambe à ton ami, te faire agréer à sa place, mademoiselle d'Este eût été sublime ! — Comment, disait le Juste, vous vous plaignez, vous autres gens d'esprit ou de capacité, sans monnaie, de voir les filles riches mariées à des êtres dont vous ne feriez pas vos portiers, vous déblatérez contre le positif du siècle qui s'empresse d'unir l'argent à l'argent, et jamais quelque beau jeune homme plein de talent, sans fortune, à quelque belle jeune fille noble et riche ; en voilà une qui se révolte contre l'esprit du siècle ?... et le poète lui répond par un coup de bâton sur le cœur... — Riche ou pauvre, jeune ou vieille, belle ou laide, cette fille a raison, elle a de l'esprit, elle roule le poète dans le bourbier de l'intérêt personnel, s'écriait l'Honneur, elle mérite une réponse, sincère, noble et franche, et avant tout l'expression de ta pensée ! Examine-toi ? Sonde ton cœur, et purge-le de ses lâchetés ? Que dirait l'Alceste de Molière ? Et La Brière, parti du boulevard Poissonnière, allait si lentement, perdu dans ses réflexions, qu'une heure après il atteignait à peine au boulevard des Capucines. Il prit les quais pour se rendre à la Cour des Comptes alors située auprès de la Sainte-Chapelle. Au lieu de vérifier des comptes, il resta sous le coup de ses perplexités. — Elle n'a pas six millions, c'est évident, se disait-il ; mais la question n'est pas là... Six jours après, Modeste reçut la lettre suivante.

IV.

À MADEMOISELLE O. D'ESTE-M.

« Mademoiselle,

« Vous n'êtes pas une d'Este. Ce nom est un nom emprunté pour cacher le vôtre. Doit-on les révélations que vous sollicitez à qui ment sur soi-même ? Écoutez ? je réponds à votre demande par une autre : Êtes-vous d'une famille illustre ? d'une famille noble ? d'une famille bourgeoise ? Certainement la morale ne change pas, elle est une ; mais ses obligations varient selon les sphères. De même que le soleil éclaire diversement les sites, y produit les différences que nous admirons, elle conforme le devoir social au rang, aux positions. La peccadille du soldat est un crime chez le général, et réciproquement. Les observances ne sont pas les mêmes pour une paysanne qui moissonne, pour une ouvrière à quinze sous par jour, pour la fille d'un petit détaillant, pour la jeune bourgeoise, pour l'enfant d'une riche maison de commerce, pour la jeune héritière d'une noble famille, pour une fille de la maison d'Este. Un roi ne doit pas se baisser pour ramasser une pièce d'or, et le laboureur doit retourner sur ses pas pour retrouver dix sous perdus, quoique l'un et l'autre doivent obéir aux lois de l'Économie. Une d'Este riche de six millions peut mettre un chapeau à grands bords et à

plumes, brandir sa cravache, presser les flancs d'un barbe
et venir, amazone brodée d'or, suivie de laquais, à un
poète en disant : « J'aime la poésie, et je veux expier les
torts de Léonore[60] envers le Tasse ! » tandis que la fille
d'un négociant se couvrirait de ridicule en l'imitant. A
quelle classe sociale appartenez-vous ? Répondez sincèrement, et je vous répondrai de même à la question que vous
m'avez posée.

« N'ayant pas l'heur de vous connaître, et déjà lié par
une sorte de communion poétique, je ne voudrais pas vous
offrir des hommages vulgaires. C'est déjà peut-être une
malice victorieuse que d'embarrasser un homme qui publie
des livres. »

Le Référendaire ne manquait pas de cette adresse que
peut se permettre un homme d'honneur. Courrier par
courrier, il reçut la réponse.

V.

À MONSIEUR DE CANALIS.

« Vous êtes de plus en plus raisonnable, mon cher
poète. Mon père est comte. Notre principale illustration est
un cardinal du temps où les cardinaux marchaient presque
les égaux des rois. Aujourd'hui notre maison quasi-
tombée, finit en moi ; mais j'ai les quartiers voulus pour
entrer dans toutes les cours et dans tous les chapitres.
Nous valons enfin les Canalis. Trouvez bon que je ne vous
envoie pas nos armes. Tâchez de répondre aussi sincèrement que je le fais. J'attends votre réponse pour savoir si
je pourrai me dire encore comme maintenant

« Votre servante,
« O. D'ESTE-M. »

XXI. *Une reconnaissance chez l'ennemi.*

— Comme elle abuse de ses avantages, la petite personne !… s'écria de La Brière. Mais est-elle franche ? On n'a pas été pendant quatre ans le secrétaire particulier d'un ministre, on n'habite pas Paris, on n'en observe pas les intrigues impunément ; aussi l'âme la plus pure est-elle toujours plus ou moins grisée par la capiteuse atmosphère de cette impériale Cité. Heureux de ne pas être Canalis, le jeune Référendaire retint une place dans la malle-poste du Havre, après avoir écrit une lettre où il annonçait une réponse pour un jour déterminé, se rejetant sur l'importance de la confession demandée, et sur les occupations de son ministre. Il eut le soin de se faire donner, par le Directeur-général des Postes, un mot qui recommandait silence et obligeance au directeur du Havre. Ernest put ainsi voir venir au Bureau Françoise Cochet, et la suivit sans affectation. Remorqué par elle, il arriva sur les hauteurs d'Ingouville, et aperçut, à la fenêtre du Chalet, Modeste Mignon. — Eh ! bien, Françoise ? demanda la jeune fille. A quoi l'ouvrière répondit : — Oui, mademoiselle, j'en ai une. Frappé par cette beauté de blonde céleste, Ernest revint sur ses pas, et demanda le nom du propriétaire de ce magnifique séjour à un passant. — Ça, répondit le passant en montrant la propriété. — Oui, mon ami. — Oh ! c'est à monsieur Vilquin, le plus riche armateur du Havre, un homme qui ne connaît pas sa fortune. — Je ne vois pas de cardinal Vilquin dans l'histoire, se disait le Référendaire en descendant vers le Havre pour retourner à Paris. Naturellement, il questionna le directeur de la poste sur la famille Vilquin, il apprit que la famille Vilquin possédait une immense fortune. Monsieur Vilquin avait un fils et deux filles, dont une mariée à monsieur Althor fils. La prudence empêcha La Brière de

paraître en vouloir aux Vilquin, le directeur le regardait
déjà d'un air narquois. — N'y a-t-il personne en ce
moment chez eux, outre la famille ? demanda-t-il encore.
— En ce moment, la famille d'Hérouville y est. On parle
du mariage du jeune duc avec mademoiselle Vilquin,
cadette. — Il y a eu le fameux cardinal d'Hérouville, sous
les Valois, se dit La Brière, et sous Henri IV, le terrible
maréchal qu'on a fait duc [61]. Ernest repartit, ayant assez vu
de Modeste pour en rêver, pour penser que, riche ou
pauvre, si elle avait une belle âme, il ferait d'elle assez
volontiers madame de La Brière, et il résolut de continuer
la correspondance.

Essayez donc de rester inconnues, pauvres femmes de
France, de filer le moindre petit roman au milieu d'une
civilisation qui note sur les places publiques l'heure du
départ et de l'arrivée des fiacres, qui compte les lettres,
qui les timbre doublement au moment précis où elles sont
jetées dans les boîtes et quand elles se distribuent, qui
numérote les maisons, qui configure sur le rôle-matrice
des Contributions les étages, après en avoir vérifié les
ouvertures, qui va bientôt posséder tout son territoire
représenté dans ses dernières parcelles, avec ses plus
menus linéaments, sur les vastes feuilles du Cadastre,
œuvre de géant ordonnée par un géant [62] ! Esssayez donc de
vous soustraire, filles imprudentes, non pas à l'œil de la
police ; mais à ce bavardage incessant qui, dans la
dernière bourgade, scrute les actions les plus indifféren-
tes, compte les plats de dessert chez le préfet et voit les
côtes de melon à la porte du petit rentier, qui tâche
d'entendre l'or au moment où la main de l'Économie
l'ajoute au trésor, et qui, tous les soirs, au coin du foyer,
estime le chiffre des fortunes du canton, de la ville, du
département ! Modeste avait échappé, par un quiproquo
vulgaire, au plus innocent des espionnages qu'Ernest se
reprochait déjà. Mais quel Parisien voudrait être la dupe
d'une petite provinciale ? N'être la dupe de rien, cette
affreuse maxime est le dissolvant de tous les nobles
sentiments de l'homme.

On devinera facilement à quelle lutte de sentiments cet honnête jeune homme fut en proie par la lettre qu'il écrivit, et où chaque coup de fléau reçu dans la conscience a laissé sa trace.

A quelques jours de là, voici donc ce que lut Modeste à sa fenêtre, par une belle journée d'été.

XXII. *Bas-bleu, prends et lis !*

VI.

À MADEMOISELLE O. D'ESTE-M.

« Mademoiselle,

« Sans aucune hypocrisie, oui, si j'avais été certain que vous eussiez une immense fortune, j'aurais agi tout autrement. Pourquoi ? J'en ai cherché la raison, la voici. Il est en nous un sentiment inné, développé d'ailleurs outre mesure par la Société, qui nous lance à la recherche, à la possession du bonheur. La plupart des hommes confondent le bonheur avec ses moyens, et la fortune est, à leurs yeux, le plus grand élément du bonheur. J'aurais donc tâché de vous plaire entraîné par le sentiment social qui, dans tous les temps, a fait de la richesse une religion. Du moins, je le crois. On ne doit pas attendre, chez un homme, jeune encore, cette sagesse qui substitue le bon sens à la sensation ; et, devant une proie, l'instinct bestial caché dans le cœur de l'homme, le pousse en avant. Au lieu d'une leçon, vous eussiez donc reçu de moi des compliments, des flatteries. Aurais-je eu ma propre estime ? j'en doute. Mademoiselle, dans ce cas, le succès offre une absolution ; mais le bonheur ?... c'est autre chose. Me serais-je défié de ma femme, si je l'eusse obtenue

ainsi ?... Bien certainement. Votre démarche eût repris tôt
ou tard son caractère. Votre mari, quelque grand que vous
le fassiez, finirait par vous reprocher de l'avoir avili ; vous-
même, tôt ou tard, peut-être arriveriez-vous à le mépriser.
L'homme ordinaire tranche le nœud gordien que constitue
un mariage d'argent avec l'épée de la tyrannie. L'homme
fort pardonne. Le poète se lamente. Telle est, mademoiselle, la réponse de ma probité.

« Écoutez-moi bien maintenant. Vous avez eu le triomphe de me faire profondément réfléchir, et sur vous que je
ne connais pas assez, et sur moi que je connaissais peu.
Vous avez eu le talent de remuer bien des pensées
mauvaises qui croupissent au fond de tous les cœurs ; mais
il en est sorti chez moi quelque chose de généreux, et je
vous salue de mes plus gracieuses bénédictions, comme on
salue en mer un phare qui nous a montré les écueils où l'on
pouvait périr. Voici ma confession, car je ne voudrais
perdre ni votre estime ni la mienne, au prix de tous les
trésors de la terre.

« J'ai voulu savoir qui vous étiez. Je reviens du Havre,
j'ai vu Françoise Cochet, je l'ai suivie à Ingouville, et vous
ai vue au milieu de votre magnifique villa. Vous êtes aussi
belle que la femme des rêves d'un poète ; mais je ne sais
pas si vous êtes mademoiselle Vilquin cachée dans
mademoiselle d'Hérouville, ou mademoiselle d'Hérouville
cachée dans mademoiselle Vilquin. Quoique de bonne
guerre cet espionnage m'a fait rougir, et je me suis arrêté
dans mes recherches. Vous aviez éveillé ma curiosité, ne
m'en voulez pas d'avoir été quelque peu femme, n'est-ce
pas le droit du poète ? Maintenant, je vous ai ouvert mon
cœur, je vous y ai laissé lire, vous pouvez croire à la
sincérité de ce que je vais ajouter. Quelque rapide qu'ait
été le coup d'œil que j'ai jeté sur vous, il a suffi pour
modifier mon jugement. Vous êtes à la fois un poète et une
poésie, avant d'être une femme. Oui, vous avez en vous
quelque chose de plus précieux que la beauté, vous êtes le
beau idéal de l'Art, la Fantaisie... La démarche, blâmable
chez les jeunes filles vouées à une destinée ordinaire,

change pour celle qui serait douée du caractère que je vous prête. Dans le grand nombre d'êtres, jetés par le hasard de la vie sociale sur la terre pour y composer une génération, il est des exceptions. Si votre lettre est la terminaison de longues rêveries poétiques sur le sort que la loi réserve aux femmes ; si vous avez voulu, entraînée par la vocation d'un esprit supérieur et instruit, apprendre la vie intime d'un homme à qui vous accordez le hasard du génie, afin de vous créer une amitié soustraite au commun des relations, avec une âme pareille à la vôtre, en échappant à toutes les conditions de votre sexe ; certes, vous êtes une exception ! La loi qui sert à mesurer les actions de la foule est alors très-étroite pour déterminer votre résolution. Mais, le mot de ma première lettre revient alors dans toute sa force : vous avez fait trop ou pas assez. Recevez encore des remerciements pour le service que vous m'avez rendu, en m'obligeant à me sonder le cœur ; car vous avez rectifié chez moi cette erreur assez commune en France que le mariage est un moyen de fortune. Au milieu des troubles de ma conscience, une voix sainte m'a parlé. Je me suis juré, solennellement à moi-même, de faire ma fortune à moi seul, afin de n'être pas déterminé dans le choix d'une compagne par des motifs cupides. Enfin j'ai blâmé, j'ai réprimé la curiosité malséante que vous aviez excitée en moi. Vous n'avez pas six millions. Il n'y a pas d'incognito possible, au Havre, pour une jeune personne qui posséderait une pareille fortune, et vous seriez trahie par cette meute des familles de la Pairie que je vois à la chasse des héritières à Paris et qui jette le Grand-Écuyer chez vos Vilquin. Ainsi les sentiments que je vous exprime ont été conçus, abstraction faite de tout roman ou de la vérité, comme une règle absolue. Prouvez-moi maintenant que vous avez une de ces âmes auxquelles on passe la désobéissance à la loi commune, vous donnerez alors raison dans votre esprit à cette seconde comme à ma première lettre. Destinée à la vie bourgeoise, obéissez à la loi de fer qui maintient la société. Femme supérieure, je vous admire ; mais si vous voulez obéir à l'instinct que vous devez réprimer, je vous plains : ainsi le veut l'État social. L'admirable morale de l'épopée domestique, intitulée *Clarisse Harlowe*, est que l'amour légitime et honnête de la victime la mène à sa perte, parce qu'il se conçoit, se développe et se poursuit, malgré la famille. La Famille, quelque sotte et cruelle qu'elle soit, a raison contre Lovelace. La Famille, c'est la Société. Croyez-moi, pour une fille, comme pour une femme, la gloire sera toujours d'enfermer dans la sphère des convenances les plus serrées, ses ardents caprices. Si j'avais une fille qui dût être madame de Staël, je lui souhaiterais la mort à quinze ans. Supposez-vous votre fille exposée sur les tréteaux de la Gloire, et paradant pour obtenir les hommages de la foule, sans éprouver mille cuisants regrets [63] ? A quelque hauteur qu'une femme se soit élevée par la poésie secrète de ses rêves, elle doit sacrifier ses supériorités sur l'autel de la famille. Ses élans, son génie, ses aspirations vers le bien, vers le sublime, tout le poème de la jeune fille appartient à l'homme qu'elle accepte, aux enfants qu'elle aura. J'entrevois chez vous un désir secret d'agrandir le cercle étroit de la vie à laquelle toute femme est condamnée, et de mettre la passion, l'amour dans le mariage. Ah ! c'est un beau rêve, il n'est pas impossible, il est difficile ; mais il fut réalisé pour le désespoir des âmes, passez-moi ce mot devenu ridicule, dépareillées !

« Si vous cherchez une espèce d'amitié platonique, elle ferait le désespoir de votre avenir. Si votre lettre fut un jeu, ne le continuez pas. Ainsi ce petit roman est fini, n'est-ce pas ? Il n'aura pas été sans porter quelques fruits : ma probité s'est armée, et vous aurez, vous, acquis une certitude sur la vie sociale. Jetez vos regards vers la vie réelle, et jetez, dans les vertus de votre sexe, l'enthousiasme passager que la littérature y fit naître. Adieu, mademoiselle. Faites-moi l'honneur de m'accorder votre estime. Après vous avoir vue, ou celle que je crois être vous, j'ai trouvé votre lettre bien naturelle : une si belle fleur devait se tourner vers le soleil de la poésie. Aimez donc la poésie ainsi que vous devez aimer les fleurs, la musique, les somptuosités de la mer, les beautés de la nature, comme une parure de l'âme ; mais songez à tout ce que j'ai eu l'honneur de vous dire sur les poètes. Gardez-vous d'épouser un sot, cherchez avec soin le compagnon que Dieu vous a fait. Il existe, croyez-moi, beaucoup de gens d'esprit, capables de vous apprécier, de vous rendre heureuse. Si j'étais riche, et si vous étiez pauvre, je mettrais un jour ma fortune et mon cœur à vos pieds, car je vous crois l'âme pleine de richesses, de loyauté ; je vous confierais enfin ma vie et mon honneur avec une entière sécurité. Encore une fois, adieu, blonde fille d'Ève la blonde. »

XXIII. *Modeste remporte un avantage signalé.*

La lecture de cette lettre, dévorée comme une gorgée d'eau dans le désert, ôta la montagne qui pesait sur le cœur de Modeste ; puis, elle aperçut les fautes qu'elle avait commises dans la conception de son plan, et les répara sur-le-champ en faisant à Françoise des enveloppes de lettres sur lesquelles elle écrivit elle-même son adresse à Ingouville, en lui recommandant de ne plus venir au Chalet. Désormais Françoise, rentrée chez elle, mettrait chaque lettre arrivée de Paris sous une de ces enveloppes et la jetterait secrètement à la poste du Havre. Modeste se promit de recevoir à l'avenir le facteur elle-même, en se trouvant sur le seuil du Chalet à l'heure où il y passait. Quant aux sentiments que cette réponse, où le cœur du noble et pauvre La Brière battait sous le brillant fantôme de Canalis, excita chez Modeste, ils furent aussi multipliés que les vagues qui vinrent mourir une à une sur le rivage, pendant que les yeux attachés sur l'Océan, elle se livrait au bonheur d'avoir harponné, pour ainsi dire, une âme angélique dans la mer parisienne, d'avoir deviné que chez

les hommes d'élite le cœur pouvait parfois être en
harmonie avec le talent, et d'avoir été bien servie par la
voix magique du pressentiment. Un intérêt puissant allait
animer sa vie. L'enceinte de cette jolie habitation, le
treillis de sa cage était brisé! Sa pensée volait à pleines
ailes.

— O mon père, se dit-elle en regardant à l'horizon,
fais-nous bien riches!

La réponse que lut cinq jours après, Ernest de La
Brière, en dira plus d'ailleurs que toute espèce de glose.

VII.

À MONSIEUR DE CANALIS.

« Mon ami, laissez-moi vous donner ce nom, vous
m'avez ravie, et je ne vous voudrais pas autrement que
vous êtes dans cette lettre, la première, oh! qu'elle ne soit
pas la dernière? Quel autre qu'un poète aurait pu jamais
excuser si gracieusement une jeune fille et la deviner.

« Je veux vous parler avec la sincérité qui, chez vous, a
dicté les premières lignes de votre lettre. Et d'abord, fort
heureusement, vous ne me connaissez point. Je puis vous
le dire avec bonheur, je ne suis ni cette affreuse
mademoiselle Vilquin, ni la très-noble et très-sèche
mademoiselle d'Hérouville qui flotte entre trente et cinquante ans, sans se décider à un chiffre tolérable. Le
cardinal d'Hérouville a fleuri dans l'histoire de l'Église,
avant le cardinal de qui nous vient notre seule grande
illustration, car je ne prends pas des lieutenants-généraux,
des abbés à petits volumes et à trop grands vers pour des
célébrités. Puis je n'habite pas la splendide villa des
Vilquin, il n'y a pas, Dieu merci, dans mes veines la dix-
millionnième partie d'une goutte de ce sang froidi dans les
comptoirs. Je tiens à la fois et de l'Allemagne et du midi de

la France, j'ai dans la pensée la rêverie tudesque, et dans
le sang la vivacité provençale. Je suis noble, et par mon
père et par ma mère. Par ma mère, je tiens à toutes les
pages de l'*Almanach de Gotha*[64]. Enfin, mes précautions
sont bien prises, il n'est au pouvoir d'aucun homme ni même
au pouvoir de l'autorité, de démasquer mon incognito. Je
resterai voilée, inconnue. Quant à ma personne, et quant à
mes propres, comme disent les Normands, rassurez-vous,
je suis au moins aussi belle que la petite personne
(heureuse sans le savoir) sur qui vos regards se sont
arrêtés, et je ne crois pas être une pauvresse, encore que
dix fils de pairs de France ne m'accompagnent pas dans
mes promenades ! J'ai vu jouer déjà pour moi le vaudeville
ignoble de l'héritière, adorée pour ses millions. Enfin,
n'essayez d'aucune manière, même par pari, d'arriver à
moi. Hélas ! quoique libre, je suis gardée, et par moi-
même d'abord, et par des gens de courage qui n'hésite-
raient point à vous planter un couteau dans le cœur, si
vous vouliez pénétrer dans ma retraite. Je ne dis point ceci
pour exciter votre courage ou votre curiosité, je crois
n'avoir besoin d'aucun de ces sentiments pour vous
intéresser, pour vous attacher.

« Je réponds maintenant à la seconde édition considéra-
blement augmentée de votre premier sermon.

« Voulez-vous un aveu ? Je me suis dit en vous voyant si
défiant, et me prenant pour une Corinne, dont les
improvisations m'ont tant ennuyée, que, déjà, beaucoup
de dixièmes Muses vous avaient emmené, vous tenant par
la curiosité, dans leurs doubles vallons, et vous avaient
proposé de goûter aux fruits de leurs parnasses de
pensionnaire... Oh ! soyez en pleine sécurité, mon ami ; si
j'aime la poésie, je n'ai point de *petits vers* en portefeuille,
et mes bas sont et resteront d'une entière blancheur. Vous
ne serez point ennuyé par des *légèretés* en un ou deux
volumes. Enfin si je vous dis jamais : Accourez ! vous ne
trouverez point, vous le savez maintenant, une vieille fille,
pauvre et laide. Oh ! mon ami, si vous saviez combien je
regrette que vous soyez venu au Havre ! Vous avez ainsi

modifié ce que vous appelez mon roman. Non, Dieu seul peut peser dans ses mains puissantes le trésor que je réservais à un homme assez grand, assez confiant, assez perspicace pour partir de chez lui, sur la foi de mes lettres, après avoir pénétré pas à pas dans l'étendue de mon cœur et arriver à notre premier rendez-vous avec la simplicité d'un enfant ! Je rêvais cette innocence à un homme de génie. Le trésor, vous l'avez écorné. Je vous pardonne, vous vivez à Paris ; et, comme vous le dites, il y a un homme dans un poète. Me prendrez-vous, à cause de ceci, pour une petite fille qui cultive le parterre enchanté des illusions ? Ne vous amusez pas à jeter des pierres dans les vitraux cassés d'un château ruiné depuis long-temps. Vous, homme d'esprit, comment n'avez-vous pas deviné que la leçon de votre pédante première lettre, mademoiselle d'Este se l'était dite à elle-même ! Non, cher poète, ma première lettre ne fut pas le caillou de l'enfant qui va gabant le long des chemins, qui se plaît à effrayer un propriétaire lisant la cote de ses contributions à l'abri de ses espaliers ; mais bien la ligne appliquée avec prudence par un pêcheur du haut d'une roche au bord de la mer, espérant une pêche miraculeuse.

« Tout ce que vous dites de beau sur la Famille a mon approbation. L'homme qui me plaira, de qui je me croirai digne, aura mon cœur et ma vie, de l'aveu de mes parents, je ne veux ni les affliger, ni les surprendre ; j'ai la certitude de régner sur eux, ils sont d'ailleurs sans préjugés. Enfin, je me sens forte contre les illusions de ma fantaisie. J'ai bâti de mes mains une forteresse, et je l'ai laissé fortifier par le dévouement sans bornes de ceux qui veillent sur moi comme sur un trésor, non que je ne sois de force à me défendre en plaine ; car, sachez-le, le hasard m'a revêtu d'une armure bien trempée, et sur laquelle est gravé le mot MÉPRIS. J'ai l'horreur la plus profonde de tout ce qui sent le calcul, de ce qui n'est pas entièrement noble, pur, désintéressé. J'ai le culte du beau, de l'idéal, sans être romanesque, mais après l'avoir été, pour moi seule, dans mes rêves. Aussi ai-je reconnu la vérité des choses, justes jusqu'à la vulgarité, que vous m'avez écrites sur la vie sociale.

« Pour le moment, nous ne sommes et ne pouvons être que deux amis. Pourquoi chercher un ami dans un inconnu ? direz-vous. Votre personne m'est inconnue, mais votre esprit, votre cœur me sont connus, ils me plaisent, et je me sens des sentiments infinis dans l'âme qui veulent un homme de génie pour unique confident. Je ne veux pas que le poème de mon cœur soit inutile, il brillera pour vous comme il eût brillé pour Dieu seul. Quelle chose précieuse qu'un bon camarade à qui l'on peut tout dire ! Refuserez-vous les fleurs inédites de la jeune fille vraie qui voleront vers vous comme les jolis moucherons vers les rayons du soleil ? Je suis sûre que vous n'avez jamais rencontré cette bonne fortune de l'esprit : les confidences d'une jeune fille ! écoutez son babil, acceptez les musiques qu'elle n'a encore chantées que pour elle ? Plus tard, si nos âmes sont bien sœurs, si nos caractères se conviennent à l'essai, quelque jour un vieux domestique à cheveux blancs placé sur le bord d'une route, vous attendra pour vous conduire dans un chalet, dans une villa, dans un castel, dans un palais, je ne sais encore de quel genre sera le pavillon jaune et brun de l'hyménée (les couleurs de l'Autriche si puissante par le mariage) ni si le dénouement est possible ; mais avouez que c'est poétique et que mademoiselle d'Este est de bonne composition ? Ne vous laisse-t-elle pas votre liberté ? vient-elle d'un pied jaloux jeter un coup d'œil dans les salons de Paris ? vous impose-t-elle les devoirs d'une *emprinse*, les chaînes que les paladins se mettaient jadis au bras volontairement ? Elle vous demande une alliance purement morale et mystérieuse ? Allons ! venez dans mon cœur quand vous serez malheureux, blessé, fatigué. Dites-moi bien tout alors, ne me cachez rien, j'aurai des élixirs pour toutes vos douleurs. J'ai vingt ans, mon ami, mais ma raison en a cinquante, et j'ai malheureusement ressenti dans un autre moi-même les horreurs et les délices de la passion. Je sais tout ce que le cœur humain peut contenir de lâchetés, d'infamies, et je suis néanmoins la plus honnête de toutes les jeunes filles. Non, je n'ai plus d'illusions ; mais j'ai mieux : j'ai des croyances et une religion. Tenez, je commence *le jeu* de nos confidences.

« Quel que soit le mari que j'aurai, si je l'ai choisi, cet homme pourra dormir tranquille, il pourra s'en aller aux Grandes Indes, il me retrouvera finissant la tapisserie commencée à son départ, sans qu'aucun regard ait plongé dans mes yeux, sans qu'une voix d'homme ait flétri l'air dans mon oreille ; et dans chaque point il reconnaîtra comme un vers du poème dont il aura été le héros. Quand même je me serais trompée à quelque belle et menteuse apparence, cet homme aura toutes les fleurs de mes pensées, toutes les coquetteries de ma tendresse, les muets sacrifices d'une résignation fière et non mendiante [65]. Oui, je me suis promis de ne jamais suivre mon mari au dehors quand il ne le voudra pas : je serai la divinité de son foyer. Voilà ma religion humaine. Mais pourquoi ne pas éprouver et choisir l'homme à qui je serai comme la vie est au corps ? L'homme est-il jamais gêné de la vie ? Qu'est-ce qu'une femme contrariant celui qu'elle aime ? c'est la maladie au lieu de la vie. Par la vie, j'entends cette heureuse santé qui fait de toute heure un plaisir.

« Revenons à votre lettre, qui me sera toujours précieuse. Oui, plaisanterie à part, elle contient ce que je souhaitais, une expression de sentiments prosaïques aussi nécessaires à la famille que l'air au poumon, et sans lesquels il n'est pas de bonheur possible. Agir en honnête homme, penser en poète, aimer comme aiment les femmes, voilà ce que je souhaitais à mon ami, et ce qui maintenant n'est, sans doute, plus une chimère.

« Adieu, mon ami. Je suis pauvre pour le moment. C'est une des raisons qui me font chérir mon masque, mon incognito, mon imprenable forteresse. J'ai lu vos derniers vers dans la Revue, et avec quelles délices ! après m'être initiée aux austères et secrètes grandeurs de votre âme.

« Serez-vous bien malheureux de savoir qu'une jeune fille prie Dieu fervemment pour vous, qu'elle fait de vous son unique pensée, et que vous n'avez pas d'autres rivaux qu'un père et une mère ? Y a-t-il des raisons de repousser des pages pleines de vous, écrites pour vous, qui ne seront lues que par vous ? Rendez-moi la pareille. Je suis si peu femme encore que vos confidences, pourvu qu'elles soient entières et vraies, suffiront au bonheur de

« Votre O. D'ESTE-M. »

XXIV. *La puissance de l'inconnu.*

— Mon Dieu ! suis-je donc amoureux déjà ? s'écria le jeune Référendaire qui 's aperçut d'être resté cette lettre à la main pendant une heure après l'avoir lue. Quel parti prendre ? elle croit écrire à notre grand Poète ! dois-je continuer cette tromperie ? est-ce une femme de quarante ans ou une jeune fille de vingt ans ?

Ernest demeura fasciné par le gouffre de l'inconnu. L'inconnu, c'est l'infini obscur, et rien n'est plus attachant. Il s'élève de cette sombre étendue des feux qui la sillonnent par moments et qui colorent des fantaisies à la Martynn [66]. Dans une vie occupée comme celle de Canalis, une aventure de ce genre est emportée comme un bleuet dans les roches d'un torrent ; mais dans celle d'un Référendaire attendant le retour aux affaires du système dont le représentant est son protecteur, et qui, par distraction, élevait Canalis au biberon pour la Tribune, cette jeune fille, en qui son imagination persistait à lui faire voir la jolie blonde, devait se loger dans le cœur et y causer les mille dégâts des romans qui entrent chez une existence bourgeoise, comme un loup dans une basse-cour. Ernest se préoccupa donc beaucoup de l'inconnue du Havre et il répondit la lettre que voici, lettre étudiée, lettre

prétentieuse, mais où la passion commençait à se révéler
par le dépit.

————————————

VIII.

À MADEMOISELLE O. D'ESTE-M.

« Mademoiselle, est-il bien loyal à vous de venir
s'asseoir dans le cœur d'un pauvre poète avec l'arrière-
pensée de le laisser là, s'il n'est pas selon vos désirs, en lui
léguant d'éternels regrets, en lui montrant pour quelques
instants une image de la perfection, ne fût-elle que jouée,
ou tout au moins un commencement de bonheur ? Je fus
bien imprévoyant en sollicitant cette lettre où vous
commencez à dérouler l'élégante rubannerie de vos idées.
Un homme peut très-bien se passionner pour une inconnue
qui sait allier tant de hardiesse à tant d'originalité, tant de
fantaisie à tant de sentiment. Qui ne souhaiterait de vous
connaître, après avoir lu cette première confidence ? Il me
faut des efforts vraiment grands pour conserver ma raison
en pensant à vous, car vous avez réuni tout ce qui peut
troubler un cœur et une tête d'homme. Aussi profité-je du
reste de sang-froid que je garde en ce moment pour vous
faire d'humbles représentations. Croyez-vous donc, mademoiselle, que des lettres, plus ou moins vraies par rapport
à la vie telle qu'elle est, plus ou moins hypocrites, car les
lettres que nous nous écririons seraient l'expression du
moment où elles nous échapperaient, et non pas le sens
général de nos caractères ; croyez-vous, dis-je, que, tant
belles soient-elles, elles remplaceront jamais l'expérience
que nous ferions de nous-mêmes par le témoignage de la
vie vulgaire ? L'homme est double [67]. Il y a la vie invisible,
celle du cœur à laquelle des lettres peuvent suffire, et la
vie mécanique à laquelle on attache, hélas ! plus d'importance qu'on ne le croit à votre âge. Ces deux existences
doivent concorder à l'idéal que vous caressez ; ce qui, soit

dit en passant, est très-rare. L'hommage pur, spontané, désintéressé, d'une âme solitaire, à la fois instruite et chaste, est une de ces fleurs célestes dont les couleurs et le parfum consolent de tous les chagrins, de toutes les blessures, de toutes les trahisons que comporte à Paris la vie littéraire, et je vous remercie par un élan semblable au vôtre ; mais, après ce poétique échange de mes douleurs contre les perles de votre aumône, que pouvez-vous attendre ? Je n'ai ni le génie, ni la magnifique position de lord Byron ; je n'ai pas surtout l'auréole de sa damnation postiche et de son faux malheur social ; mais qu'eussiez-vous espéré de lui dans une circonstance pareille ? son amitié, n'est-ce pas ? Eh ! bien, lui qui devait n'avoir que de l'orgueil était dévoré de vanités blessantes et maladives qui décourageaient l'amitié. Moi, mille fois plus petit que lui, ne puis-je avoir des dissonances de caractère qui rendent la vie déplaisante, et qui font de l'amitié le fardeau le plus difficile ?... En échange de vos rêveries, que recevriez-vous ? les ennuis d'une vie qui ne serait pas entièrement la vôtre. Ce contrat est insensé. Voici pourquoi. Tenez, votre poème projeté n'est qu'un plagiat. Une jeune fille de l'Allemagne, qui n'était pas, comme vous, une demi-Allemande, mais une Allemande tout entière, a, dans l'ivresse de ses vingt ans, adoré Gœthe ; elle en a fait son ami, sa religion, son dieu ! tout en le sachant marié. Madame Gœthe, en bonne Allemande, en femme de poète, s'est prêtée à ce culte par une complaisance très-narquoise, et qui n'a pas guéri Bettina ! Mais qu'est-il arrivé ? cette extatique a fini par épouser quelque bon gros Allemand. Entre nous, avouons qu'une jeune fille qui se serait faite la servante du génie, qui se serait égalée à lui par la compréhension, qui l'eût pieusement adoré jusqu'à sa mort, comme fait une de ces divines figures tracées par les peintres dans les volets de leurs chapelles mystiques, et qui, lorsque l'Allemagne perdra Gœthe, se serait retirée en quelque solitude pour ne plus voir personne, comme fit l'amie de lord Bolingbroke [68], avouons que cette jeune fille se serait incrustée dans la gloire du poète comme Marie

Magdeleine l'est à jamais dans le sanglant triomphe de notre Sauveur. Si ceci est le sublime, que dites-vous de l'envers ? N'étant ni lord Byron, ni Gœthe, deux colosses de poésie et d'égoïsme ; mais tout simplement l'auteur de quelques poésies estimées, je ne saurais réclamer les honneurs d'un culte. Je suis très-peu martyr. J'ai tout à la fois du cœur et de l'ambition, car j'ai ma fortune à faire et suis encore jeune. Voyez-moi, comme je suis. La bonté du roi, les protections de ses ministres me donnent une existence convenable. J'ai toutes les allures d'un homme fort ordinaire. Je vais aux soirées de Paris, absolument comme le premier sot venu ; mais dans une voiture dont les roues ne portent pas sur un terrain solidifié, comme le veut le temps présent, par des inscriptions de rente sur le Grand-Livre. Si je ne suis pas riche, je n'ai donc pas non plus le relief que donnent la mansarde, le travail incompris, la gloire dans la misère, à certains hommes qui valent mieux que moi, comme d'Arthez, par exemple. Quel dénouement prosaïque allez-vous chercher aux fantaisies enchanteresses de votre jeune enthousiasme ? Restons-en là. Si j'ai eu le bonheur de vous sembler une rareté terrestre, vous aurez été, pour moi, quelque chose de lumineux et d'élevé, comme ces étoiles qui s'enflamment et disparaissent. Que rien ne ternisse cet épisode de notre vie. En continuant ainsi, je pourrais vous aimer, concevoir une de ces passions folles qui font briser les obstacles, qui vous allument dans le cœur des feux dont la violence est inquiétante relativement à leur durée ; et, supposez que je réussisse auprès de vous, nous finissons de la façon la plus vulgaire : un mariage, un ménage, des enfants... Oh ! Bélise et Henriette Chrysale [69] ensemble, est-ce possible ?... Adieu, donc ! »

XXV. *Le mariage des âmes.*

IX.

À MONSIEUR DE CANALIS.

« Mon ami, votre lettre m'a fait autant de chagrin que de
plaisir. Peut-être aurons-nous bientôt tout plaisir en nous
lisant. Comprenez-moi bien. On parle à Dieu, nous lui
demandons une foule de choses, il reste muet. Moi je veux
trouver en vous les réponses que Dieu ne nous fait pas.
L'amitié de mademoiselle de Gournay et de Montaigne ne
peut-elle se recommencer ? Ne connaissez-vous pas le
ménage de Sismonde de Sismondi à Genève, le plus
touchant intérieur qu'on connaisse et dont on m'a parlé,
quelque chose comme le marquis et la marquise
de Pescaire heureux jusque dans leur vieillesse[70] ? Mon
Dieu ! serait-il impossible qu'il existât, comme dans une
symphonie, deux harpes qui, à distance, se répondent,
vibrent, et produisent une délicieuse mélodie ? L'homme,
seul dans la création, est à la fois la harpe, le musicien et
l'écouteur. Me voyez-vous inquiète à la manière des
femmes ordinaires ? Ne sais-je pas que vous allez dans le
monde, que vous y voyez les plus belles et les plus
spirituelles femmes de Paris ? Ne puis-je présumer qu'une
de ces sirènes daigne vous enlacer de ses froides écailles,
et qu'elle a fait la réponse dont les prosaïques considérations m'attristent ? Il est, mon ami, quelque chose de plus
beau que ces fleurs de la coquetterie parisienne, il existe
une fleur qui croît en haut de ces pics alpestres, nommés
hommes de génie, l'orgueil de l'humanité qu'ils fécondent
en y versant les nuages puisés avec leurs têtes dans les
cieux ; cette fleur, je la veux cultiver et faire épanouir, car
ses sauvages et doux parfums ne nous manqueront jamais,

ils sont éternels. Faites-moi l'honneur de ne croire à rien
de vulgaire en moi. Si j'eusse été Bettina, car je sais à qui
vous avez fait allusion, je n'aurais jamais été madame
d'Arnim ; et si j'avais été l'une des femmes de lord Byron,
je serais à cette heure dans un couvent. Vous m'avez
atteinte à l'endroit sensible. Vous ne me connaissez pas,
vous me connaîtrez. Je sens en moi quelque chose de
sublime dont on peut parler sans vanité. Dieu a mis dans
mon âme la racine de cette plante hybride née au sommet
de ces Alpes dont je viens de parler, et que je ne veux pas
mettre dans un pot de fleurs, sur ma croisée, pour l'y voir
mourir. Non, ce magnifique calice, unique, aux odeurs
enivrantes, ne sera pas traîné dans les vulgarités de la vie ;
il est à vous, à vous sans qu'aucun regard le flétrisse, à
vous à jamais ! Oui, cher, à vous toutes mes pensées,
même les plus secrètes, les plus folles ; à vous un cœur de
jeune fille sans réserve, à vous une affection infinie. Si
votre personne ne me convient pas, je ne me marierai
point. Je puis vivre de la vie du cœur, de votre esprit, de
vos sentiments ; ils me plaisent, et je serai toujours ce que
je suis, votre amie. Il y a chez vous du beau dans le moral,
et cela me suffit. Là, sera ma vie. Ne faites pas fi d'une
jeune et jolie servante qui ne recule pas d'horreur à l'idée
d'être un jour la vieille gouvernante du poète, un peu sa
mère, un peu sa ménagère, un peu sa raison, un peu sa
richesse. Cette fille dévouée, si précieuse à vos existences, est l'Amitié pure et désintéressée, à qui l'on dit tout,
qui écoute quelquefois en hochant la tête, et qui veille en
filant à la lueur de la lampe, afin d'être là quand le poète
revient ou trempé de pluie ou maugréant. Voilà ma
destinée si je n'ai pas celle de l'épouse heureuse et
attachée à jamais : je souris à l'une comme à l'autre. Et
croyez-vous que la France sera bien lésée parce que
mademoiselle d'Este ne lui donnera pas deux ou trois
enfants, parce qu'elle ne sera pas une madame Vilquin
quelconque ? Quant à moi, jamais je ne serai vieille fille.
Je me ferai mère par la bienfaisance et par ma secrète
coopération à l'existence d'un homme grand à qui je

rapporterai mes pensées et mes efforts ici bas. J'ai la plus profonde horreur de la vulgarité. Si je suis libre, si je suis riche, je me sais jeune et belle, je ne serai jamais ni à quelque niais sous prétexte qu'il est le fils d'un pair de France, ni à quelque négociant qui peut se ruiner en un jour, ni à quelque bel homme qui sera la femme dans le ménage, ni à aucun homme qui me ferait rougir vingt fois par jour d'être à lui. Soyez bien tranquille à ce sujet. Mon père a trop d'adoration pour mes volontés, il ne les contrariera jamais. Si je plais à mon poète, s'il me plaît, le brillant édifice de notre amour sera bâti si haut, qu'il sera parfaitement inaccessible au malheur : je suis une aiglonne, et vous le verrez à mes yeux. Je ne vous répéterai pas ce que je vous ai dit déjà ; mais je le mets en moins de mots en vous avouant que je serai la femme la plus heureuse d'être emprisonnée par l'amour, comme je le suis en ce moment par la volonté paternelle. Eh ! mon ami, réduisons à la vérité du roman ce qui nous arrive par ma volonté.

« Une jeune fille, à l'imagination vive, enfermée dans une tourelle, se meurt d'envie de courir dans le parc où ses yeux seulement pénètrent ; elle invente un moyen de desceller sa grille, elle saute par la croisée, escalade le mur du parc, et va folâtrer chez le voisin. C'est un vaudeville éternel !... Eh ! bien, cette jeune fille est mon âme, le parc du voisin est votre génie. N'est-ce pas bien naturel ? A-t-on jamais vu de voisin qui se soit plaint de son treillage cassé par de jolis pieds ? Voilà pour le poète. Mais le sublime raisonneur de la comédie de Molière veut-il des raisons ! En voici. Mon cher Géronte, ordinairement les mariages se font au rebours du sens commun. Une famille prend des renseignements sur un jeune homme. Si le Léandre fourni par la voisine ou pêché dans un bal, n'a pas volé, s'il n'a pas de tare visible, s'il a la fortune qu'on lui désire, s'il sort d'un collège ou d'une École de Droit, ayant satisfait aux idées vulgaires sur l'éducation, et s'il porte bien ses vêtements, on lui permet de venir voir une jeune personne, lacée dès le matin, à qui sa mère ordonne

de bien veiller sur sa langue, et recommande de ne rien
laisser passer de son âme, de son cœur sur sa physionomie, en y gravant un sourire de danseuse achevant sa
pirouette, armée des instructions les plus positives sur le
danger de montrer son vrai caractère, et à qui l'on
recommande de ne pas paraître d'une instruction inquiétante. Les parents, quand les affaires d'intérêt sont bien
convenues entre eux, ont la bonhomie d'engager les
prétendus à se connaître l'un l'autre, pendant des moments
assez fugitifs où ils sont seuls, où ils causent, où ils se
promènent, sans aucune espèce de liberté, car ils se savent
déjà liés. Un homme se costume alors aussi bien l'âme que
le corps, et la jeune fille en fait autant de son côté. Cette
pitoyable comédie, entremêlée de bouquets, de parures,
de parties de spectacle, s'appelle *faire la cour à sa
prétendue.* Voilà ce qui m'a révoltée, et je veux faire
succéder le mariage légitime à quelque long mariage des
âmes. Une jeune fille n'a, dans toute sa vie, que ce
moment où la réflexion, la seconde vue, l'expérience lui
soient nécessaires. Elle joue sa liberté, son bonheur, et
vous ne lui laissez ni le cornet, ni les dés ; elle parie, elle
fait galerie. J'ai le droit, la volonté, le pouvoir, la
permission de faire mon malheur moi-même, et j'en use,
comme fit ma mère qui, conseillée par l'instinct, épousa le
plus généreux, le plus dévoué, le plus aimant des hommes,
aimé dans une soirée pour sa beauté. Je vous sais libre,
poète et beau. Soyez sûr que je n'aurais pas choisi pour
confident l'un de vos confrères en Apollon déjà marié. Si
ma mère fut séduite par la Beauté qui peut-être est le génie
de la Forme, pourquoi ne serais-je pas attirée par l'esprit
et la forme réunis ? Serais-je plus instruite en vous
étudiant par correspondance qu'en commençant par l'expérience vulgaire des quelques mois de *cour* ? Ceci est la
question, dirait Hamlet. Mais mon procédé, mon cher
Chrysale, a du moins l'avantage de ne pas compromettre
nos personnes. Je sais que l'amour a ses illusions, et toute
illusion a son lendemain. Là se trouve la raison de tant de
séparations entre amants qui se croyaient liés pour la vie.

La véritable épreuve est la souffrance et le bonheur.
Quand, après avoir passé par cette double épreuve de la
vie, deux êtres y ont déployé leurs défauts et leurs
qualités, qu'ils y ont observé leurs caractères, alors ils
peuvent aller jusqu'à la tombe en se tenant par la main ;
mais, mon cher Argante, qui vous dit que notre petit drame
commencé n'a pas d'avenir ?... En tout cas, n'aurons-nous
pas joui du plaisir de notre correspondance ?...

    « J'attends vos ordres, monseigneur, et suis de grand
cœur

« Votre servante,
« O. D'ESTE-M. »

X.

À MADEMOISELLE O. D'ESTE-M.

    « Tenez, vous êtes un démon, je vous aime, est-ce là ce
que vous désiriez, fille originale ! Peut-être voulez-vous
seulement occuper votre oisiveté de province par le
spectacle des sottises que peut faire un poète ? Ce serait
une bien mauvaise action. Vos deux lettres accusent
précisément assez de malice pour inspirer ce doute à un
Parisien. Mais je ne suis plus maître de moi, ma vie et mon
avenir dépendent de la réponse que vous me ferez. Dites-
moi si la certitude d'une affection sans bornes, accordée
dans l'ignorance des conventions sociales, vous touchera ;
enfin si vous m'admettez à vous rechercher... Il y aura
bien assez d'incertitudes et d'angoisses pour moi dans la
question de savoir si ma personne vous plaira. Si vous me
répondez favorablement, je change ma vie et dis adieu à
bien des ennuis que nous avons la folie d'appeler le
bonheur. Le bonheur, ma chère belle inconnue, il est ce
que vous rêvez : une fusion complète des sentiments, une
parfaite concordance d'âme, une vive empreinte du beau

idéal (ce que Dieu nous permet d'en avoir ici bas) sur les
actions vulgaires de la vie au train de laquelle il faut bien
obéir, enfin la constance du cœur plus prisable que ce que
nous nommons la fidélité. Peut-on dire qu'on fait des
sacrifices dès qu'il s'agit d'un bien suprême, le rêve des
poètes, le rêve des jeunes filles, le poème qu'à l'entrée de
la vie, et dès que la pensée essaie ses ailes, chaque belle
intelligence a caressé de ses regards et couvé des yeux
pour le voir se briser dans un achoppement aussi dur que
vulgaire ; car, pour la presque totalité des hommes, le pied
du Réel se pose aussitôt sur cet œuf mystérieux qui n'éclôt
presque jamais. Aussi ne vous parlerai-je pas encore de
moi, ni de mon passé, ni de mon caractère, ni d'une
affection quasi maternelle d'un côté, filiale du mien, que
vous avez déjà gravement altérée, et dont l'effet sur ma vie
expliquerait le mot de sacrifice. Vous m'avez déjà rendu
bien oublieux pour ne pas dire ingrat, est-ce assez pour
vous ? Oh ! parlez, dites un mot, et je vous aimerai jusqu'à
ce que mes yeux se ferment, comme le marquis de
Pescaire aima sa femme, comme Roméo sa Juliette, et
fidèlement. Notre vie, pour moi du moins, sera cette
félicité sans troubles dont parle Dante comme étant
l'élément de son *Paradis*, poème bien supérieur à son
Enfer. Chose étrange, ce n'est pas de moi, mais de vous
que je doute dans les longues méditations par lesquelles je
me suis plu, comme vous, peut-être, à embrasser le cours
chimérique d'une existence rêvée. Oui, chère, je me sens
la force d'aimer ainsi, d'aller vers la tombe avec une douce
lenteur et d'un air toujours riant, en donnant le bras à une
femme aimée, sans jamais troubler le beau temps de
l'âme. Oui, j'ai le courage d'envisager notre double
vieillesse, de nous voir en cheveux blancs, comme le
vénérable historien de l'Italie [71], encore animés de la même
affection, mais transformés selon l'esprit de chaque
saison. Tenez, je ne puis plus n'être que votre ami.
Quoique Chrysale, Oronte et Argante revivent, dites-vous,
en moi, je ne suis pas encore assez vieillard pour boire à
une coupe tenue par les charmantes mains d'une femme

voilée sans éprouver un féroce désir de déchirer le domino, le masque, et de voir le visage. Ou ne m'écrivez plus, ou donnez-moi l'espérance ? que je vous entrevoie ou je quitte la partie. Faut-il vous dire adieu ? Me permettez-vous de signer

« Votre ami ? »

XXVI. *Où mènent les correspondances.*

XI.

À MONSIEUR DE CANALIS.

« Quelle flatterie ! avec quelle rapidité le grave Anselme est devenu le beau Léandre ? A quoi dois-je attribuer un tel changement ? est-ce à ce noir que j'ai mis sur du blanc, à ces idées qui sont aux fleurs de mon âme ce qu'est une rose dessinée au crayon noir, aux roses du parterre ? ou au souvenir de la jeune fille prise pour moi, et qui est à ma personne ce que la femme de chambre est à la maîtresse ? Avons-nous changé de rôle ? Suis-je la Raison ? êtes-vous la Fantaisie ? Trêve de plaisanterie. Votre lettre m'a fait connaître d'enivrants plaisirs d'âme, les premiers que je ne devrai pas aux sentiments de la famille. Que sont, comme a dit un poète, les liens du sang qui ont tant de poids sur les âmes ordinaires en comparaison de ceux que nous forge le ciel dans les sympathies mystérieuses ? Laissez-moi vous remercier... non, l'on ne remercie pas de ces choses... soyez béni du bonheur que vous m'avez causé ; soyez heureux de la joie que vous avez répandue dans mon âme. Vous m'avez expliqué quelques apparentes injustices de la vie sociale. Il y a je ne sais quoi de brillant dans la gloire, de mâle qui ne va bien qu'à l'homme, et Dieu nous a défendu de porter cette auréole en nous laissant l'amour, la tendresse pour en rafraîchir les fronts ceints de sa terrible lumière. J'ai senti ma mission, ou plutôt vous me l'avez confirmée.

« Quelquefois, mon ami, je me suis levée le matin dans un état d'inconcevable douceur. Une sorte de paix, tendre et divine, me donnait l'idée du ciel. Ma première pensée était comme une bénédiction. J'appelais ces matinées, mes petits levers d'Allemagne, en opposition avec mes couchers de soleil du Midi, pleins d'actions héroïques, de batailles, de fêtes romaines, et de poèmes ardents. Eh ! bien, après avoir lu cette lettre où vous ressentez une fiévreuse impatience, moi j'ai eu dans le cœur la fraîcheur d'un de ces célestes réveils où j'aimais l'air, la nature, et me sentais destinée à mourir pour un être aimé. Une de vos poésies, le *Chant d'une jeune fille*, peint ces moments délicieux où l'allégresse est douce, où la prière est un besoin, et c'est mon morceau favori. Voulez-vous que je vous dise toutes mes flatteries en une seule : je vous crois digne d'être moi !…

« Votre lettre, quoique courte, m'a permis de lire en vous. Oui, j'ai deviné vos mouvements tumultueux, votre curiosité piquée, vos projets, tous les fagots apportés (par qui ?) pour les bûchers du cœur. Mais je n'en sais pas encore assez sur vous pour satisfaire à votre demande. Écoutez, cher, le mystère me permet cet abandon qui laisse voir le fond de l'âme. Une fois vue, adieu notre mutuelle connaissance. Voulez-vous un pacte ? Le premier conclu vous fut-il désavantageux ? vous y avez gagné mon estime. Et c'est beaucoup, mon ami, qu'une admiration qui se double de l'estime. Écrivez-moi d'abord votre vie en peu de mots ; puis racontez-moi votre existence à Paris, au jour le jour, sans aucun déguisement, et comme si vous causiez avec une vieille amie ; eh ! bien, après, je ferai faire un pas à notre amitié. Je vous verrai, mon ami, je vous le promets. Et c'est beaucoup… Tout ceci, cher, n'est ni une intrigue, ni une aventure, je vous en préviens, il ne peut en résulter aucune espèce de galanterie, ainsi que vous dites entre hommes. Il s'agit de ma vie, et ce qui me cause

parfois d'affreux remords sur les pensées que je laisse
envoler par troupes vers vous, il s'agit de celle d'un père et
d'une mère adorés, à qui mon choix doit plaire et qui
doivent trouver un vrai fils dans mon ami.

« Jusqu'à quel point vos esprits superbes, à qui Dieu
donne les ailes de ses anges sans leur en donner toujours la
perfection, peuvent-ils se plier à la famille, à ses petites
misères ?... Quel texte médité déjà par moi. Oh ! si j'ai dit,
dans mon cœur, avant de venir à vous : « Allons !... » je
n'en ai pas moins eu le cœur palpitant dans la course, et je
ne me suis dissimulé ni les aridités du chemin, ni les
difficultés de l'Alpe que j'avais à gravir. J'ai tout embrassé
dans de longues méditations. Ne sais-je pas que les
hommes éminents comme vous l'êtes, ont connu l'amour
qu'ils ont inspiré, tout aussi bien que celui qu'ils ont
ressenti, qu'ils ont eu plus d'un roman, et que vous
surtout, en caressant ces chimères de race que les femmes
achètent à des prix fous, vous vous êtes attiré plus de
dénouements que de premiers chapitres. Et néanmoins je
me suis écriée : « Allons ! » parce que j'ai plus étudié que
vous ne le croyez la géographie de ces grands sommets de
l'Humanité taxés par vous de froideur. Ne m'avez-vous pas
dit de Byron et de Gœthe qu'ils étaient deux colosses
d'égoïsme et de poésie ? Hé ! mon ami, vous avez partagé là
l'erreur dans laquelle tombent les gens superficiels ; mais
peut-être était-ce chez vous générosité, fausse modestie,
ou désir de m'échapper ? Permis au vulgaire et non à vous
de prendre les effets du travail pour un développement de
la personnalité. Ni lord Byron, ni Gœthe, ni Walter Scott,
ni Cuvier, ni l'inventeur ne s'appartiennent, ils sont les
esclaves de leur idée ; et cette puissance mystérieuse est
plus jalouse qu'une femme, elle les absorbe, elle les fait
vivre et les tue à son profit. Les développements visibles
de cette existence cachée ressemblent en résultat à
l'égoïsme ; mais comment oser dire que l'homme qui s'est
vendu au plaisir, à l'instruction ou à la grandeur de son
époque est égoïste ? Une mère est-elle atteinte de personnalité quand elle immole tout à son enfant ?... eh ! bien,

les détracteurs du génie ne voient pas sa féconde maternité ! voilà tout. La vie du poète est un si continuel
sacrifice qu'il lui faut une organisation gigantesque pour
pouvoir se livrer aux plaisirs d'une vie ordinaire ; aussi,
dans quels malheurs ne tombe-t-il pas, quand, à l'exemple
de Molière, il veut vivre de la vie des sentiments, tout en
les exprimant dans leurs plus poignantes crises ; car, pour
moi, superposé à sa vie privée, le comique de Molière est
horrible. La générosité du génie me semble quasi divine,
et je vous ai placé dans cette noble famille de prétendus
égoïstes. Ah ! si j'avais trouvé la sécheresse, le calcul,
l'ambition, là où j'admire toutes mes fleurs d'âme les plus
aimées, vous ne savez pas de quelle longue douleur j'eusse
été atteinte ! J'ai déjà rencontré le mécompte assis à la
porte de mes seize ans ! Que serais-je devenue en
apprenant à vingt ans que la gloire est menteuse, en voyant
celui qui, dans ses œuvres, avait exprimé tant de sentiments cachés dans mon cœur, ne pas comprendre ce cœur
quand il se dévoilait pour lui seul ? Ô mon ami, savez-vous
ce qui serait advenu de moi ? vous allez pénétrer dans
l'arrière de mon âme. Eh ! bien, j'aurais dit à mon père :
« Amenez-moi le gendre qui sera de votre goût, j'abdique
toute volonté, mariez-moi pour vous ! » Et cet homme eût
été notaire, banquier, avare, sot, homme de province,
ennuyeux comme un jour de pluie, vulgaire comme un
électeur du petit collège [72] ; il eût été fabricant, ou quelque
brave militaire sans esprit, il aurait eu la servante la plus
résignée et la plus attentive en moi. Mais, horrible suicide
de tous les moments ! jamais mon âme ne se serait dépliée
au jour vivifiant d'un soleil aimé ! Aucun murmure n'aurait
révélé ni à mon père, ni à ma mère, ni à mes enfants, le
suicide de la créature qui, dans ce moment, ébranle les
barreaux de sa prison, qui lance des éclairs par mes yeux,
qui vole à pleines ailes vers vous, qui se pose comme une
Polymnie à l'angle de votre cabinet en y respirant l'air, en
y regardant tout d'un œil doucement curieux. Quelquefois
dans les champs, où mon mari m'aurait menée, en
m'échappant à quelques pas de mes marmots, en voyant

une splendide matinée, secrètement, j'eusse jeté quelques pleurs bien amers. Enfin j'aurais eu, dans mon cœur, et dans un coin de ma commode, un petit trésor pour toutes les filles abusées par l'amour, pauvres âmes poétiques, attirées dans les supplices par des sourires !... Mais je crois en vous, mon ami. Cette croyance rectifie les pensées les plus fantasques de mon ambition secrète ; et, par moments, voyez jusqu'où va ma franchise, je voudrais être au milieu du livre que nous commençons, tant je me sens de fermeté dans mon sentiment, tant de force au cœur pour aimer, tant de constance par raison, tant d'héroïsme pour le devoir que je me crée, si l'amour peut jamais se changer en devoir !

« S'il vous était donné de me suivre dans la magnifique retraite où je nous vois heureux, si vous connaissiez mes projets, il vous échapperait une phrase terrible où serait le mot folie, et peut-être serais-je cruellement punie d'avoir envoyé tant de poésie à un poète. Oui, je veux être une source, inépuisable comme un beau pays, pendant les vingt ans que nous accorde la nature pour briller. Je veux éloigner la satiété par la coquetterie et la recherche. Je serai courageuse pour mon ami, comme les femmes le sont pour le monde. Je veux varier le bonheur, je veux mettre de l'esprit dans la tendresse, du piquant dans la fidélité. Ambitieuse, je veux tuer les rivales dans le passé, conjurer les chagrins extérieurs par la douceur de l'épouse, par sa fière abnégation, et avoir, pendant toute la vie ces soins du nid que les oiseaux n'ont que pendant quelques jours. Cette immense dot, elle appartenait, elle devait être offerte à un grand homme, avant de tomber dans la fange des transactions vulgaires. Trouvez-vous maintenant ma première lettre une faute ? Le vent d'une volonté mystérieuse m'a jetée vers vous, comme une tempête apporte un rosier au cœur d'un saule majestueux. Et dans la lettre que je tiens là, sur mon cœur, vous vous êtes écrié, comme votre ancêtre : — Dieu le veut ! quand il partit pour la croisade.

« Ne direz-vous pas : Elle est bien bavarde ! Autour de

moi, tous disent : — Elle est bien taciturne, mademoiselle !

O. d'Este-M. »

—————

Ces lettres ont paru très-originales aux personnes à la
bienveillance de qui *la Comédie Humaine* les doit ; mais
leur admiration pour ce duel entre deux esprits croisant la
plume, tandis que le plus sévère incognito met un masque
sur les visages, pourrait ne pas être partagée. Sur cent
spectateurs quatre-vingts peut-être se lasseraient de cet
assaut. Le respect dû, dans tout pays de gouvernement
constitutionnel, à la majorité, ne fût-elle que pressentie, a
conseillé de supprimer onze autres lettres échangées entre
Ernest et Modeste, pendant le mois de septembre ; si
quelque flatteuse majorité les réclame, espérons qu'elle
donnera les moyens de les rétablir quelque jour ici.

Sollicités par un esprit aussi agressif que le cœur
semblait adorable, les sentiments vraiment héroïques du
pauvre secrétaire intime se donnèrent ample carrière dans
ces lettres que l'imagination de chacun fera peut-être plus
belles qu'elles ne le sont, en devinant ce concert de deux
âmes libres. Aussi Ernest ne vivait-il plus que par ces
doux chiffons de papier, comme un avare ne vit plus que
par ceux de la Banque ; tandis qu'un amour profond
succédait chez Modeste au plaisir d'agiter une vie glo-
rieuse, d'en être, malgré la distance, le principe. Le cœur
d'Ernest complétait la gloire de Canalis. Il faut souvent,
hélas ! deux hommes pour en faire un amant parfait,
comme en littérature on ne compose un type qu'en
employant les singularités de plusieurs caractères similai-
res. Combien de fois une femme n'a-t-elle pas dit dans un
salon après des causeries intimes : Celui-ci serait mon
idéal pour l'âme, et je me sens aimer celui-là qui n'est que
le rêve des sens !

La dernière lettre écrite par Modeste, et que voici,
permet d'apercevoir l'*île des Faisans* [73] où les méandres de
cette correspondance conduisaient ces deux amants.

XXIII.

À MONSIEUR DE CANALIS.

« Soyez, dimanche, au Havre ; entrez à l'église, faites-en le tour, après la messe d'une heure, une ou deux fois, sortez sans rien dire à personne, sans faire aucune question à qui que ce soit, mais ayez une rose blanche à votre boutonnière. Puis, retournez à Paris, vous y trouverez une réponse. Cette réponse ne sera pas ce que vous croyez ; car, je vous l'ai dit, l'avenir n'est pas encore à moi... Mais ne serais-je pas une vraie folle, de vous dire oui, sans vous avoir vu ! Quand je vous aurai vu, je puis dire non, sans vous blesser : je suis sûre de rester inconnue. »

XXVII. *La mère aveugle y voit clair.*

Cette lettre était partie la veille du jour où la lutte inutile entre Modeste et Dumay venait d'avoir lieu. L'heureuse Modeste attendait donc avec une impatience maladive le dimanche où les yeux donneraient tort ou raison à l'esprit, au cœur, un des moments les plus solennels dans la vie d'une femme et que trois mois d'un commerce d'âme à âme rendait romanesque autant que le peut souhaiter la fille la plus exaltée. Tout le monde, excepté la mère, avait pris la torpeur de cette attente pour le calme de l'innocence. Quelque puissantes que soient et les lois de la famille et les cordes religieuses, il est des Julie d'Étanges, des Clarisses, des âmes remplies comme des coupes trop pleines et qui débordent sous une pression divine. Modeste n'était-elle pas sublime en déployant une sauvage énergie à comprimer son exubérante jeunesse, en demeurant

voilée ? Disons-le, le souvenir de sa sœur était plus
puissant que toutes les entraves sociales ; elle avait armé
de fer sa volonté pour ne manquer ni à son père ni à sa
famille. Mais quels mouvements tumultueux ! et comment
une mère ne les aurait-elle pas devinés ?

Le lendemain, Modeste et madame Dumay conduisirent,
vers midi, madame Mignon au soleil, sur le banc, au
milieu des fleurs. L'aveugle tourna sa figure blême et
flétrie du côté de l'Océan, elle aspira l'odeur de la mer et
prit la main à Modeste qui resta près d'elle. Au moment de
questionner sa fille, la mère luttait entre le pardon et la
remontrance, car elle avait reconnu l'amour, et Modeste lui
paraissait, comme au faux Canalis, une exception.

— Pourvu que ton père revienne à temps ! s'il tarde
encore, il ne trouvera plus que toi de tout ce qu'il aime !
aussi, Modeste, promets-moi de nouveau de ne jamais le
quitter, dit-elle avec une câlinerie maternelle.

Modeste porta les mains de sa mère à ses lèvres et les
baisa doucement en répondant : — Ai-je besoin de te le
redire ?

— Ah ! mon enfant, c'est que moi-même j'ai quitté mon
père pour suivre mon mari !... mon père était seul
cependant, il n'avait que moi d'enfant... Est-ce là ce que
Dieu punit dans ma vie ?... Ce que je te demande, c'est de
te marier au goût de ton père, de lui conserver une place
dans ton cœur, de ne pas le sacrifier à ton bonheur, de le
garder au milieu de la famille. Avant de perdre la vue, je
lui ai écrit mes volontés, il les exécutera ; je lui enjoins de
retenir sa fortune en entier, non que j'aie une pensée de
défiance contre toi, mais est-on jamais sûr d'un gendre ?
Moi, ma fille, ai-je été raisonnable ? Un clin d'œil a décidé
de ma vie. La beauté, cette enseigne si trompeuse, a dit
vrai pour moi ; mais, dût-il en être de même pour toi,
pauvre enfant, jure-moi, que si, de même que ta mère,
l'apparence t'entraînait, tu laisserais à ton père le soin de
s'enquérir des mœurs, du cœur et de la vie antérieure de
celui que tu aurais distingué, si par hasard tu distinguais
un homme.

— Je ne me marierai jamais qu'avec le consentement de mon père, répondit Modeste.

La mère garda le plus profond silence après avoir reçu cette réponse, et sa physionomie quasi morte annonçait qu'elle la méditait à la manière des aveugles, en étudiant en elle-même l'accent que sa fille y avait mis.

— C'est que, vois-tu, mon enfant, dit enfin madame Mignon après un long silence, si la faute de Caroline me fait mourir à petit feu, ton père ne survivrait pas à la tienne, je le connais, il se brûlerait la cervelle, il n'y aurait plus ni vie ni bonheur sur la terre pour lui... — Modeste fit quelques pas pour s'éloigner de sa mère, et revint un moment après. — Pourquoi m'as-tu quittée ? demanda madame Mignon.

— Tu m'as fait pleurer, maman, répondit Modeste.

— Eh ! bien, mon petit ange, embrasse-moi. Tu n'aimes personne, ici ?... tu n'as pas d'attentif ? demanda-t-elle en la gardant sur ses genoux, cœur contre cœur.

— Non, ma chère maman, répondit la petite jésuite.

— Peux-tu me le jurer ?

— Oh ! certes !... s'écria Modeste.

Madame Mignon ne dit plus rien, elle doutait encore.

— Enfin, si tu te choisissais un mari, ton père le saurait, reprit-elle.

— Je l'ai promis, et à ma sœur, et à toi, ma mère. Quelle faute veux-tu que je commette en lisant à toute heure, à mon doigt : *pense à Bettina !* Pauvre sœur !

Au moment où sur ce mot : Pauvre sœur ! dit par Modeste, une trêve de silence s'était établie entre la fille et la mère, dont les deux yeux éteints laissèrent couler des larmes que ne put sécher Modeste en se mettant aux genoux de madame Mignon et lui disant : « Pardon, pardon, maman », l'excellent Dumay gravissait la côte d'Ingouville au pas accéléré, fait anormal dans la vie du caissier.

XXVIII. *Péripétie prévue.*

Trois lettres avaient apporté la ruine, une lettre ramenait la fortune. Le matin même Dumay recevait, d'un capitaine venu des mers de la Chine, la première nouvelle de son patron, de son seul ami.

À MONSIEUR ANNE DUMAY,
ANCIEN CAISSIER DE LA MAISON MIGNON

« Mon cher Dumay, je suivrai de bien près, sauf les chances de la navigation, le navire par l'occasion duquel je t'écris ; je n'ai pas voulu quitter mon bâtiment auquel je suis habitué. Je t'avais dit : Pas de nouvelles, bonnes nouvelles ! Mais, au premier mot de cette lettre, tu seras joyeux ; car ce mot, c'est : J'ai sept millions au moins ! J'en rapporte une grande partie en indigo, un tiers en bonnes valeurs sur Londres et Paris, un autre tiers en bel or. Ton envoi d'argent m'a fait atteindre au chiffre que je m'étais fixé, je voulais deux millions pour chacune de mes filles, et l'aisance pour moi. J'ai fait le commerce de l'opium en gros pour des maisons de Canton, toutes dix fois plus riches que moi. Vous ne vous doutez pas, en Europe, de ce que sont les riches marchands chinois [74]. J'allais de l'Asie-Mineure, où je me procurais l'opium à bas prix, à Canton où je livrais mes quantités aux compagnies qui en font le commerce. Ma dernière expédition a eu lieu dans les îles de la Malaisie, où j'ai pu échanger le produit de l'opium contre mon indigo, première qualité. Aussi peut-être aurai-je cinq à six cent mille francs de plus, car je ne compte mon indigo que ce qu'il me coûte. Je me suis toujours bien porté, pas la moindre maladie. Voilà ce que c'est que de travailler pour ses enfants ! Dès la seconde année, j'ai pu avoir à moi *le Mignon*, joli brick de sept cents tonneaux, construit en bois de teck, doublé, chevillé

en cuivre, et dont les emménagements ont été faits pour
moi. C'est encore une valeur. La vie du marin, l'activité
voulue pour mon commerce, mes travaux pour devenir une
espèce de capitaine au long cours, m'ont entretenu dans un
excellent état de santé. Te parler de tout ceci, n'est-ce pas
te parler de mes deux filles et de ma chère femme !
J'espère qu'en me sachant ruiné le misérable qui m'a privé
de ma Bettina l'aura laissée, et que la brebis égarée sera
revenue au cottage. Ne faudra-t-il pas quelque chose de
plus dans la dot de celle-là ! Mes trois femmes et mon
Dumay, tous quatre vous avez été présents à ma pensée
pendant ces trois années. Tu es riche, Dumay. Ta part, en
dehors de ma fortune, se monte à cinq cent soixante mille
francs, que je t'envoie en un mandat, qui ne sera payé qu'à
toi-même par la maison Mongenod, qu'on a prévenue de
New-York. Encore quelques mois, et je vous reverrai tous,
je l'espère, bien portants. Maintenant, mon cher Dumay,
si je t'écris à toi seulement, c'est que je désire garder le
secret sur ma fortune, et que je veux te laisser le soin de
préparer mes anges à la joie de mon retour. J'ai assez du
commerce, et je veux quitter le Havre. Le choix de mes
gendres m'importe beaucoup. Mon intention est de racheter la terre et le château de La Bastie, de constituer un
majorat de cent mille francs de rente au moins [75], et de
demander au roi la faveur de faire succéder l'un de mes
gendres à mon nom et à mon titre. Or, tu sais, mon pauvre
Dumay, le malheur que nous avons dû au fatal éclat que
répand l'opulence. J'y ai perdu l'honneur d'une de mes
filles. J'ai ramené à Java le plus malheureux des pères, un
pauvre négociant hollandais, riche de neuf millions, à qui
ses deux filles furent enlevées par des misérables, et nous
avons pleuré comme deux enfants, ensemble. Donc je ne
veux pas que l'on connaisse ma fortune. Aussi n'est-ce pas
au Havre que je débarquerai, mais à Marseille. Mon
second est un Provençal, un ancien serviteur de ma
famille, à qui j'ai fait faire une petite fortune. Castagnould
aura mes instructions pour racheter La Bastie, et je
traiterai de l'indigo par l'entremise de la maison Monge-

nod. Je mettrai mes fonds à la Banque de France, et je reviendrai vous trouver, en ne me donnant qu'une fortune ostensible d'environ un million en marchandises. Mes filles seront censées avoir deux cent mille francs. Choisir celui de mes gendres qui sera digne de succéder à mon nom, à mes armes, à mes titres, et de vivre avec nous, sera ma grande affaire ; mais je les veux tous deux, comme toi et moi, éprouvés, fermes, loyaux, honnêtes gens absolument. Je n'ai pas douté de toi, mon vieux, un seul instant. J'ai pensé que ma bonne et excellente femme, la tienne et toi, vous avez tracé une haie infranchissable autour de ma fille, et que je pourrai mettre un baiser plein d'espérances sur le front pur de l'ange qui me reste. Bettina-Caroline, si vous avez su sauver sa faute, aura de la fortune. Après avoir fait la guerre et le commerce, nous allons faire de l'agriculture, et tu seras notre intendant. Cela te va-t-il ? Ainsi, mon vieil ami, te voilà le maître de ta conduite avec ma famille, de dire ou de taire mes succès. Je m'en fie à ta prudence ; tu diras ce que tu jugeras convenable. En quatre ans, il peut être survenu tant de changements dans les caractères. Je te laisse être le juge, tant je crains la tendresse de ma femme pour ses filles. Adieu, mon vieux Dumay. Dis à mes filles et à ma femme que je n'ai jamais manqué de les embrasser de cœur tous les jours, soir et matin. Le second mandat, également personnel, de quarante mille francs, est pour mes filles et ma femme, en attendant.

> « Ton patron et ami,
>   « CHARLES MIGNON. »

———

— Ton père arrive, dit madame Mignon à sa fille.

— A quoi vois-tu cela, maman ? demanda Modeste.

— Il n'y a que cette nouvelle à nous apporter qui puisse faire courir Dumay.

Modeste, plongée dans ses réflexions, n'avait ni vu ni entendu Dumay.

XXIX. *Une déclaration d'amour en musique.*

— Victoire ! s'écria le lieutenant dès la porte. Madame,
le colonel n'a jamais été malade, et il revient... il revient
sur le *Mignon*, un beau bâtiment à lui, qui doit valoir, avec
sa cargaison dont il me parle, huit à neuf cent mille
francs ; mais il vous recommande la plus profonde discrétion, il a le cœur creusé bien avant par l'accident de notre
chère petite défunte.

— Il y a fait la place d'une tombe, dit madame Mignon.

— Et il attribue ce malheur, ce qui me semble
probable, à la cupidité que les grandes fortunes excitent
chez les jeunes gens... Mon pauvre colonel croit retrouver
la brebis égarée au milieu de nous... Soyons heureux entre
nous, ne disons rien à personne, pas même à Latournelle,
si c'est possible. — Mademoiselle, dit-il à l'oreille de
Modeste, écrivez à monsieur votre père une lettre sur la
perte que la famille a faite et sur les suites affreuses que
cet événement a eues, afin de le préparer au terrible
spectacle qu'il aura ; je me charge de lui faire tenir cette
lettre avant son arrivée au Havre, car il est forcé de passer
par Paris ; écrivez-lui longuement, vous avez du temps à
vous, j'emporterai la lettre lundi, lundi j'irai sans doute à
Paris...

Modeste eut peur que Canalis et Dumay ne se rencon-
trassent, elle voulut monter dans sa chambre pour écrire et
remettre le rendez-vous.

— Mademoiselle, dites-moi, reprit Dumay de la
manière la plus humble en barrant le passage à Modeste,
que votre père retrouve sa fille sans autre sentiment au
cœur que celui qu'elle avait à son départ pour lui, pour
madame votre mère...

— Je me suis juré à moi-même, à ma sœur et à ma
mère, d'être la consolation, le bonheur et la gloire de mon

père, et — ce — sera ! répliqua Modeste en jetant un
regard fier et dédaigneux à Dumay. Ne troublez pas la joie
que j'ai de savoir bientôt mon père au milieu de nous par
des soupçons injurieux. On ne peut pas empêcher le cœur
d'une jeune fille de battre, vous ne voulez pas que je sois
une momie ? dit-elle. Ma personne est à ma famille, mon
cœur est à moi. Si j'aime, mon père et ma mère le sauront.
Êtes-vous content, monsieur ?

— Merci, mademoiselle, répondit Dumay, vous m'avez
rendu la vie ; mais vous auriez toujours bien pu me dire
Dumay, même en me donnant un soufflet !

— Jure-moi, dit la mère, que tu n'as échangé ni parole
ni regard avec aucun jeune homme...

— Je puis le jurer, ma mère, dit Modeste en souriant et
regardant Dumay qui l'examinait et souriait comme une
jeune fille qui fait une malice.

— Elle serait donc bien fausse, s'écria Dumay quand
Modeste rentra dans la maison.

— Ma fille Modeste peut avoir des défauts, répondit la
mère, mais elle est incapable de mentir.

— Eh ! bien, soyons donc tranquilles, reprit le lieutenant, et pensons que le malheur a soldé son compte avec
nous.

— Dieu le veuille ! répliqua madame Mignon. Vous *le*
verrez, Dumay ; moi, je ne pourrai que l'entendre... Il y a
bien de la mélancolie dans mon bonheur !

En ce moment, Modeste, quoique heureuse du retour de
son père, était affligée comme Perrette en voyant ses œufs
cassés. Elle avait espéré plus de fortune que n'en
annonçait Dumay. Devenue ambitieuse pour son poète, elle
souhaitait au moins la moitié des six millions dont elle
avait parlé dans sa seconde lettre. En proie à sa double
joie et contrariée par le petit chagrin que lui causait sa
pauvreté relative, elle se mit à son piano, ce confident de
tant de jeunes filles, qui lui disent leurs colères, leurs
désirs, en les exprimant par les nuances de leur jeu.
Dumay causait avec sa femme en se promenant sous les
fenêtres, il lui confiait le secret de leur fortune et

l'interrogeait sur ses désirs, sur ses souhaits, sur ses intentions. Madame Dumay n'avait, comme son mari, d'autre famille que la famille Mignon. Les deux époux décidèrent de vivre en Provence, si le comte de La Bastie allait en Provence, et de léguer leur fortune à celui des enfants de Modeste qui en aurait besoin.

— Écoutez Modeste ! leur dit madame Mignon, il n'y a qu'une fille amoureuse qui puisse composer de pareilles mélodies sans connaître la musique...

Les maisons peuvent brûler, les fortunes sombrer, les pères revenir de voyage, les empires crouler, le choléra ravager la cité [76], l'amour d'une jeune fille poursuit son vol, comme la nature sa marche, comme cet effroyable acide que la chimie a découvert, et qui peut trouer le globe si rien ne l'absorbe au centre [77].

Voici la romance que sa situation avait inspirée à Modeste sur les stances qu'il faut citer, quoiqu'elles soient imprimées au deuxième volume de l'édition dont parlait Dauriat, car pour y adapter sa musique, la jeune artiste en avait brisé les césures par quelques modifications qui pourraient étonner les admirateurs de la correction, souvent trop savante, de ce poète.

CHANT D'UNE JEUNE FILLE.

Mon cœur, lève-toi ! Déjà l'alouette
Secoue en chantant son aile au soleil.
Ne dors plus, mon cœur, car la violette
Élève à Dieu l'encens de son réveil.

Chaque fleur vivante et bien reposée,
Ouvrant tour à tour les yeux pour se voir,
A dans son calice un peu de rosée,
Perle d'un jour qui lui sert de miroir.

On sent dans l'air pur que l'ange des roses
A passé la nuit à bénir les fleurs !
On voit que pour lui toutes sont écloses,
Il vient d'en haut raviver leurs couleurs.

Ainsi lève-toi, puisque l'alouette
Secoue en chantant son aile au soleil ;
Rien ne dort plus, mon cœur ! la violette
Élève à Dieu l'encens de son réveil.

Et voici, puisque les progrès de la Typographie le permettent, la musique de Modeste [78], à laquelle une expression délicieuse communiquait ce charme admiré dans les grands chanteurs, et qu'aucune typographie, fût-elle hiéroglyphique ou phonétique, ne pourra jamais rendre.

voir, A dans son ca - lice un peu de ro - sé - e, Per - le d'un

jour qui lui sert de mi - roir. On sent dans l'a r pur que

l'an - ge des ro-ses A pas - sé la nuit à bé - nir les fleurs; On

voit que pour lui tou-tes sont é - clo-ses. Il vient d'en haut ra - vi -

- ver leurs cou - leurs! Ain-si, lève - toi, puisque l'alou-et

- te Se-coue en chantant son aile au so-leil; Rien ne dort

plus, mon cœur, la vi-o-lette É-lève à Dieu l'en-

- cens de son ré - veil. Rien ne dort plus, mon cœur, la vi-o

— C'est joli, dit madame Dumay, Modeste est musicienne, voilà tout...

— Elle a le diable au corps, s'écria le caissier à qui le
soupçon de la mère entra dans le cœur et donna le frisson.

— Elle aime, répéta madame Mignon.

XXX. *Physiologie du bossu.*

En réussissant, par le témoignage irrécusable de cette mélodie, à faire partager sa certitude sur l'amour caché de Modeste, madame Mignon troubla la joie que le retour et les succès de son patron causaient au caissier. Le pauvre Breton descendit au Havre y reprendre sa besogne chez Gobenheim ; puis, avant de revenir dîner, il passa chez les Latournelle y exprimer ses craintes et leur demander de nouveau aide et secours.

— Oui, mon cher ami, dit Dumay sur le pas de la porte en quittant le notaire, je suis du même avis que madame : *elle* aime, c'est sûr, et le diable sait le reste ! Me voilà déshonoré.

— Ne vous désolez pas, Dumay, répondit le petit notaire, nous serons bien, à nous tous, aussi forts que cette petite personne, et, dans un temps donné, toute fille amoureuse commet une imprudence qui la trahit ; mais, nous en causerons ce soir.

Ainsi toutes les personnes dévouées à la famille Mignon furent en proie aux mêmes inquiétudes qui les poignaient la veille avant l'expérience que le vieux soldat avait cru être décisive. L'inutilité de tant d'efforts piqua si bien la conscience de Dumay qu'il ne voulut pas aller chercher sa fortune à Paris avant d'avoir deviné le mot de cette énigme. Ces cœurs, pour qui les sentiments étaient plus précieux que les intérêts, concevaient tous en ce moment que, sans la parfaite innocence de sa fille, le colonel pouvait mourir de chagrin en trouvant Bettina morte et sa femme aveugle. Le désespoir du pauvre Dumay fit une telle impression sur les Latournelle qu'ils en oublièrent le départ d'Exupère que, dans la matinée, ils avaient embarqué pour Paris. Pendant les moments du dîner où ils furent tous les trois seuls, monsieur, madame Latournelle et Butscha retournè-

rent les termes de ce problème sous toutes les faces, en
parcourant toutes les suppositions possibles.

— Si Modeste aimait quelqu'un du Havre, elle aurait
tremblé hier, dit madame Latournelle, son amant est donc
ailleurs.

— Elle a juré, dit le notaire, ce matin, à sa mère et
devant Dumay, qu'elle n'avait échangé ni regard, ni parole
avec âme qui vive...

— Elle aimerait donc à ma manière ? dit Butscha.

— Et comment donc aimes-tu, mon pauvre garçon ?
demanda madame Latournelle.

— Madame, répondit le petit bossu, j'aime à moi tout
seul, à distance, à peu près comme d'ici aux étoiles...

— Et comment fais-tu, grosse bête ? dit madame
Latournelle en souriant.

— Ah ! madame, répondit Butscha, ce que vous croyez
une bosse, est l'étui de mes ailes.

— Voilà donc l'explication de ton cachet ! s'écria le
notaire.

Le cachet du clerc était une étoile sous laquelle se
lisaient ces mots : *Fulgens, sequar* (brillante, je te suivrai),
la devise de la maison de Chastillonest.

— Une belle créature peut avoir autant de défiance que
la plus laide, dit Butscha comme s'il se parlait à lui-même.
Modeste est assez spirituelle pour avoir tremblé de n'être
aimée que pour sa beauté !

Les bossus sont des créations merveilleuses, entière
ment dues d'ailleurs à la Société ; car, dans le plan de la
Nature, les êtres faibles ou mal venus doivent périr. La
courbure ou la torsion de la colonne vertébrale produit
chez ces hommes, en apparence disgraciés, comme un
regard où les fluides nerveux s'amassent en de plus
grandes quantités que chez les autres, et dans le centre
même où ils s'élaborent, où ils agissent, d'où ils s'élancent
ainsi qu'une lumière pour vivifier l'être intérieur. Il en
résulte des forces, quelquefois retrouvées par le magné-
tisme, mais qui le plus souvent se perdent à travers les
espaces du Monde Spirituel. Cherchez un bossu qui ne soit

pas doué de quelque faculté supérieure ? soit d'une gaieté
spirituelle, soit d'une méchanceté complète, soit d'une
bonté sublime. Comme des instruments que la main de
l'Art ne réveillera jamais, ces êtres, privilégiés sans le
savoir, vivent en eux-mêmes comme vivait Butscha, quand
ils n'ont pas usé leurs forces, si magnifiquement concen-
trées, dans la lutte qu'ils ont soutenue à l'encontre des
obstacles pour rester vivants. Ainsi s'expliquent ces
superstitions, ces traditions populaires auxquelles on doit
les gnomes, les nains effrayants, les fées difformes, toute
cette race de bouteilles, a dit Rabelais, contenant élixirs et
baumes rares. Donc, Butscha devina presque Modeste. Et,
dans sa curiosité d'amant sans espoir, de serviteur toujours
prêt à mourir, comme ces soldats qui, seuls et abandonnés,
criaient dans les neiges de la Russie : *Vive l'Empereur !* il
médita de surprendre pour lui seul le secret de Modeste. Il
suivit d'un air profondément soucieux ses patrons quand
ils allèrent au Chalet, car il s'agissait de dérober à tous ces
yeux attentifs, à toutes ces oreilles tendues le piège où il
prendrait la jeune fille. Ce devait être un regard échangé,
quelque tressaillement surpris, comme lorsqu'un chirurgien met le doigt sur une douleur cachée. Ce soir-là,
Gobenheim ne vint pas, Butscha fut le partenaire de
monsieur Dumay contre monsieur et madame Latournelle.
Pendant le moment où Modeste s'absenta, vers neuf
heures, afin d'aller préparer le coucher de sa mère,
madame Mignon et ses amis purent causer à cœur ouvert ;
mais le pauvre clerc, abattu par la conviction qui l'avait
gagné, lui aussi, parut étranger à ces débats autant que la
veille l'avait été Gobenheim.

— Eh ! bien, qu'as-tu donc, Butscha ? s'écria madame
Latournelle étonnée. On dirait que tu as perdu tous tes
parents...

Une larme jaillit des yeux de l'enfant abandonné par un
matelot suédois, et dont la mère était morte de chagrin à
l'hôpital.

— Je n'ai que vous au monde, répondit-il d'une voix
troublée, et votre compassion est trop religieuse, pour que

je la perde jamais, car jamais je ne démériterai vos bontés.

Cette réponse fit vibrer une corde également sensible chez les témoins de cette scène, celle de la délicatesse.

— Nous vous aimons tous, monsieur Butscha, dit madame Mignon d'une voix émue.

— J'ai six cent mille francs à moi ! dit le brave Dumay, tu seras notaire au Havre et successeur de Latournelle.

L'Américaine, elle, avait pris et serré la main au pauvre bossu.

— Vous avez six cent mille francs !... s'écria Latournelle qui leva le nez sur Dumay dès que cette parole fut lâchée, et vous laissez ces dames ici !... Et Modeste n'a pas un joli cheval ! Et elle n'a pas continué d'avoir des maîtres de musique, de peinture, de...

— Eh ! il ne les a que depuis quelques heures !... s'écria l'Américaine.

— Chut, fit madame Mignon.

Pendant toutes ces exclamations, l'auguste patronne de Butscha s'était posée, elle le regardait.

— Mon enfant, dit-elle, je te crois entouré de tant d'affection que je ne pensais pas au sens particulier de cette locution proverbiale ; mais tu dois me remercier de cette petite faute, car elle a servi à te faire voir quels amis tes exquises qualités t'ont valus.

— Vous avez donc eu des nouvelles de monsieur Mignon ? dit le notaire.

— Il revient, dit madame Mignon, mais gardons ce secret entre nous... Quand mon mari saura que Butscha nous a tenu compagnie, qu'il nous a montré l'amitié la plus vive et la plus désintéressée quand tout le monde nous tournait le dos, il ne vous laissera pas le commanditer à vous seul, Dumay. Aussi, mon ami, dit-elle en essayant de diriger son visage vers Butscha, pouvez-vous dès à présent traiter avec Latournelle...

— Mais il a l'âge, vingt-cinq ans et demi[79], dit Latournelle. Et, pour moi, c'est acquitter une dette, mon garçon, que de te faciliter l'acquisition de mon Étude.

Butscha, qui baisait la main de madame Mignon en
l'arrosant de ses larmes, montra un visage mouillé quand
Modeste ouvrit la porte du salon.

XXXI. *Modeste prise au piège.*

— Qui donc a fait du chagrin à mon nain mystérieux ?… demanda-t-elle.

— Eh ! mademoiselle Modeste, pleurons-nous jamais
de chagrin, nous autres enfants bercés par le Malheur ? On
vient de me montrer autant d'attachement que je m'en
sentais au cœur pour tous ceux en qui je me plaisais à voir
des parents. Je serai notaire, je pourrai devenir riche. Ah !
ah ! le pauvre Butscha sera peut-être un jour le riche
Butscha. Vous ne connaissez pas tout ce qu'il y a d'audace
chez cet avorton !… s'écria-t-il.

Le bossu se donna un violent coup de poing sur la
caverne de sa poitrine et se posa devant la cheminée après
avoir jeté sur Modeste un regard qui glissa comme une
lueur entre ses grosses paupières serrées ; car il aperçut,
dans cet incident imprévu, la possibilité d'interroger le
cœur de sa souveraine. Dumay crut pendant un moment
que le clerc avait osé s'adresser à Modeste, et il échangea
rapidement avec ses amis un coup d'œil bien compris par
eux et qui fit contempler le petit bossu dans une espèce de
terreur mêlée de curiosité.

— J'ai mes rêves aussi, moi !… reprit Butscha dont les
yeux ne quittaient pas Modeste.

La jeune fille abaissa ses paupières par un mouvement
qui fut déjà pour le clerc toute une révélation.

— Vous aimez les romans, laissez-moi, dans la joie où
je suis, vous confier mon secret, et vous me direz si le
dénouement du roman, inventé par moi pour ma vie, est
possible ; autrement, à quoi bon la fortune ? Pour moi, l'or

est le bonheur plus que pour tout autre ; car, pour moi, le bonheur sera d'enrichir un être aimé ! Vous qui savez tant de choses, mademoiselle, dites-moi donc si l'on peut se faire aimer indépendamment de la forme, belle ou laide, et pour son âme seulement ?

Modeste leva les yeux sur Butscha. Ce fut une interrogation terrible, car alors Modeste partagea les soupçons de Dumay.

— Une fois riche, je chercherai quelque belle jeune fille pauvre, une abandonnée comme moi, qui aura bien souffert, qui sera malheureuse, je lui écrirai, je la consolerai, je serai son bon génie ; elle lira dans mon cœur, dans mon âme, elle aura mes deux richesses à la fois, et mon or bien délicatement offert, et ma pensée parée de toutes les splendeurs que le hasard de la naissance a refusées à ma grotesque personne ! Je resterai caché, comme une cause que les savants cherchent. Dieu n'est peut-être pas beau ?... Naturellement, cette enfant, devenue curieuse, voudra me voir ; mais je lui dirai que je suis un monstre de laideur, je me peindrai en laid [80]...

Là, Modeste regarda Butscha fixement, elle lui eût dit : — Que savez-vous de mes amours ?... elle n'aurait pas été plus explicite.

— Si j'ai le bonheur d'être aimé pour les poésies de mon cœur !... Si, quelque jour, je ne parais être qu'un peu contrefait à cette femme, avouez que je serai plus heureux que le plus beau des hommes, qu'un homme de génie aimé par une créature aussi céleste que vous...

La rougeur qui colora le visage de Modeste apprit au bossu presque tout le secret de la jeune fille.

— Eh ! bien, enrichir ce qu'on aime, et lui plaire moralement, abstraction faite de la personne, est-ce le moyen d'être aimé ? Voilà le rêve du pauvre bossu, le rêve d'hier ; car, aujourd'hui, votre adorable mère vient de me donner la clef de mon futur trésor, en me promettant de me faciliter les moyens d'acheter une Étude. Mais, avant de devenir un Gobenheim, encore faut-il savoir si cette affreuse transformation est utile. Qu'en pensez-vous, mademoiselle, vous ?...

Modeste était si surprise, qu'elle ne s'aperçut pas que Butscha l'interpellait. Le piège de l'amoureux fut mieux dressé que celui du soldat, car la pauvre fille stupéfaite resta sans voix.

— Pauvre Butscha ! dit tout bas madame Latournelle à son mari, deviendrait-il fou ?...

— Vous voulez réaliser le conte de *la Belle et la Bête*, répondit enfin Modeste, et vous oubliez que la Bête se change en prince Charmant.

— Croyez-vous ? dit le nain. Moi, j'ai toujours imaginé que ce changement indiquait le phénomène de l'âme rendue visible, éteignant la forme sous sa radieuse lumière. Si je ne suis pas aimé, je resterai caché, voilà tout ! Vous et les vôtres, madame, dit-il à sa patronne, au lieu d'avoir un nain à votre service, vous aurez une vie et une fortune. Butscha reprit sa place et dit aux trois joueurs en affectant le plus grand calme : — À qui à donner ?... Mais en lui-même, il se disait douloureusement : — Elle veut être aimée pour elle-même, elle correspond avec quelque faux grand homme, et où en est-elle ?

— Ma chère maman, neuf heures trois quarts viennent de sonner, dit Modeste à sa mère.

Madame Mignon fit ses adieux à ses amis, et alla se coucher.

Ceux qui veulent aimer en secret peuvent avoir pour espions des chiens des Pyrénées, des mères, des Dumay, des Latournelle, ils ne sont pas encore en danger ; mais un amoureux ?... c'est diamant contre diamant, feu contre feu, intelligence contre intelligence, une équation parfaite et dont les termes se pénètrent mutuellement.

XXXII. *Butscha heureux.*

Le dimanche matin, Butscha devança sa patronne qui venait toujours chercher Modeste pour aller à la messe, et il se mit en croisière devant le chalet, en attendant le facteur.

— Avez-vous une lettre aujourd'hui pour mademoiselle Modeste ? dit-il à cet humble fonctionnaire quand il le vit venir.

— Non, monsieur, non...

— Nous sommes, depuis quelque temps, une fameuse pratique pour le gouvernement, s'écria le clerc.

— Ah ! dame ! oui, répondit le facteur.

Modeste vit et entendit ce petit colloque de sa chambre, où elle se postait toujours à cette heure derrière sa persienne, pour guetter le facteur. Elle descendit, sortit dans le petit jardin où elle appela d'une voix altérée : — Monsieur Butscha ?...

— Me voilà, mademoiselle ! dit le bossu en arrivant à la petite porte que Modeste ouvrit elle-même.

— Pourriez-vous me dire si vous comptez parmi vos titres à l'affection d'une femme, le honteux espionnage auquel vous vous livrez ? lui demanda la jeune fille en essayant de terrasser son esclave sous ses regards et par une attitude de reine.

— Oui, mademoiselle ! répondit-il fièrement. Ah ! je ne croyais pas, reprit-il à voix basse, que les vermisseaux pussent rendre service aux étoiles !... mais il en est ainsi. Souhaiteriez-vous que votre mère, que monsieur Dumay, que madame Latournelle vous eussent devinée, et non un être, quasi proscrit de la vie, qui se donne à vous comme une de ces fleurs que vous coupez pour vous en servir un moment ! Ils savent tous que vous aimez ; mais, moi seul, je sais comment. Prenez-moi comme vous prendriez un

chien vigilant ? je vous obéirai, je vous garderai, je
n'aboyerai jamais, et je ne vous jugerai point. Je ne vous
demande rien que de me laisser vous être bon à quelque
chose. Votre père vous a mis un Dumay dans votre
ménagerie, ayez un Butscha, vous m'en direz des nouvelles !... Un pauvre Butscha qui ne veut rien, pas même un
os !

— Eh ! bien, je vais vous prendre à l'essai, dit Modeste
qui voulut se défaire d'un gardien si spirituel. Allez sur-le-
champ, d'hôtel en hôtel, à Graville, au Havre, savoir s'il
est venu d'Angleterre un monsieur Arthur...

— Écoutez, mademoiselle, dit Butscha respectueusement en interrompant Modeste, j'irai tout bonnement me
promener au bord de la mer, et cela suffira, car vous ne me
voulez pas aujourd'hui à l'église. Voilà tout.

Modeste regarda le nain en laissant voir un étonnement
stupide.

— Écoutez, mademoiselle ! quoique vous vous soyez
entortillé les joues d'un foulard et de ouate, vous n'avez
pas de fluxion. Et, si vous avez un double voile à votre
chapeau, c'est pour voir sans être vue.

— D'où vous vient tant de pénétration ? s'écria Modeste
en rougissant.

— Eh ! mademoiselle, vous n'avez pas de corset ! Une
fluxion ne vous obligeait pas à vous déguiser la taille, en
mettant plusieurs jupons, à cacher vos mains sous de vieu.
gants, et vos jolis pieds dans d'affreuses bottines, à vous
mal habiller, à...

— Assez ! dit-elle. Maintenant, comment serais-je certaine d'avoir été obéie ?

— Mon patron veut aller à Sainte-Adresse, il en est
contrarié ; mais comme il est vraiment bon, il n'a pas voulu
me priver de mon dimanche, eh ! bien, je lui proposerai d'y
aller...

— Allez-y, et j'aurai confiance en vous...

— Êtes-vous sûre de ne pas avoir besoin de moi au
Havre ?

— Non. Écoutez, nain mystérieux, regardez, dit-elle en

lui montrant le temps sans nuages. Voyez-vous la trace de l'oiseau qui passait tout à l'heure ? eh ! bien, mes actions, pures comme l'air est pur, n'en laissent pas davantage. Rassurez Dumay, rassurez les Latournelle, rassurez ma mère, et sachez que cette main, dit-elle en lui montrant une jolie main fine, aux doigts retroussés et que le jour traversa, ne sera point accordée, elle ne sera pas même animée d'un baiser, avant le retour de mon père, par ce qu'on appelle un amant.

— Et pourquoi ne me voulez-vous pas à l'église aujourd'hui ?...

— Vous me questionnez, après ce que je vous ai fait l'honneur de vous dire et de vous demander ?...

Butscha salua sans rien répondre, et courut chez son patron dans le ravissement d'entrer au service de sa maîtresse anonyme.

Une heure après, monsieur et madame Latournelle vinrent chercher Modeste qui se plaignit d'un horrible mal de dents.

— Je n'ai pas eu, dit-elle, le courage de m'habiller.

— Eh ! bien, restez, dit la bonne notaresse.

— Oh ! non, je veux prier pour l'heureux retour de mon père, répondit Modeste, et j'ai pensé qu'en m'emmitouflant ainsi, ma sortie me ferait plus de bien que de mal.

Et mademoiselle Mignon alla seule, à côté de Latournelle. Elle refusa de donner le bras à son chaperon dans la crainte d'être questionnée sur le tremblement intérieur qui l'agitait à la pensée de voir bientôt son grand poète. Un seul regard, le premier, n'allait-il pas décider de son avenir ?

XXXIII. *Portrait en pied de M. de La Brière.*

Est-il dans la vie de l'homme une heure plus délicieuse que celle du premier rendez-vous donné ? Renaissent-elles

jamais les sensations cachées au fond du cœur et qui
s'épanouissent alors ? Retrouve-t-on les plaisirs sans nom
que l'on a savourés en cherchant, comme fit Ernest de La
Brière, et ses meilleurs rasoirs, et ses plus belles chemi-
ses, et des cols irréprochables, et les vêtements les plus
soignés ? On déifie les choses associées à cette heure
suprême. On fait alors à soi seul des poésies secrètes qui
valent celles de la femme ; et le jour où, de part et d'autre,
on les devine, tout est envolé ! N'en est-il pas de ces
choses, comme de la fleur de ces fruits sauvages, âcre et
suave à la fois, perdue au sein des forêts, la joie du soleil,
sans doute ; ou, comme le dit Canalis dans *le Chant d'une
jeune fille*, la joie de la plante elle-même à qui l'ange des
fleurs a permis de se voir ? Ceci tend à rappeler que,
semblable à beaucoup d'êtres pauvres pour qui la vie
commence par le labeur et par les soucis de la fortune, le
modeste La Brière n'avait pas encore été aimé. Venu la
veille au soir, il s'était aussitôt couché comme une
coquette afin d'effacer la fatigue du voyage, et il venait de
faire une toilette méditée à son avantage, après avoir pris
un bain. Peut-être est-ce ici le lieu de placer son portrait
en pied, ne fût-ce que pour justifier la dernière lettre que
devait écrire Modeste.

Né d'une bonne famille de Toulouse, alliée de loin à
celle du ministre[81] qui le prit sous sa protection, Ernest
possède cet air *comme il faut* où se révèle une éducation
commencée au berceau, mais que l'habitude des affaires
avait rendu grave sans effort, car la pédanterie est l'écueil
de toute gravité prématurée. De taille ordinaire, il se
recommande par une figure fine et douce, d'un ton chaud
quoique sans coloration, et qu'il relevait alors par de
petites moustaches et par une virgule à la Mazarin. Sans
cette attestation virile, il eût trop ressemblé peut-être à une
jeune fille déguisée, tant la coupe du visage et les lèvres
sont mignardes, tant on est près d'attribuer à une femme
ses dents d'un émail transparent et d'une régularité quasi
postiche. Joignez à ces qualités féminines un parler doux
comme la physionomie, doux comme des yeux bleus à

paupières turques. et vous concevrez très-bien que le
ministre eût surnommé son jeune secrétaire particulier,
mademoiselle de La Brière. Le front plein, pur, bien
encadré de cheveux noirs abondants semble rêveur, et ne
dément pas l'expression de la figure, qui est entièrement
mélancolique. La proéminence de l'arcade de l'œil,
quoique très-élégamment coupée, obombre le regard et
ajoute encore à cette mélancolie par la tristesse, physique
pour ainsi dire, que produisent les paupières quand elles
sont trop abaissées sur la prunelle. Ce doute intime, que
nous traduisons par le mot modestie, anime donc et les
traits et la personne. Peut être comprendra-t-on bien cet
ensemble en faisant observer que la logique du dessin
exigerait plus de longueur dans l'ovale de cette tête, plus
d'espace entre le menton qui finit brusquement et le front
trop diminué par la manière dont les cheveux sont plantés.
Ainsi, la figure semble écrasée. Le travail avait déjà
creusé son sillon entre les sourcils un peu trop fournis et
rapprochés comme chez les gens jaloux. Quoique La
Brière fût alors mince, il appartient à ce genre de
tempéraments qui, formés tard, prennent à trente ans un
embonpoint inattendu.

Ce jeune homme eût assez bien représenté, pour les
gens à qui l'histoire de France est familière, la royale et
inconcevable figure de Louis XIII, mélancolique modestie
sans cause connue, pâle sous la couronne, aimant les
fatigues de la chasse et haïssant le travail, timide avec sa
maîtresse au point de la respecter, indifférent jusqu'à
laisser trancher la tête à son ami, et que le remords d'avoir
vengé son père sur sa mère peut seul expliquer[82] : ou
l'Hamlet catholique ou quelque maladie incurable. Mais le
ver rongeur qui blémissait Louis XIII et détendait sa force,
était alors, chez Ernest, simple défiance de soi-même, la
timidité de l'homme à qui nulle femme n'a dit : « Comme
je t'aime ! » et surtout le dévouement inutile. Après avoir
entendu le glas d'une monarchie dans la chute d'un
ministère[83], ce pauvre garçon avait rencontré dans Canalis
un rocher caché sous d'élégantes mousses, il cherchait

donc une domination à aimer ; et cette inquiétude du caniche en quête d'un maître lui donnait l'air du roi qui trouva le sien. Ces nuances, ces sentiments, cette teinte de souffrance répandue sur cette physionomie la rendaient beaucoup plus belle que ne le croyait le Référendaire, assez fâché de s'entendre classer par les femmes dans le genre des Beaux-Ténébreux ; genre passé de mode par un temps où chacun voudrait pouvoir garder pour lui seul les trompettes de l'Annonce.

Le défiant Ernest avait donc demandé tous ses prestiges au vêtement alors à la mode. Il mit pour cette entrevue, où tout dépendait du premier regard, un pantalon noir et des bottes soigneusement cirées, un gilet couleur soufre qui laissait voir une chemise d'une finesse remarquable et boutonnée d'opales, une cravate noire, une petite redingote bleue ornée de la rosette et qui semblait collée sur le dos et à la taille par un procédé nouveau. Portant de jolis gants de chevreau, couleur bronze florentin, il tenait de la main gauche une petite canne et son chapeau par un geste assez *Louis-Quatorzien*, montrant ainsi, comme le lieu l'exigeait, sa chevelure massée avec art, et où la lumière produisait des luisants satinés. Campé dès le commencement de la messe sous le porche, il examina l'église en regardant tous les chrétiens, mais plus particulièrement les chrétiennes qui trempaient leurs doigts dans l'eau sainte.

Une voix intérieure cria : — *Le voilà !* à Modeste quand elle arriva. Cette redingote et cette tournure essentiellement parisiennes, cette rosette, ces gants, cette canne, le parfum des cheveux, rien n'était du Havre. Aussi, quand La Brière se retourna pour examiner la grande et fière notaresse, le petit notaire et le *paquet* (expression consacrée entre femmes), sous la forme duquel Modeste s'était mise, la pauvre enfant, quoique bien préparée, reçut-elle un coup violent au cœur en voyant cette poétique figure, illuminée en plein par le jour de la porte. Elle ne pouvait pas se tromper : une petite rose blanche cachait presque la rosette. Ernest reconnaîtrait-il son inconnue affublée d'un vieux chapeau garni d'un voile mis en double ?... Modeste

eut si peur de la seconde vue de l'amour, qu'elle se fit une
démarche de vieille femme.

— Ma femme, dit le petit Latournelle en allant à sa
place, ce monsieur n'est pas du Havre.

— Il vient tant d'étrangers, répondit la notaresse.

— Mais les étrangers, dit le notaire, viennent-ils
jamais voir notre église qui n'est pas âgée de plus de deux
siècles ?

XXXIV. *Où il est prouvé que l'amour*
se cache difficilement.

Ernest resta pendant toute la messe à la porte, sans avoir
vu parmi les femmes personne qui réalisât ses espérances.
Modeste, elle, ne put maîtriser son tremblement que vers
la fin du service. Elle éprouva des joies qu'elle seule
pouvait dépeindre. Elle entendit enfin sur les dalles le
bruit d'un pas d'homme comme il faut ; car, la messe était
dite, Ernest faisait le tour de l'église où il ne se trouvait
plus que les *dilettanti* de la dévotion qui devinrent l'objet
d'une savante et perspicace analyse. Ernest remarqua le
tremblement excessif du paroissien dans les mains de la
personne voilée à son passage ; et, comme elle était la
seule qui cachât sa figure, il eut des soupçons que
confirma la mise de Modeste, étudiée avec un soin d'amant
curieux. Il sortit quand madame Latournelle quitta l'église,
il la suivit à une distance honnête, et la vit rentrant avec
Modeste, rue Royale, où, selon son habitude, mademoiselle Mignon attendait l'heure des vêpres. Après avoir toisé
la maison ornée de panonceaux, Ernest demanda le nom
du notaire à un passant, qui lui nomma presque orgueilleu-
sement monsieur Latournelle, le premier notaire du
Havre... Quand il longea la rue Royale pour essayer de
plonger dans l'intérieur de la maison, Modeste aperçut son

amant, elle se dit alors si malade qu'elle n'alla pas à
vêpres, et madame Latournelle lui tint compagnie. Ainsi le
pauvre Ernest en fut pour ses frais de croisière. Il n'osa
pas flâner à Ingouville, il se fit un point d'honneur d'obéir,
et revint à Paris après avoir écrit en attendant le départ de
la voiture, une lettre que Françoise Cochet devait recevoir
le lendemain, timbrée du Havre.

Tous les dimanches, monsieur et madame Latournelle
dînaient au Chalet, où ils reconduisaient Modeste après
vêpres. Aussi, dès que la jeune malade se trouva mieux,
remontèrent-ils à Ingouville accompagnés de Butscha.
L'heureuse Modeste fit alors une charmante toilette.
Quand elle descendit pour dîner, elle oublia son déguisement du matin, sa prétendue fluxion, et fredonna :

> Rien ne dort plus, mon cœur ! la violette
> Élève à Dieu l'encens de son réveil.

Butscha ressentit un léger frisson à l'aspect de Modeste,
tant elle lui parut changée, car les ailes de l'amour étaient
comme attachées à ses épaules, elle avait l'air d'une
sylphide, elle montrait sur ses joues le divin coloris du
plaisir.

— De qui donc sont les paroles sur lesquelles tu as fait
une si jolie musique ? demanda madame Mignon à sa fille.

— De Canalis, maman, répondit-elle en devenant à
l'instant du plus beau cramoisi depuis le cou jusqu'au
front.

— Canalis ! s'écria le nain à qui l'accent de Modeste et
sa rougeur apprirent la seule chose qu'il ignorât encore du
secret. Lui, le grand poète, faire des romances ?...

— C'est, dit-elle, de simples stances sur lesquelles j'ai
osé plaquer des réminiscences d'airs allemands...

— Non, non, reprit madame Mignon, c'est de la
musique à toi, ma fille !

Modeste, se sentant devenir de plus en plus cramoisie,
sortit en entraînant Butscha dans le petit jardin.

— Vous pouvez, lui dit-elle à voix basse, me rendre un

grand service. Dumay fait le discret avec ma mère et avec
moi sur la fortune que mon père rapporte, je voudrais
savoir ce qui en est. Dumay, dans le temps, n'a-t-il pas
envoyé cinq cent et quelques mille francs à papa ? Mon
père n'est pas homme à s'absenter pendant quatre ans pour
seulement doubler ses capitaux. Or, il revient sur un
navire à lui, et la part qu'il a faite à Dumay s'élève à près
de six cent mille francs.

— Ce n'est pas la peine de questionner Dumay, dit
Butscha. Monsieur votre père avait perdu, comme vous
savez, quatre millions au moment de son départ, il les a
sans doute regagnés ; mais il aura dû donner à Dumay dix
pour cent de ses bénéfices, et, par la fortune que le digne
Breton avoue avoir, nous supposons, mon patron et moi,
que celle du colonel monte à six ou sept millions...

— Ô mon père ! dit Modeste en se croisant les bras sur
la poitrine et levant les yeux au ciel, tu m'auras donné
deux fois la vie !...

— Ah ! mademoiselle, dit Butscha, vous aimez un
poète ! Ce genre d'homme est plus ou moins Narcisse !
saura-t-il vous bien aimer ? Un ouvrier en phrases occupé
d'ajuster des mots est bien ennuyeux. Un poète, mademoiselle, n'est pas plus la poésie que la graine n'est la fleur.

— Butscha, je n'ai jamais vu d'homme si beau !

— La beauté, mademoiselle, est un voile qui sert
souvent à cacher bien des imperfections...

— C'est le cœur le plus angélique du ciel...

— Fasse Dieu que vous ayez raison, dit le nain en
joignant les mains, et soyez heureuse ! Cet homme aura,
comme vous, un serviteur dans Jean Butscha. Je ne serai
plus notaire alors, je vais me jeter dans l'étude, dans les
sciences [84]...

— Et pourquoi ?

— Eh ! mademoiselle, pour élever vos enfants, si vous
daignez me permettre d'être leur précepteur... Ah ! si vous
vouliez agréer un conseil ? Tenez, laissez-moi faire : je
saurai pénétrer la vie et les mœurs de cet homme,
découvrir s'il est bon, s'il est colère, s'il est doux, s'il aura

ce respect que vous méritez, s'il est capable d'aimer absolument, en vous préférant à tout, même à son talent...

— Qu'est-ce que cela fait, si je l'aime ? dit-elle naïvement.

— Eh ! c'est vrai, s'écria le bossu.

En ce moment madame Mignon disait à ses amis : — Ma fille a vu ce matin celui qu'elle aime !

— Ce serait donc ce gilet soufre qui t'a tant intrigué, Latournelle, s'écria la notaresse. Ce jeune homme avait une jolie petite rose blanche à sa boutonnière...

— Ah ! dit la mère, le signe de reconnaissance.

— Il avait, reprit la notaresse, la rosette d'officier de la Légion-d'Honneur. C'est un homme charmant ! mais nous nous trompons ! Modeste n'a pas relevé son voile, elle était fagotée comme une pauvresse, et...

— Et, dit le notaire, elle se disait malade, mais elle vient d'ôter sa marmotte et se porte comme un charme...

— C'est incompréhensible ! s'écria Dumay.

— Hélas ! c'est maintenant clair comme le jour, dit le notaire.

— Mon enfant, dit madame Mignon à Modeste qui rentra suivie de Butscha, n'as-tu pas vu ce matin à l'église un petit jeune homme bien mis, qui portait une rose blanche à sa boutonnière, décoré...

— Je l'ai vu, dit Butscha vivement en apercevant à l'attention de chacun le piège où Modeste pouvait tomber, c'est Grindot, le fameux architecte avec qui la ville est en marché pour la restauration de l'église, il est venu de Paris, je l'ai trouvé ce matin examinant l'extérieur, quand je suis parti pour Sainte-Adresse.

— Ah ! c'est un architecte, il m'a bien intriguée, dit Modeste à qui le nain avait ainsi donné le temps de se remettre.

Dumay regarda Butscha de travers. Modeste avertie se composa un maintien impénétrable. La défiance de Dumay fut excitée au plus haut point, et il se proposa d'aller le lendemain à la Mairie afin de savoir si l'architecte attendu s'était en effet montré au Havre. De son côté, Butscha, très-inquiet de l'avenir de Modeste, prit le parti d'aller à Paris espionner Canalis.

Gobenheim vint faire le whist et comprima par sa présence tous les sentiments en fermentation. Modeste attendait avec une sorte d'impatience l'heure du coucher de sa mère ; elle voulait écrire, elle n'écrivait jamais que pendant la nuit, et voici la lettre que lui dicta l'amour, quand elle crut tout le monde endormi.

XXXV. *Une lettre comme vous voudriez en recevoir.*

XXIV.

À MONSIEUR DE CANALIS.

« Ah ! mon ami bien-aimé ! quels atroces mensonges que vos portraits exposés aux vitres des marchands de gravures ? Et moi qui faisais mon bonheur de cette horrible lithographie ! Je suis honteuse d'aimer un homme si beau. Non, je ne saurais imaginer que les Parisiennes soient assez stupides pour ne pas avoir vu toutes que vous étiez leur rêve accompli. Vous délaissé ! vous sans amour !... Je ne crois plus un mot de ce que vous m'avez écrit sur votre vie obscure et travailleuse, sur votre dévouement à une idole, cherchée en vain jusqu'aujourd'hui. Vous avez été trop aimé, monsieur ; votre front, pâle et suave comme la fleur d'un magnolia, le dit assez, et je serai malheureuse. Que suis-je, moi, maintenant ?... Ah ! pourquoi m'avoir appelée à la vie ! En un moment j'ai senti que ma pesante enveloppe me quittait ! Mon âme a brisé le cristal qui la retenait captive, elle a circulé dans mes veines ! Enfin, le froid silence des choses a cessé tout à coup pour moi. Tout, dans la nature, m'a parlé. La vieille église m'a semblé lumineuse ; ses voûtes, brillant d'or et d'azur comme celles d'une cathédrale italienne, ont scintillé sur ma tête. Les sons mélodieux que les anges chantent aux martyrs et qui leur font oublier les souffrances ont accompagné l'orgue ! Les horribles pavés du Havre m'ont paru comme un chemin fleuri. J'ai reconnu dans la mer une vieille amie dont le langage plein de sympathies pour moi ne m'était pas assez connu. J'ai vu clairement que les roses de mon jardin et de ma serre m'adorent depuis long-temps et me disaient tout bas d'aimer, elles ont souri toutes à mon retour de l'église, et j'ai enfin entendu votre nom de Melchior murmuré par les cloches des fleurs, je l'ai lu écrit sur les nuages ! Oui, me voilà vivante, grâce à toi ! poète plus beau que ce froid et compassé lord Byron, dont le visage est aussi terne que le climat anglais. Épousée par un seul de tes regards d'Orient qui a percé mon voile noir, tu m'as jeté ton sang au cœur, il m'a rendue brûlante de la tête aux pieds ! Ah ! nous ne sentons pas la vie ainsi, quand notre mère nous la donne. Un coup que tu recevrais m'atteindrait au moment même, et mon existence ne s'explique plus que par ta pensée. Je sais à quoi sert la divine harmonie de la musique, elle fut inventée par les anges pour exprimer l'amour. Avoir du génie et être beau, mon Melchior, c'est trop ! À sa naissance, un homme devrait opter. Mais quand je songe aux trésors de tendresse et d'affection que vous m'avez montrés depuis un mois surtout, je me demande si je rêve ! Non, vous me cachez un mystère ! Quelle femme vous cédera sans mourir ? Ah ! la jalousie est entrée dans mon cœur avec un amour auquel je ne croyais pas ! Pouvais-je imaginer un pareil incendie ? Quelle inconcevable et nouvelle fantaisie ! Je te voudrais laid, maintenant ! Quelles folies ai-je faites en rentrant ! Tous les dahlias jaunes m'ont rappelé votre joli gilet, toutes les roses blanches ont été mes amies, et je les ai saluées par un regard qui vous appartenait, comme tout moi ! La couleur des gants qui moulaient les mains du gentilhomme, tout, jusqu'au bruit des pas sur les dalles, tout se représente à mon souvenir avec tant de fidélité que,

dans soixante ans, je reverrai les moindres choses de cette
fête, telles que la couleur particulière de l'air, le reflet du
soleil qui miroitait sur un pilier, j'entendrai la prière que
vous avez interrompue, je respirerai l'encens de l'autel, et
je croirai sentir au-dessus de nos têtes les mains du curé
qui nous a bénis tous deux au moment où tu passais, en
donnant sa dernière bénédiction ! Ce bon abbé Marcellin
nous a mariés déjà ! Le plaisir surhumain de ressentir ce
monde nouveau d'émotions inattendues, ne peut être égalé
que par la joie que j'éprouve à vous les dire, à renvoyer
tout mon bonheur à celui qui le verse dans mon âme avec
la libéralité d'un Soleil. Aussi plus de voiles, mon bien-
aimé ! Venez ! oh ! revenez promptement. Je me démasque
avec plaisir.

« Vous avez dû sans doute entendre parler de la maison
Mignon du Havre ? Eh ! bien, j'en suis, par l'effet d'un
irréparable malheur, l'unique héritière. Ne faites pas fi de
nous, descendant d'un preux de l'Auvergne ! les armes des
Mignon de La Bastie ne déshonoreront pas celles des
Canalis. Nous portons *de gueules à une bande de sable
chargée de quatre besants d'or, et à chaque quartier une
croix d'or patriarcale, avec un chapeau de cardinal pour
cimier et les* fiocchi *pour supports.* Cher, je serai fidèle à
notre devise : *Una fides, unus Dominus !* La vraie foi, et un
seul maître.

« Peut-être, mon ami, trouverez-vous quelque sarcasme
dans mon nom, après tout ce que je viens de faire et ce que
je vous avoue ici. Je me nomme Modeste. Ainsi je ne vous
ai jamais trompé en signant O. d'Este-M. Je ne vous ai
point abusé davantage en vous parlant de ma fortune ; elle
atteindra, je crois, à ce chiffre qui vous a rendu si
vertueux. Et je sais si bien que, pour vous, la fortune est
une considération sans importance, que je vous en parle
avec simplicité. Néanmoins, laissez-moi vous dire combien je suis heureuse de pouvoir donner à notre bonheur la
liberté d'action, et de mouvements que procure la fortune,
de pouvoir dire : — Allons ! quand la fantaisie de voir un
pays nous prendra, de voler dans une bonne calèche, assis

à côté l'un de l'autre, sans nul souci d'argent ; enfin heureuse de pouvoir vous donner le droit de dire au roi : — J'ai la fortune que vous voulez à vos pairs !... En ceci, Modeste Mignon vous sera bonne à quelque chose, et son or aura la plus noble des destinations. Quant à votre servante, vous l'avez vue une fois, à sa fenêtre, en déshabillé... Oui, la blonde fille d'Ève la blonde était votre inconnue ; mais combien la Modeste d'aujourd'hui ressemble peu à celle de ce jour-là ! L'une était dans un linceul, et l'autre (vous l'ai-je bien dit ?) a reçu de vous la vie. L'amour pur et permis, l'amour, que mon père enfin revenu de voyage et riche autorisera, m'a relevée de sa main, à la fois enfantine et puissante, du fond de cette tombe où je dormais ! Vous m'avez éveillée comme le soleil éveille les fleurs. Le regard de votre aimée n'est plus le regard de cette petite Modeste si hardie ? oh ! non, il est confus, il entrevoit le bonheur et il se voile sous de chastes paupières. Aujourd'hui j'ai peur de ne pas mériter mon sort ! Le roi s'est montré dans sa gloire, mon seigneur n'a plus qu'une sujette qui lui demande pardon de ses libertés grandes, comme le joueur aux dés pipés après avoir escroqué le chevalier de Grammont[85]. Va, poète chéri, je serai ta Mignon ; mais une Mignon plus heureuse que celle de Gœthe, car tu me laisseras dans ma patrie, n'est-ce pas ? dans ton cœur. Au moment où je trace ce vœu de fiancée, un rossignol du parc Vilquin vient de me répondre pour toi. Oh ! dis-moi bien vite que le rossignol, en filant sa note si pure, si nette, si pleine, qui m'a rempli le cœur de joie et d'amour, comme une Annonciation, n'a pas menti ?...

« Mon père passera par Paris, il viendra de Marseille ; la maison Mongenod, dont il a été le correspondant, saura son adresse ; allez le voir, mon Melchior aimé, dites-lui que vous m'aimez, et n'essayez pas de lui dire combien je vous aime, faites que ce soit toujours un secret entre nous et Dieu ! Moi, cher adoré, je vais tout dire à ma mère. La fille des Wallenrod-Tustall-Bartenstild me donnera raison par des caresses, elle sera tout heureuse de notre poème si

secret, si romanesque, humain et divin tout ensemble !
Vous avez l'aveu de la fille, ayez le consentement du comte
de La Bastie, père de

« Votre MODESTE.

« *P. S.* — Surtout ne venez pas au Havre sans avoir
obtenu l'agrément de mon père ; et, si vous m'aimez, vous
saurez le trouver à son passage à Paris. »

————

— Que faites-vous donc à cette heure, mademoiselle
Modeste ? demanda Dumay.

— J'écris à mon père, répondit-elle au vieux soldat,
n'avez-vous pas dit que vous partiez demain ?

Dumay n'eut rien à répondre, il rentra se coucher, et
Modeste se mit à écrire une longue lettre à son père.

Le lendemain, Françoise Cochet, tout effrayée en
voyant le timbre du Havre, vint au Chalet remettre à sa
jeune maîtresse la lettre suivante en emportant celle que
Modeste avait écrite.

A MADEMOISELLE O. D'ESTE-M.

« Mon cœur m'a dit que vous étiez la femme si
soigneusement voilée et déguisée, placée entre monsieur et
madame Latournelle qui n'ont qu'un enfant, un fils. Ah !
chère aimée, si vous êtes dans une condition modeste, sans
éclat, sans illustration, sans fortune même, vous ne savez
pas quelle serait ma joie ! Vous devez me connaître
maintenant, pourquoi ne me diriez-vous pas la vérité ?
Moi, je ne suis poète que par l'amour, par le cœur, par
vous. Oh ! quelle puissance d'affection ne me faut-il pas
pour rester ici, dans cet hôtel de Normandie[86], et ne pas
monter à Ingouville que je vois de mes fenêtres ! M'aime-
rez-vous comme je vous aime ? S'en aller du Havre à Paris
dans cette incertitude, n'est-ce pas être puni d'aimer,
autant que si l'on avait commis un crime ? J'ai obéi
aveuglément. Oh ! que j'aie promptement une lettre, car, si
vous avez été mystérieuse, je vous ai rendu mystère pour

mystère, et je dois enfin jeter le masque de l'incognito, vous dire le poète que je suis et abdiquer la gloire qui me fut prêtée. »

———

Cette lettre inquiéta vivement Modeste, elle ne put reprendre la sienne que Françoise avait déjà mise à la poste quand elle chercha la signification des dernières lignes en les relisant ; mais elle monta chez elle, et fit une réponse où elle demandait des explications.

XXXVI. *Les choses se compliquent.*

Pendant ces petits événements, il s'en passait d'aussi petits au Havre, et qui devaient faire oublier cette inquiétude à Modeste. Dumay, descendu de bonne heure en ville, y sut promptement que nul architecte n'était arrivé l'avant-veille. Furieux du mensonge de Butscha qui révélait une complicité dont il lui fallait raison, il courut de la Mairie chez les Latournelle.

— Où donc est votre sieur Butscha ?... demanda-t-il à son ami le notaire en ne trouvant pas le clerc à l'Étude.

— Butscha, mon cher, il est sur la route de Paris, la vapeur l'emmène. Il a rencontré ce matin, de grand matin, sur le port, un matelot qui lui a dit que son père, ce matelot suédois, est riche. Le père de Butscha serait allé dans les Indes, il aurait servi un prince, les Marhattes[87], et il est à Paris...

— Des contes ! des infamies ! des farces ! Oh ! je trouverai ce damné bossu, je vais alors exprès à Paris, pour ça ! s'écria Dumay. Butscha nous trompe ! il sait quelque chose de Modeste, et ne nous en a rien dit. S'il trempe là-dedans !... il ne sera jamais notaire, je le rendrai à sa mère, à la boue, en le...

— Voyons, mon ami, ne pendons jamais personne sans

procès, répliqua Latournelle effrayé de l'exaspération de Dumay.

Après avoir expliqué sur quoi ses soupçons étaient fondés, Dumay pria madame Latournelle de tenir compagnie à Modeste au Chalet pendant son absence.

— Vous trouverez le colonel à Paris, dit le notaire. Au mouvement des ports, ce matin dans le *Journal du Commerce*, il y a, sous la rubrique de Marseille... Tenez, voyez ? dit-il en présentant la feuille. « Le *Bettina-Mignon*, capitaine Mignon, entré du 6 octobre », et nous sommes aujourd'hui le 17. Tout le Havre sait en ce moment l'arrivée du patron...

Dumay pria Gobenheim de se passer de lui désormais, il remonta sur-le-champ au Chalet, et il entrait au moment où Modeste venait de cacheter la lettre à son père et celle à Canalis. Hormis l'adresse, ces deux lettres étaient exactement pareilles, comme enveloppe et comme volume. Modeste crut avoir posé celle de son père sur celle de son Melchior et avait fait tout le contraire. Cette erreur, si commune dans le cours des petites choses de la vie, occasionna la découverte de son secret par sa mère et par Dumay. Le lieutenant parlait avec chaleur à madame Mignon dans le salon, en lui confiant les nouvelles craintes engendrées par la duplicité de Modeste et par la complicité de Butscha.

— Allez, madame, s'écriait-il, c'est un serpent que nous avons réchauffé dans notre sein, il n'y a pas de place pour une âme chez ces bouts d'hommes-là !...

Modeste mit dans la poche de son tablier la lettre pour son père en croyant y mettre celle destinée à son amant, et descendit avec celle de Canalis à la main, en entendant Dumay parler de son départ immédiat pour Paris.

— Qu'avez-vous donc contre mon pauvre nain mystérieux, et pourquoi criez-vous ? dit Modeste en se montrant à la porte du salon.

— Butscha, mademoiselle est parti pour Paris ce matin, et vous savez sans doute pourquoi !... Ce sera pour y aller intriguer avec ce soi-disant petit architecte à gilet jaune-soufre qui, par malheur pour le mensonge du bossu, n'est pas encore arrivé...

Modeste fut saisie, elle devina que le nain était parti pour procéder à une enquête sur les mœurs de Canalis, elle pâlit, et s'assit.

— Je le rejoindrai, je le trouverai, dit Dumay. C'est sans doute la lettre pour monsieur votre père, dit-il en tendant la main, je l'enverrai chez Mongenod, pourvu que nous ne nous croisions pas en route, mon colonel et moi !...

Modeste donna la lettre. Le petit Dumay, qui lisait sans lunettes, regarda machinalement l'adresse.

— Monsieur le baron de Canalis, rue de Paradis-Poissonnière, n° 29 !... s'écria Dumay. Qu'est-ce que cela veut dire ?...

— Ah ! ma fille, voilà l'homme que tu aimes ! s'écria madame Mignon, les stances sur lesquelles tu as fait ta musique sont de lui...

— Et c'est son portrait que vous avez là-haut, encadré ? dit Dumay.

— Rendez-moi cette lettre, monsieur Dumay ?... dit Modeste qui se dressa comme une lionne défendant ses petits.

— La voici, mademoiselle, répondit le lieutenant.

Modeste remit la lettre dans son corset et tendit à Dumay celle destinée à son père.

— Je sais ce dont vous êtes capable, Dumay, dit-elle ; mais si vous faites un seul pas vers monsieur Canalis, j'en fais un hors de la maison où je ne reviendrai jamais !

— Vous allez tuer votre mère, mademoiselle, répondit Dumay qui sortit et appela sa femme.

La pauvre mère s'était évanouie, atteinte au cœur par la fatale phrase de Modeste.

— Adieu, ma femme, dit le Breton en embrassant la petite Américaine, sauve la mère, je vais aller sauver la fille.

Il laissa Modeste et madame Dumay près de madame Mignon, fit ses préparatifs de départ en quelques instants et descendit au Havre. Une heure après, il voyageait en poste avec cette rapidité que la passion ou la spéculation impriment seules aux roues.

Bientôt rappelée à la vie par les soins de Modeste, madame Mignon remonta chez elle sur le bras de sa fille, à qui, pour tout reproche, elle dit quand elles furent seules :

— Malheureuse enfant qu'as-tu fait ? pourquoi te cacher de moi ? Suis-je donc si sévère ?...

— Eh ! j'allais tout te dire naturellement, répondit la jeune fille en pleurs.

Elle raconta tout à sa mère, elle lui lut les lettres et les réponses, elle effeuilla dans le cœur de la bonne Allemande, pétale à pétale, la rose de son poème, elle y passa la moitié de la journée. Quand la confidence fut achevée, quand elle aperçut presqu'un sourire sur les lèvres de la trop indulgente aveugle, elle se jeta sur elle tout en pleurs.

— Ô ma mère ! dit-elle au milieu de ses sanglots, vous dont le cœur, tout or et tout poésie, est comme un vase d'élection pétri par Dieu pour contenir l'amour pur, unique et céleste qui remplit toute la vie !... vous que je veux imiter en n'aimant au monde que mon mari ! vous devez comprendre combien sont amères les larmes que je répands en ce moment et qui mouillent vos mains... Ce papillon, aux ailes diaprées, cette double et belle âme élevée avec des soins maternels par votre fille, mon amour, mon saint amour, ce mystère animé, vivant, tombe en des mains vulgaires qui vont déchirer ses ailes et ses voiles sous le triste prétexte de m'éclairer, de savoir si le génie est correct comme un banquier, si mon Melchior est capable d'amasser des rentes, s'il a quelque passion à dénouer, s'il n'est pas coupable aux yeux des bourgeois de quelque épisode de jeunesse qui maintenant est à notre amour, ce qu'est un nuage au soleil... Que vont-ils faire ? Tiens, voilà ma main, j'ai la fièvre ! Ils me feront mourir.

Modeste, prise d'un frisson mortel, fut obligée de se mettre au lit, et donna les plus vives inquiétudes à sa mère, à madame Latournelle et à madame Dumay qui la gardèrent pendant le voyage du lieutenant à Paris, où la

logique des événements transporta le drame pour un
instant.

XXXVII. *Morale à méditer.*

Les gens véritablement modestes, comme l'est Ernest de
La Brière, mais surtout ceux qui, sachant leur valeur, ne
sont ni aimés ni appréciés, comprendront les jouissances
infinies dans lesquelles le Référendaire se complut en
lisant la lettre de Modeste. Après l'avoir trouvé spirituel et
grand par l'âme, sa jeune, sa naïve et rusée maîtresse le
trouvait beau. Cette flatterie est la flatterie suprême. Et
pourquoi ? La beauté, sans doute, est la signature du
maître sur l'œuvre où il a empreint son âme, c'est la
divinité qui se manifeste ; et, la voir là où elle n'est pas, la
créer par la puissance d'un regard enchanté, n'est-ce point
le dernier mot de l'amour ? Aussi, le pauvre Référendaire,
s'écria-t-il dans un ravissement d'auteur applaudi : —
Enfin, je suis aimé ! Quand une femme, courtisane ou
jeune fille, a laissé échapper cette phrase : « Tu es
beau ! » fût-ce un mensonge, si un homme ouvre son crâne
épais au subtil poison de ce mot, il est attaché par des liens
éternels à cette menteuse charmante, à cette femme vraie
ou abusée ; elle devient alors son monde, il a soif de cette
attestation, il ne s'en lassera jamais, fût-il prince ! Ernest
se promena fièrement dans sa chambre, il se mit de trois-
quarts, de profil, de face devant la glace, il essaya de se
critiquer ; mais une voix diaboliquement persuasive lui
disait : Modeste a raison ! Et il revint à la lettre, il la relut,
il vit sa blonde céleste, il lui parla ! Puis, au milieu de son
extase, il fut atteint par cette atroce pensée : — Elle me
croit Canalis, et elle est millionnaire ! Tout son bonheur
tomba, comme tombe un homme qui parvenu somnambuli-
quement sur la cime d'un toit, entend une voix, avance et

s'écrase sur le pavé. — Sans l'auréole de la gloire, je serais laid, s'écria-t-il. Dans quelle situation affreuse me suis-je mis ! La Brière était trop l'homme de ses lettres, il était trop le cœur noble et pur qu'il avait laissé voir, pour hésiter à la voix de l'honneur. Il résolut aussitôt d'aller tout avouer au père de Modeste s'il était à Paris, et de mettre Canalis au fait du dénouement sérieux de leur plaisanterie parisienne. Pour ce délicat jeune homme, l'énormité de la fortune fut une raison déterminante. Il ne voulut pas surtout être soupçonné d'avoir fait servir à l'escroquerie d'une dot les entraînements de cette correspondance, si sincère de son côté. Les larmes lui vinrent aux yeux pendant qu'il allait de chez lui rue Chantereine, chez le banquier Mongenod [88] dont la fortune, les alliances et les relations étaient en partie l'ouvrage du ministre, son protecteur à lui.

Au moment où La Brière consultait le chef de la maison Mongenod, et prenait toutes les informations que nécessitait son étrange position, il se passa chez Canalis une scène que le brusque départ de l'ancien lieutenant peut faire prévoir.

XXXVIII. *Rencontre entre le poète de l'École Angélique et un soldat de Napoléon, où le soldat est complètement en déroute.*

En vrai soldat de l'école impériale, Dumay, dont le sang breton avait bouillonné pendant le voyage, se représentait un poète comme un drôle sans conséquence, un farceur à refrains, logé dans une mansarde, vêtu de drap noir blanchi sur toutes les coutures, dont les bottes ont quelquefois des semelles, dont le linge est anonyme, qui

se rince le nez avec les doigts, ayant enfin toujours l'air de
tomber de la lune quand il ne griffonne pas à la manière de
Butscha. Mais l'ébullition qui grondait dans sa cervelle et
dans son cœur reçut comme une application d'eau froide
quand il entra dans le joli hôtel habité par le poète, quand
il vit dans la cour un valet nettoyant une voiture, quand il
aperçut dans une magnifique salle à manger un valet vêtu
comme un banquier et à qui le groom l'avait adressé,
lequel lui répondit, en le toisant, que monsieur le baron
n'était pas visible. — Il y a, dit-il en finissant, séance pour
monsieur le baron au Conseil-d'État aujourd'hui...

— Suis-je bien, ici, dit Dumay, chez monsieur Canalis,
auteur de poésies ?...

— Monsieur le baron de Canalis, répondit le valet de
chambre, est bien le grand poète dont vous parlez ; mais il
est aussi Maître des Requêtes au Conseil-d'État, et attaché
au Ministère des Affaires Étrangères.

Dumay, qui venait pour souffleter un *poâcre*, selon son
expression méprisante, trouvait un haut fonctionnaire de
l'État. Le salon où il attendit, remarquable par sa
magnificence, offrit à ses méditations la brochette de croix
qui brille sur l'habit noir de Canalis laissé sur une chaise
par le valet de chambre. Bientôt ses yeux furent attirés par
l'éclat et la façon d'une coupe en vermeil, où ces mots :
donné par MADAME le frappèrent. Puis en regard, sur un
socle, il vit un vase de porcelaine de Sèvres sur lequel était
gravé : *donné par madame la* DAUPHINE [89]. Ces avertissements muets firent rentrer Dumay dans son bon sens,
pendant que le valet de chambre demandait à son maître
s'il voulait recevoir un inconnu, venu tout exprès du Havre
pour le voir, un nommé Dumay.

— Qu'est-ce ? dit Canalis.

— Un homme bien couvert et décoré...

Sur un signe d'assentiment, le valet de chambre sortit et
revint, il annonça : — Monsieur Dumay.

Quand il s'entendit annoncer, quand il fut devant
Canalis, au milieu d'un cabinet aussi riche qu'élégant, les
pieds sur un tapis tout aussi beau que le plus beau de la

maison Mignon, et qu'il reçut le regard apprêté du poète qui jouait avec les glands de sa somptueuse robe de chambre, Dumay fut si complètement interdit qu'il se laissa interpeller par le grand homme.

— A quoi dois-je l'honneur de votre visite, monsieur ?

— Monsieur… dit Dumay qui resta debout.

— Si vous en avez pour long-temps ? fit Canalis en interrompant, je vous prierai de vous asseoir…

Et Canalis se plongea dans son fauteuil à la Voltaire, se croisa les jambes, éleva la supérieure en la dandinant à la hauteur de l'œil, regarda fixement Dumay qui se trouva, selon son expression soldatesque, entièrement *mécanisé*.

— Je vous écoute, monsieur, dit le poète, mes moments sont précieux, le ministre m'attend…

— Monsieur, reprit Dumay, je serai bref. Vous avez séduit, je ne sais comment, une jeune demoiselle du Havre, belle et riche, le dernier, le seul espoir de deux nobles familles, et je viens vous demander qu'elles sont vos intentions ?…

Canalis qui, depuis trois mois, s'occupait d'affaires graves, qui voulait être fait commandeur de la Légion-d'Honneur, et devenir ministre dans une cour d'Allemagne, avait complètement oublié la lettre du Havre.

— Moi ?… s'écria-t-il.

— Vous, répéta Dumay.

— Monsieur, répondit Canalis en souriant, je ne sais pas plus ce que vous voulez me dire, que si vous me parliez hébreu… Moi, séduire une jeune fille ?… moi qui… — Un superbe sourire se dessina sur les lèvres de Canalis. — Allons donc, monsieur ! je ne suis pas assez enfant pour m'amuser à voler un petit fruit sauvage, quand j'ai de beaux et bons vergers où mûrissent les plus belles pêches du monde. Tout Paris sait où mes affections sont placées. Qu'il y ait, au Havre, une jeune fille prise de quelque admiration, et de laquelle je ne suis pas digne, pour les vers que j'ai faits, mon cher monsieur, cela ne m'étonnerait pas ! Rien de plus ordinaire. Tenez ? voyez ? regardez ce beau coffre d'ébène incrusté de nacre, et garni de fer travaillé comme de la dentelle… Ce coffre vient du pape Léon X, il me fut donné par la duchesse de Chaulieu qui le tenait du roi d'Espagne, je l'ai destiné à contenir toutes les lettres que je reçois, de toutes les parties de l'Europe, de femmes ou de jeunes personnes inconnues… Oh ! j'ai le plus profond respect pour ces bouquets de fleurs coupées à même l'âme et envoyés dans un moment d'exaltation vraiment respectable. Oui, pour moi, l'élan d'un cœur est une noble et sublime chose !… D'autres, des railleurs, roulent ces lettres pour en allumer leur cigare, ou les donnent à leurs femmes qui s'en font des papillotes ; mais, moi, qui suis garçon, monsieur, j'ai trop de délicatesse pour ne pas conserver ces offrandes si naïves, si désintéressées dans une espèce de tabernacle ; enfin, je les recueille avec une sorte de vénération ; et, à ma mort, je les ferai brûler sous mes yeux [90]. Tant pis pour ceux qui me trouveront ridicule ! Que voulez-vous, j'ai de la reconnaissance, et ces témoignages-là m'aident à supporter les critiques, les ennuis de la vie littéraire. Quand je reçois dans le dos l'arquebusade d'un ennemi embusqué dans un journal, je regarde cette cassette, et je me dis : — Il est, çà et là, quelques âmes dont les blessures ont été guéries, ou amusées, ou pansées par moi…

Cette poésie, débitée avec le talent d'un grand acteur, pétrifia le petit caissier dont les yeux s'agrandissaient, et dont l'étonnement amusa le grand poète.

— Pour vous, dit ce paon qui faisait la roue, et par égard pour une position que j'apprécie, je vous offre d'ouvrir ce trésor, vous verrez à y chercher votre jeune fille ; mais je sais mon compte, je retiens les noms, et vous êtes dans une erreur que…

— Et voilà donc ce que devient, dans ce gouffre de Paris, une pauvre enfant ?… s'écria Dumay, l'amour de ses parents, la joie de ses amis, l'espérance de tous, caressée par tous, l'orgueil d'une maison, et à qui six personnes dévouées font de leurs cœurs et de leurs fortunes un rempart contre tout malheur… Dumay reprit après une pause. — Tenez, monsieur, vous êtes un grand poète, et je

ne suis qu'un pauvre soldat... Pendant quinze ans que j'ai
servi mon pays, et dans les derniers rangs, j'ai reçu le vent
de plus d'un boulet dans la figure, j'ai traversé la Sibérie
où je suis resté prisonnier, les Russes m'ont jeté sur un
kitbit [91] comme une chose, j'ai tout souffert ; enfin j'ai vu
mourir des tas de camarades... Eh ! bien, vous venez de
me donner froid dans mes os, ce que je n'ai jamais
senti !...

Dumay crut avoir ému le poète, il l'avait flatté, chose
presque impossible, car l'ambitieux ne se souvenait plus
de la première fiole embaumée que l'Éloge lui avait cassée
sur la tête.

— Hé ! mon brave ! dit solennellement le poète en
posant sa main sur l'épaule de Dumay et trouvant drôle de
faire frissonner un soldat de l'Empereur, cette jeune fille
est tout pour vous... Mais dans la société, qu'est-ce ?...
rien. En ce moment, le mandarin le plus utile à la Chine
tourne l'œil en dedans et met l'empire en deuil, cela vous
fait-il beaucoup de chagrin ? Les Anglais tuent dans l'Inde
des milliers de gens qui nous valent, et l'on y brûle, à la
minute où je vous parle, la femme la plus ravissante ; mais
vous n'en avez pas moins déjeuné d'une tasse de café ?...
En ce moment même, on peut compter dans Paris
beaucoup de mères de famille qui sont sur la paille et qui
jettent un enfant au monde sans linge pour le recevoir !...
voici du thé délicieux dans une tasse de cinq louis et
j'écris des vers pour faire dire aux Parisiennes « *charmant ! charmant ! divin ! délicieux ! cela va à l'âme* ». La
nature sociale, de même que la nature elle-même, est une
grande oublieuse ! Vous vous étonnerez, dans dix ans, de
votre démarche ! Vous êtes dans une ville où l'on meurt, où
l'on se marie, où l'on s'idolâtre dans un rendez-vous, où la
jeune fille s'asphyxie, où l'homme de génie et sa cargaison
de thèmes gros de bienfaits humanitaires sombrent, les uns
à côté des autres, souvent sous le même toit, en s'ignorant !
Et vous venez nous demander de nous évanouir de douleur
à cette question vulgaire : Une jeune fille du Havre est-
elle ou n'est-elle pas ?... Oh !... mais vous êtes...

— Et vous vous dites poète, s'écria Dumay ; mais vous ne sentez donc rien de ce que vous peignez ?...

— Eh ! si nous éprouvions les misères ou les joies que nous chantons, nous serions usés en quelques mois, comme de vieilles bottes !... dit le poète en souriant. Tenez ; vous ne devez pas être venu du Havre à Paris, et chez Canalis, pour n'en rien rapporter. Soldat (Canalis eut la taille et le geste d'un héros d'Homère) ! apprenez ceci du poète : Tout grand sentiment est chez l'homme un poème tellement individuel, que son meilleur ami, lui-même, ne s'y intéresse pas. C'est un trésor qui n'est qu'à vous, c'est...

— Pardon de vous interrompre, dit Dumay qui contemplait Canalis avec horreur, êtes-vous venu au Havre ?...

— J'y ai passé une nuit et un jour, dans le printemps de 1824, en allant à Londres.

— Vous êtes un homme d'honneur, reprit Dumay, pouvez-vous me donner votre parole de ne pas connaître mademoiselle Modeste Mignon ?...

— Voici la première fois que ce nom frappe mon oreille, répondit Canalis.

— Ah ! monsieur, s'écria Dumay, dans quelle ténébreuse intrigue vais-je donc mettre le pied ?... Puis-je compter sur vous pour être aidé dans mes recherches, car on a, j'en suis sûr, abusé de votre nom ! Vous auriez dû recevoir hier une lettre du Havre !...

— Je n'ai rien reçu ! Soyez sûr que je ferai, monsieur, dit Canalis, tout ce qui dépendra de moi pour vous être utile...

Dumay se retira, le cœur plein d'anxiété, croyant que l'affreux Butscha s'était mis dans la peau de ce grand poète pour séduire Modeste ; tandis qu'au contraire Butscha, spirituel et fin autant qu'un prince qui se venge, plus habile qu'un espion, fouillait alors la vie et les actions de Canalis, en échappant par sa petitesse à tous les yeux, comme un insecte qui fait son chemin dans l'aubier d'un arbre.

XXXIX. *Une idée de père.*

A peine le Breton était-il sorti que La Brière entra dans le cabinet de son ami. Naturellement Canalis parla de la visite de cet homme du Havre...

— Ah ! dit Ernest, Modeste Mignon, je viens exprès à cause de cette aventure.

— Ah ! bah ! s'écria Canalis, aurais-je donc triomphé par procureur ?...

— Eh ! oui, voilà le nœud du drame. Mon ami, je suis aimé par la plus charmante fille du monde, belle à briller parmi les plus belles de Paris, du cœur et de la littérature autant qu'une Clarisse Harlowe, elle m'a vu, je lui plais, et elle me croit le grand Canalis !... Ce n'est pas tout. Modeste Mignon est de haute naissance, et Mongenod vient de me dire que le père, le comte de La Bastie, doit avoir quelque chose comme six millions... Ce père est arrivé depuis trois jours, et je viens de lui faire demander un rendez-vous à deux heures par Mongenod, qui, dans son petit mot, lui dit qu'il s'agit du bonheur de sa fille... Tu comprends, qu'avant d'aller trouver le père, je devais tout t'avouer.

— Dans le nombre de ces fleurs écloses au soleil de la gloire, dit emphatiquement Canalis, il s'en trouve une magnifique, portant, comme l'oranger, ses fruits d'or parmi les mille parfums de l'esprit et de la beauté réunis ! un élégant arbuste, une tendresse vraie, un bonheur entier, et il m'échappe !... — Canalis regarda son tapis, pour ne pas laisser lire dans ses yeux. — Comment, reprit-il après une pause où il reprit son sang-froid, comment deviner à travers les senteurs enivrantes de ces jolis papiers façonnés, de ces phrases qui portent à la tête, le cœur vrai, la jeune fille, la jeune femme chez qui l'amour prend les livrées de la flatterie et qui nous aime pour nous, qui nous apporte la félicité ?… il faudrait être un ange ou un démon, et je ne suis qu'un ambitieux maître des requêtes… Ah ! mon ami, la gloire fait de nous un but que mille flèches visent ! L'un de nous a dû son riche mariage à une pièce hydraulique[92] de sa poésie, et moi, plus caressant, plus homme à femmes que lui, j'aurai manqué le mien… car, l'aimes-tu, cette pauvre fille ?… dit-il en regardant La Brière.

— Oh ! fit La Brière.

— Eh ! bien, dit le poète en prenant le bras de son ami et s'y appuyant, sois heureux, Ernest ! Par hasard, je n'aurai pas été ingrat avec toi ! Te voilà richement récompensé de ton dévouement, car je me prêterai généreusement à ton bonheur.

Canalis enrageait ; mais il ne pouvait se conduire autrement, et alors il tirait parti de son malheur en s'en faisant un piédestal. Une larme mouilla les yeux du jeune Référendaire, il se jeta dans les bras de Canalis et l'embrassa.

— Ah ! Canalis, je ne te connaissais pas du tout !…

— Que veux-tu ?… Pour faire le tour d'un monde, il faut du temps ! répondit le poète avec son emphatique ironie.

— Songes-tu, dit La Brière, à cette immense fortune ?…

— Eh ! mon ami, ne sera-t-elle pas bien placée ?.. s'écria Canalis en accompagnant son effusion d'un geste charmant.

— Melchior, dit La Brière, c'est entre nous à la vie et à la mort…

Il serra les mains du poète et le quitta brusquement, il lui tardait de voir monsieur Mignon.

En ce moment, le comte de La Bastie était accablé de toutes les douleurs qui l'attendaient comme une proie. Il avait appris par la lettre de sa fille, la mort de Bettina-Caroline, la cécité de sa femme ; et Dumay venait de lui raconter le terrible imbroglio des amours de Modeste.

— Laisse-moi seul, dit-il à son fidèle ami.

Quand le lieutenant eut fermé la porte, le malheureux père se jeta sur un divan, y resta la tête dans ses mains, pleurant de ces larmes rares, maigres qui roulent entre les paupières des gens de cinquante-six ans, sans en sortir, qui les mouillent, qui se sèchent promptement et qui renaissent, une des dernières rosées de l'automne humain.

— Avoir des enfants chéris, avoir une femme adorée, c'est se donner plusieurs cœurs et les tendre aux poignards !... s'écria-t-il en faisant un bond de tigre et se promenant par la chambre. Être père, c'est se livrer pieds et poings liés au malheur. Si je rencontre ce d'Estourny, je le tuerai ! — Ayez donc des filles ?... L'une met la main sur un escroc, et l'autre, ma Modeste, sur quoi ? sur un lâche qui l'abuse sous l'armure en papier doré d'un poète. Encore si c'était Canalis ! il n'y aurait pas grand mal. Mais ce Scapin d'amoureux ?... je l'étranglerai de mes deux mains... se disait-il en faisant involontairement un geste d'une atroce énergie... Et après ?... se demanda-t-il, si ma fille meurt de chagrin ! Il regarda machinalement par les fenêtres de l'hôtel des Princes [93], et vint se rasseoir sur son divan où il resta immobile. Les fatigues de six voyages aux Indes, les soucis de la spéculation, les dangers courus, évités, les chagrins avaient argenté la chevelure de Charles Mignon. Sa belle figure militaire, d'un contour si pur, s'était bronzée au soleil de la Malaisie, de la Chine et de l'Asie-Mineure, elle avait pris un caractère imposant que la douleur rendit sublime en ce moment. — Et Mongenod qui me dit d'avoir confiance dans le jeune homme qui va venir me parler de ma fille...

Ernest de La Brière fut alors annoncé par l'un des domestiques que le comte de La Bastie s'était attachés pendant ces quatre années et qu'il avait triés dans le nombre de ses subordonnés.

— Vous venez, monsieur, de la part de mon ami Mongenod ? dit-il.

— Oui, répondit Ernest qui contempla timidement ce visage aussi sombre que celui d'Othello. Je me nomme Ernest de La Brière, allié, monsieur, à la famille du

dernier premier-ministre, et son secrétaire particulier
pendant son ministère. A sa chute, son Excellence me mit
à la Cour des Comptes, où je suis Référendaire de
première classe, et où je puis devenir Maître des
Comptes...

— En quoi tout ceci peut-il concerner mademoiselle de
La Bastie ? demanda Charles Mignon.

— Monsieur, je l'aime, et j'ai l'inespéré bonheur d'être
aimé d'elle... Écoutez-moi, monsieur, dit Ernest en
arrêtant un mouvement terrible du père irrité, j'ai la plus
bizarre confession à vous faire, la plus honteuse pour un
homme d'honneur. La plus affreuse punition de ma
conduite, naturelle peut-être, n'est pas d'avoir à vous la
révéler... je crains encore plus la fille que le père...

Ernest raconta naïvement et avec la noblesse que donne
la sincérité l'avant-scène de ce petit drame domestique,
sans omettre les vingt et quelques lettres échangées qu'il
avait apportées, ni l'entrevue qu'il venait d'avoir avec
Canalis. Quand le père eut fini la lecture de ces lettres, le
pauvre amant, pâle et suppliant, trembla sous les regards
de feu que lui jeta le Provençal.

— Monsieur, dit Charles, il ne se trouve en tout ceci
qu'une erreur, mais elle est capitale. Ma fille n'a pas six
millions, elle a tout au plus deux cent mille francs de dot et
des espérances très-douteuses.

— Ah ! monsieur, dit Ernest en se levant, se jetant sur
Charles Mignon et le serrant, vous m'ôtez un poids qui
m'oppressait ! Rien ne s'opposera peut-être plus à mon
bonheur !... J'ai des protecteurs, je serai Maître des
Comptes. N'eût-elle que dix mille francs, fallût-il lui
reconnaître une dot, mademoiselle Modeste serait encore
ma femme ; et la rendre heureuse, comme vous avez rendu
la vôtre, être pour vous un vrai fils... (oui, monsieur, je
n'ai plus mon père), voilà le fond de mon cœur.

Charles Mignon recula de trois pas, arrêta sur La Brière
un regard qui pénétra dans les yeux du jeune homme
comme un poignard dans sa gaine, et il resta silencieux en
trouvant la plus entière candeur, la vérité la plus pure sur

cette physionomie épanouie, dans ces yeux enchantés. —
Le sort se lasserait-il donc !... se dit-il à demi-voix, et
trouverais-je dans ce garçon la perle des gendres ? Il se
promena très-agité par la chambre.

— Vous devez, monsieur, dit enfin Charles Mignon, la
plus entière soumission à l'arrêt que vous êtes venu
chercher ; car, sans cela, vous joueriez en ce moment la
comédie.

— Oh ! monsieur...

— Écoutez-moi, dit le père en clouant sur place La
Brière par un regard. Je ne serai ni sévère, ni dur, ni
injuste. Vous subirez et les inconvénients et les avantages
de la position fausse dans laquelle vous vous êtes mis. Ma
fille croit aimer un des grands poètes de ce temps-ci, et
dont la gloire, avant tout, l'a séduite. Eh ! bien, moi, son
père, ne dois-je pas la mettre à même de choisir entre la
Célébrité qui fut comme un phare pour elle, et la pauvre
Réalité que le hasard lui jette par une de ces railleries
qu'il se permet si souvent ? Ne faut-il pas qu'elle puisse
opter entre Canalis et vous ? Je compte sur votre honneur
pour vous taire sur ce que je viens de vous dire
relativement à l'état de mes affaires. Vous viendrez, vous
et votre ami le baron de Canalis, au Havre passer cette
dernière quinzaine du mois d'octobre. Ma maison vous sera
ouverte à tous deux, ma fille aura le loisir de vous
observer. Songez que vous devez amener vous-même votre
rival et lui laisser croire tout ce qu'on dira de fabuleux sur
les millions du comte de La Bastie. Je serai demain au
Havre, et vous y attends trois jours après mon arrivée.
Adieu, monsieur...

Le pauvre La Brière retourna d'un pied très-lent chez
Canalis. En ce moment, seul avec lui-même, le poète
pouvait s'abandonner au torrent de pensées que fait jaillir
ce second mouvement si vanté par le prince de Talleyrand.
Le premier mouvement est la voix de la Nature, et le
second est celle de la Société.

— Une fille riche de six millions ! et mes yeux n'ont pas
vu briller cet or à travers les ténèbres ! Avec une fortune si

considérable, je serais pair de France, comte, ambassadeur. J'ai répondu à des bourgeoises, à des sottes, à des
intrigantes qui voulaient un autographe ! Et je me suis
lassé de ces intrigues de bal masqué, précisément le jour
où Dieu m'envoyait une âme d'élite, un ange aux ailes
d'or… Bah ! je vais faire un poème sublime, et ce hasard
renaîtra ! Mais est-il heureux, ce petit niais de La Brière,
qui s'est pavané dans mes rayons ?… Quel plagiat ! Je suis
le modèle, il sera la statue ! Nous avons joué la fable de
Bertrand et Raton [94] ! Six millions et un ange, une Mignon
de La Bastie ! un ange aristocratique aimant la poésie et le
poète… Et moi qui montre mes muscles d'homme fort, qui
fais des exercices d'Alcide pour étonner par la force
morale ce champion de la force physique, ce brave soldat
plein de cœur, l'ami de cette jeune fille à laquelle il dira
que je suis une âme de bronze ! Je joue au Napoléon quand
je devais me dessiner en séraphin !… Enfin j'aurai peut-
être un ami, je l'aurai payé cher ; mais l'amitié, c'est si
beau ! Six millions, voilà le prix d'un ami ; l'on ne peut pas
en avoir beaucoup à ce prix-là !…

La Brière entra dans le cabinet de son ami sur ce dernier
point d'exclamation. Il était triste.

— Eh ! bien, qu'as-tu ? lui dit Canalis.

— Le père exige que sa fille soit mise à même de
choisir entre les deux Canalis…

— Pauvre garçon, s'écria le poète en riant. Il est très-
spirituel, ce père-là…

— Je suis engagé d'honneur à t'amener au Havre, dit
piteusement La Brière.

— Mon cher enfant, répondit Canalis, du moment où il
s'agit de ton honneur, tu peux compter sur moi… Je vais
aller demander un congé d'un mois…

— Ah ! Modeste est bien belle ! s'écria La Brière au
désespoir, et tu m'écraseras facilement ! J'étais aussi bien
étonné de voir le bonheur s'occupant de moi, et je me
disais : Il se trompe !

— Bah ! nous verrons ! dit Canalis avec une atroce
gaieté.

Le soir, après dîner, Charles Mignon et son caissier volaient, à raison de trois francs de guides, de Paris au Havre. Le père avait complètement rassuré le chien de garde sur les amours de Modeste, en le relevant de sa consigne et le rassurant sur le compte de Butscha.

— Tout est pour le mieux, mon vieux Dumay, dit Charles qui avait pris des renseignements auprès de Mongenod et sur Canalis et sur La Brière. Nous allons avoir deux personnages pour un rôle ! s'écria-t-il gaiement.

Il recommanda néanmoins à son vieux camarade une discrétion absolue sur la comédie qui devait se jouer au Chalet, la plus douce des vengeances ou, si vous le voulez, des leçons d'un père à sa fille. De Paris au Havre, ce fut entre les deux amis une longue causerie qui mit le colonel au fait des plus légers incidents arrivés à sa famille pendant ces quatre années, et Charles apprit à Dumay que Desplein, le grand chirurgien, devait, avant la fin du mois, venir examiner la cataracte de la comtesse, afin de dire s'il était possible de lui rendre la vue.

XL. *Tragi-comédie intime.*

Un moment avant l'heure à laquelle on déjeunait au Chalet, les claquements de fouet d'un postillon comptant sur un large pourboire apprirent le retour des deux soldats à leurs familles. La joie d'un père revenant après une si longue absence pouvait seule avoir de tels éclats ; aussi les femmes se trouvèrent-elles toutes à la petite porte. Il y a tant de pères, tant d'enfants, et peut-être plus de pères que d'enfants, pour comprendre l'ivresse d'une pareille fête que la littérature n'a jamais eu besoin de la peindre, heureusement ! car les plus belles paroles, la poésie est au-dessous de ces émotions. Peut-être les émotions douces sont-elles peu littéraires. Pas un mot qui pût troubler les joies de la famille Mignon ne fut prononcé dans cette journée. Il y eut trêve entre le père, la mère et la fille relativement au soi-disant mystérieux amour qui pâlissait Modeste levée pour la première fois. Le colonel, avec l'admirable délicatesse qui distingue les vrais soldats, se tint pendant tout le temps à côté de sa femme dont la main ne quitta pas la sienne, et il regardait Modeste sans se lasser d'admirer cette beauté fine, élégante, poétique. N'est-ce pas à ces petites choses que se reconnaissent les gens de cœur ? Modeste, qui craignait de troubler la joie mélancolique de son père et de sa mère, venait, de moment en moment, embrasser le front du voyageur ; et, en l'embrassant trop, elle semblait vouloir l'embrasser pour deux.

— Oh ! chère petite ! je te comprends ! dit le colonel en serrant la main de Modeste à un moment où elle l'assaillait de caresses.

— Chut ! lui répondit Modeste à l'oreille en lui montrant sa mère.

Le silence un peu finaud de Dumay rendit Modeste inquiète sur les résultats du voyage à Paris, elle regardait parfois le lieutenant à la dérobée, sans pouvoir pénétrer au-delà de ce dur épiderme. Le colonel voulait, en père prudent, étudier le caractère de sa fille unique, et consulter surtout sa femme avant d'avoir une conférence d'où dépendait le bonheur de toute la famille.

— Demain, mon enfant chéri, dit-il le soir, lève-toi de bonne heure, nous irons ensemble, s'il fait beau, nous promener au bord de la mer... Nous avons à causer de vos poèmes, mademoiselle de La Bastie.

Ce mot, accompagné d'un sourire paternel qui reparut comme un écho sur les lèvres de Dumay, fut tout ce que Modeste put savoir ; mais ce fut assez, et pour calmer ses inquiétudes, et pour la rendre curieuse à ne s'endormir que tard, tant elle fit de suppositions ! Aussi, le lendemain était-elle tout habillée et prête avant le colonel.

— Vous savez tout, mon bon père, dit-elle aussitôt qu'elle se trouva sur le chemin de la mer.

— Je sais tout, et encore bien des choses que tu ne sais pas, répondit-il.

Sur ce mot, le père et la fille firent quelques pas en silence.

— Explique-moi, mon enfant, comment une fille adorée par sa mère a pu faire une démarche aussi capitale que celle d'écrire à un inconnu, sans la consulter ?

— Hé ! papa, parce que maman ne l'aurait pas permis.

— Crois-tu, ma fille, que ce soit raisonnable ? Si tu t'es fatalement instruite toute seule, comment ta raison ou ton esprit, à défaut de la pudeur, ne t'ont-ils pas dit qu'agir ainsi c'était *te jeter à la tête d'un homme* ? Ma fille, ma seule et unique enfant serait sans fierté, sans délicatesse ?... oh ! Modeste, tu as fait passer à ton père deux heures d'enfer à Paris ; car enfin, tu as tenu moralement la même conduite que Bettina, sans avoir l'excuse de la séduction ; tu as été coquette à froid, et cette coquetterie-là, c'est l'amour de tête, le vice le plus affreux de la Française.

— Moi, sans fierté ?... disait Modeste en pleurant, mais *il* ne m'a pas encore vue !...

— *Il* sait ton nom...

— Je ne *lui* ai dit qu'au moment où les yeux ont donné raison à trois mois de correspondance pendant lesquels nos âmes se sont parlé !

— Oui, mon cher ange égaré, vous avez mis une espèce de raison dans une folie qui compromettait et votre bonheur et votre famille...

— Eh ! après tout, papa, le bonheur est l'absolution de cette témérité, dit-elle avec un mouvement d'humeur.

— Ah ! c'est de la témérité seulement ? s'écria le père.

— Une témérité que ma mère s'est permise, répliqua-t-elle vivement.

— Enfant mutiné ! votre mère, après m'avoir vu pendant un bal, a dit le soir à son père, qui l'adorait, qu'elle croyait devoir être heureuse avec moi... Sois franche, Modeste, y a-t-il quelque similitude entre un amour conçu rapidement, il est vrai, mais sous les yeux d'un père, et la folle action d'écrire à un inconnu ?...

— Un inconnu ?... dites, papa, l'un de nos plus grands poètes, dont le caractère et la vie sont exposés au grand jour, à la médisance, à la calomnie, un homme vêtu de gloire, et pour qui, mon cher père, je suis restée à l'état de personnage dramatique et littéraire, une fille de Shakspeare [95], jusqu'au moment où j'ai voulu savoir si l'homme est aussi bien que son âme est belle...

— Mon Dieu ! ma pauvre enfant, tu fais de la poésie à propos de mariage ; mais, si de tout temps on a cloîtré les filles dans l'intérieur de la famille ; si Dieu, si la loi sociale les mettent sous le joug sévère du consentement paternel, c'est précisément pour leur éviter tous les malheurs de ces poésies qui vous charment, qui vous éblouissent, et qu'alors vous ne pouvez apprécier à leur juste valeur. La poésie est un des agréments de la vie, elle n'est pas toute la vie.

— Papa, c'est un procès encore pendant devant le tribunal des faits, car il y a lutte constante entre nos cœurs et la famille.

— Malheur à l'enfant qui serait heureuse par cette résistance !... dit gravement le colonel. En 1813, j'ai vu l'un de mes camarades, le marquis d'Aiglemont, épousant sa cousine contre l'avis du père, et ce ménage a payé cher l'entêtement qu'une jeune fille prenait pour de l'amour [96]... La Famille est en ceci souveraine...

— Mon fiancé m'a dit tout cela, répondit-elle. Il s'est fait Orgon pendant quelque temps, et il a eu le courage de me dénigrer le personnel des poètes.

— J'ai lu vos lettres, dit Charles Mignon en laissant échapper un malicieux sourire qui rendit Modeste inquiète ; mais, à ce propos, je dois te faire observer que ta dernière serait à peine permise à une fille séduite, à une Julie d'Etanges ! Mon Dieu, quel mal nous font les romans !...

— On ne les écrirait pas, mon cher père, nous les ferions, il vaut mieux les lire... Il y a moins d'aventures dans ce temps-ci que sous Louis XIV et Louis XV, où l'on publiait moins de romans... D'ailleurs, si vous avez lu les lettres, vous avez dû voir que je vous ai trouvé pour gendre le fils le plus respectueux, l'âme la plus angélique, la probité la plus sévère, et que nous nous aimons au moins autant que vous et ma mère vous vous aimiez... Eh ! bien, je vous accorde que tout ne s'est pas exactement passé selon l'étiquette ; j'ai fait, si vous voulez, une faute...

— J'ai lu vos lettres, répéta le père en interrompant sa fille, ainsi je sais comment il t'a justifiée à tes propres yeux d'une démarche que pourrait se permettre une femme à qui la vie est connue et qu'une passion entraînerait, mais qui chez une jeune fille de vingt ans est une faute monstrueuse...

— Une faute pour des bourgeois, pour des Gobenheim compassés, qui mesurent la vie à l'équerre... Ne sortons pas du monde artiste et poétique, papa... Nous sommes, nous autres jeunes filles, entre deux systèmes : laisser voir par des minauderies à un homme que nous l'aimons, ou aller franchement à lui... Ce dernier parti n'est-il pas bien grand, bien noble ? Nous autres jeunes filles françaises, nous sommes livrées par nos familles comme des marchandises, à trois mois, quelquefois *fin courant*, comme mademoiselle Vilquin ; mais en Angleterre, en Suisse, en Allemagne, on se marie à peu près d'après le système que j'ai suivi... Qu'avez-vous à répondre ? Ne suis-je pas un peu Allemande ?

— Enfant ! s'écria le colonel en regardant sa fille, la supériorité de la France vient de son bon sens, de la logique à laquelle sa belle langue y condamne l'esprit ; elle est la Raison du monde ! l'Angleterre et l'Allemagne sont romanesques en ce point de leurs mœurs ; et, encore, les grandes familles y suivent-elles nos lois. Vous ne voudrez donc jamais penser que vos parents, à qui la vie est bien connue, ont la charge de vos âmes et de votre bonheur, qu'ils doivent vous faire éviter les écueils du monde !... Mon Dieu ! dit-il, est-ce leur faute, est-ce la nôtre ? Doit-on tenir ses enfants sous un joug de fer ? Devons-nous être punis de cette tendresse qui nous les fait rendre heureux, qui les met malheureusement à même notre cœur ?...

Modeste observa son père du coin de l'œil, en entendant cette espèce d'invocation, dite avec des larmes dans la voix.

— Est-ce une faute, à une fille libre de son cœur, de se choisir pour mari, non-seulement un charmant garçon, mais encore un homme de génie, noble, et dans une belle position ?... Un gentilhomme doux comme moi, dit-elle.

— Tu l'aimes ?... demanda le père.

— Tenez, mon père, dit-elle en posant sa tête sur le sein du colonel, si vous ne voulez pas me voir mourir...

— Assez, dit le vieux soldat, ta passion est, je le vois, inébranlable !

— Inébranlable.

— Rien ne peut te faire changer ?...

— Rien au monde !

— Tu ne supposes aucun événement, aucune trahison, reprit le vieux soldat, tu l'aimes *quand même*, à cause de son charme personnel, et ce serait un d'Estourny, tu l'aimerais encore ?...

— Oh ! mon père... vous ne connaissez pas votre fille. Pourrais-je aimer un lâche, un homme sans foi, sans honneur, un gibier de potence ?...

— Et si tu avais été trompée ?...

— Par ce charmant et candide garçon, presque mélancolique ?... Vous riez, ou vous ne l'avez pas vu.

— Enfin, fort heureusement ton amour n'est plus absolu, comme tu le disais. Je te fais apercevoir des circonstances qui modifieraient ton poème... Eh ! bien, comprends-tu que les pères soient bons à quelque chose...

— Vous voulez donner une leçon à votre enfant, papa. Ceci tourne à la Morale en Action.

— Pauvre égarée ! reprit sévèrement le père, la leçon ne vient pas de moi, je n'y suis pour rien, si ce n'est pour t'adoucir le coup...

— Assez, mon père ne jouez pas avec ma vie... dit Modeste en pâlissant.

— Allons, ma fille, rassemble ton courage. C'est toi qui as joué avec la vie, et la vie se joue de toi... Modeste regarda son père d'un air hébété. — Voyons, si le jeune homme que tu aimes, que tu as vu dans l'église du Havre, il y a quatre jours, était un misérable...

— Cela n'est pas ! dit-elle, cette tête brune et pâle, cette noble figure pleine de poésie...

— Est un mensonge ! dit le colonel en interrompant sa fille. Ce n'est pas plus monsieur de Canalis que je ne suis ce pêcheur qui lève sa voile pour partir...

— Savez-vous ce que vous tuez en moi ?... dit-elle.

— Rassure-toi, mon enfant, si le hasard a mis ta punition dans ta faute même, le mal n'est pas irréparable. Le garçon que tu as vu, avec qui tu as échangé ton cœur par correspondance, est un loyal garçon, il est venu me confier son embarras ; il t'aime et je ne le désavouerais pas pour gendre.

— Si ce n'est pas Canalis, qui est-ce donc ?... dit Modeste d'une voix profondément altérée.

— Le secrétaire !... Il se nomme Ernest de La Brière. Il n'est pas gentilhomme ; mais c'est un de ces hommes ordinaires, à vertus positives, d'une moralité sûre, qui plaisent aux parents. Qu'est-ce que cela nous fait, d'ailleurs, tu l'as vu, rien ne peut changer ton cœur, tu l'as choisi, tu connais son âme, elle est aussi belle qu'il est joli garçon !...

Le comte de La Bastie eut la parole coupée par un soupir de Modeste. La pauvre fille, pâle, les yeux attachés sur la mer, roide comme une morte, fut atteinte, comme d'un coup de pistolet, par ces mots : *c'est un de ces hommes ordinaires, à vertus positives, d'une moralité sûre, qui plaisent aux parents.*

— Trompée !... dit-elle enfin.

— Comme ta pauvre sœur, mais moins gravement.

— Retournons, mon père ? dit-elle en se levant du tertre où tous deux ils s'étaient assis. Tiens, papa, je te jure, devant Dieu, de suivre ta volonté, quelle qu'elle soit, dans l'*affaire* de mon mariage.

— Tu n'aimes donc déjà plus ?... demanda railleusement le père.

— J'aimais un homme vrai, sans mensonge au front,
probe comme vous l'êtes, incapable de se déguiser comme
un acteur, de se mettre à la joue le fard de la gloire d'un
autre...

— Tu disais que rien ne pouvait te faire changer ? dit
ironiquement le colonel.

— Oh ! ne vous jouez pas de moi ?... dit-elle en
joignant les mains et regardant son père dans une anxiété
cruelle, vous ne savez pas que vous maniez mon cœur et
mes plus chères croyances avec vos plaisanteries...

— Dieu m'en garde ! je t'ai dit l'exacte vérité.

— Vous êtes bien bon, mon père ! répondit-elle après
une pause et avec une sorte de solennité.

— Et il a tes lettres ! reprit Charles Mignon. Hein ?...
Si ces folles caresses de ton âme étaient tombées entre les
mains de ces poètes qui, selon Dumay, en font des
allumettes à cigare !

— Oh !... vous allez trop loin...

— Canalis le lui a dit...

— Il a vu Canalis ?...

— Oui, répondit le colonel.

Ils marchèrent tous les deux en silence.

— Voilà donc pourquoi, reprit Modeste après quelques
pas, *ce monsieur* me disait tant de mal de la poésie et des
poètes ? pourquoi ce petit secrétaire parlait de... Mais, dit-
elle en s'interrompant, ses vertus, ses qualités, ses beaux
sentiments ne sont-ils pas un costume épistolaire ?... Celui
qui vole une gloire et un nom peut bien...

— Crocheter des serrures, voler le Trésor, assassiner
sur le grand chemin !... s'écria Charles Mignon en souriant. Vous voilà bien, vous autres jeunes filles avec vos
sentiments absolus et votre ignorance de la vie ? un homme
capable de tromper une femme descend nécessairement de
l'échafaud ou doit y monter...

Cette raillerie arrêta l'effervescence de Modeste ; et, de
nouveau le silence régna.

— Mon enfant, reprit le colonel, les hommes dans la
société, comme dans la nature d'ailleurs, doivent chercher
à s'emparer de vos cœurs, et vous devez vous défendre. Tu
as interverti les rôles. Est-ce bien ? Tout est faux dans une
fausse position. À toi donc le premier tort. Non, un homme
n'est pas un monstre quand il essaie de plaire à une
femme, et notre droit, à nous, nous permet l'agression dans
toutes ses conséquences, hors le crime et la lâcheté. Un
homme peut avoir encore des vertus, après avoir trompé
une femme, ce qui veut tout bonnement dire qu'il ne
reconnaît pas en elle les trésors qu'il y cherchait ; tandis
qu'il n'y a qu'une reine, une actrice, ou une femme placée
tellement au-dessus d'un homme qu'elle soit pour lui
comme une reine, qui puissent aller au-devant de lui, sans
trop de blâme. Mais une jeune fille ?... elle ment alors à
tout ce que Dieu a fait fleurir de saint, de beau, de grand
en elle, quelque grâce, quelque poésie, quelques précautions qu'elle mette à cette faute [97].

— Rechercher le maître et trouver le domestique !...
Avoir rejoué *les Jeux de l'Amour et du Hasard* de mon côté
seulement ! dit-elle avec amertume, oh ! je ne m'en
relèverai jamais...

— Folle !... Monsieur Ernest de La Brière est, à mes
yeux, un personnage au moins égal à monsieur le baron de
Canalis, il a été le secrétaire particulier d'un premier
ministre, il est Conseiller-référendaire à la Cour des
Comptes, il a du cœur, il t'adore ; mais il *ne compose pas de
vers*... non, j'en conviens, il n'est pas poète ; mais il peut
avoir le cœur plein de poésie. Enfin, ma pauvre enfant,
dit-il à un geste de dégoût que fit Modeste, tu les verras
l'un et l'autre, le faux et le vrai Canalis...

— Oh ! papa !...

— Ne m'as-tu pas juré de m'obéir en tout, dans
l'*affaire* de ton mariage ? Eh ! bien, tu pourras choisir entre
eux celui qui te plaira pour mari. Tu as commencé par un
poème, tu finiras par une bucolique en essayant de
surprendre le vrai caractère de ces messieurs dans
quelques aventures champêtres, la chasse ou la pêche !

XLI. *Désenchantée.*

Modeste baissa la tête, elle revint au Chalet avec son père en l'écoutant, en répondant par des monosyllabes. Elle était tombée au fond de la boue, et humiliée, de cette Alpe où elle avait cru voler jusqu'au nid d'un aigle. Pour employer les poétiques expressions d'un auteur de ce temps[98] : « après s'être senti la plante des pieds trop tendre pour cheminer sur les tessons de verre de la Réalité, la Fantaisie qui, dans cette frêle poitrine réunissait tout de la femme, depuis les rêveries semées de violettes de la jeune fille pudique jusqu'aux désirs insensés de la courtisane, l'avait amenée au milieu de ses jardins enchantés, où, surprise amère ! elle voyait au lieu de sa fleur sublime, sortir de terre les jambes velues et entortillées de la noire mandragore. » Des hauteurs mystiques de son amour, Modeste se trouvait dans le chemin uni, plat, bordé de fossés et de labours, enfin sur la route pavée de la Vulgarité ! Quelle fille à l'âme ardente ne se serait brisée dans une chute pareille ? Aux pieds de qui donc avait-elle semé ses perles ? La Modeste qui revint au Chalet ne ressemblait pas plus à celle qui sortit deux heures auparavant que l'actrice dans la rue ne ressemble à l'héroïne en scène. Elle tomba dans un engourdissement pénible à voir. Le soleil était obscur, la nature se voilait, les fleurs ne lui disaient plus rien. Comme toutes les filles à caractère extrême, elle but quelques gorgées de trop à la coupe du Désenchantement. Elle se débattit avec la Réalité sans vouloir tendre encore le cou au joug de la Famille et de la Société, elle le trouvait lourd, dur, pesant ! Elle n'écouta même pas les consolations de son père et de sa mère, elle goûta je ne sais quelle sauvage volupté à se laisser aller à ses souffrances d'âme.

— Le pauvre Butscha, dit-elle un soir, a donc raison !

Ce mot indique le chemin qu'elle fit en peu de temps dans les plaines arides du Réel, conduite par une morne tristesse. La tristesse, engendrée par le renversement de toutes nos espérances, est une maladie ; elle donne souvent la mort. Ce ne sera pas une des moindres occupations de la Physiologie actuelle que de rechercher par quelles voies, par quels moyens *une pensée* arrive à produire la même désorganisation qu'un poison ; comment le désespoir ôte l'appétit, détruit le pylore, et change toutes les conditions de la plus forte vie. Telle fut Modeste. En trois jours, elle offrit le spectacle d'une mélancolie morbide, elle ne chantait plus, on ne pouvait pas la faire sourire, elle effraya ses parents et ses amis.

XLII *Entre amis.*

Charles Mignon, inquiet de ne pas voir arriver les deux amis, pensait à les aller chercher ; mais le quatrième jour, monsieur Latournelle en eut des nouvelles. Voici comment.

Canalis, excessivement alléché par un si riche mariage, ne voulut rien négliger pour l'emporter sur La Brière, sans que La Brière pût lui reprocher d'avoir violé les lois de l'amitié. Le poète pensa que rien ne déconsidérait plus un amant aux yeux d'une jeune fille que de le lui montrer dans une situation subalterne, et il proposa, de la manière la plus simple à La Brière, de faire ménage ensemble et de prendre pour un mois, à Ingouville, une petite maison de campagne où ils se logeraient tous deux sous prétexte de santé délabrée. Une fois que La Brière, qui dans le premier moment n'aperçut rien que de naturel à cette proposition, y eut consenti, Canalis se chargea de mener son ami gratuitement et fit à lui seul les préparatifs du voyage ; il envoya son valet de chambre au Havre, et lui

recommanda de s'adresser à monsieur Latournelle pour la
location d'une maison de campagne à Ingouville en
pensant que le notaire serait bavard avec la famille
Mignon. Ernest et Canalis avaient, chacun le présume,
causé de toutes les circonstances de cette aventure, et le
prolixe La Brière avait donné mille renseignements à son
rival. Le valet de chambre, au fait des intentions de son
maître, les remplit à merveille ; il trompetta l'arrivée au
Havre du grand poète à qui les médecins ordonnaient
quelques bains de mer pour réparer ses forces épuisées
dans les doubles travaux de la politique et de la littérature.
Ce grand personnage voulait une maison composée d'au
moins tant de pièces, car il amenait son secrétaire, un
cuisinier, deux domestiques et un cocher, sans compter
monsieur Germain Bonnet, son valet de chambre. La
calèche choisie par le poète et louée pour un mois, était
assez jolie, elle pouvait servir à quelques promenades ;
aussi Germain chercha-t-il à louer dans les environs du
Havre deux chevaux à deux fins, monsieur le baron et son
secrétaire aimant l'exercice du cheval. Devant le petit
Latournelle, Germain, en visitant les maisons de campagne, appuyait beaucoup sur le secrétaire, et il en refusa
deux, en objectant que monsieur La Brière n'y serait pas
convenablement logé. — « Monsieur le baron, disait-il, a
fait de son secrétaire son meilleur ami. Ah ! je serais
joliment grondé si monsieur de La Brière n'était pas traité
comme monsieur le baron lui-même ! Et, après tout,
monsieur de La Brière est Référendaire à la Cour des
Comptes. » Germain ne se montra jamais que vêtu tout en
drap noir, des gants propres aux mains, des bottes, et
costumé comme un maître. Jugez quel effet il produisit, et
quelle idée on prit du grand poète, sur cet échantillon ? Le
valet d'un homme d'esprit finit par avoir de l'esprit, car
l'esprit de son maître finit par déteindre sur lui. Germain
ne *chargea* pas son rôle, il fut simple, il fut bonhomme,
selon la recommandation de Canalis. Le pauvre La Brière
ne se doutait pas du tort que lui faisait Germain, et de la
dépréciation à laquelle il avait consenti ; car, des sphères

inférieures, il remonta vers Modeste quelques éclats de la
rumeur publique. Ainsi, Canalis allait mener son ami à sa
suite, dans sa voiture, et le caractère d'Ernest ne lui
permettait pas de reconnaître la fausseté de sa position
assez à temps pour y remédier. Le retard contre lequel
pestait Charles Mignon provenait de la peinture des armes
de Canalis sur les panneaux de la calèche et des
commandes au tailleur, car le poète embrassa le monde
immense de ces détails dont le moindre influence une
jeune fille.

— Soyez tranquille, dit Latournelle à Charles Mignon
le cinquième jour, le valet de chambre de monsieur
Canalis a terminé ce matin ; il a loué le pavillon de
madame Amaury à Sanvic, tout meublé, pour sept cents
francs, et il a écrit à son maître qu'il pouvait partir, il
trouverait tout prêt à son arrivée. Ainsi, ces messieurs
seront ici dimanche. J'ai même reçu la lettre que voici de
Butscha... Tenez, elle n'est pas longue : « Mon cher
patron, je ne puis être de retour avant dimanche. J'ai, d'ici
là, quelques renseignements extrêmement importants à
prendre, et qui concernent le bonheur d'une personne à
qui vous vous intéressez. »

XLIII. *Le plan de Modeste.*

L'annonce de l'arrivée de ces deux personnages ne
rendit pas Modeste moins triste, le sentiment de sa chute,
sa confusion la dominaient encore, et elle n'était pas si
coquette que son père le croyait. Il est une charmante
coquetterie permise, celle de l'âme, et qui peut s'appeler
la politesse de l'amour ; or, Charles Mignon, en grondant
sa fille, n'avait pas distingué entre le désir de plaire et
l'amour de tête, entre la soif d'aimer et le calcul. En vrai
colonel de l'Empire, il avait vu dans cette correspondance,

rapidement lue, une fille qui se jetait à la tête d'un poète ;
mais, dans les lettres supprimées pour éviter les lon-
gueurs, un connaisseur eût admiré la réserve pudique et
gracieuse que Modeste avait promptement substituée au
ton agressif et léger de ses premières lettres, par une
transition assez naturelle à la femme. Le père avait eu
cruellement raison sur un point. La dernière lettre où
Modeste, saisie par un triple amour, avait parlé comme si
déjà le mariage était conclu, cette lettre causait sa honte ;
aussi trouvait-elle son père bien dur, bien cruel de la
forcer à recevoir un homme indigne d'elle, vers qui son
âme avait volé presque à nu. Elle avait questionné Dumay
sur son entrevue avec le poète ; elle lui en avait finement
fait raconter les moindres détails, et elle ne trouvait pas
Canalis si barbare que le disait le lieutenant. Elle souriait
à cette belle cassette papale qui contenait les lettres des
mille et trois[99] femmes de ce don Juan littéraire. Elle fut
plusieurs fois tentée de dire à son père : — Je ne suis pas
la seule à lui écrire, et l'élite des femmes envoie des
feuilles à la couronne de laurier du poète !

Le caractère de Modeste subit pendant cette semaine
une transformation. Cette catastrophe, et c'en fut une
grande chez une nature si poétique, éveilla la perspicacité,
la malice latentes chez cette jeune fille en qui ses
prétendus allaient rencontrer un terrible adversaire. En
effet, quand, chez une jeune personne, le cœur se
refroidit, la tête devient saine ; elle observe alors tout avec
une certaine rapidité de jugement, avec un ton de
plaisanterie que Shakspeare a très-admirablement peint
dans son personnage de Béatrix de *Beaucoup de bruit pour
rien*. Modeste fut saisie d'un profond dégoût pour les
hommes dont les plus distingués trompaient ses espérances. En amour ce que la femme prend pour le dégoût, c'est
tout simplement voir juste ; mais, en fait de sentiment, elle
n'est jamais, surtout la jeune fille, dans le vrai. Si elle
n'admire pas, elle méprise. Or, après avoir subi des
douleurs d'âme inouïes, Modeste arriva nécessairement à
revêtir cette armure sur laquelle elle avait dit avoir gravé le

mot *mépris*, et elle pouvait dès lors assister, en personne
désintéressée, à ce qu'elle nommait le vaudeville des
prétendus, quoiqu'elle y jouât le rôle de la jeune première.
Elle se proposait surtout d'humilier constamment monsieur
de La Brière.

— Modeste est sauvée, dit en souriant madame Mignon
à son mari. Elle veut se venger du faux Canalis, en
essayant d'aimer le vrai.

Tel fut en effet le plan de Modeste. C'était si vulgaire,
que sa mère, à qui elle confia ses chagrins, lui conseilla de
ne marquer à monsieur de La Brière que la plus accablante
bonté.

XLIV. *Un troisième prétendu.*

— Voilà deux garçons, dit madame Latournelle le
samedi soir, qui ne se doutent pas du nombre d'espions
qu'ils auront à leurs trousses, car nous serons huit à les
dévisager.

— Que dis-tu, deux, bonne amie ? s'écria le petit
Latournelle, ils seront trois, Gobenheim n'est pas encore
venu, je puis parler.

Modeste avait levé la tête, et tout le monde, imitant
Modeste, regardait le petit notaire.

— Un troisième amoureux, et il l'est, se met sur les
rangs...

— Ah ! bah !... dit Charles Mignon.

— Mais il ne s'agit de rien moins, reprit fastueusement
le notaire, que de Sa Seigneurie monsieur le duc d'Hérouville, marquis de Saint-Sever, duc de Nivron, comte de
Bayeux, vicomte d'Essigny, Grand-Écuyer de France [100] et
Pair, chevalier de l'Ordre de l'Éperon et de la Toison d'or,
Grand d'Espagne, fils du dernier gouverneur de Normandie. Il a vu mademoiselle Modeste pendant son séjour chez

les Vilquin, et il regrettait alors, dit son notaire arrivé de Bayeux hier, qu'elle ne fût pas assez riche pour lui, dont le père n'a retrouvé que son château d'Hérouville, orné d'une sœur, à son retour en France. Le jeune duc a trente-trois ans. Je suis chargé positivement de vous faire des ouvertures, monsieur le comte, dit le notaire en se tournant respectueusement vers le colonel.

— Demandez à Modeste, répondit le père, si elle veut avoir un oiseau de plus dans sa volière ; car, en ce qui me concerne, je consens à ce que *monssu* le Grand-Écuyer lui rende des soins...

Malgré le soin que Charles Mignon mettait à ne voir personne, à rester au Chalet, à ne jamais sortir sans Modeste, Gobenheim, qu'il eût été difficile de ne plus recevoir au Chalet, avait parlé de la fortune de Dumay, car Dumay, ce second père de Modeste, avait dit à Gobenheim, en le quittant : — Je serai l'intendant de mon colonel, et toute ma fortune, hormis ce qu'en gardera ma femme, sera pour les enfants de ma petite Modeste... Chacun, au Havre, avait donc répété cette question si simple que déjà Latournelle s'était faite : — « Ne faut-il pas que monsieur Charles Mignon ait une fortune colossale pour que la part de Dumay soit de six cent mille francs, et pour que Dumay se fasse son intendant ? — Monsieur Mignon est arrivé sur un vaisseau à lui, chargé d'indigo, disait-on à la Bourse. Ce chargement vaut déjà plus, sans compter le navire, que ce qu'il se donne de fortune. » Le colonel ne voulut pas renvoyer ses domestiques, choisis avec tant de soin pendant ses voyages, et il fut obligé de louer pour six mois une maison au bas d'Ingouville, car il avait un valet de chambre, un cuisinier et un cocher, nègres tous deux, une mulâtresse et deux mulâtres sur la fidélité desquels il pouvait compter. Le cocher cherchait des chevaux de selle pour mademoiselle, pour son maître, et des chevaux pour la calèche dans laquelle le colonel et le lieutenant étaient revenus. Cette voiture, achetée à Paris, était à la dernière mode, et portait les armes de La Bastie, surmontées d'une couronne comtale. Ces choses, minimes aux yeux d'un homme qui, depuis quatre ans, vivait au milieu du luxe effréné des Indes, des marchands hongs [101] et des Anglais de Canton, furent commentées par les négociants du Havre, par les gens de Graville et d'Ingouville. En cinq jours, ce fut une rumeur éclatante qui fit en Normandie l'effet d'une traînée de poudre quand elle prend feu. — « Monsieur Mignon est revenu de la Chine avec des millions, disait-on à Rouen, et il paraît qu'il est devenu comte en voyage ? — Mais il était comte de La Bastie avant la Révolution, répondait un interlocuteur. — Ainsi, l'on appelle monsieur le comte un libéral qui s'est nommé pendant vingt-cinq ans Charles Mignon, où allons-nous ? » Modeste passa donc, malgré le silence de ses parents et de ses amis, pour être la plus riche héritière de la Normandie, et tous les yeux aperçurent alors ses mérites. La tante et la sœur de monsieur le duc d'Hérouville confirmèrent, en plein salon, à Bayeux, le droit de monsieur Charles Mignon au titre et aux armes de comte dus au cardinal Mignon dont, par reconnaissance, les glands et le chapeau furent pris pour sommier [102] et pour supports. Elles avaient entrevu, de chez les Vilquin, mademoiselle de La Bastie, et leur sollicitude pour le chef de leur maison appauvrie fut aussitôt réveillée. — « Si mademoiselle de La Bastie est aussi riche qu'elle est belle, dit la tante du jeune duc, ce serait le plus beau parti de la province. Et, elle est noble, au moins, celle-là ! » Ce dernier mot fut dit contre les Vilquin avec lesquels on n'avait pas pu s'entendre, après avoir eu l'humiliation d'aller chez eux.

Tels sont les petits événements qui devaient introduire un personnage de plus dans cette scène domestique, contrairement aux lois d'Aristote et d'Horace ; mais le portrait et la biographie de ce personnage, si tardivement venu, n'y causeront pas de longueur, vu son exiguïté. Monsieur le duc ne tiendra pas plus de place ici qu'il n'en tiendra dans l'Histoire. Sa Seigneurie monsieur le duc d'Hérouville, un fruit de l'automne matrimonial du dernier gouverneur de Normandie, naquit pendant l'émigration, en

1796, à Vienne. Revenu avec le Roi en 1814, le vieux
maréchal, père du duc actuel, mourut en 1819 sans avoir
pu marier son fils, quoiqu'il fût duc de Nivron ; il ne lui
laissa que l'immense château d'Hérouville, le parc, quelques dépendances et une ferme assez péniblement rache-
tée, en tout quinze mille francs de rente. Louis XVIII
donna la charge de Grand-Écuyer au fils, qui, sous
Charles X, eut les douze mille francs de pension accordés
aux pairs de France pauvres. Qu'étaient les appointements
de Grand-Écuyer et vingt-sept mille francs de rente pour
cette famille ? A Paris, le jeune duc avait, il est vrai, les
voitures du Roi, son hôtel rue Saint-Thomas-du-Louvre, à
la Grande Écurie ; mais ses appointements défrayaient son
hiver et les vingt-sept mille francs défrayaient l'été dans la
Normandie. Si ce grand seigneur restait encore garçon, il y
avait moins de sa faute que de celle de sa tante, qui ne
connaissait pas les fables de La Fontaine. Mademoiselle
d'Hérouville eut des prétentions énormes, en désaccord
avec l'esprit du siècle, car les grands noms sans argent ne
pouvaient guère trouver de riches héritières dans la haute
noblesse française, déjà bien embarrassée d'enrichir ses
fils ruinés par le partage égal des biens. Pour marier
avantageusement le jeune duc d'Hérouville, il aurait fallu
caresser les grandes maisons de Banque, et la hautaine
fille des d'Hérouville les froissa toutes par des mots
sanglants. Pendant les premières années de la Restauration, de 1817 à 1825, tout en cherchant des millions,
mademoiselle d'Hérouville refusa mademoiselle Mongenod, fille du banquier, de qui se contenta monsieur de
Fontaine. Enfin, après de belles occasions manquées par
sa faute, elle trouvait en ce moment la fortune des
Nucingen trop turpidement ramassée pour se prêter à
l'ambition de madame de Nucingen, qui voulait faire de sa
fille une duchesse. Le Roi, dans le désir de rendre aux
d'Hérouville leur splendeur, avait presque ménagé ce
mariage, et il taxa publiquement mademoiselle d'Hérouville de folie. La tante rendit ainsi son neveu ridicule, et le
duc prêtait au ridicule. En effet, quand les grandes choses

humaines s'en vont, elles laissent des miettes, des *frus-teaux*, dirait Rabelais, et la Noblesse française nous montre en ce siècle beaucoup trop de restes. Certes, dans cette longue histoire des mœurs, ni le Clergé ni la Noblesse n'ont à se plaindre. Ces deux grandes et magnifiques nécessités sociales y sont bien représentées ; mais ne serait-ce pas renoncer au beau titre d'historien que de n'être pas impartial, que de ne pas montrer ici la dégénérescence de la race, comme vous trouverez ailleurs la figure de l'Émigré dans le comte de Mortsauf (Voyez *le Lys dans la Vallée*), et toutes les noblesses de la Noblesse dans le marquis d'Espard (Voyez *l'Interdiction*). Comment la race des forts et des vaillants, comment la maison de ces fiers d'Hérouville, qui donnèrent le fameux maréchal à la Royauté, des cardinaux à l'Église, des capitaines aux Valois, des preux à Louis XIV, aboutissait-elle à un être frêle, et plus petit que Butscha ? C'est une question qu'on peut se faire dans plus d'un salon de Paris, en entendant annoncer plus d'un grand nom de France et voyant entrer un homme petit, fluet, mince qui semble n'avoir que le souffle, ou de hâtifs vieillards, ou quelque création bizarre chez qui l'observateur recherche à grand-peine un trait où l'imagination puisse retrouver les signes d'une ancienne grandeur. Les dissipations du règne de Louis XV, les orgies de ce temps égoïste et funeste ont produit la génération étiolée chez laquelle les manières seules survivent aux grandes qualités évanouies. Les formes, voilà le seul héritage que conservent les nobles. Aussi, à part quelques exceptions, peut-on expliquer l'abandon dans lequel Louix XVI a péri, par le pauvre reliquat du règne de madame de Pompadour. Blond, pâle et mince, le Grand-Écuyer, jeune homme aux yeux bleus, ne manquait pas d'une certaine dignité dans la pensée ; mais sa petite taille et les fautes de sa tante qui l'avaient conduit à courtiser vainement les Vilquin, lui donnaient une excessive timidité. Déjà la famille d'Hérouville avait failli périr par le fait d'un avorton (voyez *l'Enfant Maudit*, ÉTUDES PHILOSOPHIQUES). Le Grand-Maréchal, car on appelait ainsi

dans la famille celui que Louis XIII avait fait duc, s'était
marié à quatre-vingt-deux ans, et naturellement la famille
avait continué. Néanmoins le jeune duc aimait les femmes ; mais il les mettait trop haut, il les respectait trop, il
les adorait, et il n'était à son aise qu'avec celles qu'on ne
respecte pas [103]. Ce caractère l'avait conduit à mener une
vie en partie double. Il prenait sa revanche avec les
femmes faciles des adorations auxquelles il se livrait dans
les salons, ou, si vous voulez, dans les boudoirs du
faubourg Saint-Germain. Ces mœurs et sa petite taille, sa
figure souffrante, ses yeux bleus tournés à l'extase avaient
ajouté, très-injustement d'ailleurs, au ridicule versé sur sa
personne, car il était plein de délicatesse et d'esprit ; mais
son esprit sans pétillement ne se manifestait que quand il
se sentait à l'aise ; aussi Fanny-Beaupré, l'actrice qui
passait pour être à prix d'or sa meilleure amie, disait-elle
de lui : — « C'est un bon vin, mais si bien bouché, qu'on y
casse ses tire-bouchons ! » La belle duchesse de Maufrigneuse, que le Grand-Écuyer ne pouvait qu'adorer, l'accabla par un mot qui, malheureusement, se répéta comme
toutes les jolies médisances. — « Il me fait l'effet, dit-
elle, d'un bijou finement travaillé qu'on montre beaucoup
plus qu'on ne s'en sert, et qui reste dans du coton. » Il n'y
eut pas jusqu'au nom de la charge de Grand-Écuyer qui ne
fit rire, par le contraste, le bon Charles X, quoique le duc
d'Hérouville fût un excellent cavalier. Les hommes sont
comme les livres, ils sont quelquefois appréciés trop tard.
Modeste avait entrevu le duc d'Hérouville pendant le
séjour infructueux qu'il fit chez les Vilquin ; et, en le
voyant passer, toutes ces réflexions lui vinrent presque
involontairement à l'esprit. Mais, dans les circonstances
où elle se trouvait, elle comprit combien la recherche du
duc d'Hérouville était importante pour n'être à la merci
d'aucun Canalis.

— Je ne vois pas pourquoi, dit-elle à Latournelle, le
duc d'Hérouville ne serait pas admis ? Je passe, malgré
notre indigence, reprit-elle en regardant son père avec
malice, à l'état d'héritière. Aussi finirai-je par publier un

programme... N'avez-vous pas vu combien les regards de Gobenheim ont changé depuis une semaine? il est au désespoir de ne pas pouvoir mettre ses parties de whist sur le compte d'une adoration muette de ma personne.

— Chut! mon cœur, dit madame Latournelle, le voici.

— Le père Althor est au désespoir, dit Gobenheim à monsieur Mignon en entrant.

— Et pourquoi?... demanda le comte de La Bastie.

— Vilquin, dit-on, va manquer, et la Bourse vous croit riche de plusieurs millions...

— On ne sait pas, répliqua Charles Mignon très-sèchement, quels sont mes engagements aux Indes, et je ne me soucie pas de mettre le public dans la confidence de mes affaires. — Dumay, dit-il à l'oreille de son ami, si Vilquin est gêné, nous pourrions rentrer dans ma campagne, en lui rendant le prix qu'il en a donné, comptant.

Telles furent les préparations dues au hasard, au milieu desquelles, le dimanche matin, Canalis et La Brière arrivèrent, un courrier en avant, au pavillon de madame Amaury. On apprit que le duc d'Hérouville, sa sœur et sa tante devaient arriver le mardi, sous prétexte de santé, dans une maison louée à Graville. Ce concours fit dire à la Bourse que, grâce à mademoiselle Mignon, les loyers allaient hausser à Ingouville. — Elle en fera, si cela continue, un hôpital, dit mademoiselle Vilquin la cadette au désespoir de ne pas être duchesse.

L'éternelle comédie de *l'Héritière* [104], qui devait se jouer au Chalet, pourrait certes, dans les dispositions où se trouvait Modeste, et d'après sa plaisanterie, se nommer *le programme d'une jeune fille*, car elle était bien décidée, après la perte de ses illusions, à ne donner sa main qu'à l'homme dont les qualités la satisferaient pleinement.

XLV. *Où le père est superbe.*

Le lendemain de leur arrivée, les deux rivaux, encore amis intimes, se préparèrent à faire leur entrée, le soir, au Chalet. Ils avaient donné tout leur dimanche et le lundi matin à leurs déballages, à la prise de possession du pavillon de madame Amaury et aux arrangements que nécessite un séjour d'un mois. D'ailleurs, autorisé par son état d'apprenti ministre à se permettre bien des roueries, le poète calculait tout ; il voulut donc mettre à profit le tapage probable que devait faire son arrivée au Havre, et dont quelques échos retentiraient au Chalet. En sa qualité d'homme fatigué, Canalis ne sortit pas. La Brière alla deux fois se promener devant le Chalet, car il aimait avec une sorte de désespoir, il avait une terreur profonde d'avoir déplu, son avenir lui semblait couvert de nuages épais. Les deux amis descendirent pour dîner le lundi, tous deux habillés pour la première visite, la plus importante de toutes. La Brière s'était mis comme il l'était le fameux dimanche à l'église ; mais il se regardait comme le satellite d'un astre, et s'abandonnait aux hasards de sa situation. Canalis, lui, n'avait pas négligé l'habit noir, ni ses ordres, ni cette élégance de salon, perfectionnée dans ses relations avec la duchesse de Chaulieu [105], sa protectrice, et avec le plus beau monde du faubourg Saint-Germain. Toutes les minuties du dandysme, Canalis les avait observées, tandis que le pauvre La Brière allait se montrer dans le laissez-aller [106] de l'homme sans espérance. En servant ses deux maîtres à table, Germain ne put s'empêcher de sourire de ce contraste. Au second service, il entra d'un air assez diplomatique, ou, pour mieux dire, inquiet.

— Monsieur le baron, dit-il à Canalis et à demi-voix, sait-il que monsieur le Grand-Écuyer arrive à Graville pour se guérir de la même maladie qui tient monsieur de La Brière et monsieur le baron ?

— Le petit duc d'Hérouville ? s'écria Canalis.

— Oui, monsieur.

— Il viendrait pour mademoiselle de La Bastie ? demanda La Brière en rougissant.

— Pour mademoiselle Mignon ! répondit Germain.

— Nous sommes joués, s'écria Canalis en regardant La Brière.

— Ah ! répliqua vivement Ernest, voilà le premier *nous* que tu dis depuis notre départ. Jusqu'à présent, tu disais *je* !

— Tu me connais, répondit Melchior en laissant échapper un éclat de rire. Mais nous ne sommes pas en état de lutter contre une Charge de la couronne, contre le titre de duc et pair, ni contre les marais que le Conseil-d'État vient d'attribuer, sur mon rapport, à la maison d'Hérouville.

— Sa Seigneurie, dit La Brière avec une malice pleine de sérieux, t'offre une fiche de consolation dans la personne de sa sœur.

En ce moment on annonça monsieur le comte de La Bastie, les deux jeunes gens se levèrent en l'entendant, et La Brière alla vivement au-devant de lui pour lui présenter Canalis.

— J'avais à vous rendre la visite que vous m'avez faite à Paris, dit Charles Mignon au jeune Référendaire, et je savais en venant ici que j'aurais le double plaisir de voir l'un de nos grands poètes actuels.

— Grand ?... monsieur, répondit le poète en souriant, il ne peut plus y avoir rien de grand dans un siècle à qui le règne de Napoléon sert de préface. Nous sommes d'abord une peuplade de soi-disant grands poètes !... Puis, les talents secondaires jouent si bien le génie, qu'ils ont rendu toute grande illustration impossible.

— Est-ce cette raison qui vous jette dans la politique ? demanda le comte de La Bastie.

— Même chose dans cette sphère, dit le poète. Il n'y aura plus de grands hommes d'État, il y aura seulement des hommes qui toucheront plus ou moins aux événements.

Tenez, monsieur, sous le régime que nous a fait la Charte qui prend la cote des contributions pour une cotte d'armes, il n'y a de solide que ce que vous êtes allé chercher en Chine, la fortune !

Satisfait de lui-même et content de l'impression qu'il faisait sur le futur beau-père, Melchior se tourna vers Germain.

— Vous servirez le café dans le salon, dit-il en invitant le négociant à quitter la salle à manger.

— Je vous remercie, monsieur le comte, dit alors La Brière, de me sauver ainsi l'embarras où j'étais pour introduire chez vous mon ami. Avec beaucoup d'âme, vous avez encore de l'esprit...

— Bah ! l'esprit qu'ont tous les Provençaux, dit Charles Mignon.

— Ah ! vous êtes de la Provence ?... s'écria Canalis.

— Excusez mon ami, dit La Brière, il n'a pas, comme moi, étudié l'histoire des La Bastie.

A cette observation d'*ami*, Canalis jeta sur Ernest un regard profond.

— Si votre santé vous le permet, dit le Provençal au grand poète, je réclame l'honneur de vous recevoir ce soir sous mon toit, ce sera une journée à marquer, comme dit l'ancien, *albo notanda lapillo*. Quoique nous soyons assez embarrassés de recevoir une si grande gloire dans une si petite maison, vous satisferez l'impatience de ma fille dont l'admiration pour vous va jusqu'à mettre vos vers en musique.

— Vous avez mieux que la gloire, dit Canalis, vous y possédez la beauté, s'il faut en croire Ernest.

— Oh ! une bonne fille que vous trouverez bien provinciale, dit Charles.

— Une provinciale recherchée, dit-on, par le duc d'Hérouville, s'écria Canalis d'un ton sec.

— Oh ! reprit monsieur Mignon avec la perfide bonhomie du méridional, je laisse ma fille libre. Les ducs, les princes, les simples particuliers, tout m'est indifférent, même un homme de génie. Je ne veux prendre aucun engagement, et le garçon que ma Modeste choisira sera mon gendre, ou, plutôt, mon fils, dit-il en regardant La Brière. Que voulez-vous ? madame de La Bastie est allemande, elle n'admet pas notre étiquette, et moi je me laisse mener par mes deux femmes. J'ai toujours aimé mieux être dans la voiture que sur le siège. Nous pouvons parler de ces choses sérieuses en riant, car nous n'avons pas encore vu le duc d'Hérouville, et je ne crois pas plus aux mariages faits par procuration, qu'aux prétendus imposés par les parents.

— C'est une déclaration aussi désespérante qu'encourageante pour deux jeunes gens qui veulent chercher la pierre philosophale du bonheur dans le mariage, dit Canalis.

— Ne croyez-vous pas utile, nécessaire et politique de stipuler la parfaite liberté des parents, de la fille et des prétendus ! demanda Charles Mignon.

Canalis, sur un regard de La Brière, garda le silence, la conversation devint banale ; et, après quelques tours de jardin, le père se retira, comptant sur la visite des deux amis.

— C'est notre congé, s'écria Canalis, tu l'as compris comme moi. D'ailleurs, à sa place, moi je ne balancerais pas entre le Grand-Écuyer et nous deux, quelque charmants que nous puissions être.

— Je ne le pense pas, répondit La Brière. Je crois que ce brave soldat est venu pour satisfaire son impatience de te voir, et nous déclarer sa neutralité, tout en nous ouvrant sa maison. Modeste, éprise de ta gloire et trompée par ma personne, se trouve tout simplement entre la Poésie et le Positif. J'ai le malheur d'être le Positif.

— Germain, dit Canalis au valet de chambre qui vint desservir le café, faites atteler. Dans une demi-heure nous partons, nous nous promènerons avant d'aller au Chalet.

XLVI. *Où l'on peut voir qu'un garçon est plus marié qu'on ne le pense.*

Les deux jeunes gens étaient aussi impatients l'un que l'autre de voir Modeste, mais La Brière redoutait cette entrevue, et Canalis y marchait avec une confiance pleine de fatuité. L'élan d'Ernest vers le père et la flatterie par laquelle il venait de caresser l'orgueil nobiliaire du négociant en faisant apercevoir la maladresse de Canalis, déterminèrent le poète à prendre un rôle. Melchior résolut, tout en déployant ses séductions, de jouer l'indifférence, de paraître dédaigner Modeste, et de piquer ainsi l'amour-propre de la jeune fille. Élève de la belle duchesse de Chaulieu, il se montrait en ceci digne de sa réputation d'homme connaissant bien les femmes, qu'il ne connaissait pas, comme il arrive à ceux qui sont les heureuses victimes d'une passion exclusive. Pendant que le pauvre Ernest, confiné dans son coin de calèche, abîmé dans les terreurs du véritable amour et pressentant la colère, le mépris, le dédain, toutes les foudres d'une jeune fille blessée et offensée, gardait un morne silence ; Canalis se préparait non moins silencieusement, comme un acteur prêt à jouer un rôle important dans quelque pièce nouvelle. Certes ni l'un ni l'autre, ils ne ressemblaient à deux hommes heureux. Il s'agissait d'ailleurs pour Canalis d'intérêts graves. Pour lui, la seule velléité du mariage emportait la rupture de l'amitié sérieuse qui le liait, depuis dix ans bientôt, à la duchesse de Chaulieu. Quoiqu'il eût coloré son voyage par le vulgaire prétexte de ses fatigues auquel les femmes ne croient jamais, même quand il est vrai, sa conscience le tourmentait un peu ; mais le mot conscience parut si jésuitique à La Brière, qu'il haussa les épaules quand le poète lui fit part de ses scrupules.

— Ta conscience, mon ami, me semble tout bonnement la crainte de perdre des plaisirs de vanité, des avantages

très-réels et une habitude, en perdant l'affection de
madame de Chaulieu; car, si tu réussis auprès de
Modeste, tu renonceras sans regret aux fades regains d'une
passion très-fauchée depuis huit ans. Dis que tu trembles
de déplaire à ta protectrice, si elle apprend le motif de ton
séjour ici, je te croirai facilement. Renoncer à la duchesse
et ne pas réussir au Chalet, c'est jouer trop gros jeu. Tu
prends l'effet de cette alternative pour des remords.

— Tu ne comprends rien aux sentiments, dit Canalis
impatienté comme un homme à qui l'on dit la vérité quand
il demande un compliment.

— C'est ce qu'un bigame devrait répondre à douze
jurés, répliqua La Brière en riant.

Cette épigramme fit encore une impression désagréable
sur Canalis, il trouva La Brière trop spirituel et trop libre
pour un secrétaire.

XLVII. *Un poète est presque une jolie femme.*

L'arrivée d'une calèche splendide, conduite par un
cocher à la livrée de Canalis, fit d'autant plus de sensation
au Chalet que l'on y attendait les deux prétendants, et que
tous les personnages de cette histoire, moins le duc et
Butscha, s'y trouvaient.

— Lequel est le poète? demanda madame Latournelle
à Dumay dans l'embrasure de la croisée où elle vint se
poster au bruit de la voiture.

— Celui qui marche en tambour-major, répondit le
caissier.

— Ah! dit la notaresse en examinant Melchior qui se
balançait en homme regardé.

Quoique trop sévère, l'appréciation de Dumay, homme
simple s'il en fut jamais, a quelque justesse. Par la faute
de la grande dame qui le flattait excessivement et le gâtait

comme toutes les femmes plus âgées que leurs adorateurs les flatteront et les gâteront toujours, Canalis était alors au moral une espèce de Narcisse. Une femme d'un certain âge, qui veut s'attacher à jamais un homme, commence par en diviniser les défauts, afin de rendre impossible toute rivalité ; car une rivale n'est pas de prime abord dans le secret de cette superfine flatterie à laquelle un homme s'habitue assez facilement. Les fats sont le produit de ce travail féminin, quand ils ne sont pas fats de naissance. Canalis, pris jeune par la belle duchesse de Chaulieu, se justifia donc à lui-même ses affectations, en se disant qu'elles plaisaient à cette femme dont le goût faisait loi. Quoique ces nuances soient d'une excessive délicatesse, il n'est pas impossible de les indiquer. Ainsi, Melchior possédait un talent de lecture fort admiré que de trop complaisants éloges avaient amené dans une voie d'exagé- ation ou ni le poète ni l'acteur ne s'arrêtent, et qui fit dire de lui (toujours par de Marsay) qu'il ne déclamait pas, mais qu'il pramait ses vers, tant il allongeait les sons en s'écoutant lui-même. En argot de coulisse, Canalis *prenait des temps* un peu longuets. Il se permettait des œillades interrogatives à son public, des poses de satisfaction, et ces ressources de jeu appelées par les acteurs *des balançoires*, expression pittoresque comme tout ce que crée le peuple artiste. Canalis eut d'ailleurs des imitateurs et fut chef d'école en ce genre. Cette emphase de mélopée avait légèrement atteint sa conversation, il y portait un ton déclamatoire, ainsi qu'on l'a vu dans son entretien avec Dumay. Une fois l'esprit devenu comme ultra-coquet, les manières s'en ressentirent. Aussi Canalis avait-il fini par scander sa démarche, inventer des attitudes, se regarder à la dérobée dans les glaces, et faire concorder ses discours à la façon dont il se campait. Il se préoccupait tant de l'effet à produire, que plus d'une fois, un railleur, Blondet, avait parié l'interloquer, et avec succès, en dirigeant un regard obstiné sur la frisure du poète, sur ses bottes ou sur les basques de son habit. Après dix années, ces grâces, qui commencèrent par avoir pour passe-port

une jeunesse florissante, étaient devenues d'autant plus
vieillottes que Melchior paraissait usé. La vie du monde est
aussi fatigante pour les hommes que pour les femmes, et
peut-être les vingt années que la duchesse avait de plus
que Canalis pesaient-elles plus sur lui que sur elle [107], car
le monde la voyait toujours belle, sans rides, sans rouge et
sans cœur. Hélas ! ni les hommes ni les femmes n'ont
d'ami pour les avertir au moment où le parfum de leur
modestie se rancit, où la caresse de leur regard est comme
une tradition de théâtre, où l'expression de leur visage se
change en minauderie et où les artifices de leur esprit
laissent apercevoir leurs carcasses roussies. Il n'y a que le
génie qui sache se renouveler comme le serpent ; et, en fait
de grâce comme en tout, il n'y a que le cœur qui ne
vieillisse pas. Les gens de cœur sont simples. Or, Canalis,
vous le savez, a le cœur sec. Il abusait de la beauté de son
regard en lui donnant, hors de propos, la fixité que la
méditation prête aux yeux. Enfin, pour lui, les éloges
étaient un commerce où il voulait trop gagner. Sa manière
de complimenter, charmante pour les gens superficiels,
pouvait aux gens délicats paraître insultante par sa
banalité, par l'aplomb d'une flatterie où l'on devinait un
parti pris. En effet, Melchior mentait comme un courtisan.
Il avait dit sans pudeur au duc de Chaulieu qui fit peu
d'effet à la tribune quand il fut obligé d'y monter comme
ministre des Affaires Étrangères : — Votre Excellence a
été sublime ! Combien d'hommes eussent été, comme
Canalis, opérés de leurs affectations par l'insuccès admi-
nistré par petites doses !... Ces défauts, assez légers dans
les salons dorés du faubourg Saint-Germain, où chacun
apporte avec exactitude sa quote-part de ridicules, et où
cette espèce de jactance, d'apprêt, de tension, si vous
voulez, a pour cadre un luxe excessif, des toilettes
somptueuses qui peut-être en sont l'excuse, devaient
trancher énormément au fond de la province dont les
ridicules appartiennent à un genre opposé. Canalis, à la
fois tendu et maniéré, ne pouvait d'ailleurs point se
métamorphoser, il avait eu le temps de se refroidir dans le

monde où l'avait jeté la duchesse ; et, de plus, il était très-Parisien, ou, si vous voulez, très-Français. Le Parisien s'étonne que tout ne soit pas partout comme à Paris, et le Français, comme en France. Le bon goût consiste à se conformer aux manières des étrangers sans néanmoins trop perdre de son caractère propre, comme le faisait Alcibiade, ce modèle des *gentleman*. La véritable grâce est élastique. Elle se prête à toutes les circonstances, elle est en harmonie avec tous les milieux sociaux, elle sait mettre une robe de petite étoffe, remarquable seulement par la façon, pour aller dans la rue, au lieu d'y traîner les plumes et les ramages éclatants que certaines bourgeoises y promènent. Or, Canalis, conseillé par une femme qui l'aimait plus pour elle que pour lui-même, voulait faire loi, être partout ce qu'il était. Il croyait, erreur que partagent quelques-uns des grands hommes de Paris, porter son public particulier avec lui.

XLVIII. *Une magnifique entrée de jeu.*

Tandis que le poète accomplissait au salon une entrée étudiée, La Brière s'y glissa comme un chien qui craint de recevoir des coups.

— Eh ! voilà mon soldat ! dit Canalis en apercevant Dumay après avoir adressé un compliment à madame Mignon et salué les femmes. Vos inquiétudes sont calmées, n'est-ce pas ? reprit-il en lui tendant la main avec emphase, mais à l'aspect de mademoiselle, on les conçoit dans toute leur étendue. Je parlais des créatures terrestres, et non des anges.

Chacun, par son attitude, demandait le mot de cette énigme.

— Ah ! je compterai comme un triomphe, reprit le poète en comprenant que chacun désirait une explication, d'avoir ému l'un de ces hommes de fer que Napoléon avait su trouver pour en faire le pilotis sur lequel il essaya de fonder un empire trop colossal pour être durable. A de telles choses, le temps seul peut servir de ciment ! Mais est-ce bien un triomphe dont je doive m'enorgueillir ? Je n'y suis pour rien. Ce fut le triomphe de l'idée sur le fait. Vos batailles, mon cher monsieur Dumay, vos charges héroïques, monsieur le comte, enfin la guerre fut la forme qu'empruntait la pensée de Napoléon. De toutes ces choses, qu'en reste-t-il ? l'herbe qui les couvre n'en sait rien, les moissons n'en diraient pas la place ; et, sans l'historien, sans notre écriture, l'avenir pourrait ignorer ce temps héroïque ! Ainsi vos quinze ans de luttes ne sont plus que des idées, et c'est ce qui sauvera l'Empire, les poètes en feront un poème ! Un pays qui sait gagner de telles batailles doit savoir les chanter [108] !

Canalis s'arrêta pour recueillir, par un regard jeté sur les figures, le tribut d'étonnement que lui devaient des provinciaux.

— Vous ne pouvez pas douter, monsieur, du chagrin que j'ai de ne pas vous voir, dit madame Mignon, à la manière dont vous me dédommagez par le plaisir que vous me donnez à vous écouter.

Décidée à trouver Canalis sublime, Modeste, mise comme elle l'était le jour où cette histoire commença, restait ébahie, et avait lâché sa broderie qui ne tenait plus à ses doigts que par l'aiguillée de coton.

— Modeste, voici monsieur de La Brière ; monsieur Ernest, voici ma fille, dit Charles en trouvant le secrétaire un peu trop humblement placé.

La jeune fille salua froidement Ernest, en lui jetant un regard qui devait prouver à tout le monde qu'elle le voyait pour la première fois.

— Pardon monsieur, lui dit-elle sans rougir, la vive admiration que je professe pour le plus grand de nos poètes est, aux yeux de mes amis, une excuse suffisante de n'avoir aperçu que lui.

Cette voix fraîche et accentuée comme celle, si célèbre,

de mademoiselle Mars [109], charma le pauvre Référendaire, déjà ébloui de la beauté de Modeste, et il répondit dans sa surprise un mot sublime, s'il eût été vrai : — Mais c'est mon ami, dit-il.

— Alors, vous m'avez pardonné, répliqua-t-elle.

— C'est plus qu'un ami, s'écria Canalis en prenant Ernest par l'épaule et s'y appuyant comme Alexandre sur Éphestion, nous nous aimons comme deux frères...

Madame Latournelle coupa net la parole au grand poète, en montrant Ernest au petit notaire, et lui disant : — Monsieur n'est-il pas l'inconnu que nous avons vu à l'Église.

— Et, pourquoi pas ?... répliqua Charles Mignon en voyant rougir Ernest.

Modeste demeura froide, et reprit sa broderie.

— Madame peut avoir raison, je suis venu deux fois au Havre, répondit La Brière qui s'assit à côté de Dumay.

Canalis, émerveillé de la beauté de Modeste, se méprit à l'admiration qu'elle exprimait, et se flatta d'avoir complètement réussi dans ses effets.

— Je croirais un homme de génie sans cœur, s'il n'avait pas auprès de lui quelque amitié dévouée, dit Modeste pour relever la conversation interrompue par la maladresse de madame Latournelle.

— Mademoiselle, le dévouement d'Ernest pourrait me faire croire que je vaux quelque chose, dit Canalis, car ce cher Pylade est rempli de talent, il a été la moitié du plus grand ministre que nous ayons eu depuis la paix. Quoiqu'il occupe une magnifique position, il a consenti à être mon précepteur en politique ; il m'apprend les affaires, il me nourrit de son expérience, tandis qu'il pourrait aspirer à de plus hautes destinées. Oh ! il vaut mieux que moi... À un geste que fit Modeste, Melchior dit avec grâce : — La poésie que j'exprime, il l'a dans le cœur ; et si je parle ainsi devant lui, c'est qu'il a la modestie d'une religieuse.

— Assez, assez, dit La Brière qui ne savait quelle contenance tenir, tu as l'air, mon cher, d'une mère qui veut marier sa fille.

— Et comment, monsieur, dit Charles Mignon en s'adressant à Canalis, pouvez-vous penser à devenir un homme politique ?

— Pour un poète, c'est abdiquer, dit Modeste, la politique est la ressource des hommes positifs…

— Ah ! mademoiselle, aujourd'hui la tribune est le plus grand théâtre du monde, elle a remplacé le champ-clos de la chevalerie ; elle sera le rendez-vous de toutes les intelligences, comme l'armée était naguère celui de tous les courages.

Canalis enfourcha son cheval de bataille, il parla pendant dix minutes sur la vie politique : — La poésie était la préface de l'homme d'État. — Aujourd'hui, l'orateur devenait un généralisateur sublime, le pasteur des idées. — Quand le poète pouvait indiquer à son pays le chemin de l'avenir, cessait-il donc d'être lui-même ? — Il cita Chateaubriand, en prétendant qu'il serait un jour plus considérable par le côté politique que par le côté littéraire. — La tribune française allait être le phare de l'Humanité. — Maintenant les luttes orales avaient remplacé celles du champ de bataille. — Telle séance de la Chambre valait Austerlitz, et les orateurs s'y montraient à la hauteur des généraux, ils y perdaient autant d'existence, de courage, de force, ils s'y usaient autant que ceux-ci à faire la guerre. — La parole n'était-elle pas une des plus effrayantes prodigalités de fluide vital que l'homme pouvait se permettre, etc., etc.

Cette improvisation composée des lieux communs modernes, mais revêtus d'expressions sonores, de mots nouveaux, et destinée à prouver que le baron de Canalis devait être un jour une des gloires de la Tribune, produisit une profonde impression sur le notaire, sur Gobenheim, sur madame de la Tournelle [110] et sur madame Mignon, Modeste était comme à un spectacle et enthousiaste de l'acteur, absolument comme Ernest devant elle ; car, si le Référendaire savait toutes ces phrases par cœur, il écoutait par les yeux de la jeune fille en s'en éprenant à devenir fou. Pour cet amoureux vrai, Modeste venait d'éclipser les différentes Modestes qu'il avait créées en lisant ses lettres ou en y répondant.

Cette visite, dont la durée fut déterminée à l'avance par Canalis, qui ne voulait pas laisser à ses admirateurs le temps de se blaser, finit par une invitation à dîner pour le lundi suivant.

— Nous ne serons plus au Chalet, dit le comte de La Bastie, il redevient l'habitation de Dumay. Je rentre dans mon ancienne maison par un contrat à réméré [111], de six mois de durée, que j'ai signé tout à l'heure avec monsieur Vilquin, chez mon ami Latournelle...

— Je souhaite, dit Dumay, que Vilquin ne puisse pas vous rendre la somme que vous venez de lui prêter...

— Vous serez là, dit Canalis, dans une demeure en harmonie avec votre fortune...

— Avec la fortune qu'on me suppose, répondit vivement Charles Mignon.

— Il serait malheureux, dit Canalis en se retournant vers Modeste et en faisant un salut charmant, que cette madone n'eût pas un cadre digne de ses divines perfections.

Ce fut tout ce que Canalis dit de Modeste, car il avait affecté de ne pas la regarder, et de se comporter en homme à qui toute idée de mariage était interdite.

— Ah ! ma chère madame Mignon, il a bien de l'esprit, dit la notaresse au moment où les deux Parisiens faisaient crier le sable du jardinet sous leurs pieds.

— Est-il riche ? voilà la question, répondit Gobenheim.

Modeste était à la fenêtre, ne perdant pas un seul des mouvements du grand poète, et n'ayant pas un regard pour Ernest de La Brière. Quand monsieur Mignon rentra, quand Modeste, après avoir reçu le dernier salut des deux amis lorsque la calèche tourna, se fut remise à sa place, il y eut une de ces profondes discussions comme en font les gens de la province sur les gens de Paris, à une première entrevue. Gobenheim répéta son mot : — Est-il riche ? au concert d'éloges que firent madame Latournelle, Modeste et sa mère.

— Riche ? répondit Modeste. Et qu'importe ! ne voyez-vous pas que monsieur de Canalis est un de ces hommes destinés à occuper les plus hautes places dans l'État ; il a plus que de la fortune, il possède les moyens de la fortune.

— Il sera ministre ou ambassadeur, dit monsieur Mignon.

— Les contribuables pourraient tout de même avoir à payer les frais de son enterrement, dit le petit Latournelle.

— Eh ! pourquoi ? dit Charles Mignon.

— Il me paraît homme à manger toutes les fortunes dont les moyens lui sont si libéralement accordés par mademoiselle Modeste.

— Comment Modeste ne serait-elle pas libérale envers un poète qui la traite de madone, dit le petit Dumay fidèle à la répulsion que Canalis lui avait inspirée.

Gobenheim apprêtait la table de whist avec d'autant plus de persistance que, depuis le retour de monsieur Mignon, Latournelle et Dumay s'étaient laissés aller à jouer dix sous la fiche.

— Eh ! bien, mon petit ange, dit le père à sa fille dans l'embrasure d'une fenêtre, avoue que papa pense à tout. En huit jours, si tu donnes tes ordres ce soir à ton ancienne couturière de Paris et à tous tes fournisseurs, tu pourras te montrer dans toute la splendeur d'une héritière, de même que j'aurai le temps de nous installer dans notre maison. Tu as un joli poney, songe à te faire faire un costume de cheval, le Grand-Écuyer mérite cette attention…

— D'autant plus que nous avons du monde à promener, dit Modeste sur les joues de qui reparaissaient les couleurs de la santé.

— Le secrétaire, dit madame Mignon, n'a pas dit grand-chose.

— C'est un petit sot, répondit madame Latournelle. Le poète a eu des attentions pour tout le monde. Il a su remercier Latournelle de ses soins pour la location de son pavillon en me disant qu'il semblait avoir consulté le goût d'une femme. Et l'autre restait là, sombre comme un Espagnol, les yeux fixes, ayant l'air de vouloir avaler

Modeste ; s'il m'avait regardée, il m'aurait fait peur.

— Il a un joli son de voix, répondit madame Mignon.

— Il sera sans doute venu prendre des renseignements sur la maison Mignon, pour le compte du poète, dit Modeste en guignant son père, car c'est bien lui que nous avons vu dans l'église.

Madame Dumay, madame et monsieur Latournelle acceptèrent cette façon d'expliquer le voyage d'Ernest.

— Sais-tu, Ernest, s'écria Canalis à vingt pas du Chalet, que je ne vois pas dans le monde, à Paris, une seule personne à marier comparable à cette adorable fille !

— Eh ! tout est dit, répliqua La Brière avec une amertume concentrée, elle t'aime, ou, si tu le veux, elle t'aimera. Ta gloire a fait la moitié du chemin. Bref, tout est à ta disposition. Tu retourneras là seul. Modeste a pour moi le plus profond mépris, elle a raison, et je ne vois pas pourquoi je me condamnerais au supplice d'aller admirer, désirer, adorer ce que je ne puis jamais posséder.

Après quelques propos de condoléance où perçait la satisfaction d'avoir fait une nouvelle édition de la phrase de César [112], Canalis laissa voir le désir d'en finir avec la duchesse de Chaulieu. La Brière ne pouvant supporter cette conversation, allégua la beauté d'une nuit douteuse pour se faire mettre à terre, et courut comme un insensé vers la côte où il resta jusqu'à dix heures et demie, en proie à une espèce de démence, tantôt marchant à pas précipités et se livrant à des monologues, tantôt restant debout ou s'asseyant, sans s'apercevoir de l'inquiétude qu'il donnait à deux douaniers en observation. Après avoir aimé la spirituelle instruction et la candeur agressive de Modeste, il venait de joindre l'adoration de la beauté, c'est-à-dire l'amour sans raison, l'amour inexplicable, à toutes les raisons qui l'avaient amené, dix jours auparavant, dans l'église du Havre.

XLIX. *La Brière est à Butscha, comme le bonheur est à la religion.*

Il revint au Chalet, où les chiens des Pyrénées aboyèrent tellement après lui qu'il ne put s'adonner au plaisir de contempler les fenêtres de Modeste. En amour, toutes ces choses ne comptent pas plus à l'amant que les travaux couverts par la dernière couche ne comptent au peintre ; mais elles sont tout l'amour, comme les peines enfouies sont l'art tout entier ; il en sort un grand peintre et un amant véritable que la femme et le public finissent, souvent trop tard, par adorer.

— Eh ! bien, s'écria-t-il, je resterai, je souffrirai, je la verrai, je l'aimerai pour moi seul, égoïstement ! Modeste sera mon soleil, ma vie, je respirerai par son souffle, je jouirai de ses joies, je maigrirai de ses chagrins, fût-elle la femme de cet égoïste de Canalis...

— Voilà ce qui s'appelle aimer ! monsieur, dit une voix qui partit d'un buisson sur le bord du chemin. Ah ! çà, tout le monde aime donc mademoiselle de La Bastie ?...

Et Butscha se montra soudain, il regarda La Brière. La Brière rengaina sa colère en toisant le nain à la clarté de la lune, et il fit quelques pas sans lui répondre.

— Entre soldats qui servent dans la même compagnie, on devrait être un peu plus camarades que ça ! dit Butscha. Si vous n'aimez pas Canalis, je n'en suis pas fou non plus.

— C'est mon ami, répondit Ernest.

— Ah ! vous êtes le petit secrétaire, répliqua le nain.

— Sachez, monsieur, répliqua La Brière, que je ne suis le secrétaire de personne, j'ai l'honneur d'être Conseiller à l'une des Cours suprêmes du royaume.

— J'ai l'honneur de saluer monsieur de La Brière, fit Butscha. Moi, j'ai l'honneur d'être premier clerc de maître Latournelle, conseiller suprême du Havre, et j'ai certes ıne plus belle position que la vôtre. Oui, j'ai eu le bonheur

de voir mademoiselle Modeste de La Bastie presque tous
les soirs, depuis quatre ans, et je compte vivre auprès
d'elle comme un domestique du roi vit aux Tuileries. On
m'offrirait le trône de Russie, je répondrais : — J'aime
trop le soleil ! N'est-ce pas vous dire, monsieur, que je
m'intéresse à elle plus qu'à moi-même, en tout bien, tout
honneur. Croyez-vous que l'altière duchesse de Chaulieu
verra d'un bon œil le bonheur de madame de Canalis,
quand sa femme de chambre, amoureuse de monsieur
Germain, inquiète déjà du séjour que fait au Havre ce
charmant valet de chambre, se plaindra, tout en coiffant sa
maîtresse, de…

— Comment savez-vous ces choses-là ? dit La Brière en
interrompant Butscha.

— D'abord, je suis clerc de notaire, répondit Butscha ;
mais vous n'avez donc pas vu ma bosse ? elle est pleine
d'inventions, monsieur. Je me suis fait le cousin de
mademoiselle Philoxène Jacmin, née à Honfleur, où
naquit ma mère, une Jacmin, il y a onze branches de
Jacmin à Honfleur. Donc, ma cousine, alléchée par un
héritage improbable, m'a raconté bien des choses…

— La duchesse est vindicative !… dit La Brière.

— Comme une reine, m'a dit Philoxène, elle n'a pas
encore pardonné à monsieur le duc de n'être que son mari,
répliqua Butscha. Elle hait comme elle aime. Je suis au
fait de son caractère, de sa toilette, de ses goûts, de sa
religion et de ses petitesses, car Philoxène me l'a déshabil-
lée, âme et corset. Je suis allé à l'Opéra pour voir madame
de Chaulieu, je n'ai pas regretté mes dix francs (je ne parle
pas du spectacle) ! Si ma prétendue cousine ne m'avait pas
dit que sa maîtresse comptait cinquante printemps, j'aurais cru être bien généreux en lui en donnant trente, elle
n'a pas connu d'hiver, cette duchesse-là !

— Oui, reprit La Brière, c'est un camée conservé par
son caillou… Canalis serait bien embarrassé si la duchesse
savait ses projets, et j'espère, monsieur, que vous en
resterez là de cet espionnage indigne d'un honnête
homme…

— Monsieur, reprit Butscha fièrement, pour moi, Modeste, c'est l'État ! Je n'espionne pas, je prévois ! La duchesse viendra, s'il le faut, ou restera dans sa tranquillité, si je le juge convenable...

— Vous ?

— Moi !...

— Et par quel moyen ?... dit La Brière.

— Ah ! voilà ! dit le petit bossu qui prit un brin d'herbe. Tenez, voyez ?... Ce gramen prétend que l'homme construit ses palais pour le loger, et il fait choir un jour les marbres les plus solidement assemblés, comme le peuple, introduit dans l'édifice de la Féodalité, l'a jeté par terre. La puissance du faible qui peut se glisser partout est plus grande que celle du fort qui se repose sur ses canons. Nous sommes trois Suisses [113] qui avons juré que Modeste serait heureuse et qui vendrions notre honneur pour elle. Adieu, monsieur, si vous aimez mademoiselle de La Bastie, oubliez cette conversation, et donnez-moi une poignée de main, car vous me semblez avoir du cœur !... Il me tardait de voir le Chalet, j'y suis arrivé comme *elle* soufflait sa bougie, je vous ai vu signalé par les chiens, je vous ai entendu rageant ; aussi ai-je pris la liberté de vous dire que nous servons dans le même régiment, celui de Royal-Dévouement !

— Eh bien, répondit La Brière en serrant la main du bossu, faites-moi l'amitié de me dire si mademoiselle Modeste a jamais aimé quelqu'un d'amour avant sa corrrespondance secrète avec Canalis...

— Oh ! s'écria sourdement Butscha. Mais le doute est une injure ?... Et, maintenant encore, qui sait si elle aime ? le sait-elle elle-même ? Elle s'est passionnée pour l'esprit, pour le génie, pour l'âme de ce marchand de stances, de ce vendeur d'orviétan littéraire ; mais elle l'étudiera, nous l'étudierons, je saurai bien faire sortir le caractère vrai de dessous la carapace de l'homme à belles manières, et nous verrons la tête menue de son ambition, de sa vanité, dit Butscha qui se frotta les mains. Or, à moins que mademoiselle n'en soit folle à en mourir...

— Oh ! elle est restée en admiration devant lui comme devant une merveille ! s'écria La Brière en laissant échapper le secret de sa jalousie.

— Si c'est un brave garçon, loyal, et, s'il aime, s'il est digne d'elle, reprit Butscha, s'il renonce à la duchesse, c'est la duchesse que j'entortillerai !... Tenez, mon cher monsieur, suivez ce chemin, vous allez être chez vous en dix minutes.

Butscha revint sur ses pas, et héla le pauvre Ernest qui, en sa qualité d'amoureux véritable, serait resté pendant toute la nuit à causer de Modeste.

— Monsieur, lui dit Butscha, je n'ai pas eu l'honneur de voir encore notre grand poète, je suis curieux d'observer ce magnifique phénomène dans l'exercice de ses fonctions, rendez-moi le service de venir passer la soirée après-demain au Chalet, restez-y longtemps, car ce n'est pas en une heure qu'un homme se développe. Je saurai, moi le premier, s'il aime, ou s'il peut aimer, ou s'il aimera mademoiselle Modeste.

— Vous êtes bien jeune pour...

— Pour être professeur, reprit Butscha qui coupa la parole à La Brière. Eh ! monsieur, les avortons naissent tous centenaires. Puis, tenez ?... un malade, quand il est long-temps malade, devient plus fort que son médecin, il s'entend avec la maladie, ce qui n'arrive pas toujours aux docteurs consciencieux. Eh ! bien, de même, un homme qui chérit la femme, et que la femme doit mépriser sous prétexte de laideur ou de gibbosité, finit par si bien se connaître en amour, qu'il passe séducteur, comme le malade finit par recouvrer la santé. La sottise seule est incurable... Depuis l'âge de six ans (j'en ai vingt-cinq), je n'ai ni père ni mère ; j'ai la charité publique pour mère, et le procureur du roi pour père. — Soyez tranquille, dit-il à un geste d'Ernest, je suis plus gai que ma position... Eh ! bien, depuis six ans que le regard insolent d'une bonne de madame Latournelle m'a dit que j'avais tort de vouloir aimer, j'aime, et j'étudie les femmes ! J'ai commencé par les laides, il faut toujours attaquer le taureau par les

cornes. Aussi, ai-je pris pour premier objet d'étude ma
patronne qui, certes, est un ange pour moi. J'ai peut-être
eu tort ; mais, que voulez-vous, je l'ai passée à mon
alambic, et j'ai fini par découvrir, tapie au fond de son
cœur, cette pensée : — *Je ne suis pas si mal qu'on le croit !*
Et, malgré sa piété profonde, en exploitant cette idée,
j'aurais pu la conduire jusqu'au bord de l'abîme... pour l'y
laisser !

— Et avez-vous étudié Modeste ?

— Je croyais vous avoir dit, répliqua le bossu, que ma
vie est à elle, comme la France est au roi ! Comprenez-vous
mon espionnage à Paris, maintenant ? Personne que moi,
ne sait tout ce qu'il y a de noblesse, de fierté, de
dévouement, de grâce imprévue, d'infatigable bonté, de
vraie religion, de gaieté, d'instruction, de finesse, d'affa-
bilité dans l'âme, dans le cœur, dans l'esprit de cette
adorable créature !...

Butscha tira son mouchoir pour étancher deux larmes, et
La Brière lui serra la main long-temps.

— Je vivrai dans son rayonnement ! ça commence à
elle, et ça finit en moi, voilà comment nous sommes unis, à
peu près comme l'est la nature à Dieu, par la lumière et le
verbe. Adieu, monsieur ! je n'ai jamais de ma vie tant
bavardé ; mais, en vous voyant devant ses fenêtres, j'ai
deviné que vous l'aimiez à ma manière !

Sans attendre la réponse, Butscha quitta le pauvre
amant à qui cette conversation avait mis je ne sais quel
baume au cœur. Ernest résolut de se faire un ami de
Butscha, sans se douter que la loquacité du clerc avait eu
pour but principal de se ménager des intelligences chez
Canalis. Dans quel flux et reflux de pensées, de résolu-
tions, de plans de conduite, Ernest ne fut-il pas bercé
avant de sommeiller !... Et son ami Canalis dormait, lui,
du sommeil des triomphateurs, le plus doux des sommeils
après celui des justes.

L. *Auquel l'auteur tient beaucoup.*

Au déjeuner, les deux amis convinrent d'aller ensemble passer, le lendemain, la soirée au Chalet, et de s'initier aux douceurs d'un whist de province ; mais pour brûler la journée, ils firent seller les chevaux, tous les deux pris à deux fins, et ils s'aventurèrent dans le pays qui, certes, leur était inconnu autant que la Chine ; car ce qu'il y a de plus étranger en France, pour les Français, c'est la France. En réfléchissant à sa position d'amant malheureux et méprisé, le Référendaire fit alors sur lui-même un travail quasi semblable à celui que lui avait fait faire la question posée par Modeste au commencement de leur correspondance. Quoique le malheur passe pour développer les vertus, il ne les développe que chez les gens vertueux ; car ces sortes de nettoyages de conscience n'ont lieu que chez les gens naturellement propres. La Brière se promit de dévorer à la Spartiate ses douleurs, de rester digne, et de ne se laisser aller à aucune lâcheté ; tandis que Canalis, fasciné par l'énormité de la dot, s'engageait lui-même à ne rien négliger pour captiver Modeste. L'égoïsme et le dévouement, le mot de ces deux caractères, arrivèrent, par une loi morale assez bizarre dans ses effets, à des moyens contraires à leur nature. L'homme personnel allait jouer l'abnégation, l'homme tout complaisance allait se réfugier sur le mont Aventin de l'orgueil. Ce phénomène s'observe également en politique. On y met fréquemment son caractère à l'envers, et il arrive souvent que le public ne sait plus quel est l'endroit.

LI. *Le duc d'Hérouville entre en scène.*

Après dîner, les deux amis apprirent par Germain l'arrivée du Grand-Écuyer, qui fut présenté dans cette

soirée au Chalet, par monsieur Latournelle. Mademoiselle
d'Hérouville trouva moyen de blesser une première fois ce
digne homme en le faisant prier de venir chez elle par un
valet-de-pied, au lieu d'envoyer son neveu simplement
chez le notaire qui, certes, aurait parlé pendant le reste de
ses jours de la visite du Grand-Écuyer. Aussi le petit
notaire fit-il observer à Sa Seigneurie, quand elle lui
proposa de le conduire en voiture à Ingouville, qu'il devait
y mener madame Latournelle. Devinant à l'air gourmé du
notaire qu'il y avait quelque faute à réparer, le duc lui dit
gracieusement : — J'aurai l'honneur d'aller prendre, si
vous le permettez, madame de Latournelle.

Malgré un haut-le-corps de la despotique mademoiselle
d'Hérouville, le duc sortit avec le petit notaire. Ivre de joie
en voyant à sa porte une calèche magnifique dont le
marchepied fut abaissé par des gens à la livrée royale, la
notaresse ne sut plus où prendre ses gants, son ombrelle,
son ridicule et son air digne en apprenant que le Grand-
Écuyer la venait chercher. Une fois dans la voiture, tout en
se confondant de politesse auprès du petit duc, elle s'écria
par un mouvement de bonté : — Eh ! bien, et Butscha ?

— Prenons Butscha, dit le duc en souriant.

Quand les gens du port attroupés par l'éclat de cet
équipage virent ces trois petits hommes avec cette grande
femme sèche, ils se regardèrent tous en riant.

— En les soudant au bout les uns des autres, ça ferait
peut-être un mâle pour ste grande perche ! dit un marin
bordelais.

— Avez-vous encore quelque chose à emporter,
madame, demanda plaisamment le duc au moment où le
valet attendit l'ordre.

— Non, monseigneur, répondit la notaresse qui devint
rouge et qui regarda son mari comme pour lui dire : qu'ai-
je donc fait de si mal ?

— Sa Seigneurie, dit Butscha, me fait beaucoup
d'honneur en me prenant pour une chose. Un pauvre clerc
comme moi n'est qu'un *machin* !

Quoique ce fût dit en riant, le duc rougit et ne répondit

rien. Les grands ont toujours tort de plaisanter avec leurs inférieurs. La plaisanterie est un jeu, le jeu suppose l'égalité. Aussi est-ce pour obvier aux inconvénients de cette égalité passagère que, la partie finie, les joueurs ont le droit de ne se plus connaître.

La visite du Grand-Écuyer avait pour raison ostensible une affaire colossale, la mise en valeur d'un espace immense laissé par la mer, entre l'embouchure de deux rivières, et dont la propriété venait d'être adjugée par le Conseil-d'État à la maison d'Hérouville. Il ne s'agissait de rien moins que d'appliquer des portes de flot et d'èble [114] à deux ponts, de dessécher un kilomètre de tangues sur une largeur de trois ou quatre cents arpents, d'y creuser des canaux, et d'y pratiquer des chemins. Quand le duc d'Hérouville eut expliqué les dispositions du terrain, Charles Mignon fit observer qu'il fallait attendre que la nature eût consolidé ce sol encore mouvant par ses productions spontanées.

— Le temps qui a providentiellement enrichi votre maison, monsieur le duc, peut seul achever son œuvre, dit-il en terminant. Il serait prudent de laisser une cinquantaine d'années avant de se mettre à l'ouvrage.

— Que ce ne soit pas là votre dernier mot, monsieur le comte, dit le duc, venez à Hérouville, et voyez-y les choses par vous-même.

Charles Mignon répondit que tout capitaliste devrait examiner cette affaire à tête reposée, et donna par cette observation au duc d'Hérouville un prétexte pour venir au Chalet. La vue de Modeste fit une vive impression sur le duc, il demanda la faveur de la recevoir en disant que sa sœur et sa tante avaient entendu parler d'elle et seraient heureuses de faire sa connaissance. A cette phrase, Charles Mignon proposa de présenter lui-même sa fille en allant inviter les deux demoiselles à dîner pour le jour de sa réintégration à la villa, ce que le duc accepta. L'aspect du cordon bleu, le titre et surtout les regards extatiques du gentilhomme agirent sur Modeste ; mais elle se montra parfaite de discours, de tenue et de noblesse. Le duc se

retira comme à regret en emportant une invitation de venir
au Chalet tous les soirs, fondée sur l'impossibilité reconnue à un courtisan de Charles X de passer une soirée sans
faire son whist [115]. Ainsi le lendemain soir, Modeste allait
voir ses trois amants réunis. Assurément, quoi qu'en disent
les jeunes filles, et quoiqu'il soit dans la logique du cœur
de tout sacrifier à la préférence, il est excessivement
flatteur de voir autour de soi plusieurs prétentions rivales,
des hommes remarquables, ou célèbres, ou d'un grand
nom tâchant de briller ou de plaire. Dût Modeste y perdre,
elle avoua plus tard que les sentiments exprimés dans ses
lettres avaient fléchi devant le plaisir de mettre aux prises
trois esprits si différents, trois hommes dont chacun, pris
séparément, aurait certainement fait honneur à la famille
la plus exigeante. Néanmoins cette volupté d'amour-propre
fut dominée chez elle par la misanthropique malice
qu'avait engendrée la blessure affreuse qui déjà lui
semblait seulement un mécompte. Aussi lorsque le père dit
en souriant : — Eh ! bien, Modeste, veux-tu devenir
duchesse ?

— Le malheur m'a rendue philosophe, répondit-elle en
faisant une révérence moqueuse.

— Vous ne serez que baronne ?... lui demanda
Butscha.

— Ou vicomtesse, répliqua le père.

— Comment cela ? dit vivement Modeste.

— Mais si tu agréais monsieur de La Brière, il aurait
bien assez de crédit pour obtenir du Roi la succession de
mes titres et de mes armes...

— Oh ! dès qu'il s'agit de se déguiser, celui-là ne fera
pas de façons, répondit amèrement Modeste.

Butscha ne comprit rien à cette épigramme dont le sens
ne pouvait être deviné que par madame et monsieur
Mignon et par Dumay.

— Dès qu'il s'agit de mariage, tous les hommes se
déguisent, répondit madame Latournelle, et les femmes
leur en donnent l'exemple. J'entends dire depuis que je
suis au monde : « monsieur ou mademoiselle une telle a

fait un bon mariage ! » il faut donc que l'autre l'ait fait mauvais ?

— Le mariage, dit Butscha, ressemble à un procès ; il s'y trouve toujours une partie de mécontente ; et si l'une dupe l'autre, la moitié des mariés joue certainement la comédie aux dépens de l'autre.

— Et vous concluez, sire Butscha ? dit Modeste.

— A l'attention la plus sévère sur les manœuvres de l'ennemi, répondit le clerc.

— Que t'ai-je dit, ma mignonne, dit Charles Mignon en faisant allusion à la scène avec sa fille au bord de la mer.

— Les hommes pour se marier, dit Latournelle, jouent autant de rôles que les mères en font jouer à leurs filles pour s'en débarrasser.

— Vous permettez alors le stratagème, dit Modeste.

— De part et d'autre, s'écria Gobenheim, la partie est alors égale.

Cette conversation se faisait, comme on dit familièrement, à bâtons rompus, à travers la partie et au milieu des appreciations que chacun se permettait de monsieur d'Hérouville qui fut trouvé très-bien par le petit notaire, par le petit Dumay, par le petit Butscha.

— Je vois, dit madame Mignon avec un sourire, que madame Latournelle et mon pauvre mari sont ici les monstruosités.

— Heureusement pour lui, le colonel n'est pas d'une haute taille, répondit Butscha pendant que son patron donnait les cartes, car un homme grand et spirituel est toujours une exception.

Sans cette petite discussion sur la légalité des ruses matrimoniales, peut-être taxerait-on de longueur le récit de la soirée impatiemment attendue par Butscha ; mais, la fortune pour laquelle tant de lâchetés secrètes se commirent, prêtera peut-être aux minutes de la vie privée l'immense intérêt que développera toujours le sentiment social si franchement défini par Ernest dans sa réponse à Modeste

LII. *Un prince de la science.*

Dans la matinée, arriva Desplein qui ne resta que le
temps d'envoyer chercher les chevaux de la poste du Havre
et de les atteler, environ une heure. Après avoir examiné
madame Mignon, il décida que la malade recouvrerait la
vue, et il fixa le moment opportun pour l'opération à un
mois de là. Naturellement cette importante consultation
eut lieu devant les habitants du Chalet, tous palpitants et
attendant l'arrêt du prince de la science. L'illustre membre
de l'Académie des Sciences fit à l'aveugle une dizaine de
questions brèves en en étudiant les yeux au grand jour de
la fenêtre. Étonnée de la valeur que le temps avait pour cet
homme si célèbre, Modeste aperçut la calèche de voyage
pleine de livres que le savant se proposait de lire en
retournant à Paris, car il était parti la veille au soir,
employant ainsi la nuit et à dormir et à voyager. La
rapidité, la lucidité des jugements que Desplein portait sur
chaque réponse de madame Mignon, son ton bref, ses
manières, tout donna pour la première fois à Modeste des
idées justes sur les hommes de génie. Elle entrevit
d'énormes différences entre Canalis, homme secondaire,
et Desplein, homme plus que supérieur. L'homme de génie
a dans la conscience de son talent et dans la solidité de la
gloire comme une garenne où son orgueil légitime s'exerce
et prend l'air sans gêner personne. Puis, sa lutte constante
avec les hommes et les choses ne lui laissent pas le temps
de se livrer aux coquetteries que se permettent les héros de
la mode qui se hâtent de récolter les moissons d'une saison
fugitive, et dont la vanité, l'amour-propre ont l'exigence et
les taquineries d'une douane âpre à percevoir ses droits sur
tout ce qui passe à sa portée. Modeste fut d'autant plus
enchantée de ce grand praticien qu'il parut frappé de
l'exquise beauté de Modeste, lui entre les mains de qui

tant de femmes passaient et qui, depuis long-temps les
examinait en quelque sorte à la loupe et au scalpel.

— Ce serait en vérité bien dommage, dit-il avec ce ton
de galanterie qu'il savait prendre et qui contrastait avec sa
prétendue brusquerie, qu'une mère fût privée de voir une
si charmante fille.

Modeste voulut servir elle-même le simple déjeuner que
le grand chirurgien accepta. Elle accompagna, de même
que son père et Dumay, le savant attendu par tant de
malades jusqu'à la calèche qui stationnait à la petite porte ;
et là, l'œil doré par l'espérance, elle dit encore à
Desplein : — Ainsi, ma chère maman me verra !

— Oui, mon petit feu follet, je vous le promets,
répondit-il en souriant, et je suis incapable de vous
tromper, car moi aussi j'ai une fille !...

Les chevaux emportèrent Desplein sur ce mot qui fut
plein d'une grâce inattendue. Rien ne charme plus que
l'imprévu particulier aux gens de talent.

Cette visite fut l'événement du jour, elle laissa dans
l'âme de Modeste une trace lumineuse. La jeune enthousiaste admira naïvement cet homme dont la vie appartenait
à tous, et chez qui l'habitude de s'occuper des douleurs
physiques avait détruit les manifestations de l'égoïsme.

LIII. *Première expérience de Modeste.*

Le soir, quand Gobenheim, les Latournelle et Butscha,
Canalis, Ernest et le duc d'Hérouville furent réunis,
chacun complimenta la famille Mignon de la bonne
nouvelle donnée par Desplein. Naturellement alors la
conversation où domina la Modeste que ses lettres ont
révélée, se porta sur cet homme dont le génie était,
malheureusement pour sa gloire, appréciable seulement
par la tribu des savants et de la Faculté. Gobenheim laissa

échapper cette phrase qui, de nos jours, est la Sainte-Ampoule du génie au sens des économistes et des banquiers : — Il gagne un argent fou !

— On le dit très-intéressé [116], répondit Canalis.

Les louanges données à Desplein par Modeste incommodaient le poète. La Vanité procède comme la Femme. Toutes deux elles croient perdre quelque chose à l'éloge et à l'amour accordés à autrui. Voltaire était jaloux de l'esprit d'un roué que Paris admira deux jours, de même qu'une duchesse s'offense d'un regard jeté sur sa femme de chambre. L'avarice de ces deux sentiments est telle qu'ils se trouvent volés de la part faite à un pauvre.

— Croyez-vous, monsieur, demanda Modeste en souriant, qu'on doive juger le génie avec la mesure ordinaire ?

— Il faudrait peut-être avant tout, répondit Canalis, définir l'homme de génie, et l'une de ses conditions est l'invention : invention d'une forme, d'un système ou d'une force. Ainsi Napoléon fut inventeur, à part ses autres conditions de génie. Il a inventé sa méthode de faire la guerre. Walter Scott est un inventeur, Linnée est un inventeur, Geoffroy Saint-Hilaire et Cuvier sont des inventeurs. De tels hommes sont hommes de génie au premier chef. Ils renouvellent, augmentent ou modifient la science ou l'art. Mais Desplein est un homme dont l'immense talent consiste à bien appliquer des lois déjà trouvées, à observer, par un don naturel, les désinences de chaque tempérament et l'heure marquée par la nature pour faire une opération. Il n'a pas fondé, comme Hippocrate, la science elle-même. Il n'a pas trouvé de système comme Galien, Broussais ou Rasori. C'est un génie exécutant comme Moschelès [117] sur le piano, Paganini sur le violon, comme Farinelli sur son larynx ! gens qui développent d'immenses facultés, mais qui ne créent pas de musique. Entre Beethoven et la Catalani, vous me permettrez de décerner à l'un l'immortelle couronne du génie et du martyre, et à l'autre beaucoup de pièces de cent sous ; avec l'une nous sommes quittes, tandis que le monde reste toujours le débiteur de l'autre ! Nous nous endettons chaque jour avec Molière et nous avons trop payé Baron [118].

— Je crois, mon ami, que tu fais la part des idées trop belle, dit La Brière d'une voix douce et mélodieuse qui produisit un soudain contraste avec le ton péremptoire du poète dont l'organe flexible avait quitté le ton de la câlinerie pour le ton magistral de la Tribune. Le génie doit être estimé, surtout, en raison de son utilité. Parmentier, Jacquart [119] et Papin, à qui l'on élèvera des statues quelque jour, sont aussi des gens de génie. Ils ont changé ou changeront la face des États en un sens. Sous ce rapport, Desplein se présentera toujours aux yeux des penseurs, accompagné d'une génération tout entière dont les larmes, dont les souffrances auront cessé sous sa main puissante...

Il suffisait que cette opinion fût émise par Ernest pour que Modeste voulût la combattre.

— A ce compte, dit-elle, monsieur, celui qui trouverait le moyen de faucher le blé sans gâter la paille, par une machine qui ferait l'ouvrage de dix moissonneurs [120], serait un homme de génie ?

— Oh ! oui, ma fille, dit madame Mignon, il serait béni du pauvre dont le pain coûterait alors moins cher, et celui que bénissent les pauvres est béni de Dieu !

— C'est donner le pas à l'utile sur l'art, répondit Modeste en hochant la tête.

— Sans l'utile, dit Charles Mignon, où prendrait-on l'art ? sur quoi s'appuierait, de quoi vivrait, où s'abriterait et qui payerait le poète ?

— Oh ! mon cher père, cette opinion est bien capitaine au long cours, épicier, bonnet de coton !... Que Gobenheim et monsieur le Référendaire, dit-elle en montrant La Brière, qui sont intéressés à la solution de ce problème social, le soutiennent, je le conçois ; mais vous, dont la vie a été la poésie la plus inutile de ce siècle, puisque votre sang répandu sur l'Europe, et vos énormes souffrances exigées par un colosse, n'ont pas empêché la France de perdre dix départements acquis par la République, comment donnez-vous dans ce raisonnement excessivement

perruque, comme disent les romantiques ?… On voit bien
que vous revenez de la Chine.

L'irrévérence des paroles de Modeste fut aggravée par
un petit ton méprisant et dédaigneux qu'elle prit à dessein
et dont s'étonnèrent également madame Latournelle,
madame Mignon et Dumay. Madame Latournelle n'y voyait
pas clair tout en ouvrant les yeux. Butscha, dont l'attention
était comparable à celle d'un espion, regarda d'une
manière significative monsieur Mignon en lui voyant le
visage coloré par une vive et soudaine indignation.

— Encore un peu, mademoiselle, et vous alliez manquer de respect à votre père, dit en souriant le colonel
éclairé par le regard de Butscha. Voilà ce que c'est que de
gâter ses enfants.

— Je suis fille unique !… répondit-elle insolemment.

— Unique ! répéta le notaire en accentuant ce mot.

— Monsieur, répondit sèchement Modeste à Latournelle, mon père est très-heureux que je me fasse son
précepteur, il m'a donné la vie, je lui donne le savoir, il
me redevra quelque chose.

— Il y a manière, et surtout l'occasion, dit madame
Mignon.

— Mais mademoiselle a raison, reprit Canalis en se
levant et se posant à la cheminée dans l'une des plus belles
attitudes de sa collection de mines. Dieu, dans sa
prévoyance, a donné des aliments et des vêtements à
l'homme, et il ne lui a pas directement donné l'art ! Il a dit
à l'homme : — « Pour vivre, tu te courberas vers la terre ;
pour penser, tu t'élèveras vers moi ! » Nous avons autant
besoin de la vie de l'âme que de celle du corps. De là,
deux utilités. Ainsi, bien certainement l'on ne se chausse
pas d'un livre. Un chant d'épopée ne vaut pas, au point de
vue utilitaire, une soupe économique du bureau de
bienfaisance. La plus belle idée remplacerait difficilement
la voile d'un vaisseau. Certes, une marmite autoclave, en
se soulevant de deux pouces sur elle-même, nous procure
le calicot à trente sous le mètre meilleur marché ; mais
cette machine et les perfections de l'industrie ne soufflent

pas la vie à un peuple, et ne diront pas à l'avenir qu'il a
existé ; tandis que l'art égyptien, l'art mexicain, l'art grec,
l'art romain avec leurs chefs-d'œuvre taxés d'inutiles, ont
attesté l'existence de ces peuples dans le vaste espace du
temps, là où de grandes nations intermédiaires dénuées
d'hommes de génie ont disparu, sans laisser sur le globe
leur carte de visite ! Toutes les œuvres du génie sont le
summum d'une civilisation, et présupposent une immense
utilité. Certes, une paire de bottes ne l'emporte pas à vos
yeux sur une pièce de théâtre, et vous ne préférerez pas un
moulin à l'église de Saint-Ouen [121] ? Eh ! bien, un peuple
est animé du même sentiment qu'un homme, et l'homme a
pour idée favorite de se survivre à lui-même moralement
comme il se reproduit physiquement. La survie d'un
peuple est l'œuvre de ses hommes de génie. En ce
moment, la France prouve énergiquement la vérité de cette
thèse. Assurément, elle est primée en industrie, en
commerce, en navigation par l'Angleterre ; et, néanmoins,
elle est, je le crois, à la tête du monde par ses artistes, par
ses hommes de talent, par le goût de ses produits. Il n'est
pas d'artiste ni d'intelligence qui ne vienne demander à
Paris ses lettres de maîtrise. Il n'y a d'école de peinture en
ce moment qu'en France, et nous régnerons par le Livre
peut-être plus sûrement, plus long-temps que par le
Glaive. Dans le système d'Ernest, on supprimerait les
fleurs de luxe, la beauté de la femme, la musique, la
peinture et la poésie, assurément la Société ne serait pas
renversée, mais je demande qui voudrait accepter la vie
ainsi ? Tout ce qui est utile est affreux et laid. La cuisine
est indispensable dans une maison ; mais vous vous gardez
bien d'y séjourner, et vous vivez dans un salon que vous
ornez, comme l'est celui-ci, de choses parfaitement super-
flues. A quoi ces charmantes peintures, ces bois façonnés
servent-ils ? Il n'y a de beau que ce qui nous semble
inutile ! Nous avons nommé le Seizième siècle, la Renaissance, avec une admirable justesse d'expression. Ce siècle
fut l'aurore d'un monde nouveau, les hommes en parleront
encore qu'on ne se souviendra plus de quelques siècles

antérieurs, dont tout le mérite sera d'avoir existé, comme
ces millions d'êtres qui ne comptent pas dans une
génération !

— Guenille soit, ma guenille m'est chère [122] ! répondit
assez plaisamment le duc d'Hérouville pendant le silence
qui suivit cette prose pompeusement débitée.

LIV. *Où le poète fait ses exercices.*

— L'art qui, selon vous, dit Butscha en s'attaquant à
Canalis, serait la sphère dans laquelle le génie est appelé à
faire ses évolutions, existe-t-il ? N'est-ce pas un magnifique mensonge auquel l'homme social a la manie de croire ?
Qu'ai-je besoin d'avoir un paysage de Normandie dans ma
chambre quand je puis l'aller voir très-bien réussi par
Dieu ? Nous avons dans nos rêves des poèmes plus beaux
que l'Iliade. Pour une somme peu considérable, je puis
trouver à Valognes, à Carentan, comme en Provence, à
Arles, des Vénus tout aussi belles que celles de Titien. La
Gazette des Tribunaux [123] publie des romans autrement
faits que ceux de Walter Scott, qui se dénouent terrible-
ment, avec du vrai sang et non avec de l'encre. Le bonheur
et la vertu sont au-dessus de l'art et du génie.

— Bravo ! Butscha, s'écria madame Latournelle.

— Qu'a-t-il dit ? demanda Canalis à La Brière en
cessant de recueillir dans les yeux et dans l'attitude de
Modeste les charmants témoignages d'une admiration
naïve.

Le mépris qu'avait essuyé La Brière, et surtout l'irres-
pectueux discours de la fille au père, contristaient tellement ce pauvre jeune homme, qu'il ne répondit pas à
Canalis ; ses yeux, douloureusement attachés sur Modeste,
accusaient une méditation profonde. L'argumentation du
clerc fut reproduite avec esprit par le duc d'Hérouville, qui

finit en disant que les extases de sainte Thérèse étaient bien supérieures aux créations de lord Byron.

— Oh! monsieur le duc, répondit Modeste, c'est une poésie entièrement personnelle, tandis que le génie de Byron ou celui de Molière profite au monde...

— Mets-toi donc d'accord avec monsieur le baron, répondit vivement Charles Mignon. Tu veux maintenant que le génie soit utile, absolument comme le coton ; mais tu trouveras peut-être la logique aussi perruque, aussi vieille que ton pauvre bonhomme de père.

Butscha, La Brière et madame Latournelle échangèrent des regards à demi moqueurs qui poussèrent Modeste d'autant plus avant dans la voie de l'irritation qu'elle resta court pendant un moment.

— Mademoiselle, rassurez-vous ? dit Canalis en lui souriant, nous ne sommes ni battus ni pris en contradiction. Toute œuvre d'art, qu'il s'agisse de la littérature, de la musique, de la peinture, de la sculpture ou de l'architecture, implique une utilité sociale positive, égale à celle de tous les autres produits commerciaux. L'art est le commerce par excellence, il le sous-entend. Un livre, aujourd'hui, fait empocher à son auteur quelque chose comme dix mille francs, et sa fabrication suppose l'imprimerie, la papeterie, la librairie, la fonderie, c'est-à-dire des milliers de bras en action. L'exécution d'une symphonie de Beethoven ou d'un opéra de Rossini demande tout autant de bras, de machines et de fabrications. Le prix d'un monument répond encore plus brutalement à l'objection. Aussi peut-on dire que les œuvres du génie ont une base extrêmement coûteuse, et nécessairement profitable à l'ouvrier.

Établi sur cette thèse, Canalis parla pendant quelques instants avec un grand luxe d'images et en se complaisant dans sa phrase ; mais il lui arriva, comme à beaucoup de grands parleurs, de se trouver dans sa conclusion au point de départ de la conversation, et du même avis que La Brière, sans s'en apercevoir.

— Je vois avec plaisir, mon cher baron, dit finement le

petit duc d'Hérouville, que vous serez un grand ministre constitutionnel.

— Oh ! dit Canalis avec un geste de grand homme, que prouvons-nous dans toutes nos discussions ? l'éternelle vérité de cet axiome : tout est vrai et tout est faux ! Il y a pour les vérités morales, comme pour les créatures, des milieux où elles changent d'aspect au point d'être méconnaissables.

— La société vit de choses jugées, dit le duc d'Hérouville.

— Quelle légèreté ! dit tout bas madame Latournelle à son mari.

— C'est un poète... répondit Gobenheim qui entendit le mot.

Canalis, qui se trouvait à dix lieues au-dessus de ses auditeurs et qui peut-être avait raison dans son dernier mot philosophique, prit pour des symptômes d'ignorance l'espèce de froid peint sur toutes les figures ; mais il se vit compris par Modeste, et il resta content, sans deviner combien le monologue est blessant pour des provinciaux dont la principale occupation est de démontrer aux Parisiens l'existence, l'esprit et la sagesse de la province.

— Y a-t-il longtemps que vous n'avez vu la duchesse de Chaulieu ? demanda le duc à Canalis pour changer de conversation.

— Je l'ai quittée il y a six jours, répondit Canalis.

— Elle va bien ? reprit le duc.

— Parfaitement bien.

— Ayez la bonté de me rappeler à son souvenir quand vous lui écrirez.

— On la dit charmante, reprit Modeste en s'adressant au duc.

— Monsieur le baron, répondit le Grand-Écuyer, peut en parler plus savamment que moi.

— Plus que charmante, dit Canalis en acceptant la perfidie de monsieur d'Hérouville ; mais je suis partial, mademoiselle, c'est mon amie depuis dix ans ; je lui dois tout ce que je puis avoir de bon, elle m'a préservé des dangers du monde. Enfin, monsieur le duc de Chaulieu lui-même m'a fait entrer dans la voie où je suis. Sans la protection de cette famille, le roi, les princesses auraient pu souvent oublier un pauvre poète comme moi ; aussi mon affection sera-t-elle toujours pleine de reconnaissance.

Ceci fut dit avec des larmes dans la voix.

— Combien nous devons aimer celle qui vous a dicté tant de chants sublimes, et qui vous inspire un si beau sentiment, dit Modeste attendrie. Peut-on concevoir un poète sans muse ?

— Il serait sans cœur, il ferait des vers secs comme ceux de Voltaire qui n'a jamais aimé que Voltaire, répondit Canalis.

— Ne m'avez-vous pas fait l'honneur de me dire à Paris, demanda le Breton à Canalis, que vous n'éprouviez aucun des sentiments que vous exprimez ?

— La botte est droite, mon brave soldat, répondit le poète en souriant, mais apprenez qu'il est permis d'avoir à la fois beaucoup de cœur et dans la vie intellectuelle et dans la vie réelle. On peut exprimer de beaux sentiments sans les éprouver, et les éprouver sans pouvoir les exprimer. La Brière, mon ami que voici, aime à en perdre l'esprit, dit-il avec générosité en regardant Modeste ; moi, qui certes aime autant que lui, je crois, à moins de me faire illusion, que je pourrais donner à mon amour une forme littéraire en harmonie avec sa puissance ; mais je ne réponds pas, mademoiselle, dit-il en se tournant vers Modeste avec une grâce un peu trop cherchée, de ne pas être demain sans esprit...

Ainsi, le poète triomphait de tout obstacle, il brûlait en l'honneur de son amour les bâtons qu'on lui jetait entre les jambes, et Modeste restait ébahie de cet esprit parisien qu'elle ne connaissait pas et qui brillantait les déclamations du discoureur.

— Quel sauteur ! dit Butscha dans l'oreille du petit Latournelle après avoir entendu la plus magnifique tirade sur la religion catholique et sur le bonheur d'avoir pour épouse une femme pieuse, servie en réponse à un mot de madame Mignon.

Modeste eut sur les yeux comme un bandeau ; le prestige du débit et l'attention qu'elle portait à Canalis, par parti pris, l'empêcha de voir ce que Butscha remarquait soigneusement, la déclamation, le défaut de simplicité, l'emphase substituée au sentiment et toutes les incohérences qui dictèrent au clerc son mot un peu trop cruel. Là où monsieur Mignon, Dumay, Butscha, Latournelle s'étonnaient de l'inconséquence de Canalis sans tenir compte de l'inconséquence d'une conversation, toujours si capricieuse en France, Modeste admirait la souplesse du poète, et se disait en l'entraînant avec elle dans les chemins tortueux de sa fantaisie : « Il m'aime ! » Butscha, comme tous les spectateurs de ce qu'il faut appeler cette *représentation,* fut frappé du défaut principal des égoïstes que Canalis laisse un peu trop voir, comme tous les gens habitués à pérorer dans les salons. Soit qu'il comprît d'avance ce que l'interlocuteur voulait dire, soit qu'il n'écoutât point, ou soit qu'il eût la faculté d'écouter tout en pensant à autre chose. Melchior offrait ce visage distrait qui déconcerte la parole autant qu'il blesse la vanité. Ne pas écouter est non-seulement un manque de politesse, mais encore une marque de mépris. Or Canalis pousse un peu loin cette habitude, car souvent il oublie de répondre à un discours qui veut une réponse, et passe sans aucune transition polie au sujet dont il se préoccupe. Si d'un homme haut placé, cette impertinence s'accepte sans protêt, elle engendre au fond des cœurs un levain de haine et de vengeance ; mais d'un égal, elle va jusqu'à dissoudre l'amitié. Quand, par hasard, Melchior se force à écouter, il tombe dans un autre défaut, il ne fait que se prêter, il ne se donne pas. Sans être aussi choquant, ce demi-sacrifice indispose tout autant l'écouteur et le laisse mécontent. Rien ne rapporte plus dans *le commerce du monde* que l'aumône de l'attention. A bon entendeur, salut ! n'est pas seulement un précepte évangélique, c'est encore une excellente spéculation ; observez-le, on vous passera tout, jusqu'à des vices. Canalis prit beaucoup sur lui dans l'intention de plaire à Modeste ; mais, s'il fut complaisant pour elle, il redevint souvent lui-même avec les autres.

Modeste, impitoyable pour les dix martyrs qu'elle faisait, pria Canalis de lire une de ses pièces de vers, elle voulait un échantillon du talent de lecture si vanté. Canalis prit le volume que lui tendit Modeste et roucoula, tel est le mot propre, celle de ses poésies qui passe pour être la plus belle, une imitation des *Amours des anges* de Moore, intitulée VITALIS [124], que mesdames Latournelle et Dumay, Gobenheim et le caissier accueillirent par quelques bâillements.

— Si vous jouez bien au whist, monsieur, dit Gobenheim en présentant cinq cartes mises en éventail, je n'aurai jamais vu d'homme aussi accompli que vous...

Cette question fit rire, car elle fut la traduction des idées de chacun.

— Je le joue assez, pour pouvoir vivre en province le reste de mes jours, répondit Canalis. Voici sans doute plus de littérature et de conversation qu'il n'en faut à des joueurs de whist, ajouta-t-il avec impertinence en jetant son volume sur la console.

Ce détail indique les dangers que court le héros d'un salon à sortir, comme Canalis, de sa sphère ; il ressemble alors à l'acteur chéri d'un certain public, dont le talent se perd en quittant son cadre et abordant un théâtre supérieur.

LV. *Modeste s'établit dans son rôle.*

On mit ensemble le baron et le duc, Gobenheim fut le partenaire de Latournelle. Modeste vint se placer auprès du poète, au grand désespoir du pauvre Ernest qui suivait sur le visage de la capricieuse jeune fille les progrès de la

fascination exercée par Canalis. La Brière ignorait le don
de séduction que possédait Melchior et que la nature a
souvent refusé aux êtres vrais, assez généralement timides.
Ce don exige une hardiesse, une vivacité de moyens qu'on
pourrait appeler la voltige de l'esprit ; il comporte même un
peu de mimique ; mais n'y a-t-il pas toujours, moralement
parlant, un comédien dans un poète ? Entre exprimer des
sentiments qu'on n'éprouve pas, mais dont on conçoit
toutes les variantes, et les feindre quand on en a besoin
pour obtenir un succès sur le théâtre de la vie privée, la
différence est grande ; néanmoins, si l'hypocrisie nécessaire à l'homme du monde à gangrené le poète, il arrive à
transporter les facultés de son talent dans l'expression d'un
sentiment nécessaire, comme le grand homme voué à la
solitude finit par transborder son cœur dans son esprit.

— Il travaille pour les millions, se disait douloureusement La Brière, et il jouera si bien la passion que Modeste
y croira !

Et au lieu de se montrer plus aimable et plus spirituel
que son rival, La Brière imita le duc d'Hérouville, il resta
sombre, inquiet, attentif ; mais là où l'homme de cour
étudiait les incartades de la jeune héritière, Ernest fut en
proie aux douleurs d'une jalousie noire et concentrée, il
n'avait pas encore obtenu un regard de son idole. Il sortit,
pour quelques instants, avec Butscha.

— C'est fini, dit-il, elle est folle de lui, je suis plus que
désagréable, et d'ailleurs elle a raison ! Canalis est
charmant, il a de l'esprit dans son silence, de la passion
dans les yeux, de la poésie dans ses amplifications...

— Est-ce un honnête homme ? demanda Butscha.

— Oh ! oui, répondit La Brière. Il est loyal, chevaleres-
que, et capable de perdre, soumis à l'influence d'une
Modeste, les petits travers que lui a donnés madame de
Chaulieu...

— Vous êtes un brave garçon, dit le petit bossu. Mais
est-il capable d'aimer, et l'aimera-t-il ?

— Je ne sais pas, répondit La Brière. A-t-elle parlé de
moi ? demanda-t-il après un moment de silence.

— Oui, dit Butscha qui redit à La Brière le mot échappé à Modeste sur les déguisements.

Le Référendaire alla se jeter sur un banc, et s'y cacha la tête dans ses mains ; il ne pouvait retenir ses larmes et ne voulait pas les laisser voir à Butscha ; mais le nain était homme à les deviner.

— Qu'avez-vous, monsieur ? demanda Butscha.

— Elle a raison !... dit La Brière en se relevant brusquement, je suis un misérable...

Il raconta la tromperie à laquelle l'avait convié Canalis ; mais en faisant observer à Butscha qu'il avait voulu détromper Modeste avant qu'elle ne se fût démasquée, et il se répandit en apostrophes assez enfantines sur le malheur de sa destinée. Butscha reconnut sympathiquement l'amour dans sa vigoureuse et sapide naïveté, dans ses vraies, dans ses profondes anxiétés.

— Mais pourquoi, dit-il au Référendaire, ne vous développez-vous pas devant mademoiselle Modeste, et laissez-vous votre rival faire ses exercices...

— Ah ! vous n'avez donc pas senti, lui dit La Brière, votre gorge se serrer dès qu'il s'agit de lui parler... Vous ne sentez donc rien dans la racine de vos cheveux, rien à la surface de la peau, quand elle vous regarde, ne fût-ce que d'un œil distrait...

— Mais vous avez eu assez de jugement pour être d'une tristesse morne quand elle a, en quelque sorte, dit à son digne père : — Vous êtes une ganache.

— Monsieur, je l'aime trop pour ne pas avoir senti comme la lame d'un poignard entrer dans mon cœur, en l'entendant ainsi donner un démenti aux perfections que je lui trouve.

— Canalis, lui, l'a justifiée, répondit Butscha.

— Si elle avait plus d'amour-propre que de cœur, elle ne serait pas regrettable, répliqua La Brière.

En ce moment Modeste, suivie de Canalis qui venait de perdre, sortit avec son père et madame Dumay, pour respirer l'air d'une nuit étoilée. Pendant que sa fille se promenait avec le poète, Charles Mignon se détacha d'elle pour venir auprès de La Brière.

— Votre ami, monsieur, aurait dû se faire avocat, dit-il en souriant et regardant le jeune homme avec attention.

— Ne vous hâtez pas de juger un poète avec la sévérité que vous pourriez avoir pour un homme ordinaire, comme moi par exemple, monsieur le comte, répondit La Brière. Le poète a sa mission. Il est destiné par sa nature à voir la poésie des questions, de même qu'il exprime celle de toute chose ; aussi, là où vous le croyez en opposition avec lui-même, est-il fidèle à sa vocation. C'est le peintre, faisant également bien une madone et une courtisane. Molière a raison dans ses personnages de vieillard et dans ceux de ses jeunes gens, et Molière avait certes le jugement sain. Ces jeux de l'esprit, corrupteurs chez les hommes secondaires, n'ont aucune influence sur le caractère chez les vrais grands hommes.

Charles Mignon serra la main à La Brière, en lui disant :

— Cette facilité pourrait néanmoins servir à se justifier à soi-même des actions diamétralement opposées, surtout en politique.

— Ah ! mademoiselle, répondait en ce moment Canalis d'une voix câline à une malicieuse observation de Modeste, ne croyez pas que la multiplicité des sensations ôte la moindre force aux sentiments. Les poètes, plus que les autres hommes, doivent aimer avec constance et foi. D'abord ne soyez pas jalouse de ce qu'on appelle la Muse. Heureuse la femme d'un homme occupé ! Si vous entendiez les plaintes des femmes qui subissent le poids de l'oisiveté des maris sans fonctions ou à qui la richesse laisse de grands loisirs, vous sauriez que le principal bonheur d'une Parisienne est la liberté, la royauté chez elle. Or, nous autres, nous laissons prendre à une femme le sceptre chez nous, car il nous est impossible de descendre à la tyrannie exercée par les petits esprits. Nous avons mieux à faire… Si jamais je me mariais, ce qui, je vous le jure, est une catastrophe très-éloignée pour moi, je voudrais que ma femme eût la liberté morale que garde une maîtresse et qui peut-être est la source où elle puise toutes ses séductions.

Canalis déploya sa verve et ses grâces en parlant amour, mariage, adoration de la femme, en controversant avec Modeste jusqu'à ce que monsieur Mignon qui vint les rejoindre, eût trouvé, dans un moment de silence, l'occasion de prendre sa fille par le bras et de l'amener devant Ernest à qui le digne soldat avait conseillé de tenter une explication.

— Mademoiselle, dit Ernest d'une voix altérée, il m'est impossible de rester sous le poids de votre mépris. Je ne me défends pas, je ne cherche pas à me justifier, je veux seulement vous faire observer qu'avant de lire votre flatteuse lettre adressée à la personne, et non plus au poète, la dernière enfin, je voulais, et je vous l'ai fait savoir par un mot écrit du Havre, dissiper l'erreur où vous étiez. Tous les sentiments que j'ai eu le bonheur de vous exprimer sont sincères. Une espérance a lui pour moi quand, à Paris, monsieur votre père s'est dit pauvre ; mais, maintenant, si tout est perdu, si je n'ai plus que des regrets éternels, pourquoi resterais-je ici où tout est supplice pour moi ?… Laissez-moi donc emporter un sourire de vous, il sera gravé dans mon cœur.

— Monsieur, répondit Modeste qui parut froide et distraite, je ne suis pas la maîtresse ici ; mais, certes, je serais au désespoir d'y retenir ceux qui n'y trouvent ni plaisir, ni bonheur.

Elle laissa le Référendaire en prenant le bras de madame Dumay pour rentrer. Quelques instants après tous les personnages de cette scène domestique, de nouveau réunis au salon, furent assez surpris de voir Modeste assise auprès du duc d'Hérouville, et coquetant avec lui comme aurait pu le faire la plus rusée Parisienne ; elle s'intéressait à son jeu, lui donnait les conseils qu'il demandait, et trouva l'occasion de lui dire des choses flatteuses en élevant le hasard de la noblesse sur la même ligne que les hasards du talent et de la beauté. Canalis savait ou croyait savoir la raison de ce changement, il avait voulu piquer Modeste en traitant le mariage de catastrophe et en s'en

montrant éloigné ; mais, comme tous ceux qui jouent avec
le feu, ce fut lui qui se brûla. La fierté de Modeste, son
dédain alarmèrent le poète, il revint à elle en donnant le
spectacle d'une jalousie d'autant plus visible qu'elle était
jouée. Modeste, implacable comme les anges, savoura le
plaisir que lui causait l'exercice de son pouvoir, et
naturellement elle en abusa. Le duc d'Hérouville n'avait
jamais connu pareille fête : une femme lui souriait ! A
onze heures du soir, heure indue au Chalet, les trois
prétendus sortirent, le duc en trouvant Modeste charmante, Canalis en la trouvant excessivement coquette, et
La Brière navré de sa dureté.

LVI. *Temps que dure en province l'admiration.*

Pendant huit jours l'héritière fut avec ses trois prétendus ce qu'elle avait été durant cette soirée, en sorte que le
poète parut l'emporter sur ses rivaux, malgré les boutades
et les fantaisies qui donnaient de temps en temps de
l'espoir au duc d'Hérouville. Les irrévérences de Modeste
envers son père, les libertés excessives qu'elle prenait
avec lui ; ses impatiences avec sa mère aveugle en lui
rendant comme à regret ces petits services qui naguère
étaient le triomphe de sa piété filiale, semblaient être
l'effet d'un caractère fantasque et d'une gaieté tolérée dès
l'enfance. Quand Modeste allait trop loin, elle se faisait de
la morale à elle-même, et attribuait ses légèretés, ses
incartades à son esprit d'indépendance. Elle avouait au
duc et à Canalis son peu de goût pour l'obéissance, et le
regardait comme un obstacle réel à son établissement, en
interrogeant ainsi le moral de ses prétendus, à la manière
de ceux qui trouent la terre pour en ramener de l'or, du
charbon, du tuf ou de l'eau.

— Je ne trouverai jamais, disait-elle la veille du jour

où l'installation de la famille à la Villa devait avoir lieu, de mari qui supportera mes caprices avec la bonté de mon père qui ne s'est jamais démenti, avec l'indulgence de mon adorable mère.

— Ils se savent aimés, mademoiselle, dit La Brière.

— Soyez sûre, mademoiselle, que votre mari connaîtra toute la valeur de son trésor, ajouta le duc.

— Vous avez plus d'esprit et de résolution qu'il n'en faut pour discipliner un mari, dit Canalis en riant.

Modeste sourit comme Henri IV dut sourire après avoir révélé, par trois réponses à une question insidieuse, le caractère de ses trois principaux ministres à un ambassadeur étranger [125].

Le jour du dîner, Modeste, entraînée par la préférence qu'elle accordait à Canalis, se promena long-temps seule avec lui sur le terrain sablé qui se trouvait entre la maison et le boulingrin orné de fleurs. Aux gestes du poète, à l'air de la jeune héritière, il était facile de voir qu'elle écoutait favorablement Canalis ; aussi, les deux demoiselles d'Hérouville vinrent-elles interrompre ce scandaleux tête-à-tête ; et, avec l'adresse naturelle aux femmes en semblable occurrence, elles mirent la conversation sur la cour, sur l'éclat d'une charge de la couronne en expliquant la différence qui existait entre les charges de la maison du roi et celles de la couronne ; elles tâchèrent de griser Modeste en s'adressant à son orgueil et lui montrant une des plus hautes destinées à laquelle une femme pouvait alors aspirer.

— Avoir pour fils un duc, s'écria la vieille demoiselle, est un avantage positif. Ce titre est une fortune, hors de toute atteinte, qu'on donne à ses enfants.

— A quel hasard, dit Canalis assez mécontent d'avoir vu son entretien rompu, devons-nous attribuer le peu de succès que monsieur le Grand-Écuyer a eu jusqu'à présent dans l'affaire où ce titre peut le plus servir les prétentions d'un homme ?

Les deux demoiselles jetèrent à Canalis un regard chargé d'autant de venin qu'en insinue la morsure d'une

vipère, et furent si décontenancées par le sourire railleur
de Modeste qu'elles se trouvèrent sans un mot de réponse.

— Monsieur le Grand-Écuyer, dit Modeste à Canalis,
ne vous a jamais reproché l'humilité que vous inspire votre
gloire, pourquoi lui en vouloir de sa modestie ?

— Il ne s'est d'ailleurs pas encore rencontré, dit la
vieille demoiselle, une femme digne du rang de mon
neveu. Nous en avons vu qui n'avaient que la fortune de
cette position ; d'autres qui, sans la fortune, en avaient tout
l'esprit ; et j'avoue que vous avons bien fait d'attendre que
Dieu nous offrît l'occasion de connaître une personne en
qui se rencontrent et la noblesse et l'esprit et la fortune
d'une duchesse d'Hérouville.

— Il y a, ma chère Modeste, dit Hélène d'Hérouville en
emmenant sa nouvelle amie à quelques pas de là, mille
barons de Canalis dans le royaume comme il y a cent
poètes à Paris qui le valent ; et il est si peu grand homme
que, moi, pauvre fille destinée à prendre le voile faute
d'une dot, je ne voudrais pas de lui ! Vous ne savez
d'ailleurs pas ce que c'est qu'un jeune homme exploité
depuis dix ans par la duchesse de Chaulieu. Il n'y a
vraiment qu'une vieille femme de soixante ans bientôt [126]
qui puisse se soumettre aux petites indispositions dont est,
dit-on, affligé le grand poète, et dont la moindre fut, chez
Louis XIV, un défaut insupportable [127] ; mais la duchesse
n'en souffre pas autant, il est vrai, qu'en souffrirait une
femme, elle ne l'a pas toujours chez elle comme on a un
mari…

Et, pratiquant l'une des manœuvres particulières aux
femmes entre elles, Hélène d'Hérouville répéta d'oreille à
oreille les calomnies que les femmes jalouses de madame
de Chaulieu colportaient sur le poète. Ce petit détail, assez
commun dans les conversations des jeunes personnes,
montre avec quel acharnement on se disputait déjà la
fortune du comte de La Bastie.

En dix jours, les opinions du Chalet avaient beaucoup
varié sur les trois personnages qui prétendaient à la main
de Modeste. Ce changement, tout au désavantage de

Canalis, se basait sur des considérations de nature à faire profondément réfléchir les porteurs d'une gloire quelconque. On ne peut nier, à voir la passion avec laquelle on poursuit un autographe, que la curiosité publique ne soit vivement excitée par la Célébrité. La plupart des gens de province ne se rendent évidemment pas un compte exact des procédés que les gens illustres emploient pour mettre leur cravate, marcher sur le boulevard, bayer aux corneilles ou manger une côtelette ; car, lorsqu'ils aperçoivent un homme vêtu des rayons de la mode ou resplendissant d'une faveur plus ou moins passagère, mais toujours enviée, les uns disent : — « Oh ! c'est ça ! » ou bien : — « C'est drôle ! » et autres exclamations bizarres. En un mot le charme étrange que cause toute espèce de gloire, même justement acquise, ne subsiste pas. C'est, surtout pour les gens superficiels, moqueurs ou envieux, une sensation rapide comme l'éclair et qui ne se renouvelle point. Il semble que la gloire, de même que le soleil, chaude et lumineuse à distance, est, si l'on s'en approche, froide comme la sommité d'une Alpe. Peut-être l'homme n'est-il réellement grand que pour ses pairs ; peut-être les défauts inhérents à la condition humaine disparaissent-ils plutôt à leurs yeux qu'à ceux des vulgaires admirateurs. Pour plaire tous les jours, un poète serait donc tenu de déployer les grâces mensongères des gens qui savent se faire pardonner leur obscurité par leurs façons aimables et par leurs complaisants discours ; car, outre le génie, chacun lui demande les plates vertus de salon et le *berquinisme* [128] de famille. Le grand poète du faubourg Saint-Germain, qui ne voulut pas se plier à cette loi sociale, vit succéder une insultante indifférence à l'éblouissement causé par sa conversation des premières soirées. L'esprit prodigué sans mesure produit sur l'âme l'effet d'une boutique de cristaux sur les yeux ; c'est assez dire que le feu, que le brillant de Canalis fatigua promptement des gens qui, selon leur mot, aimaient le solide. Tenu bientôt de se montrer homme ordinaire, le poète rencontra de nombreux écueils sur un terrain où La Brière conquit les suffrages de ceux qui

d'abord l'avaient trouvé maussade. On éprouva le besoin
de se venger de la réputation de Canalis en lui préférant
son ami. Les meilleures personnes sont ainsi faites. Le
simple et bon Référendaire n'offensait aucun amour-
propre ; en revenant à lui, chacun lui découvrit du cœur,
une grande modestie, une discrétion de coffre-fort et une
excellente tenue. Le duc d'Hérouville mit, comme valeur
politique, Ernest beaucoup au-dessus de Canalis. Le
poète, inégal, ambitieux et mobile comme le Tasse, aimait
le luxe, la grandeur, il faisait des dettes ; tandis que le
jeune Conseiller, d'un caractère égal, vivait sagement,
utile sans fracas, attendant les récompenses sans les
quêter, et faisait des économies. Canalis avait d'ailleurs
donné raison aux bourgeois qui l'observaient. Depuis deux
ou trois jours, il se laissait aller à des mouvements
d'impatience, à des abattements, à ces mélancolies sans
raison apparente, à ces changements d'humeur, fruits du
tempérament nerveux des poètes. Ces originalités (le mot
de la province) engendrées par l'inquiétude que lui
causaient ses torts, grossis de jour en jour, envers la
duchesse de Chaulieu à laquelle il devait écrire sans
pouvoir s'y résoudre, furent soigneusement remarquées par
la douce Américaine, par la digne madame Latournelle, et
devinrent le sujet de plus d'une causerie entre elles et
madame Mignon. Canalis ressentit les effets de ces
causeries sans se les expliquer. L'attention ne fut plus la
même, les visages ne lui offrirent plus cet air ravi des
premiers jours ; tandis qu'Ernest commençait à se faire
écouter. Depuis deux jours, le poète essayait donc de
séduire Modeste, et profitait de tous les instants où il
pouvait se trouver seul avec elle pour l'envelopper dans les
filets d'un langage passionné. Le coloris de Modeste avait
appris aux deux filles avec quel plaisir l'héritière écoutait
de délicieux concetti délicieusement dits ; et, inquiètes
d'un tel progrès, elles venaient de recourir à l'*ultima ratio*
des femmes en pareil cas, à ces calomnies qui manquent
rarement leur effet en s'adressant aux répugnances physiques les plus violentes. Aussi, en se mettant à table, le

poète aperçut-il des nuages sur le front de son idole, il y lut les perfidies de mademoiselle d'Hérouville et jugea nécessaire de se proposer lui-même pour mari, dès qu'il pourrait parler à Modeste. En entendant quelques propos aigre-doux, quoique polis, échangés entre Canalis et les deux nobles filles, Gobenheim poussa le coude à Butscha son voisin pour lui montrer le poète et le Grand-Écuyer.

— Ils se démoliront l'un par l'autre ! lui dit-il à l'oreille.

— Canalis a bien assez de génie pour se démolir à lui tout seul, répondit le nain.

LVII. *Modeste devinée.*

Pendant le dîner, qui fut d'une excessive magnificence et admirablement bien servi, le duc remporta sur Canalis un grand avantage. Modeste, qui la veille avait reçu ses habits de cheval, parla de promenades à faire aux environs. Par le tour que prit la conversation, elle fut amenée à manifester le désir de voir une chasse à courre, plaisir qui lui était inconnu. Aussitôt le duc proposa de donner à mademoiselle Mignon le spectacle d'une chasse dans une forêt de la Couronne, à quelques lieues du Havre. Grâce à ses relations avec le prince de Cadignan, Grand-Veneur [129], il entrevit les moyens de déployer aux yeux de Modeste un faste royal, de la séduire en lui montrant le monde fascinant de la cour et lui faisant souhaiter de s'y introduire par un mariage. Des coups d'œil échangés entre le duc et les deux demoiselles d'Hérouville que surprit Canalis, disaient assez : « à nous l'héritière ! » pour que le poète, réduit à ses splendeurs personnelles, se hâtât d'obtenir un gage d'affection. Presque effrayée de s'être avancée au delà de ses intentions avec les d'Hérouville, Modeste, en se promenant après le dîner dans le parc, affecta d'aller un peu en avant de la compagnie avec

Melchior. Par une curiosité de jeune fille, et assez légitime, elle laissa deviner les calomnies dites par Hélène ; et, sur une exclamation de Canalis, elle lui demanda le secret qu'il promit.

— Ces coups de langue, dit-il, sont de bonne guerre dans le grand monde ; votre probité s'en effarouche et moi j'en ris, j'en suis même heureux. Ces demoiselles doivent croire les intérêts de Sa Seigneurie bien en danger pour y avoir recours.

Et, profitant aussitôt de l'avantage que donne une communication de ce genre, Canalis mit à sa justification une telle verve de plaisanterie, une passion si spirituellement exprimée en remerciant Modeste d'une confidence où il se dépêchait de voir un peu d'amour, qu'elle se vit tout aussi compromise avec le poète qu'avec le Grand-Écuyer. Canalis, sentant la nécessité d'être hardi, se déclara nettement. Il fit à Modeste des serments où sa poésie rayonna comme la lune ingénieusement invoquée, où brilla la description de la beauté de cette charmante blonde admirablement habillée pour cette fête de famille. Cette exaltation de commande, à laquelle le soir, le feuillage, le ciel et la terre, la nature entière servirent de complices, entraîna cet avide amant au delà de toute raison ; car il parla de son désintéressement et sut rajeunir par les grâces de son style le fameux thème : *Quinze cents francs et ma Sophie* [130] de Diderot, ou *Une chaumière et ton cœur !* de tous les amants qui connaissent bien la fortune d'un beau-père.

— Monsieur, dit Modeste après avoir savouré la mélodie de ce concerto si admirablement exécuté *sur un thème connu*, la liberté que me laissent mes parents m'a permis de vous entendre ; mais c'est à eux que vous devriez vous adresser.

— Eh ! bien, s'écria Canalis, dites-moi que, si j'obtiens leur aveu. vous ne demanderez pas mieux que de leur obéir.

— Je sais d'avance, répondit-elle, que mon père a des fantaisies qui peuvent contrarier le juste orgueil d'une vieille maison comme la vôtre, car il désire voir porter son titre et son nom par ses petits-fils.

— Eh! chère Modeste, quels sacrifices ne ferait-on pas pour confier sa vie à un ange gardien tel que vous?

— Vous me permettrez de ne pas décider en un instant du sort de toute ma vie, dit-elle en rejoignant les demoiselles d'Hérouville.

En ce moment ces deux nobles filles caressaient les vanités du petit Latournelle, afin de le mettre dans leurs intérêts. Mademoiselle d'Hérouville, à qui, pour la distinguer de sa nièce Hélène, il faut donner exclusivement le nom patrimonial, donnait à entendre au notaire que la place de président du tribunal au Havre, dont disposerait Charles X en leur faveur, était une retraite due à son talent de légiste et à sa probité. Butscha, qui se promenait avec La Brière et qui s'effrayait des progrès de l'audacieux Melchior, trouva moyen de causer pendant quelques minutes au bas du perron avec Modeste, au moment où l'on rentra pour se livrer aux taquinages de l'inévitable whist.

— Mademoiselle, j'espère que vous ne lui dites pas encore Melchior?... lui demanda-t-il à voix basse.

— Peu s'en faut! mon nain mystérieux, répondit-elle en souriant à faire damner un ange.

— Grand Dieu! s'écria le clerc en laissant tomber ses mains qui frôlèrent les marches.

— Eh! bien, ne vaut-il pas ce haineux et sombre Référendaire à qui vous vous intéressez? reprit-elle en prenant pour Ernest un de ces airs hautains dont le secret n'appartient qu'aux jeunes filles, comme si la Virginité leur prêtait des ailes pour s'envoler si haut. Est-ce votre petit monsieur de La Brière qui m'accepterait sans dot? dit-elle après une pause.

— Demandez à monsieur votre père? répliqua Butscha qui fit quelques pas pour emmener Modeste à une distance respectable des fenêtres. Écoutez-moi, mademoiselle? Vous savez que celui qui vous parle est prêt à donner non-seulement sa vie, mais encore son honneur, en tout temps, à tout moment; ainsi vous pouvez croire en lui, vous

pouvez lui confier ce que peut-être vous ne diriez pas à
votre père. Eh! bien, ce sublime Canalis vous a-t-il tenu
le langage désintéressé qui vous fait jeter ce reproche à la
face du pauvre Ernest.

— Oui.

— Y croyez-vous?

— Ceci, mau-clerc, reprit-elle en lui donnant un des
dix ou douze surnoms qu'elle lui avait trouvés, m'a l'air de
mettre en doute la puissance de mon amour-propre.

— Vous riez, chère mademoiselle, ainsi rien n'est
sérieux, et j'espère alors que vous vous moquez de lui.

— Que penseriez-vous de moi, monsieur Butscha, si je
me croyais le droit de railler quelqu'un de ceux qui me font
l'honneur de me vouloir pour femme? Sachez, maître Jean,
que, même en ayant l'air de mépriser le plus méprisable
des hommages, une fille est toujours flattée de l'obtenir...

— Ainsi, je vous flatte?... dit le clerc en montrant sa
figure illuminée comme l'est une ville pour une fête.

— Vous?... dit-elle. Vous me témoignez la plus
précieuse de toutes les amitiés, un sentiment désintéressé
comme celui d'une mère pour sa fille! ne vous comparez à
personne, car mon père lui-même est obligé de se dévouer
à moi. — Elle fit une pause. — Je ne puis pas dire que je
vous aime, dans le sens que les hommes donnent à ce mot,
mais ce que je vous accorde est éternel, et ne connaîtra
jamais de vicissitudes.

— Eh! bien, dit Butscha qui feignit de ramasser un
caillou pour baiser le bout des souliers de Modeste en y
laissant une larme, permettez-moi donc de veiller sur vous,
comme un dragon veille sur un trésor. Le poète vous a
déployé tout à l'heure la dentelle de ses précieuses
phrases, le clinquant des promesses. Il a chanté son amour
sur la plus belle corde de sa lyre, n'est-ce pas?... Si dès
que ce noble amant aura la certitude de votre peu de
fortune, vous le voyez changeant de conduite, embarrassé,
froid; en ferez-vous encore votre mari, lui donnerez-vous
toujours votre estime?...

— Ce serait un Francisque Althor ?... demanda-t-elle avec un geste où se peignit un amer dégoût.

— Laissez-moi le plaisir de produire ce changement de décoration, dit Butscha. Non-seulement, je veux que ce soit subit ; mais, après, je ne désespère pas de vous rendre votre poète amoureux de nouveau, de lui faire souffler alternativement le froid et le chaud sur votre cœur aussi gracieusement qu'il soutient le pour et le contre dans la même soirée, sans quelquefois s'en apercevoir.

— Si vous avez raison, dit-elle, à qui se fier ?...

— A celui qui vous aime véritablement.

— Au petit duc ?...

Butscha regarda Modeste. Tous deux, ils firent quelques pas en silence. La jeune fille fut impénétrable, elle ne sourcilla pas.

— Mademoiselle, me permettez-vous d'être le traducteur des pensées tapies au fond de votre cœur, comme des mousses de marines sous les eaux, et que vous ne voulez pas vous expliquer.

— Eh ! quoi, dit Modeste, mon conseiller-intime-privé-actuel serait encore un miroir ?...

— Non, mais un écho, répondit-il en accompagnant ce mot d'un geste empreint d'une sublime modestie. Le duc vous aime, mais il vous aime trop. Si j'ai bien compris, moi nain, l'infinie délicatesse de votre cœur, il vous répugnerait d'être adorée comme un Saint-Sacrement dans son tabernacle. Mais, comme vous êtes éminemment femme, vous ne voulez pas plus voir un homme sans cesse à vos pieds et de qui vous seriez éternellement sûre, que vous ne voudriez d'un égoïste, comme Canalis, qui se préférerait à vous... Pourquoi ? je n'en sais rien. Je me ferai femme et vieille femme pour savoir la raison de ce programme que j'ai lu dans vos yeux, et qui peut-être est celui de toutes les filles. Néanmoins, vous avez dans votre grande âme un besoin d'adoration. Quand un homme est à vos genoux, vous ne pouvez pas vous mettre aux siens. — On ne va pas loin ainsi, disait Voltaire. Le petit duc a donc trop de génuflexions dans le moral ; et Canalis pas assez, pour ne

pas dire point du tout. Aussi deviné-je la malice cachée de
vos sourires, quand vous vous adressez au Grand-Écuyer,
quand il vous parle, quand vous lui répondez. Vous ne
pouvez jamais être malheureuse avec le duc, tout le monde
vous approuvera si vous le choisissez pour mari, mais vous
ne l'aimerez point. Le froid de l'égoïsme et la chaleur
excessive d'une extase continuelle produisent sans doute
dans le cœur de toutes les femmes, une négation.
Évidemment, ce n'est pas ce triomphe perpétuel qui vous
prodiguera les délices infinies du mariage que vous rêvez,
où il se rencontre des obéissances qui rendent fière, où
l'on fait de grands petits sacrifices cachés avec bonheur,
où l'on ressent des inquiétudes sans cause, où l'on attend
avec ivresse des succès, où l'on plie avec joie devant des
grandeurs imprévues, où l'on est compris jusque dans ses
secrets, où parfois une femme protège de son amour son
protecteur...

— Vous êtes sorcier ! dit Modeste.

— Vous ne trouverez pas non plus cette douce égalité
de sentiments, ce partage continu de la vie et cette
certitude de plaire qui fait accepter le mariage, en
épousant un Canalis, un homme qui ne pense qu'à lui,
dont le moi est la note unique, dont l'attention ne s'est pas
encore abaissée jusqu'à se prêter à votre père ou au Grand-
Écuyer !... un ambitieux du second ordre à qui votre
dignité, votre obéissance importent peu, qui fera de vous
une chose nécessaire dans sa maison, et qui vous insulte
déjà par son indifférence en fait d'honneur ! Oui, vous
vous permettriez de souffleter votre mère, Canalis ferme-
rait les yeux pour pouvoir se nier votre crime à lui-même,
tant il a soif de votre fortune. Ainsi, mademoiselle, je ne
pensais ni au grand poète qui n'est qu'un petit comédien,
ni à Sa Seigneurie qui ne serait pour vous qu'un beau
mariage et non pas un mari...

— Butscha, mon cœur est un livre blanc où vous gravez
vous-même ce que vous y lisez, répondit Modeste. Vous
êtes entraîné par votre haine de province contre tout ce qui
vous force à regarder plus haut que la tête. Vous ne

pardonnez pas au poète d'être un homme politique, de posséder une belle parole, d'avoir un immense avenir, et vous calomniez ses intentions...

— Lui ?... mademoiselle. Il vous tournera le dos du jour au lendemain avec la lâcheté d'un Vilquin.

— Oh ! faites-lui jouer cette scène de comédie, et...

— Sur tous les tons, dans trois jours, mercredi, souvenez-vous-en ? Jusque-là, mademoiselle, amusez-vous à entendre tous les airs de cette serinette, afin que les ignobles dissonances de la contre-partie en ressortent mieux.

LVIII. *Ernest heureux.*

Modeste rentra gaiement au salon où, seul de tous les hommes, La Brière, assis dans l'embrasure d'une fenêtre, d'où, sans doute, il avait contemplé son idole, se leva comme si quelqu'huissier eût crié : La Reine ! Ce fut un mouvement respectueux plein de cette vive éloquence particulière au geste et qui surpasse celle des plus beaux discours. L'amour parlé ne vaut pas l'amour prouvé, toutes les jeunes filles de vingt ans en ont cinquante pour pratiquer cet axiome. Là est le grand argument des séducteurs. Au lieu de regarder Modeste en face, comme le fit Canalis qui la salua par un hommage public, l'amant dédaigné la suivit d'un long regard en dessous, humble à la façon de Butscha, presque craintif. La jeune héritière remarqua cette contenance en allant se placer auprès de Canalis au jeu de qui elle parut s'associer. Durant la conversation, La Brière apprit par un mot de Modeste à son père qu'elle reprendrait mercredi l'exercice du cheval ; elle lui faisait observer qu'il lui manquait une cravache en harmonie avec la somptuosité de ses habits d'écuyère. Le Référendaire lança sur le nain un regard qui pétilla comme un incendie ; et, quelques instants après, ils piétinaient tous deux sur la terrasse.

— Il est neuf heures, dit Ernest à Butscha, je pars pour Paris à franc étrier, j'y puis être demain matin à dix heures. Mon cher Butscha, de vous elle acceptera bien un souvenir, car elle a de l'amitié pour vous ; laissez-moi lui donner, sous votre nom, une cravache, et sachez que, pour prix de cette immense complaisance, vous aurez en moi non pas un ami, mais un dévouement.

— Allez, vous êtes bien heureux, dit le clerc, vous avez de l'argent, vous !...

— Prévenez Canalis de ma part que je ne rentrerai pas, et qu'il invente un prétexte pour justifier une absence de deux jours.

Une heure après, Ernest, parti en courrier, arriva en douze heures à Paris où son premier soin fut de retenir une place à la malle-poste du Havre pour le lendemain. Puis, il alla chez les trois plus célèbres bijoutiers de Paris, comparant les pommes de cravache, et cherchant ce que l'art pouvait offrir de plus royalement beau. Il trouva, faite par Stidmann pour une Russe qui n'avait pu la payer après l'avoir commandée, une chasse au renard sculptée dans l'or, et terminée par un rubis d'un prix exorbitant pour les appointements d'un Référendaire ; toutes ses économies y passèrent, il s'agissait de sept mille francs. Ernest donna le dessin des armes des La Bastie, et vingt heures pour les exécuter à la place de celles qui s'y trouvaient. Cette chasse, un chef-d'œuvre de délicatesse, fut ajustée à une cravache en caoutchouc, et mise dans un étui de maroquin rouge doublé de velours sur lequel on grava deux M entrelacés. Le mercredi matin, La Brière était arrivé par la malle, et à temps, pour déjeuner avec Canalis. Le poète avait caché l'absence de son secrétaire en le disant occupé d'un travail envoyé de Paris. Butscha, qui se trouvait à la Poste pour tendre la main au Référendaire à l'arrivée de la malle, courut porter à Françoise Cochet cette œuvre d'art en lui recommandant de la placer sur la toilette de Modeste.

— Vous accompagnerez, sans doute, mademoiselle Modeste à sa promenade, dit le clerc qui revint chez Canalis pour annoncer par une œillade à La Brière que la cravache était heureusement parvenue à sa destination.

— Moi, répondit Ernest, je vais me coucher…

— Ah ! bah ! s'écria Canalis en regardant son ami, je ne te comprends plus.

LIX. *Où Butscha se signale comme mystificateur.*

On allait déjeuner, naturellement le poète offrit au clerc de se mettre à table. Butscha restait avec l'intention de se faire inviter au besoin par La Brière, en voyant sur la physionomie de Germain le succès d'une malice de bossu que doit faire prévoir sa promesse à Modeste.

— Monsieur a bien raison de garder le clerc de monsieur Latournelle, dit Germain à l'oreille de Canalis.

Canalis et Germain allèrent dans le salon sur un clignotement d'œil du domestique à son maître.

— Ce matin, monsieur, je suis allé voir pêcher, une partie proposée avant-hier par un patron de barque de qui j'ai fait la connaissance.

Germain n'avoua pas avoir eu le mauvais goût de jouer au billard dans un café du Havre où Butscha l'avait enveloppé d'amis pour agir à volonté sur lui.

— Eh ! bien, dit Canalis, au fait, vivement.

— Monsieur le baron, j'ai entendu sur monsieur Mignon une discussion à laquelle j'ai poussé de mon mieux, on ne savait pas à qui j'appartenais. Ah ! monsieur le baron, le bruit du port est que vous donnez dans un panneau. La fortune de mademoiselle de La Bastie est, comme son nom, très-modeste. Le vaisseau sur lequel le père est venu n'est pas à lui, mais à des marchands de la Chine avec lesquels il devra loyalement compter. On débite à ce sujet des choses peu flatteuses pour l'honneur du colonel. Ayant entendu dire que vous et monsieur le duc vous vous disputiez mademoiselle de La Bastie, j'ai pris la liberté de vous prévenir ; car, de vous deux, il vaut mieux que ce soit Sa Seigneurie *qui la gobe...* En revenant, j'ai fait un tour sur le port, devant la salle de spectacle où se promènent les négociants parmi lesquels je me suis faufilé hardiment. Ces braves gens, voyant un homme bien vêtu, se sont mis à causer du Havre ; de fil en aiguille, je les ai mis sur le compte du colonel Mignon, et ils se sont si bien trouvés d'accord avec les pêcheurs que je manquerais à mes devoirs en me taisant. Voilà pourquoi j'ai laissé monsieur s'habiller, se lever seul...

— Que faire ? s'écria Canalis en se trouvant engagé de manière à ne pouvoir plus revenir sur ses promesses à Modeste.

— Monsieur connaît mon attachement, dit Germain en voyant le poète comme foudroyé, il ne s'étonnera pas de me voir lui donner un conseil. Si vous pouviez griser ce clerc, il dirait bien le fin mot là dessus ; et, s'il ne se déboutonne pas à la seconde bouteille de vin de Champagne, ce sera toujours bien à la troisième. Il serait d'ailleurs singulier que monsieur, que nous verrons sans doute un jour ambassadeur, comme Philoxène l'a entendu dire à madame la duchesse, ne vînt pas à bout d'un clerc du Havre.

En ce moment, Butscha, l'auteur inconnu de cette partie de pêche invitait le Référendaire à se taire sur le sujet de son voyage à Paris, et à ne pas contrarier sa manœuvre à table. Le clerc avait tiré parti d'une réaction défavorable à Charles Mignon qui s'opérait au Havre. Voici pourquoi. Monsieur le comte de La Bastie laissait dans un complet oubli ses amis d'autrefois qui pendant son absence avaient oublié sa femme et ses enfants. En apprenant qu'il se donnait un grand dîner à la villa Mignon, chacun se flatta d'être un des convives et s'attendit à recevoir une invitation ; mais quand on sut que Gobenheim, les Latournelle, le duc et les deux Parisiens étaient les seuls invités, il se fit une clameur de haro sur l'orgueil du négociant ; son affectation à ne voir personne, à ne pas descendre au Havre, fut alors remarquée et attribuée à un mépris dont se vengea le Havre en mettant en question cette soudaine fortune. En caquetant, chacun sut bientôt que les fonds nécessaires au réméré de Vilquin avaient été fournis par Dumay. Cette circonstance permit aux plus acharnés de supposer calomnieusement que Charles était venu confier au dévouement absolu de Dumay des fonds pour lesquels il prévoyait des discussions avec ses prétendus associés de Canton. Les demi-mots de Charles dont l'intention fut toujours de cacher sa fortune, les dires de ses gens à qui le mot fut donné, prêtaient un air de vraisemblance à ces fables grossières, auxquelles chacun crut en obéissant à l'esprit de dénigrement qui anime les commerçants les uns contre les autres. Autant le patriotisme de clocher avait vanté l'immense fortune d'un des fondateurs du Havre, autant la jalousie de province la diminua. Le clerc, à qui les pêcheurs devaient plus d'un service, leur demanda le secret et un coup de langue. Il fut bien servi. Le patron de la barque dit à Germain qu'un de ses cousins, un matelot, arrivait de Marseille, congédié par suite de la vente du brick sur lequel le colonel était revenu. Le brick se vendait pour le compte d'un nommé Castagnould, et la cargaison, selon le cousin, valait tout au plus trois ou quatre cent mille francs.

— Germain, dit Canalis au moment où le valet de chambre sortit, tu nous serviras du vin de Champagne et du vin de Bordeaux. Un membre de la Basoche de Normandie doit remporter des souvenirs de l'hospitalité d'un poète... Et puis, il a de l'esprit autant que le *Figaro* [131], dit Canalis en appuyant sa main sur l'épaule du nain, il faut que cet esprit de petit journal jaillisse et mousse avec le vin de Champagne ; nous ne nous épargnerons pas non plus, Ernest ?... Il y a bien, ma foi ! deux ans que je ne me suis grisé, reprit-il en regardant La Brière.

— Avec du vin ?... cela se conçoit, répondit le clerc. Vous vous grisez tous les jours de vous-même ! Vous buvez

à même, en fait de louanges. Ah ! vous êtes beau, vous êtes
poète, vous êtes illustre de votre vivant, vous avez une
conversation à la hauteur de votre génie, et vous plaisez à
toutes les femmes, même à ma patronne. Aimé de la plus
belle sultane Validé que j'aie vue (je n'ai encore vu que
celle-là), vous pouvez, si vous le voulez, épouser mademoiselle de La Bastie... Tenez, rien qu'à faire l'inventaire
du présent sans compter votre avenir, (un beau titre, la
pairie, une ambassade !...) me voilà soûl, comme ces gens
qui mettent en bouteilles le vin d'autrui.

— Toutes ces magnificences sociales, reprit Canalis,
ne sont rien sans ce qui les met en valeur, la fortune !...
Nous sommes ici entre hommes, les beaux sentiments sont
charmants en stances...

— Et en circonstances, dit le clerc en faisant un geste
significatif.

— Mais vous, monsieur le faiseur de contrats, dit le
poète en souriant de l'interruption, vous savez aussi bien
que moi que *chaumière* rime avec *misère*.

A table, Butscha se développa dans le rôle de Trigaudin
de *la Maison en loterie*[132], à effrayer Ernest qui ne
connaissait pas les *charges* d'Étude, elles valent les
charges d'atelier. Le clerc raconta la chronique scanda-
leuse du Havre, l'histoire des fortunes, celle des alcôves et
les crimes commis le code à la main, ce qu'on appelle, en
Normandie, *se tirer d'affaire comme on peut*. Il n'épargna
personne. Sa verve croissait avec le torrent de vin qui
passait par son gosier, comme un orage par une gouttière.

— Sais-tu, La Brière, que ce brave garçon là, dit
Canalis en versant du vin à Butscha, ferait un fameux
secrétaire d'ambassade ?...

— A *dégoter* son patron ! reprit le nain en jetant à
Canalis un regard où l'insolence se noya dans le pétillement du gaz acide carbonique. J'ai assez peu de reconnaissance et assez d'intrigue pour vous monter sur les épaules.
Un poète portant un avorton !... ça se voit quelquefois, et
même assez souvent... dans la librairie. Allons, vous me
regardez comme un avaleur d'épées. Eh ! mon cher grand

génie, vous êtes un homme supérieur, vous savez bien que
la reconnaissance est un mot d'imbécile, on le met dans le
dictionnaire, mais il n'est pas dans le cœur humain. La
reconnaissance n'a de valeur qu'à certain mont [133] qui n'est
ni le Parnasse ni le Pinde. Croyez-vous que je doive
beaucoup à ma patronne pour m'avoir élevé ? mais la ville
entière lui a soldé ce compte en estime, en paroles, en
admiration, la plus chère des monnaies. Je n'admets pas le
bien dont on se constitue des rentes d'amour-propre. Les
hommes font entre eux un commerce de services, le mot
reconnaissance indique un débet, voilà tout. Quant à
l'intrigue, elle est ma divinité. Comment ! dit-il à un geste
de Canalis, vous n'adoreriez pas la faculté qui permet à un
homme souple de l'emporter sur l'homme de génie, qui
demande une observation constante des vices, des faiblesses de nos supérieurs, et la connaissance de *l'heure du
berger* en toute chose. Demandez à la diplomatie si le plus
beau de tous les succès n'est pas le triomphe de la ruse sur
la force ? Si j'étais votre secrétaire, monsieur le baron,
vous seriez bientôt premier ministre, parce que j'y aurais
le plus puissant intérêt !... Tenez, voulez-vous une preuve
de mes petits talents en ce genre ? Oyez ? Vous aimez à
l'adoration mademoiselle Modeste, et vous avez raison.
L'enfant a mon estime, c'est une vraie Parisienne. Il
pousse, par-ci, par-là, des Parisiennes en province !...
Notre Modeste est femme à lancer un homme... Elle a de
ça, dit-il en donnant en l'air un tour de poignet. Vous avez
un concurrent redoutable, le duc, que me donnez-vous
pour lui faire quitter le Havre avant trois jours ?...

— Achevons cette bouteille, dit le poète en remplissant
le verre de Butscha.

— Vous allez me griser ! dit le clerc en lampant un
neuvième verre de vin de Champagne. Avez-vous un lit où
je puisse dormir une heure ? Mon patron est sobre comme
un chameau qu'il est, et madame Latournelle aussi. L'un et
l'autre, ils auraient la dureté de me gronder, et ils auraient
raison contre moi qui n'en aurais plus, j'ai des actes à
faire !... Puis, reprenant ses idées antérieures sans transi-

tion, à la manière des gens gris, il s'écria : — Et quelle mémoire !... Elle égale ma reconnaissance.

— Butscha, s'écria le poète, tout à l'heure tu te disais sans reconnaissance, tu te contredis.

— Du tout, reprit le clerc. Oublier, c'est presque toujours se souvenir ! Allez ! marchez ! je suis taillé pour faire un fameux secrétaire...

— Comment t'y prendrais-tu pour renvoyer le duc ? dit Canalis charmé de voir la conversation aller d'elle-même à son but.

— Ça, ne vous regarde pas ! fit le clerc en lâchant un hoquet majeur.

Butscha roula sa tête sur ses épaules et ses yeux de Germain à La Brière, de La Brière à Canalis, à la manière des gens qui, sentant venir l'ivresse, veulent savoir dans quelle estime on les tient ; car, dans le naufrage de l'ivresse, on peut observer que l'amour-propre est le seul sentiment qui surnage.

— Dites donc, grand poète, vous êtes pas mal farceur ! Vous me prenez donc pour un de vos lecteurs, vous qui envoyez à Paris votre ami à franc étrier pour aller chercher des renseignements sur la maison Mignon... Je blague, tu blagues, nous blaguons... Bon ! Mais faites-moi l'honneur de croire que je suis assez calculateur pour toujours me donner la conscience nécessaire à mon état. En ma qualité de premier clerc de maître Latournelle, mon cœur est un carton à cadenas... Ma bouche ne livre aucun papier relatif aux clients. Je sais tout et je ne sais rien. Et puis, ma passion est connue. J'aime Modeste, elle est mon élève, elle doit faire un beau mariage... Et j'emboiserais le duc, s'il le fallait. Mais vous épousez...

— Germain, le café, les liqueurs... dit Canalis.

— Des liqueurs ?... répéta Butscha levant la main comme une fausse vierge qui veut résister à une petite séduction. Ah ! mes pauvres actes !... il y a justement un contrat de mariage. Tenez, mon second clerc est bête comme un avantage matrimonial et capable de f...f. flanquer un coup de canif dans les paraphernaux [134] de la

future épouse, il se croit bel homme parce qu'il a cinq
pieds six pouces... un imbécile.

— Tenez, voici de la crème de thé, une liqueur des
îles, dit Canalis. Vous que mademoiselle Modeste
consulte...

— Elle me consulte...

— Eh! bien, croyez-vous qu'elle m'aime? demanda le
poète.

— *Ui*, plus qu'elle n'aime le duc! répondit le nain en
sortant d'une espèce de torpeur qu'il jouait à merveille.
Elle vous aime à cause de votre désintéressement. Elle me
disait que pour vous elle était capable des plus grands
sacrifices, de se passer de toilette, de ne dépenser que
mille écus par an, d'employer sa vie à vous prouver qu'en
l'épousant vous auriez fait une excellente affaire, et elle
est crânement (un hoquet) honnête, allez! et instruite, elle
n'ignore de rien, cette fille-là!

— Ça et trois cent mille francs, dit Canalis.

— Oh! il y a peut-être ce que vous dites, reprit avec
enthousiasme le clerc. Le papa Mignon... Voyez-vous, il
est mignon comme père (aussi l'estimé-je...). Pour bien
établir sa fille unique il se dépouillera de tout... Ce
colonel est habitué par votre Restauration (un hoquet) à
rester en demi-solde, il sera très-heureux de vivre avec
Dumay en *carottant* au Havre, il donnera certainement ses
trois cent mille francs à la petite... Mais n'oublions pas
Dumay, qui destine sa fortune à Modeste. Dumay, vous
savez, est Breton, son origine est une valeur au contrat, il
ne variera pas, et sa fortune vaudra celle de son patron.
Néanmoins, comme ils m'écoutent, au moins autant que
vous, quoique je ne parle pas tant ni si bien, je leur ai dit :
« Vous mettez trop à votre habitation ; si Vilquin vous la
laisse, voilà deux cent mille francs qui ne rapporteront
rien... Il resterait donc cent mille francs à faire *boulotter*...
ce n'est pas assez, à mon avis... » En ce moment, le
colonel et Dumay se consultent. Croyez-moi? Modeste est
riche. Les gens du port disent des sottises en ville, ils sont
jaloux... Qui donc a pareille dot dans le département? dit

Butscha qui leva les doigts pour compter. — Deux à trois cent mille francs comptant, dit-il en inclinant le pouce de sa main gauche qu'il toucha de l'index de la droite, et d'un ! — La nue-propriété de la villa Mignon, reprit-il en renversant l'index gauche, et de deux ! — *Tertio*, la fortune de Dumay ! ajouta-t-il en couchant le doigt du milieu. Mais la petite mère Modeste est une fille de six cent mille francs, une fois que les deux militaires seront allés demander le mot d'ordre au père Éternel.

Cette naïve et brutale confidence, entremêlée de petits verres, dégrisait autant Canalis qu'elle semblait griser Butscha. Pour le clerc, jeune homme de province, évidemment cette fortune était colossale. Il laissa tomber sa tête dans la paume de sa main droite ; et, accoudé majestueusement sur la table, il clignota des yeux en se parlant à lui-même.

— Dans vingt ans, au train dont va le Code qui pile les fortunes avec le Titre des Successions[135], une héritière d'un million, ce sera rare comme le désintéressement chez un usurier. Vous me direz que Modeste mangera bien douze mille francs par an, l'intérêt de sa dot ; mais elle est bien gentille... bien gentille... bien gentille. C'est, voyez-vous ? (à un poète, il faut des images !...) c'est une hermine malicieuse comme un singe.

— Que me disais-tu donc ? s'écria doucement Canalis en regardant La Brière, qu'elle avait six millions ?...

— Mon ami, dit Ernest, permets-moi de te faire observer que j'ai dû me taire, je suis lié par un serment, et c'est peut-être trop en dire déjà, que de...

— Un serment à qui ?

— A monsieur Mignon.

— Comment ! Ernest, toi qui sais combien la fortune m'est nécessaire...

Butscha ronflait.

— ... Toi qui connais ma position, et tout ce que je perdrais, rue de Grenelle, à me marier, tu me laisserais froidement m'enfoncer ?... dit Canalis en pâlissant. Mais, c'est une affaire entre amis, et notre amitié, mon cher,

comporte un pacte antérieur à celui que t'a demandé ce
rusé provençal...

— Mon cher, dit Ernest, j'aime trop Modeste pour...

— Imbécile ! je te la laisse, cria le poète. Ainsi romps
ton serment ?...

— Me jures-tu, ta parole d'homme, d'oublier ce que je
vais te dire, de te conduire avec moi comme si cette
confidence ne t'avait jamais été faite, quoi qu'il arrive ?...

— Je le jure par la mémoire de ma mère.

— Eh ! bien, à Paris, monsieur Mignon m'a dit qu'il
était bien loin d'avoir la fortune colossale dont m'ont parlé
les Mongenod. L'intention du colonel est de donner deux
cent mille francs à sa fille. Maintenant, Melchior, le père
avait-il de la défiance ? était-il sincère ? Je n'ai pas à
résoudre cette question. Si elle daignait me choisir,
Modeste, sans dot, serait toujours ma femme.

— Un bas bleu ! d'une instruction à épouvanter, qui a
tout lu ! qui sait tout... en théorie, s'écria Canalis à un
geste que fit La Brière, un enfant gâté, élevée dans le luxe
dès ses premières années, et qui en est sevrée depuis cinq
ans ?... Ah ! mon pauvre ami, songes-y bien.

— Ode et code ! dit Butscha en se réveillant, vous
faites dans l'Ode et moi dans le Code, il n'y a qu'un C de
différence entre nous. Or, code vient de *coda*, queue [136] !
Vous m'avez régalé, je vous aime... Ne vous laissez pas
faire au code !... Tenez, un bon conseil vaut bien votre vin
et votre crème de thé. Le père Mignon, c'est aussi une
crème, la crème des honnêtes gens... eh ! bien, montez à
cheval, il accompagne sa fille, vous pouvez l'aborder
franchement, parlez-lui dot, il vous répondra net, et vous
verrez le fond du sac, aussi vrai que je suis gris et que vous
êtes un grand homme ; mais, pas vrai, nous quittons le
Havre ensemble ?... Je serai votre secrétaire puisque ce
petit, qui me croit gris et qui rit de moi, vous quitte...
allez, marchez ! laissez-lui épouser la fille.

Canalis se leva pour aller s'habiller.

— Pas un mot, il court à son suicide, dit posément à La
Brière Butscha froid comme Gobenheim et qui fit à Canalis

un signe familier aux gamins de Paris. — Adieu ! mon
maître, reprit le clerc en criant à tue-tête, vous me
permettez d'aller *renarder* dans le kiosque de mame
Amaury ?...

— Vous êtes chez vous, répondit le poète.

Le clerc, objet des rires des trois domestiques de
Canalis, gagna le kiosque en marchant dans les plates-
bandes et les corbeilles de fleurs avec la grâce têtue des in-
sectes qui décrivent leurs interminables zig-zags quand
ils essayent de sortir par une fenêtre fermée. Lorsqu'il eut
grimpé dans le kiosque, et que les domestiques furent
rentrés, il s'assit sur un banc de bois peint et s'abîma dans
les joies de son triomphe. Il venait de jouer un homme
supérieur ; il venait, non pas de lui arracher son masque,
mais de lui en voir dénouer les cordons, et il riait comme
un auteur à sa pièce, c'est-à-dire avec le sentiment de la
valeur immense de ce *vis comica.*

— Les hommes sont des toupies, il ne s'agit que de
trouver la ficelle qui s'enroule à leur torse ! s'écria-t-il. Ne
me ferait-on pas évanouir en me disant : Mademoiselle
Modeste vient de tomber de cheval, et s'est cassé la
jambe !

LX. *Canalis devient positif.*

Quelques instants après, Modeste, vêtue d'une délicieuse amazone de casimir vert-bouteille, coiffée d'un
petit chapeau à voile vert, gantée de daim, des bottines de
velours aux pieds sur lesquelles badinait la garniture en
dentelle de son caleçon, et montée sur un poney richement
harnaché, montrait à son père et au duc d'Hérouville le joli
présent qu'elle venait de recevoir, elle en était heureuse en
y devinant une de ces attentions qui flattent le plus les
femmes.

— Est-ce de vous, monsieur le duc ?... dit-elle en lui

tendant le bout étincelant de la cravache. On a mis dessus
une carte où se lisait : « Devine si tu peux » et des
points [137]. Françoise et madame Dumay prêtent cette
charmante surprise à Butscha ; mais mon cher Butscha
n'est pas assez riche pour payer de si beaux rubis ! Or, mon
père, à qui j'ai dit, remarquez-le bien, dimanche soir, que
je n'avais pas de cravache, m'a envoyé chercher celle-ci à
Rouen.

Modeste montrait à la main de son père une cravache
dont le bout était un semis de turquoises [138], une invention
alors à la mode, et devenue depuis assez vulgaire.

— J'aurais voulu, mademoiselle, pour dix ans à prendre dans ma vieillesse, avoir le droit de vous offrir ce
magnifique bijou, répondit courtoisement le duc.

— Ah ! voici donc l'audacieux, s'écria Modeste en
voyant venir Canalis à cheval. Il n'y a qu'un poète pour
savoir trouver de si belles choses... Monsieur, dit-elle à
Melchior, mon père vous grondera, vous donnez raison à
ceux qui vous reprochent ici vos dissipations.

— Ah ! s'écria naïvement Canalis, voilà donc pourquoi
La Brière est allé du Havre à Paris à franc étrier ?

— Votre secrétaire a pris de telles libertés ? dit
Modeste en pâlissant et jetant sa cravache à Françoise
Cochet avec une vivacité dans laquelle on devait lire un
profond mépris. Rendez-moi cette cravache, mon père.

— Pauvre garçon qui gît sur son lit, moulu de fatigue !
reprit Melchior en suivant la jeune fille qui s'était lancée
au galop. Vous êtes dure, mademoiselle. « Je n'ai, m'a-t-il
dit, que cette chance de me rappeler à son souvenir... »

— Et vous estimeriez une femme capable de garder des
souvenirs de toutes les paroisses ? dit Modeste.

Modeste, surprise de ne pas recevoir une réponse de
Canalis, attribua cette inattention au bruit des chevaux.

— Comme vous vous plaisez à tourmenter ceux qui
vous aiment ! lui dit le duc. Cette noblesse, cette fierté
démentent si bien vos écarts que je commence à soupçon-
ner que vous vous calomniez vous-même en préméditant
vos méchancetés.

— Ah ! vous ne faites que vous en apercevoir, monsieur le duc, dit-elle en riant. Vous avez précisément la perspicacité d'un mari !

On fit presque un kilomètre en silence. Modeste s'étonna de ne plus recevoir la flamme des regards de Canalis qui paraissait un peu trop épris des beautés du paysage pour que cette admiration fût naturelle. La veille, Modeste montrant au poète un admirable effet de coucher de soleil en mer, lui avait dit en le trouvant interdit comme un sourd : — « Eh ! bien, vous n'avez donc pas vu ? — Je n'ai vu que votre main », avait-il répondu.

— Monsieur La Brière sait-il monter à cheval ? demanda Modeste à Canalis pour le taquiner.

— Pas très-bien ; mais il va, répondit le poète devenu froid comme l'était Gobenheim avant le retour du colonel.

Dans une route de traverse que monsieur Mignon fit prendre pour aller, par un joli vallon, sur une colline qui couronnait le cours de la Seine, Canalis laissa passer Modeste et le duc, en ralentissant le pas de son cheval de manière à pouvoir cheminer de conserve avec le colonel.

— Monsieur le comte, vous êtes un loyal militaire, aussi verrez-vous sans doute dans ma franchise un titre à votre estime. Quand les propositions de mariage, avec toutes leurs discussions sauvages, ou trop civilisées si vous voulez, passent par la bouche des tiers, tout le monde y perd. Nous sommes l'un et l'autre deux gentilshommes aussi discrets l'un que l'autre, et vous avez, tout comme moi, franchi l'âge des étonnements ; ainsi parlons en camarades ? Je vous donne l'exemple. J'ai vingt-neuf ans, je suis sans fortune territoriale, et je suis ambitieux. Mademoiselle Modeste me plaît infiniment, vous avez dû vous en apercevoir. Or, malgré les défauts que votre chère enfant se donne à plaisir…

— Sans compter ceux qu'elle a, dit le colonel en souriant.

— Je ferais d'elle avec plaisir ma femme, et je crois pouvoir la rendre heureuse. La question de fortune a toute l'importance de mon avenir, aujourd'hui en question.

Toutes les jeunes filles à marier doivent être aimées *quand
même* ! Néanmoins, vous n'êtes pas homme à vouloir
marier votre chère Modeste sans dot, et ma situation ne me
permettrait pas plus de faire un mariage, dit d'amour, que
de prendre une femme qui n'apporterait pas une fortune au
moins égale à la mienne. J'ai de traitement, de mes
sinécures, de l'Académie et de mon libraire, environ trente
mille francs par an, fortune énorme pour un garçon. En
réunissant soixante mille francs de rentes, ma femme et
moi, je reste à peu près dans les termes d'existence où je
suis. Donnez-vous un million à mademoiselle Modeste ?

— Ah ! monsieur, nous sommes bien loin de compte,
dit jésuitiquement le colonel.

— Supposons donc, répliqua vivement Canalis, qu'au
lieu de parler, nous ayons sifflé. Vous serez content de ma
conduite, monsieur le comte : on me comptera parmi les
malheureux qu'aura faits cette charmante personne. Donnez-moi votre parole de garder le silence envers tout le
monde, même avec mademoiselle Modeste ; car, ajouta-t-il
comme fiche de consolation, il pourrait survenir dans ma
position tel changement qui me permettrait de vous la
demander sans dot.

— Je vous le jure, dit le colonel. Vous savez, monsieur, avec quelle emphase le public, celui de province
comme celui de Paris, parle des fortunes qui se font et se
défont. On amplifie également le malheur et le bonheur,
nous ne sommes jamais ni si malheureux, ni si heureux
qu'on le dit. En commerce, il n'y a de sûrs que les capitaux
mis en fonds de terre, après les comptes soldés. J'attends
avec une vive impatience les rapports de mes agents. La
vente des marchandises et de mon navire, le règlement de
mes comptes en Chine, rien n'est terminé. Je ne connaîtrai
ma fortune que dans dix mois. Néanmoins, à Paris, j'ai
garanti deux cent mille francs de dot à monsieur de La
Brière, et en argent comptant. Je veux constituer un
majorat en terres, et assurer l'avenir de mes petits-enfants
en leur obtenant la transmission de mes armes et de mes
titres.

Depuis le commencement de cette réponse, Canalis n'écoutait plus. Les quatre cavaliers, se trouvant dans un chemin assez large, allèrent de front et gagnèrent le plateau d'où la vue planait sur le riche bassin de la Seine, vers Rouen, tandis qu'à l'autre horizon les yeux pouvaient encore apercevoir la mer.

— Butscha, je crois, avait raison, Dieu est un grand paysagiste, dit Canalis en contemplant ce point de vue unique parmi ceux qui rendent les bords de la Seine si justement célèbres.

— C'est surtout à la chasse, mon cher baron, répondit le duc, quand la nature est animée par une voix, par un tumulte dans le silence, que les paysages, aperçus alors rapidement, semblent vraiment sublimes avec leurs changeants effets.

— Le soleil est une inépuisable palette, dit Modeste en regardant le poète avec une sorte de stupéfaction.

A une observation de Modeste sur l'absorption où elle voyait Canalis, il répondit qu'il se livrait à ses pensées, une excuse que les auteurs ont de plus à donner que les autres hommes.

— Sommes-nous bien heureux en transportant notre vie au sein du monde, en l'agrandissant de mille besoins factices et de nos vanités surexcitées ? dit Modeste à l'aspect de cette coite et riche campagne qui conseillait une philosophique tranquillité d'existence.

— Cette bucolique, mademoiselle, s'est toujours écrite sur des tables d'or, dit le poète.

— Et peut-être conçue dans les mansardes, répliqua le colonel.

Après avoir jeté sur Canalis un regard perçant qu'il ne soutint pas, Modeste entendit un bruit de cloches dans ses oreilles, elle vit tout sombre devant elle, et s'écria d'un accent glacial : — Ah ! mais, nous sommes à mercredi !

— Ce n'est pas pour flatter le caprice, certes bien passager, de mademoiselle, dit solennellement le duc d'Hérouville à qui cette scène, tragique pour Modeste, avait laissé le temps de penser ; mais je déclare que je suis si profondément dégoûté du monde, de la cour, de Paris, qu'avec une duchesse d'Hérouville, douée des grâces et de l'esprit de mademoiselle, je prendrais l'engagement de vivre en philosophe à mon château, faisant du bien autour de moi, desséchant mes tangues, élevant mes enfants...

— Ceci, monsieur le duc, vous sera compté, répondit Modeste en arrêtant ses yeux assez long-temps sur ce noble gentilhomme. Vous me flattez, reprit-elle, vous ne me croyez pas frivole, et vous me supposez assez de ressources en moi-même pour vivre dans la solitude. C'est peut-être là mon sort, ajouta-t-elle en regardant Canalis avec une expression de pitié.

— C'est celui de toutes les fortunes médiocres, répondit le poète. Paris exige un luxe babylonien. Par moments, je me demande comment j'y ai jusqu'à présent suffi.

— Le roi peut répondre pour nous deux, dit le duc avec candeur, car nous vivons des bontés de Sa Majesté. Si, depuis la chute de monsieur le Grand, comme on nommait Cinq-Mars, nous n'avions pas eu toujours sa charge dans notre maison, il nous faudrait vendre Hérouville à la Bande Noire [139]. Ah! croyez-moi, mademoiselle, c'est une grande humiliation pour moi, de mêler des questions financières à mon mariage...

La simplicité de cet aveu parti du cœur, et où la plainte était sincère, toucha Modeste.

— Aujourd'hui, dit le poète, personne en France, monsieur le duc, n'est assez riche pour faire la folie d'épouser une femme pour sa valeur personnelle, pour ses grâces, pour son caractère ou pour sa beauté...

Le colonel regarda Canalis d'une singulière manière après avoir examiné Modeste dont le visage ne montrait plus aucun étonnement.

— C'est pour des gens d'honneur, dit alors le colonel, un bel emploi de la richesse que de la destiner à réparer l'outrage du temps dans de vieilles maisons historiques.

— Oui, papa! répondit gravement la jeune fille.

LXI. *Canalis se croit trop aimé.*

Le colonel invita le duc et Canalis à dîner chez lui sans cérémonie, et dans leurs habits de cheval, en leur donnant l'exemple du négligé. Quand, à son retour, Modeste alla changer de toilette, elle regarda curieusement le bijou rapporté de Paris et qu'elle avait si cruellement dédaigné.

— Comme on travaille, aujourd'hui ? dit-elle à Françoise Cochet devenue sa femme de chambre.

— Et ce pauvre garçon, mademoiselle, qui a la fièvre...

— Qui t'a dit cela ?...

— Monsieur Butscha ! Il est venu me prier de vous faire observer que vous vous seriez sans doute aperçue déjà qu'il vous avait tenu parole au jour dit !

Modeste descendit au salon dans une mise d'une simplicité royale.

— Mon cher père, dit-elle à haute voix en prenant le colonel par le bras, allez savoir des nouvelles de monsieur de La Brière et reportez-lui, je vous en prie, son cadeau. Vous pouvez alléguer que mon peu de fortune autant que mes goûts m'interdisent de porter des bagatelles qui ne conviennent qu'à des reines ou à des courtisanes. Je ne puis d'ailleurs rien accepter que d'un promis. Priez ce brave garçon de garder la cravache jusqu'à ce que vous sachiez si vous êtes assez riche pour la lui racheter.

— Ma petite folle est donc pleine de bon sens, dit le colonel en embrassant Modeste au front.

Canalis profita d'une conversation engagée entre le duc d'Hérouville et madame Mignon pour aller sur la terrasse où Modeste le rejoignit, attirée par la curiosité, tandis qu'il la crut amenée par le désir d'être madame de Canalis. Effrayé de l'impudeur avec laquelle il venait d'accomplir ce que les militaires appellent un quart de conversion, et que, selon la jurisprudence des ambitieux, tout homme dans sa position aurait fait tout aussi brusquement, il chercha des raisons plausibles à donner en voyant venir l'infortunée Modeste.

— Chère Modeste, lui dit-il en prenant un ton câlin, aux termes où nous en sommes, sera-ce vous déplaire que de vous faire remarquer combien vos réponses à propos de monsieur d'Hérouville sont pénibles pour un homme qui aime, mais surtout pour un poète dont l'âme est femme, est nerveuse, et qui ressent les mille jalousies d'un amour vrai. Je serais un bien triste diplomate si je n'avais pas deviné que vos premières coquetteries, vos inconséquences calculées ont eu pour but d'étudier nos caractères...

Modeste leva la tête par un mouvement intelligent, rapide et coquet dont le type n'est peut-être que dans les animaux chez qui l'instinct produit des miracles de grâce.

— ... Aussi, rentré chez moi, n'en étais-je plus la dupe. Je m'émerveillais de votre finesse en harmonie avec votre caractère et votre physionomie. Soyez tranquille, je n'ai jamais supposé que tant de duplicité factice ne fût pas l'enveloppe d'une candeur adorable. Non, votre esprit, votre instruction n'ont rien ravi à cette précieuse innocence que nous demandons à une épouse. Vous êtes bien la femme d'un poète, d'un diplomate, d'un penseur, d'un homme destiné à connaître de chanceuses situations dans la vie, et je vous admire autant que je me sens d'attachement pour vous. Je vous en supplie, si vous n'avez pas joué la comédie avec moi, hier, quand vous acceptiez la foi d'un homme dont la vanité va se changer en orgueil en se voyant choisi par vous, dont les défauts deviendront des qualités à votre divin contact ; ne heurtez pas en lui le sentiment qu'il a porté jusqu'au vice ?... Dans mon âme, la jalousie est un dissolvant, et vous m'en avez révélé toute la puissance, elle est affreuse, elle y détruit tout. Oh !... il ne s'agit pas de la jalousie à l'Othello ! reprit-il à un geste que fit Modeste, fi ! donc... il s'agit de moi-même ! je suis gâté sur ce point. Vous connaissez l'affection unique à laquelle je suis redevable du seul bonheur dont j'aie joui, bien

incomplet d'ailleurs ! (Il hocha la tête.) L'amour est peint
en enfant chez tous les peuples parce qu'il ne se conçoit
pas lui-même sans toute la vie à lui... Eh ! bien, ce
sentiment avait son terme indiqué par la nature. Il était
mort-né. La maternité la plus ingénieuse a deviné, a calmé
ce point douloureux de mon cœur, car une femme qui se
sent, qui se voit mourir aux joies de l'amour, a des
ménagements angéliques ; aussi la duchesse ne m'a-t-elle
pas donné la moindre souffrance en ce genre. En dix ans,
il n'y a eu ni une parole, ni un regard détournés de son
but [140]. J'attache aux paroles, aux pensées, aux regards
plus de valeur que ne leur en accordent les gens
ordinaires. Si, pour moi, un regard est un trésor immense,
le moindre doute est un poison mortel, il agit instantané-
ment : je n'aime plus. A mon sens, et contrairemen· à
celui de la foule qui aime à trembler, espérer, attendre,
l'amour doit résider dans une sécurité complète, enfantine,
infinie... Pour moi, le délicieux purgatoire que les femmes
aiment à nous faire ici-bas avec leur coquetterie est un
bonheur atroce auquel je me refuse ; pour moi, l'amour est
ou le ciel, ou l'enfer. De l'enfer, je n'en veux pas, et je me
sens la force de supporter l'éternel azur du paradis. Je me
donne sans réserve, je n'aurai ni secret, ni doute, ni
tromperie dans la vie à venir, je demande la réciprocité. Je
vous offense peut-être en doutant de vous ! songez que je
ne vous parle, en ceci, que de moi...

— Beaucoup ; mais ce ne sera jamais trop, dit Modeste
blessée par tous les piquants de ce discours où la duchesse
de Chaulieu servait de massue, j'ai l'habitude de vous
admirer, mon cher poète.

— Eh bien ! me promettez-vous cette fidélité canine
que je vous offre, n'est-ce pas beau ? n'est-ce pas ce que
vous vouliez ?...

— Pourquoi, cher poète, ne recherchez-vous pas en
mariage une muette qui serait aveugle et un peu sotte ? Je
ne demande pas mieux que de plaire en toute chose à mon
mari ; mais vous menacez une fille de lui ravir le bonheur
particulier que vous lui arrangez, de le lui ravir au moindre

geste, à la moindre parole, au moindre regard ! Vous coupez les ailes à l'oiseau, et vous voulez le voir voltigeant. Je savais bien les poètes accusés d'inconséquence… Oh ! à tort, dit-elle au geste de dénégation que fit Canalis, car ce prétendu défaut vient de ce que le vulgaire ne se rend pas compte de la vivacité des mouvements de leur esprit. Mais je ne croyais pas qu'un homme de génie inventât les conditions contradictoires d'un jeu semblable, et l'appelât la vie ? Vous demandez l'impossible pour avoir le plaisir de me prendre en faute, comme ces enchanteurs qui, dans les Contes Bleus, donnent des tâches à des jeunes filles persécutées que secourent de bonnes fées…

— Ici la fée serait l'amour vrai, dit Canalis d'un ton sec en voyant sa cause de brouille devinée par cet esprit fin et délicat que Butscha pilotait si bien.

— Vous ressemblez, cher poète, en ce moment, à ces parents qui s'inquiètent de la dot de la fille avant de montrer celle de leur fils. Vous faites le difficile avec moi, sans savoir si vous en avez le droit. L'amour ne s'établit point par des conventions sèchement débattues. Le pauvre duc d'Hérouville se laisse faire avec l'abandon de l'oncle Tobie dans Sterne, à cette différence près que je ne suis pas la veuve Wadman, quoique veuve en ce moment de beaucoup d'illusions sur la poésie. Oui ! nous ne voulons rien croire, nous autres jeunes filles, de ce qui dérange notre monde fantastique !… On m'avait tout dit à l'avance ! Ah ! vous me faites une mauvaise querelle indigne de vous, je ne reconnais pas le Melchior d'hier.

— Parce que Melchior a reconnu chez vous une ambition avec laquelle vous comptez encore…

Modeste toisa Canalis en lui jetant un regard impérial.

— … Mais je serai quelque jour ambassadeur et pair de France, tout comme lui.

— Vous me prenez pour une bourgeoise, dit-elle en remontant le perron. Mais elle se retourna vivement, et ajouta, perdant contenance, tant elle fut suffoquée : — C'est moins impertinent que de me prendre pour une sotte. Le changement de vos manières a sa raison dans les niaiseries que le Havre débite, et que Françoise, ma femme de chambre, vient de me répéter.

— Ah ! Modeste, pouvez-vous le croire ? dit Canalis en prenant une pose dramatique. Vous me supposeriez donc alors capable de ne vous épouser que pour votre fortune ?

— Si je vous fais cette injure après vos édifiants discours au bord de la Seine, il ne tient qu'à vous de me détromper, et alors je serai tout ce que vous voudrez que je sois, dit-elle en le foudroyant de son dédain

— Si tu penses me prendre à ce piège, se dit le poète en la suivant, ma petite, tu me crois plus jeune que je ne le suis. Faut-il donc tant de façons avec une petite sournoise dont l'estime m'importe autant que celle du roi de Bornéo ! Mais, en me prêtant un sentiment ignoble, elle donne raison à ma nouvelle attitude. Est-elle rusée ?... La Brière sera bâté, comme un petit sot qu'il est ; et, dans cinq ans, nous rirons bien de lui avec elle !

La froideur que cette altercation avait jetée entre Canalis et Modeste fut visible le soir même à tous les yeux. Canalis se retira de bonne heure en prétextant de l'indisposition de La Brière, et il laissa le champ libre au Grand-Écuyer. Vers onze heures, Butscha, qui vint chercher sa patronne, dit en souriant tout bas à Modeste : — Avais-je raison ?

— Hélas ! oui, dit-elle.

— Mais avez-vous, selon nos conventions, entrebâillé la porte, de manière à ce qu'il puisse revenir ?

— La colère m'a dominée, répondit Modeste. Tant de lâcheté m'a fait monter le sang au visage, et je lui ai dit son fait.

— Eh ! bien, tant mieux. Quand tous deux vous serez brouillés à ne plus vous parler gracieusement, je me charge de le rendre amoureux et pressant à vous tromper vous-même.

— Allons, Butscha, c'est un grand poète, un gentil-homme, un homme d'esprit.

— Les huit millions de votre père sont plus que tout cela.

— Huit millions ?... dit Modeste.

— Mon patron, qui vend son Étude, va partir pour la Provence afin de diriger les acquisitions que propose Castagnould, le second de votre père. Le chiffre des contrats à faire pour reconstituer la terre de La Bastie monte à quatre millions, et votre père a consenti à tous les achats. Vous avez deux millions en dot, et le colonel en compte un pour votre établissement à Paris, un hôtel et le mobilier ! Calculez ?

— Ah ! je puis être duchesse d'Hérouville, dit Modeste en regardant Butscha.

— Sans ce comédien [141] de Canalis, vous auriez gardé *sa* cravache, comme venant de moi, dit le clerc en plaidant ainsi la cause de La Brière.

— Monsieur Butscha, voudriez-vous par hasard me marier à votre goût ? dit Modeste en riant.

— Ce digne garçon aime autant que moi, vous l'avez aimé pendant huit jours, et c'est un homme de cœur, répondit le clerc.

— Et peut-il lutter avec une charge de la Couronne ? il n'y en a que six : grand-aumônier, chancelier, grand-chambellan, grand-maître, connétable, grand-amiral [142] ; mais on ne nomme plus de connétables.

— Dans six mois, le peuple, mademoiselle, qui se compose d'une infinité de Butscha méchants, peut souffler sur toutes ces grandeurs [143]. Et, d'ailleurs, que signifie la noblesse, aujourd'hui ? Il n'y a pas mille vrais gentilshommes en France. Les d'Hérouville viennent d'un huissier à verge de Robert de Normandie. Vous aurez bien des déboires avec ces deux vieilles filles à visage laminé ! Si vous tenez au titre de duchesse, vous êtes du Comtat, le Pape aura bien autant d'égards pour vous que pour des marchands, il vous vendra quelque duché en *nia* ou en *agno*. Ne jouez donc pas votre bonheur pour une charge de la Couronne.

LXII. *Une lettre politique.*

Les réflexions de Canalis pendant la nuit furent entièrement positives. Il ne vit rien de pis au monde que la
situation d'un homme marié sans fortune. Encore tremblant du danger que lui avait fait courir sa vanité mise en
jeu près de Modeste, le désir de l'emporter sur le duc
d'Hérouville, et sa croyance aux millions de monsieur
Mignon, il se demanda ce que la duchesse de Chaulieu
devait penser de son séjour au Havre aggravé par un
silence épistolaire de quatorze jours, alors qu'à Paris ils
s'écrivaient l'un l'autre quatre ou cinq lettres par semaine.

— Et la pauvre femme qui travaille pour m'obtenir le
cordon de commandeur de la Légion et le poste de ministre
auprès du grand-duc de Bade !... s'écria-t-il.

Aussitôt, avec cette vivacité de décision qui, chez les
poètes comme chez les spéculateurs, résulte d'une vive
intuition de l'avenir, il se mit à sa table et composa la lettre
suivante.

À MADAME LA DUCHESSE DE CHAULIEU.

« Ma chère Éléonore, tu seras sans doute étonnée de ne
pas avoir encore reçu de mes nouvelles ; mais le séjour que
je fais ici n'a pas eu seulement ma santé pour motif, il
s'agissait de m'acquitter en quelque sorte avec notre petit
La Brière. Ce pauvre garçon est devenu très-épris d'une
certaine demoiselle Modeste de La Bastie, une petite fille
pâle, insignifiante et filandreuse, qui, par parenthèse, a le
vice d'aimer la littérature et se dit poète pour justifier les
caprices, les boutades et les variations d'un assez mauvais
caractère. Tu connais Ernest, il est si facile de l'attraper
que je n'ai pas voulu le laisser aller seul. Mademoiselle de
La Bastie a singulièrement coqueté avec ton Melchior, elle

était très-disposée à devenir ta rivale, quoiqu'elle ait les bras maigres, peu d'épaules comme toutes les jeunes filles, la chevelure plus fade que celle de madame de Rochefide, et un petit œil gris fort suspect. J'ai mis le holà, peut-être trop brutalement, aux gracieusetés de cette Immodeste ; mais l'amour unique est ainsi. Que m'importent les femmes de la terre qui, toutes ensembles, ne te valent pas ?

« Les gens avec qui je passe mon temps et qui forment les accompagnements de l'héritière sont bourgeois à faire lever le cœur. Plains-moi, je passe mes soirées avec des clercs de notaire, des notaresses, des caissiers, un usurier de province ; et, certes, il y a loin de là aux soirées de la rue de Grenelle. La prétendue fortune du père qui revient de la Chine nous a valu la présence de l'éternel prétendant, le Grand-Écuyer, d'autant plus affamé de millions qu'il en faut six ou sept, dit-on, pour mettre en valeur les fameux marais d'Hérouville. Le roi ne sait pas combien est fatal le présent qu'il a fait au petit duc. Sa Grâce, qui ne se doute pas du peu de fortune de son désiré beau-père, n'est jaloux que de moi. La Brière fait son chemin auprès de son idole, à couvert de son ami qui lui sert de paravent. Nonobstant les extases d'Ernest, je pense, moi poète, au solide ; et les renseignements que je viens de prendre sur la fortune assombrissent l'avenir de notre secrétaire, dont la fiancée a des dents d'un fil inquiétant pour toute espèce de fortune. Si mon ange veut racheter quelques-uns de nos péchés, elle tâchera de savoir la vérité sur cette affaire en faisant venir et questionnant, avec la dextérité qui la caractérise, Mongenod son banquier. Monsieur Mignon, ancien colonel de cavalerie dans la Garde Impériale, a été pendant sept ans le correspondant de la maison Mongenod. On parle de deux cent mille francs de dot au plus, et je désirerais, avant de faire la demande de la demoiselle pour Ernest, avoir des données positives. Une fois nos gens accordés, je serai de retour à Paris. Je connais le moyen de tout finir au profit de notre amoureux, il s'agit d'obtenir la transmission du titre de comte au gendre de monsieur

Mignon, et personne n'est plus qu'Ernest, à raison de ses services, à même d'obtenir cette faveur, surtout secondé par nous trois, toi, le duc et moi. Avec ses goûts, Ernest, qui deviendra facilement Maître des Comptes, sera très-heureux à Paris en se voyant à la tête de vingt-cinq mille francs par an, une place inamovible et une femme, le malheureux !

« Oh ! chère, qu'il me tarde de revoir la rue de Grenelle ! Quinze jours d'absence, quand ils ne tuent pas l'amour, lui rendent l'ardeur des premiers jours, et tu sais mieux que moi peut-être, les raisons qui rendent mon amour éternel. Mes os, dans la tombe, t'aimeront encore : Aussi n'y tiendrais-je pas ! Si je suis forcé de rester encore dix jours, j'irai pour quelques heures à Paris.

« Le duc m'a-t-il obtenu de quoi me pendre ? Et auras-tu, ma chère vie, besoin de prendre les eaux de Baden l'année prochaine ? Les roucoulements de notre Beau Ténébreux, comparés aux accents de l'amour heureux, semblable à lui-même dans tous ses instants depuis dix ans bientôt, m'ont donné beaucoup de mépris pour le mariage, je n'avais jamais vu ces choses-là de si près. Ah ! chère, ce qu'on nomme *la faute* lie deux êtres bien mieux que *la loi*, n'est-ce pas ? »

Cette idée servit de texte à deux pages de souvenirs et d'aspirations un peu trop intimes pour qu'il soit permis de les publier.

LXIII. *Un ménage aristocratique.*

La veille du jour où Canalis mit cette épître à la poste, Butscha, qui répondit sous le nom de Jean Jacmin à une lettre de sa prétendue cousine Philoxène, donna douze heures d'avance à cette réponse sur la lettre du poète. Au comble de l'inquiétude depuis quinze jours et blessée du silence de Melchior, la duchesse, qui avait dicté la lettre de Philoxène au cousin, venait de prendre des renseignements exacts sur la fortune du colonel Mignon, après la lecture de la réponse du clerc, un peu trop décisive pour un amour-propre quinquagénaire. En se voyant trahie, abandonnée pour des millions, Éléonore était en proie à un paroxysme de rage, de haine et de méchanceté froide. Philoxène frappa pour entrer dans la somptueuse chambre de sa maîtresse, elle la trouva les yeux pleins de larmes et resta stupéfaite de ce phénomène sans précédent depuis quinze ans qu'elle la servait.

— On expie le bonheur de dix ans en dix minutes ! s'écriait la duchesse.

— Une lettre du Havre, madame.

Éléonore lut la prose de Canalis sans s'apercevoir de la présence de Philoxène dont l'étonnement s'accrut en voyant renaître la sérénité sur le visage de la duchesse, à mesure qu'elle avançait dans la lecture de la lettre. Tendez à un homme qui se noie une perche grosse comme une canne, il y voit une route royale de première classe ; aussi l'heureuse Éléonore croyait-elle à la bonne foi de Canalis en lisant ces quatre pages où l'amour et les affaires, le mensonge et la vérité se coudoyaient. Elle, qui, le banquier sorti, venait de faire mander son mari pour empêcher la nomination de Melchior, s'il en était encore temps, fut prise d'un sentiment généreux qui monta jusqu'au sublime.

— Pauvre garçon ! pensa-t-elle, il n'a pas eu la moindre pensée mauvaise ! il m'aime comme au premier jour, il me dit tout. — Philoxène ! dit-elle en voyant sa première femme de chambre debout et ayant l'air de ranger la toilette.

— Madame la duchesse ?

— Mon miroir, mon enfant ?

Éléonore se regarda, vit les lignes de rasoir tracées sur son front et qui disparaissaient à distance, elle soupira, car elle croyait par ce soupir dire adieu à l'amour. Elle conçut alors une pensée virile en dehors des petitesses de la femme, une pensée qui grise pour quelques moments, et dont l'enivrement peut expliquer la clémence de la Sémiramis du Nord quand elle maria sa jeune et belle rivale à Momonoff [144].

— Puisqu'il n'a pas failli, je veux lui faire avoir les millions et la fille, pensa-t-elle, si cette petite demoiselle Mignon est aussi laide qu'il le dit.

Trois coups, élégamment frappés, annoncèrent le duc à qui sa femme ouvrit elle-même.

— Ah! vous allez mieux, ma chère, s'écria-t-il avec cette joie factice que savent si bien jouer les courtisans et à l'expression de laquelle les niais se prennent.

— Mon cher Henri, répondit-elle, il est vraiment inconcevable que vous n'ayez pas encore obtenu la nomination de Melchior, vous, qui vous êtes sacrifié pour le roi dans votre ministère d'un an [145], en sachant qu'il durerait à peine ce temps-là?

Le duc regarda Philoxène, et la femme de chambre montra par un signe imperceptible la lettre du Havre posée sur la toilette.

— Vous vous ennuierez bien en Allemagne, et vous en reviendrez brouillée avec Melchior, dit naïvement le duc.

— Et pourquoi?

— Mais ne serez-vous pas toujours ensemble?... répondit cet ancien ambassadeur avec une comique bonhomie.

— Oh! non, dit-elle, je vais le marier.

— S'il faut en croire d'Hérouville, notre cher Canalis n'attend pas vos bons offices, reprit le duc en souriant. Hier, Grandlieu m'a lu des passages d'une lettre que le Grand-Écuyer lui a écrite et qui, sans doute, était rédigée par sa tante à votre adresse, car mademoiselle d'Hérouville, toujours à l'affût d'une dot, sait que nous faisons le whist presque tous les soirs, Grandlieu et moi. Ce bon petit d'Hérouville demande au prince de Cadignan de venir faire une chasse royale en Normandie en lui recommandant d'y amener le roi pour tourner la tête à la donzelle,

quand elle se verra l'objet d'une pareille chevauchée. En
effet, deux mots de Charles X arrangeraient tout. D'Hérouville dit que cette fille est d'une incomparable beauté...

— Henri, allons au Havre ! cria la duchesse en interrompant son mari.

— Et sous quel prétexte ? dit gravement cet homme qui
fut un des confidents de Louis XVIII

— Je n'ai jamais vu de chasse.

— Ce serait bien si le roi y allait, mais c'est un *haria* [146]
que de chasser si loin, et il n'ira pas, je viens de lui en
parler.

— MADAME pourrait y venir...

— Ceci vaut mieux, reprit le duc, et la duchesse de
Maufrigneuse peut vous aider à la tirer de Rosny [147]. Le roi
ne trouverait pas alors mauvais qu'on se servît de ses
équipages de chasse. N'allez pas au Havre, ma chère, dit
paternellement le duc, ce serait vous afficher. Tenez,
voici, je crois, un meilleur moyen. Gaspard a de l'autre
côté de la forêt de Brotonne son château de Rosembray,
pourquoi ne pas lui faire insinuer de recevoir tout ce
monde ?

— Par qui ? dit Éléonore.

— Mais sa femme, la duchesse, qui va de compagnie à
la Sainte-Table avec mademoiselle d'Hérouville, pourrait,
soufflée par cette vieille fille, en faire la demande à
Gaspard.

— Vous êtes un homme adorable, dit Éléonore. Je vais
écrire deux mots à la vieille fille et à Diane, car il faut
nous faire faire des habits de chasse. Ce petit chapeau, j'y
pense, rajeunit excessivement. Avez-vous gagné hier chez
l'ambassadeur d'Angleterre ?...

— Oui, dit le duc, je me suis acquitté.

— Surtout, Henri, suspendez tout pour les deux nomi-
nations de Melchior...

LXIV. *Où il est prouvé qu'il ne faut pas toujours jouer la règle avec les femmes.*

Après avoir écrit dix lignes à la belle Diane de Maufrigneuse et un mot d'avis à mademoiselle d'Hérouville, Éléonore cingla cette réponse comme un coup de fouet à travers les mensonges de Canalis.

À MONSIEUR LE BARON DE CANALIS.

« Mon cher poète, mademoiselle de La Bastie est très-belle, Mongenod m'a démontré que le père a huit millions, je pensais à vous marier avec elle, je vous en veux donc beaucoup de votre manque de confiance. Si vous aviez l'intention de marier La Brière en allant au Havre, je ne comprends pas pourquoi vous ne me l'avez pas dit avant d'y partir. Et pourquoi rester quinze jours sans écrire à une amie qui s'inquiète aussi facilement que moi ? Votre lettre est venue un peu tard, j'avais déjà vu notre banquier. Vous êtes un enfant, Melchior, vous rusez avec nous. Ce n'est pas bien. Le duc lui-même est outré de vos procédés, il vous trouve peu gentilhomme, ce qui met en doute l'honneur de madame votre mère.

« Maintenant, je désire voir les choses par moi-même. J'aurai l'honneur, je crois, d'accompagner MADAME à la chasse que donne le duc d'Hérouville pour mademoiselle de La Bastie, je m'arrangerai pour que vous soyez invité à rester à Rosembray, car le rendez-vous de chasse sera probablement chez le duc de Verneuil.

« Croyez bien, mon cher poète, que je n'en suis pas moins pour la vie,

Votre amie,
ÉLÉONORE DE M. [148] »

— Tiens, Ernest, dit Canalis en jetant au nez de La Brière et à travers la table cette lettre qu'il reçut pendant le déjeuner, voici le deux millième billet doux que je reçois de cette femme, et il n'y a pas un *tu* ! L'illustre Éléonore ne s'est jamais compromise plus qu'elle ne l'est là... Marie-toi, va ! Le plus mauvais mariage est meilleur que le plus doux de ces licous !... Ah ! je suis le plus grand Nicodème qui soit tombé de la lune. Modeste a des millions, elle est perdue à jamais pour moi, car l'on ne revient pas des pôles où nous sommes, vers le Tropique où nous étions il y a trois jours ! Ainsi je souhaite d'autant plus ton triomphe sur le Grand-Écuyer que j'ai dit à la duchesse n'être venu ici que dans ton intérêt ; aussi vais-je travailler pour toi.

— Hélas ! Melchior, il faudrait à Modeste un caractère si grand, si formé, si noble pour résister au spectacle de la cour et des splendeurs si habilement déployées en son honneur et gloire par le duc, que je ne crois pas à l'existence d'une pareille perfection ; et, cependant, si elle est encore la Modeste de ses lettres, il y aurait de l'espoir...

— Es-tu heureux, jeune Boniface, de voir le monde et ta maîtresse avec de pareilles lunettes vertes ! s'écria Canalis en sortant et allant se promener dans le jardin.

Le poète, prit entre deux mensonges, ne savait plus à quoi se résoudre.

— Jouez donc les règles, et vous perdez ! s'écria-t-il assis dans le kiosque. Assurément, tous les hommes sensés auraient agi comme je l'ai fait, il y a quatre jours, et se seraient retirés du piège où je me croyais pris ; car, dans ces cas-là, l'on ne s'amuse pas à dénouer, l'on brise !... Allons, restons froid, calme, digne, offensé. L'honneur ne me permet pas d'être autrement. Et une raideur anglaise est le seul moyen de regagner l'estime de Modeste. Après tout, si je ne me retire de là qu'en retournant à mon vieux bonheur, ma fidélité pendant dix ans sera récompensée, Éléonore me mariera toujours bien !

LXV. *Le véritable amour.*

La partie de chasse devait être le rendez-vous de toutes
les passions mises en jeu par la fortune du colonel et par la
beauté de Modeste ; aussi vit-on comme une trêve entre
tous les adversaires. Pendant les quelques jours demandés
par les apprêts de cette solennité forestière, le salon de la
villa Mignon offrit alors le tranquille aspect que présente
une famille très-unie. Canalis, retranché dans son rôle
d'homme blessé par Modeste, voulut se montrer courtois ;
il abandonna ses prétentions, ne donna plus aucun
échantillon de son talent oratoire, et devint ce que sont les
gens d'esprit quand ils renoncent à leurs affectations,
charmant. Il causait finances avec Gobenheim, guerre
avec le colonel, Allemagne avec madame Mignon, et
ménage avec madame Latournelle en essayant de les
conquérir à La Brière. Le duc d'Hérouville laissa le champ
libre aux deux amis assez souvent, car il fut obligé d'aller à
Rosembray se consulter avec le duc de Verneuil et veiller à
l'exécution des ordres du Grand-Veneur, le prince de
Cadignan. Cependant l'élément comique ne fit pas défaut.
Modeste se vit entre les atténuations que Canalis apportait
à la galanterie du Grand-Écuyer et les exagérations des
deux demoiselles d'Hérouville qui vinrent tous les soirs.
Canalis faisait observer à Modeste qu'au lieu d'être
l'héroïne de la chasse, elle y serait à peine remarquée.
MADAME serait accompagnée de la duchesse de Maufrigneuse, belle-fille du Grand-Veneur, de la duchesse de
Chaulieu, de quelques-unes des dames de la cour, parmi
lesquelles une petite fille ne produirait aucune sensation.
On inviterait sans doute des officiers en garnison à Rouen,
etc. Hélène ne cessait de répéter à celle en qui elle voyait
déjà sa belle-sœur, qu'elle serait présentée à MADAME ;
certainement le duc de Verneuil l'inviterait, elle et son

père, à rester à Rosembray ; si le colonel voulait obtenir
une faveur du Roi, la pairie, cette occasion serait unique,
car on ne désespérait pas de la présence du Roi pour le
troisième jour ; elle serait surprise par le charmant accueil
que lui feraient les plus belles femmes de la cour, les
duchesses de Chaulieu, de Maufrigneuse, de Lenoncourt-
Chaulieu, etc. Les préventions de Modeste contre le
faubourg Saint-Germain se dissiperaient, etc., etc. Ce fut
une petite guerre excessivement amusante par ses marches, ses contremarches, ses stratagèmes, dont jouissaient
les Dumay, les Latournelle, Gobenheim et Butscha qui,
tous en petit comité, disaient un mal effroyable des nobles,
en notant leurs lâchetés savamment, cruellement étudiées.

Les dires du parti d'Hérouville furent confirmés par une
invitation conçue en termes flatteurs du duc de Verneuil et
du Grand-Veneur de France à monsieur le comte de La
Bastie et à sa fille, de venir assister à une grande chasse à
Rosembray, les 7, 8, 9 et 10 novembre prochains.

La Brière, plein de pressentiments funestes, jouissait de
la présence de Modeste avec ce sentiment d'avidité
concentrée dont les âpres plaisirs ne sont connus que des
amoureux séparés à terme et fatalement. Ces éclairs de
bonheur à soi seul, entremêlés de méditations mélancoli-
ques, sur ce thème : « Elle est perdue pour moi ! »
rendirent ce jeune homme un spectacle d'autant plus
touchant que sa physionomie et sa personne étaient en
harmonie avec ce sentiment profond. Il n'y a rien de plus
poétique qu'une élégie animée qui a des yeux, qui marche ;
et qui soupire sans rimes.

Enfin le duc d'Hérouville vint convenir du départ de
Modeste qui, après avoir traversé la Seine, devait aller
dans la calèche du duc en compagnie de mesdemoiselles
d'Hérouville. Le duc fut admirable de courtoisie, il invita
Canalis et La Brière, en leur faisant observer, ainsi qu'à
monsieur Mignon, qu'il avait eu soin de tenir des chevaux
de chasse à leur disposition. Le colonel pria les trois
amants de sa fille d'accepter à déjeuner le matin du
départ. Canalis voulut alors mettre à exécution un projet

mûri pendant ces derniers jours, celui de reconquérir sourdement Modeste, de jouer la duchesse, le Grand-Écuyer et La Brière. Un élève en diplomatie ne pouvait pas rester engravé dans la situation où il se voyait. De son côté, La Brière avait résolu de dire un éternel adieu à Modeste. Ainsi chaque prétendant pensait à glisser son dernier mot, comme le plaideur à son juge avant l'arrêt, en pressentant la fin d'une lutte qui durait depuis trois semaines. Après le dîner, la veille, le colonel prit sa fille par le bras et lui fit sentir la nécessité de se prononcer.

— Notre position avec la famille d'Hérouville serait intolérable à Rosembray, lui dit-il. Veux-tu devenir duchesse ? demanda-t-il à Modeste.

— Non, mon père, répondit-elle.

— Aimerais-tu donc Canalis ?...

— Assurément, non, mon père, mille fois non, dit-elle avec une impatience d'enfant.

Le colonel regarda Modeste avec une espèce de joie.

— Ah ! je ne t'ai pas influencée, s'écria ce bon père ; je puis maintenant t'avouer que, dès Paris, j'avais choisi mon gendre quand, en lui faisant accroire que je n'avais pas de fortune, il m'a sauté au cou en me disant que je lui ôtais un poids de cent livres de dessus le cœur...

— De qui parlez-vous ? demanda Modeste en rougissant.

— *De l'homme à vertus positives, d'une moralité sûre,* dit-il railleusement en répétant la phrase qui le lendemain de son retour avait dissipé les rêves de Modeste.

— Eh ! je ne pense pas à lui, papa ! Laissez-moi libre de refuser le duc moi-même ; je le connais, je sais comment le flatter...

— Ton choix n'est donc pas fait ?

— Pas encore. Il me reste encore quelques syllabes à deviner dans la charade de mon avenir ; mais, après avoir vu la cour par une échappée, je vous dirai mon secret à Rosembray.

— Vous irez à la chasse, n'est-ce pas ? cria le colonel

en voyant de loin La Brière venant dans l'allée où il se promenait avec Modeste.

— Non, colonel, répondit Ernest. Je viens prendre congé de vous et de mademoiselle, je retourne à Paris...

— Vous n'êtes pas curieux, dit Modeste en interrompant et regardant le timide Ernest.

— Il suffirait, pour me faire rester, d'un désir que je n'ose espérer, répliqua-t-il.

— Si ce n'est que cela, vous me ferez plaisir, à moi, dit le colonel en allant au-devant de Canalis et laissant sa fille et le pauvre Ernest ensemble pour un instant.

— Mademoiselle, dit-il en levant les yeux sur elle avec la hardiesse d'un homme sans espoir, j'ai une prière à vous faire...

— A moi ?

— Que j'emporte votre pardon ! Ma vie ne sera jamais heureuse, j'ai le remords d'avoir perdu mon bonheur, sans doute par ma faute ; mais, au moins...

— Avant de nous quitter pour toujours, répondit Modeste d'une voix émue en interrompant à la Canalis, je ne veux savoir de vous qu'une seule chose ; et, si vous avez une fois pris un déguisement, je ne pense pas qu'en ceci vous auriez la lâcheté de me tromper...

Le mot lâcheté fit pâlir Ernest, qui s'écria : — Vous êtes sans pitié !

— Serez-vous franc ?

— Vous avez le droit de me faire une si dégradante question, dit-il d'une voix affaiblie par une violente palpitation.

— Eh ! bien, avez-vous lu mes lettres à monsieur de Canalis ?

— Non, mademoiselle ; et si je les ai fait lire au colonel, ce fut pour justifier mon attachement en lui montrant et comment mon affection avait pu naître, et combien mes tentatives pour essayer de vous guérir de votre fantaisie avaient été sincères.

— Mais comment l'idée de cette ignoble mascarade est-elle venue ? dit-elle avec une espèce d'impatience.

La Brière raconta dans toute sa vérité la scène à laquelle la première lettre de Modeste avait donné lieu, l'espèce de défi qui en était résulté par suite de sa bonne opinion, à lui Ernest, en faveur d'une jeune fille amenée vers la gloire, comme une plante cherchant sa part de soleil.

— Assez, répondit Modeste avec une émotion contenue. Si vous n'avez pas mon cœur, monsieur, vous avez toute mon estime.

Cette simple phrase causa le plus violent étourdissement à La Brière. En se sentant chanceler, il s'appuya sur un arbrisseau, comme un homme privé de sa raison. Modeste, qui s'en allait, retourna la tête et revint précipitamment.

— Qu'avez-vous ? dit-elle en le prenant par la main et l'empêchant de tomber.

Modeste sentit une main glacée et vit un visage blanc comme un lys, le sang était tout au cœur.

— Pardon, mademoiselle. Je me croyais si méprisé...

— Mais, reprit-elle avec une hauteur dédaigneuse, je ne vous ai pas dit que je vous aimasse.

Et elle laissa de nouveau La Brière qui, malgré la dureté de cette parole, crut marcher dans les airs. La terre mollissait sous ses pieds, les arbres lui semblaient être chargés de fleurs, le ciel avait une couleur rose, et l'air lui parut bleuâtre, comme dans ces temples d'hyménée à la fin des pièces-féerie qui finissent heureusement. Dans ces situations, les femmes sont comme Janus, elles voient ce qui se passe derrière elles, sans se retourner ; et Modeste aperçut alors dans la contenance de cet amoureux les irrécusables symptômes d'un amour à la Butscha, ce qui, certes, est le *nec plus ultra* des désirs d'une femme. Aussi le haut prix attaché à son estime par La Brière causa-t-il à Modeste une émotion d'une douceur infinie.

— Mademoiselle, dit Canalis en quittant le colonel et venant à Modeste, malgré le peu de cas que vous faites de mes sentiments, il importe à mon honneur d'effacer une tache que j'y ai trop longtemps soufferte. Cinq jours après mon arrivée ici, voici ce que m'écrivait la duchesse de Chaulieu.

Il fit lire à Modeste les premières lignes de la lettre où la duchesse disait avoir vu Mongenod et vouloir marier Melchior à Modeste ; puis il les lui remit après avoir déchiré le surplus.

— Je ne puis vous laisser voir le reste, dit-il en mettant le papier dans sa poche, mais je confie à votre délicatesse ces quelques lignes afin que vous puissiez en vérifier l'écriture. La jeune fille qui m'a supposé d'ignobles sentiments est bien capable de croire à quelque collusion, à quelque stratagème. Ceci peut vous prouver combien je tiens à vous démontrer que la querelle qui subsiste entre nous n'a pas eu chez moi pour base un vil intérêt. Ah ! Modeste, dit-il avec des larmes dans la voix, votre poète, le poète de madame de Chaulieu n'a pas moins de poésie dans le cœur que dans la pensée. Vous verrez la duchesse, suspendez votre jugement sur moi jusque-là.

Et il laissa Modeste abasourdie.

— Ah ! çà, les voilà tous des anges, se dit-elle, ils sont inépousables, le duc seul appartient à l'humanité.

— Mademoiselle Modeste, cette chasse m'inquiète, dit Butscha qui parut en portant un paquet sous le bras. J'ai rêvé que vous étiez emportée par votre cheval, et je suis allé à Rouen vous chercher un mors espagnol, on m'a dit que jamais un cheval ne pouvait le prendre aux dents ; je vous supplie de vous en servir, je l'ai fait voir au colonel qui m'a déjà plus remercié que cela ne vaut.

— Pauvre cher Butscha ! s'écria Modeste émue aux larmes par ce soin maternel.

Butscha s'en alla sautillant comme un homme à qui l'on vient d'apprendre la mort d'un vieil oncle à succession.

— Mon cher père, dit Modeste en rentrant au salon, je voudrais bien avoir la belle cravache… si vous proposiez à monsieur de La Brière de l'échanger contre votre tableau de Van Ostade [149].

Modeste regarda sournoisement Ernest pendant que le colonel lui faisait cette proposition devant ce tableau, seule chose qu'il eût comme souvenir de ses campagnes, et qu'il avait achetée d'un bourgeois de Ratisbonne. Elle se

dit en elle-même en voyant avec quelle précipitation
La Brière quitta le salon : — Il sera de la chasse !

Chose étrange, les trois amants de Modeste se rendirent
à Rosembray, tous le cœur plein d'espérance et ravis de
ses adorables perfections.

LXVI. *Pompeuse entrée de Modeste à Rosembray.*

Rosembray, terre récemment achetée par le duc de
Verneuil avec la somme que lui donna sa part dans le
milliard voté pour légitimer la vente des biens nationaux,
est remarquable par un château d'une magnificence
comparable à celle de Mesnière et de Balleroy [150]. On
arrive à cet imposant et noble édifice par une immense
allée de quatre rangs d'ormes séculaires, et l'on traverse
une immense cour d'honneur en pente, comme celle de
Versailles, à grilles magnifiques, à deux pavillons de
concierge, et ornée de grands orangers dans leurs caisses.
Sur la cour, le château présente, entre deux corps-de-logis
en retour, deux rangs de dix-neuf hautes croisées à cintres
sculptés et à petits carreaux, séparées entre elles par une
colonnade engagée et cannelée. Un entablement à balustres cache un toit à l'italienne d'où sortent des cheminées
en pierres de taille masquées par des trophées d'armes,
Rosembray ayant été bâti, sous Louis XIV, par un fermier-
général nommé Cottin. Sur le parc, la façade se distingue
de celle sur la cour par un avant-corps de cinq croisées à
colonnes au-dessus duquel se voit un magnifique fronton.
La famille de Marigny, à qui les biens de ce Cottin furent
apportés par mademoiselle Cottin, unique héritière de son
père, y fit sculpter un lever de soleil par Coysevox. Au-
dessous, deux anges déroulent un ruban où se lit cette
devise, substituée à l'ancienne en l'honneur du Grand
Roi : *Sol nobis benignus.* Le Grand Roi avait fait duc le

marquis de Marigny, l'un de ses plus insignifiants favoris.

Du perron à grands escaliers circulaires et à balustres, la vue s'étend sur un immense étang, long et large comme le grand canal de Versailles, et qui commence au bas d'une pelouse digne des boulingrins les plus britanniques, bordée de corbeilles où brillaient alors les fleurs de l'automne. De chaque côté, deux jardins à la française étalent leurs carrés, leurs allées, leurs belles pages écrites du plus majestueux style Lenôtre. Ces deux jardins sont encadrés dans toute leur longueur par une marge de bois, d'environ trente arpents, où, sous Louis XV, on a dessiné des parcs à l'anglaise. De la terrasse, la vue s'arrête, au fond, sur une forêt dépendant de Rosembray et contiguë à deux forêts, l'une à l'État, l'autre à la Couronne. Il est difficile de trouver un plus beau paysage.

L'arrivée de Modeste fit une certaine sensation dans l'avenue, où l'on aperçut une voiture à la livrée de France, accompagnée du Grand-Écuyer, du colonel, de Canalis, de La Brière, tous à cheval, précédés d'un piqueur en grande livrée, suivis de dix domestiques parmi lesquels se remarquaient le mulâtre, le nègre et l'élégant briska du colonel pour les deux femmes de chambre et les paquets. La voiture à quatre chevaux était menée par des tigres mis avec une coquetterie ordonnée par le Grand-Écuyer, souvent mieux servi que le roi. En entrant et voyant ce petit Versailles, Modeste éblouie par la magnificence des grands seigneurs, pensa soudain à son entrevue avec les célèbres duchesses, elle eut peur de paraître empruntée, provinciale ou parvenue ; elle perdit complètement la tête et se repentit d'avoir voulu cette partie de chasse.

Quand la voiture eut arrêté, fort heureusement Modeste aperçut un vieillard en perruque blonde, frisée à petites boucles, dont la figure calme, pleine, lisse, offrait un sourire paternel et l'expression d'un enjouement monastique rendu presque digne par un regard à demi voilé. La duchesse, femme d'une haute dévotion, fille unique d'un premier président richissime et mort en 1800, sèche et froide, mère de quatre enfants, ressemblait à madame

Latournelle, si l'imagination consent à embellir la notaresse de toutes les grâces d'un maintien vraiment abbatial.

— Eh! bonjour, chère Hortense, dit mademoiselle
d'Hérouville qui embrassa la duchesse avec toute la
sympathie qui réunissait ces deux caractères hautains,
laissez-moi vous présenter ainsi qu'à notre cher duc ce
petit ange, mademoiselle de La Bastie.

— On nous a tant parlé de vous, mademoiselle, dit la
duchesse, que nous avions grand'hâte de vous posséder
ici...

— On regrettera le temps perdu, dit le duc de Verneuil
en inclinant la tête avec une galante admiration.

— Monsieur le comte de La Bastie, dit le Grand-Écuyer
en prenant le colonel par le bras et le montrant au duc et à
la duchesse avec une teinte de respect dans son geste et sa
parole.

Le colonel salua la duchesse, le duc lui tendit la main.

— Soyez le bienvenu, monsieur le comte, dit monsieur
de Verneuil, vous possédez bien des trésors, ajouta-t-il en
regardant Modeste.

LXVII. *Une colère de duchesse.*

La duchesse prit Modeste par-dessous le bras, et la
conduisit dans un immense salon où se trouvaient groupées
devant la cheminée une dizaine de femmes. Les hommes,
emmenés par le duc, se promenèrent sur la terrasse, à
l'exception de Canalis qui se rendit respectueusement
auprès de la superbe Éléonore. La duchesse, assise à un
métier de tapisserie, donnait à mademoiselle de Verneuil
des conseils pour nuancer.

Modeste se serait traversé le doigt d'une aiguille en
mettant la main sur une pelote, elle n'aurait pas été si
vivement atteinte qu'elle le fut par le coup d'œil glacial,

hautain, méprisant que lui jeta la duchesse de Chaulieu.
Dans le premier moment, elle ne vit que cette femme, elle
la devina. Pour savoir jusqu'où va la cruauté de ces
charmants êtres que nos passions grandissent tant, il faut
voir les femmes entre elles. Modeste aurait désarmé toute
autre qu'Éléonore par sa stupide et involontaire admiration ; car sans sa connaissance de l'âge, elle eût cru voir
une femme de trente-six ans, mais elle était réservée à
bien d'autres étonnements !

Le poète se heurtait alors contre une colère de grande
dame. Une pareille colère est le plus atroce des sphinx : le
visage est radieux, tout le reste est farouche. Les rois eux-
mêmes ne savent comment faire capituler la politesse
exquise de froideur qu'une maîtresse cache alors sous une
armure d'acier. La délicieuse tête de femme sourit, et en
même temps l'acier mord, la main est d'acier, le bras, le
corps, tout est d'acier. Canalis essayait de se cramponner à
cet acier, mais ses doigts y glissaient comme ses paroles
sur le cœur. Et la tête gracieuse, et la phrase gracieuse, et
le maintien gracieux de la duchesse déguisaient à tous les
regards l'acier de sa colère descendue à vingt-cinq degrés
au-dessous de zéro. L'aspect de la sublime beauté de
Modeste embellie par le voyage, la vue de cette jeune fille
mise aussi bien que Diane de Maufrigneuse avait
enflammé les poudres amassées par la réflexion dans la
tête d'Éléonore.

Toutes les femmes étaient venues à une croisée pour
voir descendre de voiture la merveille du jour, accompagnée de ses trois amants. — N'ayons pas l'air d'être si
curieuses, avait dit madame de Chaulieu frappée au cœur
par ce mot de Diane : — Elle est divine ! d'où ça sort-il ?
Et elles s'étaient envolées au salon, où chacune avait
repris sa contenance, et où la duchesse de Chaulieu se
sentit dans le cœur mille vipères qui toutes demandaient à
la fois leur pâture.

Mademoiselle d'Hérouville dit à voix basse à la
duchesse de Verneuil et avec intention : — Éléonore
reçoit bien mal son grand Melchior.

— La duchesse de Maufrigneuse croit qu'il y a du froid entre eux, répondit Laure de Verneuil avec simplicité.

Cette phrase, dite si souvent dans le monde, n'est-elle pas admirable ? On y sent la bise du pôle.

— Et pourquoi ? demanda Modeste à cette charmante jeune fille sortie du Sacré-Cœur depuis deux mois.

— Le grand homme, répondit la dévote duchesse qui fit signe à sa fille de se taire, l'a laissée sans un mot pendant quinze jours, après son départ pour le Havre, et après lui avoir dit qu'il y allait pour sa santé...

Modeste laissa échapper un mouvement qui frappa Laure, Hélène et mademoiselle d'Hérouville.

— Et pendant ce temps, disait la dévote duchesse en continuant, elle le faisait nommer commandeur et ministre à Baden.

— Oh ! c'est mal à Canalis, car il lui doit tout, dit mademoiselle d'Hérouville.

— Pourquoi madame de Chaulieu n'est-elle pas venue au Havre, demanda naïvement Modeste à Hélène.

— Ma petite, dit la duchesse de Verneuil, elle se laisserait bien assassiner sans proférer une parole, regardez-la ? Quelle reine ! Sa tête sur un billot sourirait encore comme fit Marie Stuart ; et notre belle Éléonore a d'ailleurs de ce sang dans les veines.

— Elle ne lui a pas écrit ? reprit Modeste.

— Diane, répondit la duchesse encouragée à ces confidences par un coup de coude de mademoiselle d'Hérouville, m'a dit qu'elle avait fait à la première lettre que Canalis lui a écrite, il y a dix jours environ, une bien sanglante réponse.

Cette explication fit rougir Modeste de honte pour Canalis, elle souhaita, non pas l'écraser sous ses pieds, mais se venger par une de ces malices plus cruelles que des coups de poignard. Elle regarda fièrement la duchesse de Chaulieu. Ce fut un regard doré par huit millions.

— Monsieur Melchior !... dit-elle.

LXVIII. *Une malice de jeune fille.*

Toutes les femmes levèrent le nez et jetèrent les yeux
alternativement sur la duchesse qui causait à voix basse au
métier avec Canalis, et sur cette jeune fille assez mal
élevée pour troubler deux amants aux prises, ce qui ne se
fait dans aucun monde. Diane de Maufrigneuse hocha la
tête en ayant l'air de dire : « L'enfant est dans son droit ! »
Les douze femmes finirent par sourire entre elles, car elles
jalousaient toutes une femme de cinquante-six ans, assez
belle encore pour pouvoir puiser dans le trésor commun et
y voler part de jeune. Melchior regarda Modeste avec une
impatience fébrile et par un geste de maître à valet, tandis
que la duchesse baissa la tête par un mouvement de lionne
dérangée pendant son festin ; mais ses yeux attachés au
canevas, jetèrent des flammes presque rouges sur le poète
en en fouillant le cœur à coups d'épigrammes, car chaque
mot s'expliquait par une triple injure.

— Monsieur Melchior ! répéta Modeste d'une voix qui
avait le droit de se faire écouter.

— Quoi, mademoiselle ?... demanda le poète.

Obligé de se lever, il resta debout à mi-chemin du
métier qui se trouvait auprès d'une fenêtre et de la
cheminée près de laquelle Modeste était assise sur le
canapé de la duchesse de Verneuil. Quelles poignantes
réflexions ne fit pas cet ambitieux, quand il reçut un
regard fixe d'Éléonore. Obéir à Modeste, tout était fini
sans retour entre le poète et sa protectrice. Ne pas écouter
la jeune fille, Canalis avouait son servage, il annulait le
profit de ses vingt-cinq jours de lâchetés, il manquait aux
plus simples lois de la Civilité puérile et honnête. Plus la
sottise était grosse, plus impérieusement la duchesse
l'exigeait. La beauté, la fortune de Modeste mises en
regard de l'influence et des droits d'Éléonore rendirent

cette hésitation entre l'homme et son honneur aussi terrible à voir que le péril d'un matador dans l'arène. Un homme ne trouve de palpitations semblables à celles qui pouvaient donner un anévrisme à Canalis, que devant un tapis vert en voyant sa ruine ou sa fortune décidées en cinq minutes.

— Mademoiselle d'Hérouville m'a fait quitter si promptement la voiture que j'y ai laissé, dit Modeste à Canalis, mon mouchoir...

Canalis fit un haut-le-corps significatif.

— Et, dit Modeste en continuant malgré ce geste d'impatience, j'y ai noué la clef d'un porte-feuille qui contient un fragment de lettre importante, ayez la bonté, Melchior, de la faire demander...

Entre un ange et un tigre également irrités, Canalis, devenu blême, n'hésita plus, le tigre lui parut le moins dangereux, il allait se prononcer, lorsque La Brière apparut à la porte du salon, et lui sembla quelque chose comme l'archange Michel tombant du ciel.

— Ernest, tiens, mademoiselle de La Bastie a besoin de toi, dit le poète qui regagna vivement sa chaise auprès du métier.

Ernest, lui, courut à Modeste sans saluer personne, il ne vit qu'elle, il en reçut cette commisssion avec un visible bonheur, et s'élança hors du salon avec l'approbation secrète de toutes les femmes.

— Quel métier pour un poète ? dit Modeste à Hélène en montrant la tapisserie à laquelle travaillait rageusement la duchesse.

— Si tu lui parles, si tu la regardes une seule fois, tout est à jamais fini, disait à voix basse à Melchior Éléonore que le *mezzo termine* d'Ernest n'avait pas satisfait. Et, songes-y bien ? quand je ne serai pas là, je laisserai des yeux qui t'observeront.

LXIX. *Une sortie modèle.*

Sur ce mot, la duchesse, femme de taille moyenne, mais un peu trop grasse, comme le sont toutes les femmes de cinquante ans passés qui restent belles, se leva, marcha vers le groupe où se trouvait Diane de Maufrigneuse, en avançant des pieds menus et nerveux comme ceux d'une biche. Sous sa rondeur se révélait l'exquise finesse dont sont douées ces sortes de femmes et que leur donne la vigueur de leur système nerveux qui maîtrise et vivifie le développement de la chair. On ne pouvait pas expliquer autrement sa légère démarche qui fut d'une noblesse incomparable. Il n'y a que les femmes dont les quartiers de noblesse commencent à Noé, qui savent, comme Éléonore, être majestueuses, malgré leur embonpoint de fermière. Un philosophe eût peut-être plaint Philoxène en admirant l'heureuse distribution du corsage et les soins minutieux d'une toilette de matin portée avec une élégance de reine, avec une aisance de jeune personne. Audacieusement coiffée en cheveux abondants, sans teinture, et nattés sur la tête en forme de tour, Éléonore montrait fièrement son cou de neige, sa poitrine et ses épaules d'un modelé délicieux, ses bras nus éblouissants et terminés par des mains célèbres. Modeste, comme toutes les antagonistes de la duchesse, reconnut en elle une de ces femmes dont on dit : — C'est notre maîtresse à toutes ! Et en effet, on reconnaissait en Éléonore une des quelques grandes dames, devenues maintenant si rares en France. Vouloir expliquer ce qu'il y a d'auguste dans le port de la tête, de fin, de délicat dans telle ou telle sinuosité du cou, d'harmonieux dans les mouvements, de digne dans un maintien, de noble dans l'accord parfait des détails et de l'ensemble, dans ces artifices devenus naturels qui rendent une femme sainte et grande, ce serait vouloir analyser le sublime. On jouit de cette poésie comme de celle de

Paganini, sans s'en expliquer les moyens, car la cause est toujours l'âme qui se rend visible. La duchesse inclina la tête pour saluer Hélène et sa tante, puis elle dit à Diane d'une voix enjouée, pure, sans trace d'émotion : — N'est-il pas temps de nous habiller, duchesse ? Et elle fit sa sortie, accompagnée de sa belle-fille et de mademoiselle d'Hérouville, qui toutes deux lui donnèrent le bras. Elle parla bas en s'en allant avec la vieille fille, qui la pressa sur son cœur en lui disant : — Vous êtes charmante. Ce qui signifiait : « Je suis toute à vous pour le service que vous venez de nous rendre. » Mademoiselle d'Hérouville rentra pour jouer son rôle d'espion, et son premier regard apprit à Canalis que le dernier mot de la duchesse n'était pas une vaine menace. L'apprenti diplomate se trouva de trop petite science pour une si terrible lutte, et son esprit lui servit du moins à se placer dans une situation franche, sinon digne. Quand Ernest reparut apportant le mouchoir à Modeste, il le prit par le bras et l'emmena sur la pelouse.

— Mon cher ami, lui dit-il, je suis l'homme, non pas le plus malheureux, mais le plus ridicule du monde ; aussi ai-je recours à toi pour me tirer du guêpier où je me suis fourré. Modeste est un démon ; elle a vu mon embarras, elle en rit, elle vient de me parler de deux lignes d'une lettre de madame de Chaulieu que j'ai fait la sottise de lui confier ; si elle les montrait, jamais je ne pourrais me raccommoder avec Éléonore. Ainsi, demande immédiatement ce papier à Modeste, et dis-lui de ma part que je n'ai sur elle aucune vue, aucune prétention. Je compte sur sa délicatesse, sur sa probité de jeune fille pour se conduire avec moi comme si nous ne nous étions jamais vus, je la prie de ne pas m'adresser la parole, je la supplie de m'accorder ses rigueurs, sans oser réclamer de sa malice une espèce de colère jalouse qui servirait à merveille mes intérêts... Va, j'attends ici...

LXX. *Léger croquis de la société.*

Ernest de La Brière aperçut, en rentrant au salon, un jeune officier de la compagnie des Gardes d'Havré [151], le vicomte de Sérizy, qui venait d'arriver de Rosny pour annoncer que MADAME était obligée de se trouver à l'ouverture de la session. On sait de quelle importance fut cette solennité constitutionnelle, où Charles X prononça son discours environné de toute sa famille, madame la Dauphine et MADAME y assistant dans leur tribune [152]. Le choix de l'ambassadeur chargé d'exprimer les regrets de la princesse était une attention pour Diane ; on la disait alors adorée par ce charmant jeune homme, fils d'un ministre d'État, gentilhomme ordinaire de la Chambre, promis à de hautes destinées en sa qualité de fils unique et d'héritier d'une immense fortune [153]. La duchesse de Maufrigneuse ne souffrait les attentions du vicomte que pour bien mettre en lumière l'âge de madame de Sérizy qui, selon la chronique publiée sous l'éventail, lui avait enlevé le cœur du beau Lucien de Rubempré [154].

— Vous nous ferez, j'espère, le plaisir de rester à Rosembray, dit la sévère duchesse au jeune officier.

Tout en ouvrant l'oreille aux médisances, la dévote fermait les yeux sur les légèretés de ses hôtes soigneusement appareillés par le duc, car on ne sait pas tout ce que tolèrent ces excellentes femmes, sous prétexte de ramener au bercail par leur indulgence les brebis égarées [155].

— Nous avons compté, dit le Grand-Écuyer, sans notre gouvernement constitutionnel, et Rosembray, madame la duchesse, y perd un grand honneur...

— Nous n'en serons que plus à notre aise ! dit un grand vieillard sec, d'environ soixante-quinze ans, vêtu de drap bleu, gardant sa casquette de chasse sur la tête par permission des dames.

Ce personnage, qui ressemblait beaucoup au duc de

Bourbon, n'était rien moins que le prince de Cadignan, Grand-Veneur, un des derniers grands seigneurs français. Au moment où La Brière essayait de passer derrière le canapé pour demander un moment d'entretien à Modeste, un homme de trente-huit ans, petit, gros et commun, entra.

— Mon fils, le prince de Loudon, dit la duchesse de Verneuil à Modeste qui ne put comprimer sur sa jeune physionomie une expression d'étonnement en voyant par qui était porté le nom que le général de la cavalerie vendéenne avait rendu si célèbre, et par sa hardiesse et par le martyre de son supplice [156].

Le duc de Verneuil actuel était un troisième fils emmené par son père en émigration, et le seul survivant de quatre enfants.

— Gaspard ! dit la duchesse en appelant son fils près d'elle. Le jeune prince vint à l'ordre de sa mère qui reprit en lui montrant Modeste : — Mademoiselle de La Bastie, mon ami.

L'héritier présomptif, dont le mariage avec la fille unique de Desplein était arrangé, salua la jeune fille sans paraître, comme l'avait été son père, émerveillé de sa beauté. Modeste put alors comparer la jeunesse d'aujour-d'hui à la vieillesse d'autrefois, car le vieux prince de Cadignan lui avait déjà dit deux ou trois mots charmants en lui prouvant ainsi qu'il rendait autant d'hommages à la femme qu'à la royauté. Le duc de Rhétoré, fils aîné de madame de Chaulieu [157], remarquable par ce ton qui réunit l'impertinence et le sans-gêne, avait, comme le prince de Loudon, salué Modeste presque cavalièrement. La raison de ce contraste entre les fils et les pères vient peut-être de ce que les héritiers ne se sentent plus être de grandes choses comme leurs aïeux, et se dispensent des charges de la puissance en ne s'en trouvant plus que l'ombre. Les pères ont encore la politesse inhérente à leur grandeur évanouie, comme ces sommets encore dorés par le soleil quand tout est dans les ténèbres à l'entour.

Enfin Ernest put glisser deux mots à Modeste, qui se leva.

— Ma petite belle, dit la duchesse en croyant que
Modeste allait s'habiller et qui tira le cordon d'une
sonnette, on va vous conduire à votre appartement.

LXXI. *La Brière est toujours admirable.*

Ernest accompagna jusqu'au grand escalier Modeste en
lui présentant la requête de l'infortuné Canalis, et il essaya
de la toucher en lui peignant les angoisses de Melchior.

— Il aime, voyez-vous ? C'est un captif qui croyait
pouvoir briser sa chaîne.

— De l'amour chez ce féroce calculateur ?... répliqua
Modeste.

— Mademoiselle, vous êtes à l'entrée de la vie, vous
n'en connaissez pas les défilés. Il faut pardonner toutes ses
inconséquences à un homme qui se met sous la domination
d'une femme plus âgée que lui, car il n'y est pour rien.
Songez combien de sacrifices Canalis a faits à cette
divinité ! Maintenant il a jeté trop de semailles pour
dédaigner la moisson, la duchesse représente dix ans de
soins et de bonheur. Vous aviez fait tout oublier à ce poète,
qui, par malheur, a plus de vanité que d'orgueil ; il n'a su
ce qu'il perdait qu'en revoyant madame de Chaulieu. Si
vous connaissiez Canalis, vous l'aideriez. C'est un enfant
qui dérange à jamais sa vie !... Vous l'appelez un
calculateur ; mais il calcule bien mal, comme tous les
poètes d'ailleurs, gens à sensations, pleins d'enfance,
éblouis, comme les enfants, par ce qui brille, et courant
après !... Il a aimé les chevaux et les tableaux, il a chéri la
gloire, il vend ses toiles pour avoir des armures, des
meubles de la Renaissance et de Louis XV, il en veut
maintenant au pouvoir. Convenez que ses hochets sont de
grandes choses ?

— Assez, dit Modeste. Venez, dit-elle en apercevant

son père qu'elle appela par un signe de tête pour lui
demander le bras, je vais vous remettre les deux lignes ;
vous les porterez au grand homme en l'assurant d'une
entière condescendance à ses désirs ; mais à une condition. Je veux que vous lui présentiez tous mes remerciements pour le plaisir que j'ai eu de voir jouer pour moi
toute seule une des plus belles pièces du Théâtre allemand. Je sais maintenant que le chef-d'œuvre de Goethe
n'est ni Faust ni le comte d'Egmont... Et comme Ernest
regardait la malicieuse fille d'un air hébété : — ... C'est
Torquato Tasso [158] ! reprit-elle. Dites à monsieur de
Canalis qu'il la relise, ajouta-t-elle en souriant. Je tiens à
ce que vous répétiez ceci mot pour mot à votre ami, car ce
n'est pas une épigramme, mais la justification de sa
conduite, à cette différence près qu'il deviendra, je
l'espère, très-raisonnable, grâce à la folie d'Éléonore.

La première femme de la duchesse guida Modeste et son
père vers leur appartement où Françoise Cochet avait déjà
tout mis en ordre, et dont l'élégance, la recherche
étonnèrent le colonel, à qui Françoise apprit qu'il existait
trente appartements de maître dans ce goût au château.

— Voilà comme je conçois une terre, dit Modeste.

— Le comte de La Bastie te fera construire un château
pareil, répondit le colonel.

— Tenez, monsieur, dit Modeste en donnant le petit
papier à Ernest, allez rassurer notre ami.

Ce mot, notre ami, frappa le Référendaire. Il regarda
Modeste pour savoir s'il y avait quelque chose de sérieux
dans la communauté de sentiments qu'elle paraissait
accepter ; et la jeune fille, comprenant cette interrogation,
lui dit : — Eh ! allez donc, votre ami attend.

La Brière rougit excessivement et sortit dans un état de
doute, d'anxiété, de trouble plus cruel que le désespoir.
Les approches du bonheur sont, pour les vrais amants,
comparables à ce que la poésie catholique a si bien nommé
l'entrée du paradis, pour exprimer un lieu ténébreux,
difficile, étroit, et où retentissent les derniers cris d'une
suprême angoisse.

LXXII. *Où le positif l'emporte sur la poésie.*

Une heure après, l'illustre compagnie était réunie et au
grand complet dans le salon, les uns jouant au whist, les
autres causant, les femmes occupées à de menus ouvrages,
en attendant l'annonce du dîner. Le Grand-Veneur fit
parler monsieur Mignon sur la Chine, sur ses campagnes,
sur les Portenduère, les l'Estorade et les Maucombe [159],
familles provençales ; il lui reprocha de ne pas demander
du service en l'assurant que rien n'était plus facile que de
l'employer dans son grade de colonel et dans la garde.

— Un homme de votre naissance et de votre fortune
n'épouse pas les opinions de l'Opposition actuelle, dit le
prince en souriant.

Cette société d'élite, non-seulement plut à Modeste,
mais elle y devait acquérir, pendant son séjour, une
perfection de manières qui, sans cette révélation, lui aurait
manqué toute sa vie. Montrer une horloge à un mécanicien
en herbe, ce sera toujours lui révéler la mécanique en
entier ; il développe aussitôt les germes qui dorment en lui.
De même Modeste sut s'approprier tout ce qui distinguait
les duchesses de Maufrigneuse et de Chaulieu. Tout, pour
elle, fut enseignement, là où des bourgeoises n'auraient
remporté que des ridicules à l'imitation de ces façons. Une
jeune fille, bien née, instruite et disposée comme
Modeste, se mit naturellement à l'unisson et découvrit les
différences qui séparent le monde aristocratique du monde
bourgeois, la province du faubourg Saint-Germain ; elle
saisit ces nuances presque insaisissables, elle reconnut
enfin la grâce de la grande dame sans désespérer de
l'acquérir. Elle trouva son père et La Brière infiniment
mieux que Canalis au sein de cet Olympe. Le grand poète,
abdiquant sa vraie et incontestable puissance, celle de
l'esprit, ne fut plus qu'un maître des requêtes voulant un
poste de ministre, poursuivant le collier de commandeur,

obligé de plaire à toutes ces constellations. Ernest de La
Brière, sans ambition, restait lui-même ; tandis que Melchior, devenu petit garçon, pour se servir d'une expression
vulgaire, courtisait le prince de Loudon, le duc de
Rhétoré, le vicomte de Sérizy, le duc de Maufrigneuse, en
homme qui n'avait pas son franc-parler comme le colonel
Mignon, comte de La Bastie, fier de ses services et de
l'estime de l'empereur Napoléon. Modeste remarqua la
préoccupation continuelle de l'homme d'esprit cherchant
une pointe pour faire rire, un bon mot pour étonner, un
compliment pour flatter ces hautes puissances parmi
lesquelles Melchior voulait se maintenir. Enfin, là, ce
paon se déplumât.

LXXIII.   *Où Modeste se conduit avec dignité.*

Au milieu de la soirée, Modeste alla s'asseoir avec le
Grand-Écuyer dans un coin du salon, elle l'avait emmené
là pour terminer une lutte qu'elle ne pouvait plus encoura-
ger sans se mésestimer elle-même.

— Monsieur le duc, si vous me connaissiez, lui dit-
elle, vous sauriez combien je suis touchée de vos soins.
Précisément, à cause de la profonde estime que j'ai conçue
pour votre caractère, de l'amitié qu'inspire une âme
comme la vôtre, je ne voudrais pas porter la plus légère
atteinte à votre amour-propre. Avant votre arrivée au
Havre, j'aimais sincèrement, profondément et à jamais
une personne digne d'être aimée et pour qui mon affection
est encore un secret ; mais sachez, et ici je suis plus
sincère que ne le sont les jeunes filles, que si je n'avais
pas eu cet engagement volontaire, vous eussiez été choisi
par moi, tant j'ai reconnu de nobles et belles qualités en
vous. Les quelques mots échappés à votre sœur et à votre
tante m'obligent à vous parler ainsi. Si vous le jugez

nécessaire, demain, avant le départ pour la chasse, ma mère m'aura, par un message, rappelée à elle sous prétexte d'une indisposition grave. Je ne veux pas, sans votre consentement, assister à une fête préparée par vos soins et où mon secret, s'il m'échappait, vous peinerait en froissant vos légitimes prétentions. Pourquoi suis-je venue ici ? me direz-vous. Je pouvais ne pas accepter. Soyez assez généreux pour ne pas me faire un crime d'une curiosité nécessaire. Ceci n'est pas ce que j'ai de plus délicat à vous dire. Vous avez dans mon père et moi des amis plus solides que vous ne le croyez ; et, comme la fortune a été le premier mobile de vos pensées quand vous êtes venu à moi, sans vouloir me servir de ceci comme d'un calmant au chagrin que vous devez galamment témoigner, apprenez que mon père s'occupe de l'affaire d'Hérouville, son ami Dumay la trouve faisable, il a déjà tenté des démarches pour former une compagnie. Gobenheim, Dumay, mon père, offrent quinze cent mille francs et se chargent de réunir le reste par la confiance qu'ils inspireront aux capitalistes en prenant dans l'affaire cet intérêt sérieux. Si je n'ai pas l'honneur d'être la duchesse d'Hérouville, j'ai la presque certitude de vous mettre à même de la choisir un jour en toute liberté, dans la haute sphère où elle est. Oh ! laissez-moi finir, dit-elle à un geste du duc...

— A l'émotion de mon frère [160], disait mademoiselle d'Hérouville à sa nièce, il est facile de juger que tu as une sœur.

— ... Monsieur le duc, ceci fut décidé par moi le jour de notre première promenade à cheval en vous entendant déplorer votre situation. Voilà ce que je voulais vous révéler. Ce jour-là mon sort fut fixé. Si vous n'avez pas conquis une femme, vous aurez trouvé des amis à Ingouville, si toutefois vous daignez nous accepter à ce titre...

Ce petit discours, médité par Modeste, fut dit avec un tel charme d'âme que les larmes vinrent aux yeux du Grand-Écuyer qui saisit la main de Modeste et la baisa.

— Restez ici pendant la chasse, répondit le duc

d'Hérouville, mon peu de mérite m'a donné l'habitude de ces refus ; mais, tout en acceptant votre amitié et celle du colonel, laissez-moi m'assurer auprès des hommes d'art les plus compétents, que le dessèchement des laisses d'Hérouville ne fait courir aucuns risques et peut donner des bénéfices à la compagnie dont vous me parlez, avant que j'agrée le dévouement de vos amis. Vous êtes une noble fille, et quoiqu'il soit navrant de n'être que votre ami, je me glorifierai de ce titre et vous le prouverai toujours, en temps et lieu.

— Dans tous les cas, monsieur le duc, gardons-nous le secret ; l'on ne saura mon choix, si toutefois je ne m'abuse pas, qu'après l'entière guérison de ma mère ; car je veux que mon futur et moi nous soyons bénis de ses premiers regards...

— Mesdames, dit le prince de Cadignan au moment d'aller se coucher, il m'est revenu que plusieurs d'entre vous avaient l'intention de chasser demain avec nous ; or, je crois de mon devoir de vous avertir que, si vous tenez à faire les Dianes, vous aurez à vous lever à la diane, c'est-à-dire au jour. Le rendez-vous est pour huit heures et demie. J'ai vu, dans le cours de ma vie, les femmes déployant plus de courage souvent que les hommes, mais. pendant quelques instants seulement ; et il vous faudrait à toutes une certaine dose d'entêtement pour rester pendant toute une journée à cheval, hormis la halte que nous ferons pour déjeuner, en vrais chasseurs et chasseresses, sur le pouce... Êtes-vous bien toujours toutes dans l'intention de vous montrer écuyères finies ?...

— Prince, moi j'y suis obligée, répondit finement Modeste.

— Je réponds de moi, dit la duchesse de Chaulieu.

— Je connais ma fille Diane, elle est digne de son nom, répliqua le prince. Ainsi, vous voilà toutes piquées au jeu... Néanmoins, je ferai en sorte, pour madame et mademoiselle de Verneuil, pour les personnes qui resteront ici, de forcer le cerf au bout de l'étang.

— Rassurez-vous, mesdames, le déjeuner sur le pouce

aura lieu sous une magnifique tente, dit le prince de
Loudon quand le Grand-Veneur eut quitté le salon.

LXXIV. *Rendez-vous de chasse, rendez-vous d'amour.*

Le lendemain, au petit jour, tout présageait une belle
journée. Le ciel, voilé d'une légère vapeur grise, laissait
apercevoir par des espaces clairs un bleu pur, et il devait
être entièrement nettoyé vers midi par une brise de nord-
ouest qui balayait déjà de petits nuages floconneux. En
quittant le château, le Grand-Veneur, le prince de Loudon
et le duc de Rhétoré, qui n'avaient point de dames à
protéger, virent, en allant les premiers au rendez-vous, les
cheminées du château, ses masses blanches se dessinant
sur le feuillage brun-rouge que les arbres conservent en
Normandie à la fin des beaux automnes, et poindant à
travers le voile des vapeurs.

— Ces dames ont du bonheur, dit au prince le duc de
Rhétoré.

— Oh! malgré leurs fanfaronnades d'hier, je crois
qu'elles nous laisseront chasser sans elles, répondit le
Grand-Veneur.

— Oui, si elles n'avaient pas toutes un attentif,
répliqua le duc.

En ce moment, ces chasseurs déterminés, car le prince
de Loudon et le duc de Rhétoré sont de la race des Nemrod
et passent pour les premiers tireurs du faubourg Saint-
Germain, entendirent le bruit d'une altercation, et se
rendirent au galop vers le rond-point indiqué pour le
rendez-vous, à l'une des entrées des bois de Rosembray, et
remarquable par sa pyramide moussue. Voici quel était le
sujet du débat. Le prince de Loudon, atteint d'anglomanie,
avait mis aux ordres du Grand-Veneur un équipage de
chasse entièrement britannique. Or, d'un côté du rond-

point, vint se placer un jeune Anglais de petite taille,
blond, pâle, l'air insolent et flegmatique, parlant à peu
près le français, et dont le costume offrait cette propreté
qui distingue tous les Anglais, même ceux des dernières
classes. John Barry portait une redingote courte serrée à la
taille, en drap écarlate à boutons d'argent aux armes de
Verneuil, des culottes de peau blanches, des bottes à
revers, un gilet rayé, un col et une cape de velours noir. Il
tenait à la main un petit fouet de chasse, et l'on voyait à sa
gauche, attaché par un cordon de soie, un cornet en
cuivre. Ce premier piqueur était accompagné de deux
grands chiens courants de race, véritables Fox-Hound, à
robe blanche tachetée de brun clair, hauts sur jarrets, au
nez fin, la tête menue et à petites oreilles sur la crête. Ce
piqueur, l'un des plus célèbres du comté d'où le prince
l'avait fait venir à grands frais, commandait un équipage
de quinze chevaux et de soixante chiens de race anglaise
qui coûtait énormément au duc de Verneuil, peu curieux
de chasse, mais qui passait à son fils ce goût essentiellement royal. Les subordonnés, hommes et chevaux, se
tenaient à une certaine distance, dans un silence parfait.

Or, en arrivant sur le terrain, John se vit prévenu par
trois piqueurs en tête de deux meutes royales, venues en
voiture, les trois meilleurs piqueurs du prince de Cadignan, et dont les personnages formaient un contraste
parfait par leurs caractères et leurs costumes français avec
le représentant de l'insolente Albion. Ces favoris du prince
tous coiffés de leurs chapeaux bordés, à trois cornes, très-
plats, très-évasés, sous lesquels grimaçaient des figures
hâlées, tannées, ridées et comme éclairées par des yeux
pétillants, étaient remarquablement secs, maigres, nerveux, en gens dévorés par la passion de la chasse. Tous
munis de ces grandes trompes à la Dampierre, garnies de
cordons en serge verte qui ne laissent voir que le cuivre du
pavillon, ils contenaient leurs chiens et de l'œil et de la
voix. Ces dignes bêtes formaient une assemblée de sujets
plus fidèles que ceux à qui s'adressait alors le roi, tous
tachetés de blanc, de brun, de noir, ayant chacun leur

physionomie absolument comme les soldats de Napoléon, allumant au moindre bruit leurs prunelles d'un feu qui les faisait ressembler à des diamants ; l'un, venu du Poitou, court de reins, large d'épaules, bas jointé, coiffé de longues oreilles ; l'autre, venu d'Angleterre, blanc, levretté, peu de ventre, à petites oreilles et taillé pour la course ; tous les jeunes impatients et prêts à tapager ; tandis que les vieux, marqués de cicatrices, étendus, calmes, la tête sur les deux pattes de devant, écoutaient la terre comme des sauvages.

En voyant venir les Anglais, les chiens et les gens du roi s'entre-regardèrent en se demandant ainsi sans dire un mot : — Ne chasserons-nous donc pas seuls ?... Le service de Sa Majesté n'est-il pas compromis ?

Après avoir commencé par des plaisanteries, la dispute s'était échauffée entre monsieur Jacquin La Roulie, le vieux chef des piqueurs français, et John Barry, le jeune insulaire.

De loin, les deux princes devinèrent le sujet de cette altercation, et, poussant son cheval, le Grand-Veneur fit tout finir en disant d'une voix impérative : — Qui a fait le bois ?...

— Moi, monseigneur, dit l'Anglais.

— Bien, dit le prince de Cadignan en écoutant le rapport de John Barry.

Hommes et chiens, tous devinrent respectueux pour le Grand-Veneur comme si tous connaissaient également sa dignité suprême. Le prince ordonna la journée ; car, il en est d'une chasse comme d'une bataille, et le Grand-Veneur de Charles X fut le Napoléon des forêts. Grâce à l'ordre admirable introduit dans la Vénerie par le Premier Veneur [161], il pouvait s'occuper exclusivement de la stratégie et de la haute science. Il sut assigner à l'équipage du prince de Loudon sa place dans l'ordonnance de la journée, en le réservant, comme un corps de cavalerie, à rabattre le cerf vers l'étang ; si, selon sa pensée, les meutes royales parvenaient à le jeter dans la forêt de la Couronne qui borde l'horizon en face le château. Le Grand-Veneur sut ménager l'amour-propre de ses vieux serviteurs en leur confiant la plus rude besogne, et celui de l'Anglais qu'il employait ainsi dans sa spécialité, en lui donnant l'occasion de montrer la puissance des jarrets de ses chiens et de ses chevaux. Les deux systèmes devaient être alors en présence et faire merveilles à l'envi l'un de l'autre.

— Monseigneur nous ordonne-t-il d'attendre encore? dit respectueusement La Roulie.

— Je t'entends bien, mon vieux! répliqua le prince, il est tard ; mais...

— Voici les dames, car Jupiter sent des odeurs *fétiches*, dit le second piqueur en remarquant la manière de flairer de son chien favori.

— *Fétiches?* répéta le prince de Loudon en souriant.

— Peut-être veut-il dire fétides, reprit le duc de Rhétoré.

— C'est bien cela, car tout ce qui ne sent pas le chenil, infecte au dire de monsieur Laravine, repartit le Grand-Veneur.

En effet, les trois seigneurs virent de loin un escadron composé de seize chevaux, à la tête duquel brillaient les voiles verts de quatre dames. Modeste, accompagnée de son père, du Grand-Écuyer et du petit La Brière, allait en avant aux côtés de la duchesse de Maufrigneuse que convoyait le vicomte de Sérizy. Puis venait la duchesse de Chaulieu flanquée de Canalis à qui elle souriait sans trace de rancune. En arrivant au rond-point, où ces chasseurs habillés de rouge et armés de leurs cors de chasse, entourés de chiens et de piqueurs, formèrent un spectacle digne des pinceaux d'un Van der Meulen, la duchesse de Chaulieu, qui se tenait admirablement à cheval, malgré son embonpoint, arriva près de Modeste et trouva de sa dignité de ne point bouder cette jeune personne à qui, la veille, elle n'avait pas dit une parole.

Au moment où le Grand-Veneur eut fini ses compliments sur une ponctualité fabuleuse, Éléonore daigna remarquer la magnifique pomme de cravache qui scintillait dans la petite main de Modeste, et la lui demanda gracieusement à voir.

— C'est ce que je connais de plus beau dans ce genre, dit-elle en montrant ce chef-d'œuvre à Diane de Maufrigneuse, c'est d'ailleurs en harmonie avec toute la personne, reprit-elle en le rendant à Modeste.

— Avouez, madame la duchesse, répondit mademoiselle de La Bastie en jetant à La Brière un tendre et malicieux regard où l'amant pouvait lire un aveu, que, de la main d'un futur, c'est un bien singulier présent...

— Mais, dit madame de Maufrigneuse, je le prendrais comme une déclaration de mes droits, en souvenir de Louis XIV [162].

La Brière eut des larmes dans les yeux et lâcha la bride de son cheval, il allait tomber ; mais un second regard de Modeste lui rendit toute sa force en lui ordonnant de ne pas trahir son bonheur. On se mit en marche.

Le duc d'Hérouville dit à voix basse au jeune Référendaire : — J'espère, monsieur, que vous rendrez votre femme heureuse, et si je puis vous être utile en quelque chose, disposez de moi, car je voudrais pouvoir contribuer au bonheur de deux si charmants êtres.

LXXV. *Conclusion.*

Cette grande journée où de si grands intérêts de cœur et de fortune furent résolus n'offrit qu'un seul problème au Grand-Veneur, celui de savoir si le cerf traverserait l'étang pour venir mourir en haut du boulingrin devant le château ; car les chasseurs de cette force sont comme ces joueurs d'échecs qui prédisent le mat à telle case. Cet heureux vieillard réussit au gré de ses souhaits, il fit une magnifique chasse et les dames le tinrent quitte de leur collaboration pour le surlendemain qui fut un jour de pluie.

Les hôtes du duc de Verneuil restèrent cinq jours à Rosembray. Le dernier jour, la *Gazette de France* contenait l'annonce de la nomination de monsieur le baron de Canalis au grade de commandeur de la Légion d'Honneur, et au poste de ministre à Carlsruhe.

Lorsque, dans les premiers jours du mois de décembre, madame la comtesse de La Bastie, opérée par Desplein, put enfin voir Ernest de La Brière, elle serra la main de Modeste et lui dit à l'oreille : — Je l'aurais choisi...

Vers la fin du mois de février, tous les contrats d'acquisitions furent signés par le bon et excellent Latournelle, le mandataire de monsieur Mignon en Provence. À cette époque, la famille La Bastie obtint du Roi l'insigne honneur de sa signature au contrat de mariage et la transmission du titre et des armes des La Bastie à Ernest de La Brière qui fut autorisé à s'appeler le vicomte de La Bastie-La Brière. La terre de La Bastie, reconstituée à plus de cent mille francs de rentes, était érigée en majorat par lettres patentes que la Cour Royale enregistra vers la fin du mois d'avril. Les témoins de La Brière furent Canalis et le ministre à qui, pendant cinq ans, il avait servi de secrétaire particulier. Ceux de la mariée furent le duc d'Hérouville et Desplein à qui les Mignon gardèrent une longue reconnaissance, après lui en avoir donné de magnifiques témoignages.

Plus tard, peut-être reverra-t-on dans le cours de cette longue histoire de nos mœurs, monsieur et madame de La Brière-La Bastie ; les connaisseurs remarqueront alors combien le mariage est doux et facile à porter avec une femme instruite et spirituelle ; car Modeste, qui sut éviter selon sa promesse les ridicules du pédantisme, est encore l'orgueil et le bonheur de son mari comme de sa famille et de tous ceux qui composent sa société.

Paris, mars-juillet 1844.

DOSSIER

DOSSIER

BIOGRAPHIE

La biographie de Balzac est tellement chargée d'événements si divers, et tout s'y trouve si bien emmêlé, qu'un exposé purement chronologique des faits serait d'une confusion extrême.

Dans l'ordre chronologique, nous nous sommes donc contentés de distinguer, d'une manière aussi peu arbitraire que possible, cinq grandes époques de la vie de Balzac : des origines à 1814, 1815-1828, 1828-1833, 1833-1840, 1841-1850.

À l'intérieur des périodes principales, nous avons préféré, quand il y avait lieu, classer les faits selon leur nature : l'œuvre, les autres activités touchant la littérature, la vie sentimentale, les voyages, etc. (mais en reprenant, à l'intérieur de chaque paragraphe, l'ordre chronologique).

Famille, enfance ; des origines à 1814.

En juillet 1746 naît dans le Rouergue, d'une lignée paysanne, Bernard-François Balssa, qui sera le père du romancier et mourra en 1829 ; trente ans plus tard nous retrouvons le nom orthographié « Balzac ».

Janvier 1797 : Bernard-François, directeur des vivres de la division militaire de Tours, épouse à cinquante ans Laure Sallambier, qui en a dix-huit, et qui vivra jusqu'en 1854.

1799, 20 mai : naissance à Tours d'Honoré Balzac (le nom ne comporte pas encore la particule). Un premier fils, né jour pour jour un an plus tôt, n'avait pas vécu.

Après Honoré, trois autres enfants naîtront : 1° Laure (1800-1871), qui épousera en 1820 Eugène Surville, ingénieur des Ponts et Chaussées ; 2° Laurence (1802-1825), devenue en 1821 Mme de Montzaigle : c'est sur son acte de baptême que la particule « de » apparaît pour la première fois devant le nom de Balzac. Elle mourra dans la misère, honnie sans raison par sa mère ; 3° Henry (1807-1858), fils adultérin dont le père était Jean de Margonne (1780-1858), châtelain de Saché.

L'enfance et l'adolescence d'Honoré seront affectées par la préférence de la mère pour Henry, lequel, dépourvu de dons et de caractère, traînera une existence assez misérable ; les ternes séjours qu'il fera dans les îles de l'océan Indien avant de mourir à Mayotte contrastent absolument avec les aventures des romanesques coureurs de mers balzaciens. Balzac gardera des liens étroits avec Margonne et séjournera souvent à Saché, où l'on montre encore sa chambre et sa table de travail.

Dès sa naissance, Honoré est mis en nourrice chez la femme d'un gendarme à Saint-Cyr-sur-Loire, aujourd'hui faubourg de Tours (rive droite). De 1804 à 1807 il est externe dans un établissement scolaire de Tours, de 1807 à 1813 il est pensionnaire au collège de Vendôme. Puis, pendant quelques mois, en 1813, atteint de troubles et d'une espèce d'hébétude qu'on attribue à un abus de lecture, il demeure dans sa famille, au repos. De l'été 1813 à juin 1814, il est pensionnaire dans une institution du Marais. Autant d'étapes que l'on retrouvera dans *Le Lys*. De juillet à septembre 1814, il reprend ses études au collège de Tours, comme externe.

Son père, alors administrateur de l'Hospice général de Tours, est nommé directeur des vivres dans une entreprise parisienne de fournitures aux armées. Toute la famille quitte Tours pour Paris, en novembre 1814.

Apprentissages, 1815-1828.

1815-1819. Honoré poursuit ses études à Paris. Il entreprend son droit, suit des cours à la Sorbonne et au Muséum. Il travaille comme clerc dans l'étude de Me Guillonnet-Merville, avoué, puis dans celle de Me Passez, notaire ; ces deux stages laisseront sur lui une empreinte profonde.

Son père ayant pris sa retraite, la famille, dont les ressources sont désormais réduites, quitte Paris et s'installe pendant l'été 1819 à Villeparisis. Le 16 août, le frère cadet de Bernard-François était guillotiné à Albi pour l'assassinat, dont il n'était peut-être pas coupable, d'une fille de ferme. Cependant Honoré, qu'on destinait au notariat, obtient de renoncer à cette carrière, et de demeurer seul à Paris, dans une mansarde, rue Lesdiguières, pour éprouver sa vocation en s'exerçant au métier des lettres. En septembre 1820, au tirage au sort, il a obtenu un « bon numéro » le dispensant du service militaire.

Dès 1817 il a rédigé des *Notes sur la philosophie et la religion*, suivies en 1818 de *Notes sur l'immortalité de l'âme*, premiers indices du goût prononcé qu'il gardera longtemps pour la spéculation philosophique ; maintenant il s'attaque à une tragédie, *Cromwell*, cinq actes en vers, qu'il termine au printemps de 1820. Soumise à plusieurs juges successifs, l'œuvre est uniformément estimée détestable ; Andrieux, aimable écrivain, professeur au Collège de France et académicien, conclut que l'auteur peut tenter sa chance dans n'importe quelle voie, hormis la littérature. Balzac continue sa recherche philosophique avec *Falthurne* et *Sténie* (1820), que suivront bientôt (1823) un *Traité de la prière* et un second *Falthurne.*

De 1822 à 1827, soit en collaboration soit seul, sous les pseudonymes de lord R'hoone et Horace de Saint-Aubin, il publie une masse considérable de produits romanesques « de consommation courante », qu'il lui arrivera d'appeler « petites opérations de littérature marchande » ou même « cochonneries littéraires ». A leur sujet, les balzaciens se partagent ; les uns y cherchent des ébauches de thèmes et les signes avant-coureurs du génie romanesque ; les autres doutent que Balzac, soucieux seulement de satisfaire sa clientèle, y ait rien mis qui soit vraiment de lui-même.

En 1822 commence une partie de l'histoire du *Lys :* sa longue liaison (mais, de sa part, non exclusive) avec Antoinette de Berny, qu'il a rencontrée à Villeparisis l'année précédente. Née en 1777, elle a alors deux fois l'âge d'Honoré qui aura pour celle qu'il a rebaptisée Laure, et la *Dilecta,* un amour ambivalent, où il trouvera une compensation à son enfance frustrée.

Fille d'un musicien de la Cour et d'une femme de la chambre de Marie-Antoinette, femme d'expérience, Laure initiera son jeune amant aux secrets de la vie. Elle restera pour lui un soutien, et le guide le plus sûr. Elle mourra en 1836.

En 1825, Balzac entre en relations avec la duchesse d'Abrantès (1784-1838) ; cette nouvelle maîtresse, qui d'ailleurs s'ajoute à la précédente et ne se substitue pas à elle, a encore quinze ans de plus que lui. Fort avertie de la grande et petite histoire de la Révolution et de l'Empire, elle complète l'éducation que lui a donnée Mme de Berny, et le présente aux nombreux amis qu'elle garde dans le monde ; lui-même, plus tard, se fera son conseiller et peut-être son collaborateur lorsqu'elle écrira ses *Mémoires.*

Durant la fin de cette période, il se lance dans des affaires qui enrichissent d'une manière incomparable l'expérience du futur auteur de *La Comédie humaine,* mais qui, en attendant, se soldent par de pénibles et coûteux échecs.

Il se fait éditeur en 1825, imprimeur en 1826, fondeur de caractères en 1827, toujours en association, les fonds de ses propres apports étant constitués par sa famille et par Mme de Berny. En 1825 et 1826, il publie, entre autres, des éditions compactes de Molière et de La Fontaine, pour lesquelles il a composé des notices. En 1828, la société de fonderie est remaniée ; il en est écarté au profit d'Alexandre de Berny, fils de son amie : l'entreprise deviendra une des plus belles réalisations françaises dans ce domaine. L'imprimerie est liquidée quelques mois plus tard, en août ; elle laisse à Balzac 60 000 francs de dettes (dont 50 000 envers sa famille).

Nombreux voyages et séjours en province, notamment dans la région de l'Isle-Adam, en Normandie, et souvent sur ordonnance médicale comme Vandenesse, en Touraine, dans la vallée du *Lys*.

Les débuts, 1828-1833.

A la mi-septembre 1828, Balzac va s'établir pour six semaines à Fougères, en vue du roman qu'il prépare sur la chouannerie. *Le Dernier Chouan ou la Bretagne en 1800*, dont le titre deviendra finalement *Les Chouans*, paraît en mars 1829 ; c'est le premier roman dont il assume ouvertement la responsabilité en le signant de son véritable nom.

En décembre 1829, il publie sous l'anonymat *Physiologie du mariage*, un essai ou, comme il dira plus tard, une « étude analytique » qu'il avait ébauchée puis délaissée plusieurs années auparavant.

1830 : les *Scènes de la vie privée* réunissent en deux volumes six courts récits. Ce nombre sera porté à quinze dans une réédition du même titre en quatre tomes (1832).

1831 : *La Peau de chagrin* ; ce roman est repris pour former la même année, avec douze autres récits, trois volumes de *Romans et contes philosophiques* ; l'ensemble est précédé d'une introduction de Philarète Chasles, certainement inspirée par l'auteur. 1832 : les *Nouveaux Contes philosophiques* augmentent cette collection de quatre récits (dont une première version de *Louis Lambert*).

Les *Contes drolatiques*. A l'imitation des *Cent nouvelles nouvelles* (il avait un goût très vif pour la vieille littérature), il voulait en écrire cent, répartis en dix dizains. Le premier dizain paraît en 1832, le deuxième en 1833 ; le troisième ne sera publié qu'en 1837, et l'entreprise s'arrêtera là.

Septembre 1833 : *Le Médecin de campagne*. Pendant toute cette époque, Balzac donne une foule de textes divers à de nombreux périodiques. Il poursuivra ce genre de collaboration durant toute sa vie, mais à une cadence moindre.

Laure de Berny reste la Dilecta, Laure d'Abrantès devient une amie. Passade avec Olympe Pélissier.

Entré en liaison d'abord épistolaire avec la duchesse de Castries en 1831, il séjourne auprès d'elle, à Aix-les-Bains et à Genève, en septembre et octobre 1832 ; elle se laisse chaudement courtiser, mais ne cède pas, ce dont il se « venge » par *La Duchesse de Langeais*.

Au début de 1832, il reçoit d'Odessa une lettre signée « L'Étrangère », et répond par une petite annonce insérée dans *La Gazette de France* : c'est le début de ses relations avec Mᵐᵉ Hanska (1805-1882), sa future femme, qu'il rencontre pour la première fois à Neuchâtel dans les derniers jours de septembre 1833.

Vers cette même époque il a une maîtresse discrète, Maria du Fresnay.

Voyages très nombreux. Outre ceux que nous avons signalés ci-dessus (Fougères, Aix, Genève, Neuchâtel), il faut mentionner plusieurs séjours à Saché, près de Nemours chez Mme de Berny, près d'Angoulême chez Zulma Carraud, etc.

Son travail acharné n'empêche pas qu'il ne soit très répandu dans les milieux littéraires et dans le monde ; il mène une vie ostentatoire et dispendieuse.

En politique, il s'affiche légitimiste. Il envisage de se présenter aux élections législatives de 1831, et en 1832 à une élection partielle.

L'essor, 1833-1840.

Durant cette période, Balzac ne se contente pas d'assurer le développement de son œuvre : il se préoccupe de lui assurer une organisation d'ensemble, comme en témoignaient déjà les *Scènes de la vie privée* et les *Romans et contes philosophiques.* Maintenant il s'avance sur la voie qui le conduira à la conception globale de *La Comédie humaine.*

En octobre 1833, il signe un contrat pour la publication des *Études de mœurs au XIXe siècle,* qui doivent rassembler aussi bien les rééditions que des ouvrages nouveaux, répartis en quatre tomes de *Scènes de la vie privée,* quatre de *Scènes de la vie de province* et quatre de *Scènes de la vie parisienne.* Les douze volumes paraissent en ordre dispersé de décembre 1833 à février 1837. Le tome I est précédé d'une importante *Introduction* de Félix Davin, prête-nom de Balzac. La classification a une valeur littérale et symbolique ; elle se fonde à la fois sur le cadre de l'action et sur la signification du thème.

Parallèlement paraissent de 1834 à 1840 vingt volumes d'*Études philosophiques,* avec une nouvelle introduction de Félix Davin.

Principales créations en librairie de cette période : *Eugénie Grandet,* fin 1833 ; *La Recherche de l'absolu,* 1834 ; *Le Père Goriot, La Fleur des pois* (titre qui deviendra *Le Contrat de mariage), Séraphita,* 1835 ; *Histoire des Treize,* 1833-1835 ; *Le Lys dans la vallée,* 1836 ; *La Vieille Fille, Illusions perdues* (début), *César Birotteau,* 1837 ; *La Femme supérieure* (titre qui deviendra *Les Employés), La Maison Nucingen, La Torpille* (début de *Splendeurs et misères des courtisanes),* 1838 ; *Le Cabinet des antiques, Une Fille d'Ève, Béatrix,* 1839 ; *Une princesse parisienne* (titre qui deviendra *Les Secrets de la princesse de Cadignan), Pierrette, Pierre Grassou,* 1840.

En marge de cette activité essentielle, Balzac prend à la fin de 1835 une participation majoritaire dans la *Chronique de Paris,* journal politique et littéraire ; il y publie un bon nombre de textes, jusqu'à ce que la société, irrémédiablement déficitaire, soit dissoute six mois plus tard. Curieusement il réédite (et complète à l'aide de « nègres ») en gardant un pseudonyme qui n'abuse personne, une partie de ses romans de jeunesse ; les *Œuvres complètes d'Horace de Saint-Aubin,* seize volumes, 1836-1840.

En 1838, il s'inscrit à la toute jeune Société des Gens de Lettres, il la préside en 1839, et mène diverses campagnes pour la protection de la propriété littéraire et des droits des auteurs.

Candidat à l'Académie française en 1839, il s'efface devant Hugo, qui ne sera pas élu.

En 1840, il fonde la *Revue parisienne*, mensuelle et entièrement rédigée par lui ; elle disparaît après le troisième numéro, où il a inséré son long et fameux article sur *La Chartreuse de Parme.*

Théâtre, vieille et durable préoccupation depuis le *Cromwell* de ses vingt ans : en 1839, la Renaissance refuse *L'École des ménages*, pièce dont il donne chez Custine une lecture à laquelle assistent Stendhal et Théophile Gautier. En 1840, la censure, après plusieurs refus, finit par autoriser *Vautrin*, qui sera interdit dès le lendemain de la première.

Il séjourne à Genève auprès de Mme Hanska du 24 décembre 1833 au 8 février 1834 ; il la retrouve à Vienne (Autriche) en mai-juin 1835 ; alors commence une séparation qui durera huit ans.

Le 4 juin 1834, naît Marie du Fresnay, présumée être sa fille, et qu'il regarde comme telle ; elle mourra en 1930.

Mme de Berny malade depuis 1834, accablée de malheurs familiaux, cesse de le voir à la fin de 1835 ; elle va mourir le 27 juillet 1836.

Le 29 mai 1836, naissance de Lionel-Richard, fils présumé de Balzac et de la comtesse Guidoboni-Visconti. Le 10 juin 1836, sortie du *Lys* en librairie, chez Werdet (2 volumes in-8°).

Juillet-août 1836 : Mme Marbouty, déguisée en homme, l'accompagne à Turin où il doit régler une affaire de succession pour le compte et avec la procuration du mari de Frances Sarah, le comte Guidoboni-Visconti. Ils rentrent par la Suisse.

Autres voyages toujours nombreux, et nombreuses rencontres.

Au cours de l'excursion autrichienne de 1835, il est reçu par Metternich, et visite le champ de bataille de Wagram en vue d'un roman qu'il ne parviendra jamais à écrire, et rencontre pendant « deux heures » cette lady Ellenborough dont on voudra faire un « modèle » de lady Dudley. En 1836, séjournant en Touraine, il se voit accueilli par Talleyrand et la duchesse de Dino. L'année suivante, c'est George Sand qui l'héberge à Nohant ; elle lui suggère le sujet de *Béatrix.*

Durant un second voyage italien en 1837, il a appris à Gênes, qu'on pouvait exploiter fructueusement en Sardaigne les scories d'anciennes mines de plomb argentifère ; en 1838, en passant par la Corse, il se rend sur place pour y constater que l'idée était si bonne qu'une société marseillaise l'a devancé ; retour par Gênes, Turin, et Milan où il s'attarde.

On signale en 1834 un dîner réunissant Balzac, Vidocq et les bourreaux Sanson père et fils.

Démêlés avec la Garde nationale, où il se refuse obstinément à assurer ses tours de garde : en 1835, à Chaillot sous le nom de « madame veuve Durand », il se cache autant de ses créanciers que de la garde qui l'incarcérera, en 1836, pendant une semaine dans sa prison surnommée « Hôtel des Haricots » ; nouvel emprisonnement en 1839, pour la même raison.

En 1837, près de Paris, à Sèvres, au lieudit les Jardies, il achète les premiers éléments de ce dont il voudra constituer tout un domaine. Sa légende commençant, on prétendra qu'il aurait rêvé d'y faire fortune en y acclimatant la culture de l'ananas. Ses projets assez grandioses lui coûteront fort cher et ne lui amèneront que des déboires. Liquidation onéreuse et longue : à la mort de Balzac, l'affaire n'était pas entièrement liquidée.

C'est en octobre 1840 que, quittant les Jardies, il s'installe à Passy dans l'actuelle rue Raynouard, où sa maison est redevenue aujourd'hui « La Maison de Balzac ».

Suite et fin, 1841-1850.

Le fait marquant qui inaugure cette période est l'acte de naissance officiel de *La Comédie humaine* considérée comme un ensemble organique. Cet acte, c'est le contrat passé le 2 octobre 1841 avec un groupe d'éditeurs pour la publication, sous ce « titre général », des « œuvres complètes » de Balzac, celui-ci se réservant « l'ordre et la distribution des matières, la tomaison et l'ordre des volumes ».

Nous avons vu le romancier, dès ses véritables débuts ou presque, montrer le souci d'un ordre et d'un classement. Une lettre à Mme Hanska du 26 octobre 1834 en faisait déjà état. Une lettre de décembre 1839 ou janvier 1840, adressée à un éditeur non identifié, et restée sans suite, mentionnait pour la première fois le « titre général », avec un plan assez détaillé. Cette fois le grand projet va enfin se réaliser (sous réserve de quelques changements de détail ultérieurs dans le plan, de plusieurs ouvrages annoncés qui ne seront jamais composés et, enfin, de quelques autres composés et non annoncés).

Réunissant rééditions et nouveautés, l'ensemble désormais intitulé *La Comédie humaine* paraît de 1842 à 1848 en dix-sept volumes, complétés en 1855 par un tome XVIII, et suivis, en 1855 encore, d'un tome XIX (*Théâtre*) et d'un tome XX (*Contes drolatiques*). Trois parties : *Études de mœurs*, *Études philosophiques*, *Études analytiques* — la première partie étant elle-même divisée en *Scènes de la vie privée*, *Scènes de la vie de province*, *Scènes de la vie parisienne*, *Scènes de la vie politique*, *Scènes de la vie militaire* et *Scènes de la vie de campagne*.

L'*Avant-propos* est un texte doctrinal capital. Avant de se résoudre à l'écrire lui-même, Balzac avait demandé vainement une préface à Nodier, à George Sand, ou envisagé de reproduire les introductions de Davin aux anciennes *Études de mœurs* et *Études philosophiques*.

Premières publications en librairie : *Le Curé de village*, 1841 ; *Mémoires de deux jeunes mariées, Ursule Mirouët, Albert Savarus, La Femme de trente ans* (sous sa forme et son titre définitifs après beaucoup d'avatars), *Les Deux Frères* (titre qui deviendra *La Rabouilleuse*), 1842 ; *Une ténébreuse affaire, La Muse du département, Illusions perdues* (au complet), 1843 ; *Honorine, Modeste Mignon*, 1844 ; *Petites misères de la vie conjugale*, 1846 ; *La dernière incarnation de Vautrin* (achevant *Splendeurs et misères des courtisanes*), 1847 ; *Les Parents pauvres* (*Le Cousin Pons* et *La Cousine Bette*), 1847-1848.

Romans posthumes. *Le Député d'Arcis* et *Les Petits Bourgeois*, restés inachevés, et terminés, avec une désinvolture confondante, par Charles Rabou agréé par la veuve, paraissent respectivement en 1854 et 1856. La veuve assure elle-même, avec beaucoup plus de tact, la mise au point des *Paysans* qu'elle publie en 1855.

Théâtre. Représentation et échec des *Ressources de Quinola*, 1842 ; de *Paméla Giraud*, 1843. Succès sans lendemain de *La Marâtre*, pièce créée à une date peu favorable (25 mai 1848) ; trois mois plus tard la Comédie-Française reçoit *Mercadet ou le Faiseur*, mais la pièce ne sera pas représentée.

Chevalier de la Légion d'honneur depuis avril 1845, Balzac, encore candidat à l'Académie française, obtient 4 voix le 11 janvier 1849, dont celles de Hugo et de Lamartine (on lui préfère le duc de Noailles), et, aux trois scrutins du 18 janvier, 2 voix (Vigny et Hugo), 1 voix (Hugo) et 0 voix, le comte de Saint-Priest étant élu.

Préoccupations et voyages, durant cette période, portent pratiquement un seul et même nom : Mme Hanska. Le comte Hanski était mort le 10 novembre 1841, en Ukraine ; mais Balzac sera informé le 5 janvier 1842 seulement de l'événement. Son amie, libre désormais de l'épouser, va néanmoins le faire attendre près de dix ans encore, soit qu'elle manque d'empressement, soit que réellement le régime tsariste se dispose à confisquer ses biens, qui sont considérables, si elle s'unit à un étranger.

En 1843, après huit ans de séparation, Balzac va la retrouver pour deux mois à Saint-Pétersbourg ; il rentre par Berlin, les pays rhénans, la Belgique. En 1845, voyages communs en Allemagne, en France, en Hollande, en Belgique, en Italie. En 1846, ils se rencontrent à Rome et voyagent en Italie, en Suisse, en Allemagne.

Mme Hanska est enceinte ; Balzac en est profondément heureux, et, de surcroît, voit dans cette circonstance une occasion de hâter son mariage ; il se désespère lorsqu'elle accouche en novembre 1846 d'un enfant mort-né.

En 1847, elle passe quelques mois à Paris ; lui-même, peu après, rédige un testament en sa faveur. A l'automne, il va la retrouver en Ukraine, où il séjourne près de cinq mois. Il rentre à Paris, assiste à la révolution de février 1848 et envisage une candidature aux élections législatives, puis il repart dès la fin de septembre pour l'Ukraine, où il séjourne jusqu'à la fin d'avril 1850. Malade, il ne travaille plus : depuis plusieurs années sa santé n'a pas cessé de se dégrader.

Il épouse Mme Hanska, le 14 mars 1850, à Berditcheff.

Rentrés à Paris vers le 10 mai, les deux époux, le 4 juin, se font donation de tous leurs biens en cas de décès.

Balzac est rentré à Paris pour mourir. Affaibli, presque aveugle, il ne peut bientôt plus écrire ; la dernière lettre connue, de sa main, date du 1er juin 1850. Le 18 août, il reçoit l'extrême-onction, et Hugo, venu en visite, le trouve inconscient : il meurt à onze heures et demie du soir. On l'enterre au Père-Lachaise trois jours plus tard ; les cordons du poêle sont tenus par Hugo et Dumas, mais aussi par le navrant Sainte-Beuve, qui lui vouait la haine des impuissants, et par le ministre de l'Intérieur ; devant sa tombe, superbe discours de Hugo : ni Hugo ni Baudelaire ne se sont trompés sur le génie de Balzac.

La femme de Balzac, après avoir trouvé quelques consolations à son veuvage, mourra ruinée de sa propre main et par sa fille en 1882.

NOTICE

I. *Une composition à épisodes.*

Facile d'apparence, ce roman fut composé avec toutes les difficultés qu'opposent à la création les maux physiques et moraux. Des maux très sérieux, puisque Balzac eut, pendant la rédaction de cette œuvre, une jaunisse et qu'une durable impuissance créatrice, qui l'avait forcé à l'abandon des *Petits Bourgeois* à la fin de janvier 1844, précéda la mise en œuvre de *Modeste Mignon*. Le 4 mars, il s'en inquiète d'autant que, comme il l'écrit à Mme Hanska : « je tiens à paraître avec éclat dans le *Journal* [*des Débats*] » (*LH*, II, 399). Parce que c'est son premier contrat avec l'important journal de Bertin, et parce que ce journal est une des rares publications françaises autorisées en Russie. Son désarroi est tel qu'ayant reçu le 1er mars une lettre où Mme Hanska lui contait le sujet d'une nouvelle qu'elle avait écrite et brûlée, il lui demande de la réécrire pour pouvoir l'utiliser. Ce désarroi dure jusqu'au moment où des billets de plus en plus courts annoncent, le 12 mars : « je travaille, et je vous dirai plus tard à quoi » ; le 13 : « je travaille à quinze feuillets par jour ! » ; le 15 : « 12 feuillets » ; et enfin, le 16 : « je suis au 50e feuillet de *Modeste Mignon*, le sujet venu du 60e degré [...] vous lirez peut-être votre œuvre dans les *Débats* avant *les Petits Bourgeois*, je n'ai plus que 60 feuillets et en 5 ou 6 jours, ce sera fini [...] Ce sera la dernière *Scène de la vie privée* dans l'ordre et le classement définitif des idées que chacune présente. C'est la lutte entre la poésie et le fait, entre l'illusion et la société. C'est le dernier enseignement avant de passer aux scènes de l'âge mûr. Jamais rien ne m'aura plus souri ! C'est d'ailleurs, par la mise en scène, profondément intéressant » (*LH*, II, 404).

N. B. Dans cette Notice et dans les Notes, les sigles *Corr.* et *LH* renvoient aux éditions établies par Roger Pierrot de la *Correspondance* de Balzac (Garnier, 1960-1969) et des *Lettres à Mme Hanska* (Bibliophiles de l'Originale, 1967-1971).

Voici donc l'acte de naissance de *Modeste Mignon*, commencée vraisemblablement le 11 ou le 12 mars, et dont chaque mot doit être retenu. Notamment sa place comme dernière *Scène de la vie privée*, donc à la fin du tome IV de *La Comédie humaine*; et son essence même de Scène de la vie privée, si importante que, jusqu'à la « conclusion », Balzac la rappellera à chaque tournant décisif du récit.

Le 19 mars, une longue lettre à Mme Hanska évoque des difficultés. Le 21, cependant : « Je n'ai plus que quelques feuillets à écrire pour finir *Modeste Mignon* [...] votre nouvelle devenue un magnifique roman [...] Dans trois jours je n'aurai plus rien à écrire, et cela fera deux volumes ! » (*LH*, II, 409-410). Le processus habituel chez Balzac a donc joué encore une fois : parti d'une nouvelle, il en est au roman. Pour être habituel, ce processus ne va jamais sans mal : le changement de structure entraîne logiquement une présentation différente, de nouveaux éléments d'intrigue, voire de nouveaux protagonistes. Or, le 25 mars, Armand Bertin reçoit une lettre et un récit — manuscrit ou tirage hâtivement composé ? — de Balzac qui s'excuse de ne pouvoir lui donner *Les Petits Bourgeois*, car « les difficultés de l'exécution exigent encore un mois », et qui ajoute : « Quoi qu'il en soit, j'ai trop l'habitude des engagements qu'une annonce crée entre un journal et ses abonnés, pour ne pas avoir prévu l'embarras où vous pourriez être, je vous adresse donc un ouvrage entièrement terminé. Si *Modeste Mignon* (tel est le titre) semble de nature à pouvoir faire attendre la publication des *Petits Bourgeois de Paris*, ce sera comme une petite pièce avant la grande, en appliquant cet ambitieux adjectif à l'étendue seulement de la composition » (*Corr.*, IV, 682-683). L' « ouvrage entièrement entre les mains », le directeur des *Débats* prend le temps de l'examiner et, le 30 mars, publie la lettre de Balzac dans son journal et annonce le début de la publication du roman pour le 4 avril.

Le 4 avril, *Modeste Mignon* commence mais, après neuf « rez-de-chaussée » s'arrête. Et, alors que le premier feuilleton ne portait aucune indication de « partie », les abonnés des *Débats* découvraient à la fin du neuvième feuilleton, le 18 avril, qu'ils venaient de lire la « fin de la première partie » (p. 138, après les mots : « et comment une mère ne les aurait-elle pas devinés ? »), dont ils liraient « la suite prochainement ». Cette suite ne paraîtra qu'un mois plus tard et, au bout de huit feuilletons, s'arrêtera de nouveau, le 1er juin, sur l'avis : « Fin de la deuxième partie. Prochainement la troisième et dernière partie » (p. 210 à la fin du chapitre XLIV)... un « prochainement » que les abonnés attendront cette fois plus d'un mois : jusqu'au 5 juillet. Et ce n'est que le 19 juillet, alors que le dernier feuilleton allait paraître le 21, que Balzac peut annoncer à Mme Hanska : « j'ai fini ce matin *Modeste Mignon* » (*LH*, II, 477).

Alors, l' « ouvrage entièrement terminé » le 25 mars ? En fait, de la « nouvelle » initiale à la « petite pièce » en « deux volumes » puis au roman final pourvu d'une « troisième et dernière partie » qui remplira la quasi-totalité de quatre volumes dans l'édition Chlendowski, l'histoire de *Modeste Mignon* s'était singulièrement compliquée. Le manuscrit, les épreuves, les dates de publication du feuilleton et celle du contrat avec Chlendowski révèlent les accidents, les changements du sujet et de la structure de l'œuvre, les hauts et les bas de cette histoire.

L'annonce euphorique du premier mars contient un détail qui éclaire le premier changement de structure : au « 50e feuillet », Balzac est en pleine rédaction de la correspondance entre Modeste et La Brière. C'est un exercice pour lequel sa propre correspondance avec Mme Hanska lui a fait acquérir une grande virtuosité : l'inflation de la correspondance romanesque, qui gonfle le manuscrit de considérables additions, allonge sérieusement « l'étendue de la composition » et conduit au « magnifique roman » du 21 mars, en « deux volumes ». Toutefois, la mise en place du découpage donne du mal à Balzac : au f° 55, il indique puis raye une « Deuxième partie », puis il place la « Fin de la première partie » au f° 63. Mais les difficultés surviennent, sans doute celles que l'on perçoit le 19 mars : le texte qui doit suivre vient mal, Balzac doit s'y reprendre à quatre fois pour le commencer. En outre, il n'est plus sûr de placer là sa « Deuxième partie » qu'il n'indique sur aucun des quatre f°s 64. Cependant l'euphorie revient, sensible dans sa lettre du 21 : d'où, vraisemblablement, la « Deuxième partie » inscrite en haut du f° 81. Seulement la question des *Débats* se pose avec urgence et Balzac se rend compte qu'il n'aura pas le temps d'écrire cette trop optimiste « Deuxième partie » qui aurait demandé une quantité de feuillets proportionnée aux 80 de la « 1re ». Sur son manuscrit, il raye donc cette indication, se contente d'ajouter les douze feuillets et l'argument qui lui permettront d'inscrire, au bas du f° 92 et au-dessous de la phrase : « — Le pauvre Butscha, dit-elle un soir, a donc raison ! », le mot « Fin ».

Ainsi conclue, l'histoire de Modeste se trouvait conforme à l'esprit de la « dernière *Scène de la vie privée* » tel que Balzac le définit alors que le roman est, selon lui, presque achevé. Dès le manuscrit, en effet, s'étaient produits des changements radicaux par rapport aux instructions à Mme Hanska du 1er mars : Modeste était devenue une créature d'exception et non une de ces âmes « petites » que les « aspérités d'une grande âme effraye ». Or, selon la logique balzacienne, toute grandeur est vouée à l'échec. Celle de Modeste avait donc entraîné l'amoindrissement de La Brière, épistolier séduisant mais très peu « homme d'esprit » quand il apparaît et agit en personne, et la transformation de Canalis de « grand poète » en fausse gloire usée. Le dénouement « en faveur » du premier par « effroi » des grandeurs du second virait « en faveur » des désillusions de la créature exceptionnelle. L' « ouvrage entièrement terminé » finissait sur cette désillusion : Modeste avait reçu le « dernier enseignement » de l'adolescence après sa « lutte entre la poésie et le fait, entre l'illusion et la société ». Mais le mot « Fin » était-il définitif dans l'esprit de Balzac ?

Le 25 février, à propos des *Petits Bourgeois*, il indiquait à Mme Hanska : « Les *Débats* ne paieront que sur la présentation du tout terminé. » La condition valait pour *Modeste Mignon*, et cette « Fin » pour Bertin et le caissier des *Débats*. Procurant de l'argent, ce petit mot procurait aussi un répit au romancier. Car le changement de la structure de l'œuvre, effectuée lors des deux premières corrections d'épreuve, produisit un véritable séisme. La « mise en scène » initiale, si « profondément intéressant[e] », vantée le 16 mars, fut littéralement mise sens dessus dessous. Ainsi la présentation des Latournelle, Gobenheim et Butscha, et la souricière, qu'il avait placées presque à la « Fin de la 1ʳᵉ partie » provisoire du manuscrit, Balzac les transféra vers le début puis tout à fait au début. Il regroupa, sépara, permuta d'autres passages, remania, ajouta, supprima, déplaça une quarantaine de fragments des pages centrales de la future « Première partie » définitive qui apparaissent comme l'épicentre de ce cyclone littéraire. Ce travail fut tel que Balzac finit par être pris de court pour mettre au point cette partie dans le feuilleton, dont le texte correspond parfois seulement à celui de la quatrième ou de la cinquième correction. Or, le 1ᵉʳ avril, il écrit à Mᵐᵉ Hanska : « j'ai corrigé 7 fois le premier volume », et c'est exact, « et je corrigerais sans doute tout autant le dernier » (*LH*, II, 413). Le « dernier » n'est, à cette date, que la seconde moitié de la « petite pièce » en deux volumes.

Ce travail a épuisé Balzac. Dès le 1ᵉʳ avril, la fatigue a stoppé « la manufacture de feuillets de manuscrits » (*LH*, II, 416). Le 18, « la nature ne *veut* plus rien faire […] Elle n'est plus sensible au café, j'en ai pris des flots pour achever *Modeste Mignon*. C'est comme si j'eusse bu de l'eau » (*LH*, II, 427). Ainsi s'expliquent non seulement l'arrêt du feuilleton, ce même 18 avril, mais le découpage de la Première partie pour les *Débats* : Balzac a été obligé de la réduire et, au lieu de sa fin indiquée sur le fᵒ 63 du manuscrit, il est revenu au découpage du fᵒ 55. Enfin, toujours le 18 avril, se déclare la jaunisse qui va mettre Balzac, « le cerveau annulé » (*LH*, II, 432), dans l'impossibilité de travailler pendant plusieurs semaines.

Le 8 mai, il écrit : « je vais mieux », et, détail notable, pendant sa maladie, « Mᵐᵉ de Bocarmé et la femme du libraire, la comtesse Chlendowska sont venues me faire le whist avec bien de la bonne grâce » (*LH*, II, 434). Est-ce pendant ces parties de whist que s'est décidé l'achat du roman par Chlendowski ? Le 11 juin, sera signé le contrat de « *Modeste Mignon* formant au moins quinze feuilles » (*Corr.*, IV, 699). Le calcul est simple : dans *La Comédie humaine*, le roman forme quatorze feuilles et demie, soit 233 pages. Or, la matière du premier des « deux volumes » du 1ᵉʳ avril donne 83 pages, soit le tiers et non la moitié du total. Le contrat avec Chlendowski fut donc de conséquence dans l'histoire de *Modeste Mignon* : et non moindre, dans la réalisation de ce contrat, l'entremise de Mᵐᵉ de Bocarmé, fort liée avec le ménage du libraire. Ce n'est probablement pas un hasard si le nom et l'adresse de Mᵐᵉ de Bocarmé ont été notés par Balzac sur l'envers du fᵒ 93, la première, sans doute, des pages vierges qui attendaient sur son bureau pendant sa maladie, cette page que, le « mieux » venu et un contrat en vue, il retournera pour commencer le texte qui suivra l'ancienne « Fin » du fᵒ 92 et qui lui permettra d'amorcer un nouvel argument susceptible de fournir les huit « feuilles » de complément nécessaires au futur contrat. Ce n'est donc pas un hasard non plus si, dans cette même lettre du 8 mai, Balzac annonce pour la première fois qu'il y aura une « 3ᵉ partie de *Modeste* ». Le mieux, le whist, la Bocarmé, le contrat ont suscité le nouveau mécanisme, cette troisième partie à l'évidence conçue, et sans doute parce que relativement facile à réaliser, à partir du projet que nous avons évoqué dans la préface (p. 9) du *Programme d'une jeune veuve* transformé en « programme d'une jeune fille ». Le besoin aussi aura pesé car, écrit Balzac encore le 8 mai : « la nécessité me remettra au travail dans quelques jours » (*LH*, II, 434-435).

Mais « mieux », Balzac n'est pas bien. Il peut tout juste écrire les six folios de manuscrit indispensables à la fin de la deuxième partie qui commencera à paraître le 17 mai, et ajouter, à partir des troisième et quatrième épreuves évidemment corrigées une fois décidé l'ajout de la « 3ᵉ partie », les rouages qui serviront ensuite dans cette partie, et, en particulier, le personnage du duc d'Hérouville, si nécessaire au « programme d'une jeune fille » annoncé dans la dernière phrase de la deuxième partie (p. 210), fut introduit *in extremis* (p. 204). Quant à la liaison de Canalis avec la duchesse de Chaulieu, tellement importante dans l'argument, Balzac ne s'avisera de l'ajouter que dans la « 3ᵉ partie » : sa première mention dans le manuscrit et dans les *Débats* se trouve seulement au début de cette dernière partie (p. 211, n. 105). Encore fallut-il que Balzac se remette à travailler. Or, il constate que c'est au-dessus de ses forces, et il s'affole. Le 31 mai : « La 2ᵉ partie de *Modeste Mignon* finit demain samedi 1ᵉʳ juin. Hélas, il faut que d'ici quinze jours j'aie achevé de corriger et de faire la 3ᵉ partie » (*LH*, I, 438). La « faire », c'est l'écrire. Et, avant qu'il puisse non finir mais commencer il n'y aura pas « quinze jours » mais plus de quarante-cinq : sa jaunisse lui aura coûté deux mois depuis le 18 avril, et ce délai est normal pour une hépatite virale. Et au prix de quel effort de courage et de volonté pourra-t-il faire paraître le premier feuilleton de la « 3ᵉ partie » le 5 juillet ? C'est seulement le 18 juin qu'il a pu écrire : « j'ai retrouvé mes facultés neuves, belles, puissantes [...] après 18 jours d'efforts inutiles » (*LH*, II, 451).

Malgré ce renouveau, tout n'ira pas encore aisément. Le 28 juin : « J'ai beaucoup travaillé à *Mignon*, car il n'y a rien de difficile comme les ouvrages sans événements » ; le 2 juillet : « J'ai fini 2 feuilles sur les 6 qu'il faut pour terminer *Modeste* » (*LH*, II, 462, 463). Or, la troisième partie commence à paraître trois jours après et, le 5, il constate : « je suis obligé d'avoir fini *Modeste* pour le 15 » (*LH*, II, 465). Il n'y arrivera pas. Ainsi, « (la suite à demain) » annoncée le 12, sortira seulement le 17 ; le début fut composé dans une telle hâte qu'en certains passages le texte des *Débats* fut celui du manuscrit, alors que Balzac devait effectuer jusqu'à cinq corrections de cette partie. Enfin, le 15 juillet, après dix jours sans écrire à Mᵐᵉ Hanska, il pouvait lui annoncer : « Je finis *Modeste Mignon* aujourd'hui, c'est tout vous dire. Je me suis levé depuis 12 jours, tous les jours à une heure, deux heures ou 3 heures du matin, et j'ai toujours travaillé toute la journée, j'ai mis l'imprimerie sur les dents. Enfin c'est fini, et bien fini » (*LH*, II, 467). La hâte des derniers folios du manuscrit est visible aux pliures des pages, envoyées à composer par petits paquets bousculés à partir d'un premier paquet de sept folios finissant au f⁰ 129 au verso duquel Balzac écrivait à l'imprimeur Plon : « Charles, à midi vous en aurez autant, et autant à quatre heures. Ainsi enlevez-moi cela. » Et, en ce qui concerne le texte des *Débats*, c'est le 19 qu'il peut écrire : « J'ai fini ce matin *Modeste Mignon* [...] La 3ᵉ partie, si vous la lisez en entier dans votre journal, est un chef-d'œuvre, selon moi » (*LH*, II, 477-478).

En fait, les textes de l'édition Chlendowski et de *La Comédie humaine* comporteront des différences par rapport à celui du feuilleton, et même par rapport aux épreuves postérieures à ce texte. Conscient des imperfections du « chef-d'œuvre » et corrections faites, Balzac écrira le 28 décembre à Mᵐᵉ Hanska : « je ne veux pas que tu lises *Modeste Mignon* ailleurs que dans le tome IV » (*LH*, II, 549). Une longue attente en vue puisque, vraisemblablement à cause de la rupture avec Hetzel qui cède ses parts à Furne en avril 1845, les livraisons éprouvèrent de sérieux retards et le tome IV sortit seulement en novembre 1846.

Un détail, *Modeste Mignon* n'y était pas « la dernière *Scène de la vie privée* », ni même l'avant-dernière : avec la « 3ᵉ partie » où tout finissait si bien par un si bon mariage, avaient disparu désilusions et « dernier enseignement » de l'adolescence. Cet enseignement et la dernière place dans les *Scènes de la vie privée*, c'est Oscar Husson et *Un début dans la vie* qui les avaient reçus. A la fin, Canalis y était marié...

II. *Manuscrit.*

Conservé à la bibliothèque Lovenjoul sous la cote A 150, le manuscrit de *Modeste Mignon* comporte 170 folios. Les f⁰ˢ 162 à 170 représentent un « dernier tableau » auquel Balzac renonça, et dont il manque deux folios et la fin. Nous publions ce texte dans les Documents.

A la suite du manuscrit, ont été reliés l'autographe de la musique composée par Auber (f⁰ 172), la lettre de Balzac à Auber (f⁰ 173) publiée par Roger Pierrot dans la *Correspondance* (tome IV, page 685), et deux accusés de réception, par Balzac, des paiements des *Débats* (f⁰ 178-179).

III. *Épreuves.*

Les épreuves de *Modeste Mignon*, conservées à la Bibliothèque Lovenjoul, ont été reliées en deux volumes : A 151, comportant une numérotation de 1 à 264, et A 151 bis avec une numérotation de 268 à 442. Le tout relié dans le plus grand désordre et composé de placards par paquets ou simples, d'un fragment agrémenté recto verso d'additions manuscrites disposées de façon très embrouillée, voire d'un cahier mis en pages de l'édition Furne, ou encore de demi-folios manuscrits représentant d'autres additions. Il manque les épreuves du début de la troisième partie.

IV. *Publication préoriginale.*

Modeste Mignon. Scène de la vie privée fut publiée en trois parties par le *Journal des Débats* du 4 avril au 21 juillet 1844, avec les interruptions que nous avons vues plus haut.

Le 30 mars, Balzac reçut « à compte » 3 150 F. et le 13 juillet, 3 500 F. (Lov. A 150, f⁰ˢ 178 et 179).

Le texte du feuilleton fut expurgé de quelques lignes trop ardentes d'une lettre de Modeste, du tutoiement de la lettre de Canalis à la duchesse, du passage où il se fait l'avocat de l'amour hors mariage, et, pour ménager d'autres susceptibilités, d'une raillerie sur l'Empire.

V. *Première édition.*

Le 11 juin 1844, Balzac signait avec le comte Adam Chlendowski un traité pour trois œuvres, dont *Modeste Mignon* (*Corr.*, IV, 698-701 et 705). Publié en quatre volumes, dont le quatrième est complété par *Un épisode sous la Terreur* et *Une passion dans le désert* (pp. 197 à 326), le roman était divisé non en parties, mais en 75 chapitres qui sont repris dans la présente édition.

Une partie de cette édition fut mise en vente par Chlendowski : les deux premiers volumes, annoncés dans le *Journal de la librairie* du 16 novembre 1844, les deux suivants dans la *Bibliographie de la France* du 21 décembre 1844. D'autres exemplaires furent vendus par Roux et Cassanet sous le titre *Modeste Mignon ou les Trois Amoureux*, d'autres par Arnaud de Vresse sous le titre *Les Trois Amoureux*. Tous ces exemplaires forment la première édition : ils furent tous imprimés à Coulommiers chez Moussin et présentent la même composition et les mêmes fautes d'impression. Mais cette édition ne peut être considérée comme l'originale : certains passages donnent en effet un texte qui, surtout pour la première moitié du roman, est celui du Furne corrigé, donc postérieur à celui de *La Comédie humaine.*

VI. *Deuxième édition.*

Modeste Mignon figure au tome IV de *La Comédie humaine.* Ce dernier volume des *Scènes de la vie privée*, annoncé par la *Bibliographie de la France* le 21 novembre 1846, publié avec la date de 1845, fut composé en fait avant l'édition Chlendowski : cette dernière comportait des modifications, notamment l'entrée de Canalis en politique ou des allusions à sa liaison avec la duchesse de Chaulieu, situées dans la première partie du roman, que Balzac dut reporter en corrections manuscrites sur son exemplaire personnel de l'édition Furne, dit le Furne corrigé, qui devait servir à établir l'édition définitive de *La Comédie humaine*.

VII. *Notre édition.*

Notre texte est celui du Furne corrigé. L'édition de *La Comédie humaine* ne comportait pas de chapitres : chaque roman est un chapitre. Mais, quand il s'agissait d'éditions séparées de ses romans, Balzac les publiait découpés en parties ou en chapitres. Rétablir ces divisions dans une édition séparée, comme la nôtre, peut présenter des difficultés quand il y eut plusieurs éditions différemment découpées, ou quand le texte de *La Comédie humaine* modifia par trop des éditions antérieures. Pour *Modeste Mignon*, aucune difficulté : la seule édition séparée fut, en fait, postérieure au Furne. Nous avons donc rétabli les chapitres de l'édition Chlendowski.

Le texte est tel que Balzac l'a voulu, et tel que Balzac l'a laissé. Tel qu'il l'a voulu : « les mots monsieur madame ou mademoiselle ne se mettent jamais en abrégés, mais en entier », et, pour ce qui concerne les guillemets : « toutes les lettres sont guillemetées excepté dans les ouvrages écrits par lettres, ou quand dans un ouvrage il y a plusieurs lettres qui se suivent. » Dans cette note inscrite sur la toute première page du Furne corrigé (Lov. A 17 f° 1), Balzac exprime un vœu à la fois si modeste et si net qu'il semble bon de s'y conformer. Tel qu'il l'a laissé, aux erreurs typographiques près : pourquoi ne pas conserver les particularismes de Balzac, sa ponctuation et singulièrement l'usage qu'il faisait du point d'interrogation, ses graphies parfois introuvables ailleurs que sous sa plume, ses errements sur les noms propres d'ailleurs courants en un temps où l'état civil flottait encore, et pourquoi ne pas préserver les témoignages et les marques d'une époque, aussi précieux dans un texte que dans un meuble ou un monument ancien ? A force de corriger Balzac, à force de moderniser les textes, bientôt personne ne saura plus qu'il faisait des fautes, ou comment alors on usait des guillemets, qu'on mettait beaucoup de traits d'union — « très-joli », « long-temps », et qu'on écrivait « Shakspeare ». En fait de traitement des textes, peut-être serait-il temps de réfléchir au conseil donné par André Fermigier à propos des monuments historiques : « de la prudence : si ça tient, n'y touchez pas » (« Le Faune et le Cerf », *Le Monde*, 5 mars 1981).

VIII. *Bibliographie.*

Sophie de Korwin-Piotrowska. *Balzac et le monde slave*, Librairie ancienne Honoré Champion (1933).

Jean Pommier. Introduction de *Modeste Mignon* dans *L'Œuvre de Balzac*, Formes et Reflets (1951), t. VII.

Maurice Bardèche. Introduction de *Modeste Mignon* dans les *Œuvres complètes* de Balzac, Club de l'Honnête Homme (1956), t. I.

Maurice Regard. Introduction de *Modeste Mignon* dans *La Comédie humaine*, Bibliothèque de la Pléiade (1976), t. I.

DOCUMENTS

GOETHE ET BETTINA

Cet article est conservé à la bibliothèque Lovenjoul sous la cote A 302, f^{os} *58-61. Non publié du vivant de Balzac, il constituait une critique de* Goethe et Bettina, *correspondance inédite de Goethe et de Mme Bettina* *d'Arnim, traduite en français et publiée par Sébastien Albin (Hortense* *Cornu) chez Gosselin, en 1843.*

Qu'une jeune fille s'éprenne d'un grand homme, d'un poète, d'un grand général, à distance, sans l'avoir jamais vu, c'est un fait si commun, que l'amour de Bettina pour Goethe n'a même pas le mérite de l'exception. Toutes les petites filles, entre 15 et 18 ans, commencent ainsi la vie, en s'essayant à la tendresse qui doit la remplir. Quand, à dix-huit ans on ne s'amourache pas d'un homme ou d'une femme, on s'enthousiasme pour un certain pays, pour une certaine chose, pour l'art, pour la forme, pour la science, pour la Religion. Mais Mlle Bettina Brentano s'est avisée d'écrire à Goethe, de le voir in *anno œtatis* 62, comme on dit en style de portrait, de l'aimer encore après l'avoir vu, la plus grande flatterie que patriarche ait pu savourer, et, conséquemment, de lui écrire ; de là une correspondance, publiée d'abord en Allemagne où elle a fait fureur, puis aujourd'hui en France, où elle a été traduite : chère Allemagne, pauvre France ! Sur le seuil terrible qui sépare la famille de la publicité, le secret du connu, le mystérieux du profané, dans le cabinet du prote de l'imprimerie, la respectable femme qui allait trahir la jeune fille a eu un remords il faut lui en tenir compte, elle a dit : ce livre est pour les bons et non pour les méchans !... Ce qui signifiait : je fais une mauvaise action, ce qui est pis que de faire un mauvais livre en publiant mes lettres ; tous ceux qui se mocqueront de moi seront des méchans tous ceux qui trouveront ma publication bonne et mes lettres sublimes seront bons ! Moi, j'ajouterai : — très bons, très excellens et je les voudrais pour amis, ils sont simples et peu difficiles ; mais je pardonne bien des choses à la divine Bettina, entr'autres choses l'ennui qu'elle m'a causé, en faveur de cette ravissante concision littéraire par laquelle elle a résumé toutes les préfaces des auteurs passés, présens, futurs. *Ce livre est pour les bons et non pour les méchans.* Ces onze mots nous délivreront sans doute à jamais de toutes les préfaces, que, selon moi, les auteurs n'ont jamais écrites avec plaisir. On doit lui savoir gré d'une formule si succincte, comme à Carême d'une recette parfaite pour un plat jusqu'à lui fastidieux. Bravo Bettina ! Luther, Calvin, tous ces fougueux intolérans t'auront reconnue pour leur élève, avant d'avoir ouvert les pages profondément irreligieuses et panthéistiques de ta correspondance.

Je m'étais cru bon jusqu'à présent, et voilà que pour avoir ouvert un livre, je vais devenir méchant ! Quel mythe. Il n'y a que les Sybilles pour faire de semblables tours de force ! Oh ! madame d'Arnim, Bettina, *l'espiègle allemande* (deux mots qui hurlent !) aurait-elle procédé ainsi ? Comme elle se serait mocquée d'elle-même alors !... Où est la vérité ? Chez la sombre madame d'Arnim qui me dit, comme en 1793 : admire ou vas en enfer (la fraternité ou la mort) ou chez la rieuse jeune fille qui prenait une *nouvelle feuille de papier quand elle n'avait plus rien à dire.*

Cette charmante phrase de sa jeunesse est un fil qui me sert à entrer dans la critique de cette correspondance, car, Bettina a trop souvent pris une nouvelle feuille de papier.

Que Goethe ait dit : après ma mort, publiez ces lettres ! il n'y aurait rien eu de surprenant, tout le monde, même un grand poète peut vouloir s'adorer par delà le tombeau ; mais que ce soit madame d'Arnim, là est le phénomène. A force de penser à cette violation sacrilège, j'en ai trouvé la raison. Elle aura sans doute vu là dedans, une grande question d'*Esthétique*, car elle aura voulu hisser un épouvantail à jeunes filles, et les empêcher de se livrer à tout jamais à ces premières et touchantes exaltations, en leur montrant le vide, l'ennui qui résultent de ces coups de tête, une fois qu'ils se terminent par une œuvre littéraire. En ce sens, la morale doit beaucoup à madame d'Arnim, et les poètes contemporains, les grands hommes d'aujourd'hui vont, heureusement ou malheureusement, y perdre beaucoup d'adorations. En vérité, mes frères, je vous le dis, cette publication est la Saint-Barthélemy des Bettina qui se proposaient de vous assommer de leurs *nouvelles feuilles de papier.*

Déjà Mérimée avait porté le plus furieux coup à l'*amour de tête* par la *Double méprise* ; mais à une femme était réservé l'honneur d'abattre ce monstre. Mérimée avait donné un coup de poignard qui le faisait saigner ; mais, plus habile, madame d'Arnim l'a empoisonné avec de l'opium. Aussi disais-je hier en parodiant un mot d'Odry dans *les Saltimbanques,* ceci sort de la littérature pour entrer dans la pharmaceutique.

En effet, pour que l'expression (*littéraire,* entendons-nous) de l'amour devienne une œuvre d'art, et sublime, car en ceci le sublime seul est supportable, l'amour qui se peint lui-même doit être complet, il doit se produire dans sa triple forme : la tête, le cœur et le corps, être un amour divin et sensuel à la fois, exprimé avec esprit, avec poésie.

Qui dit amour, dit souffrances. Souffrances d'attente, souffrances de combats, souffrances de séparation, souffrances de désaccord. L'amour est par lui-même un drame sublime et pathétique. Heureux, il se tait. Or, la cause de l'ennui qui s'exhale à pleines pages de ce livre est facilement trouvée par une âme aimante. Goethe n'aimait pas Bettina. Mettez à la place de Goethe une grosse pierre, le Sphinx qu'aucune puissance n'a pu dégager de ses sables au désert, et les lettres de Bettina peuvent avoir lieu très bien. Au rebours de la fable de Pygmalion, plus Bettina écrit, plus Goethe se pétrifie, plus ses lettres sont glaciales.

Certes, si Bettina s'apercevait que ses feuilles tombent sur du granit et si elle avait eu des rages, des désespoirs, elle eût fait un poëte ; mais non, comme elle n'aime point elle-même Goethe, que Goethe est un prétexte à lettres, elle continue, elle écrit son journal de petite fille, et nous en avons lu (qui ne sont pas destinés à l'impression) de beaucoup plus charmans, non par unités, mais par dizaines.

Il y a dans cette correspondance un fait de vie domestique auquel j'accordais une grande vertu ; mais, me voilà désabusé sur les bretelles que brodent de courageuses amantes, et sur toute l'adorable mercerie des cadeaux. Oh ! Goethe ! quel criminel tu es ! les lettres de Bettina sont accompagnées de gilets bien chauds, de pantoufles et autres bagatelles que les femmes brodent et font pour leurs amans, hélas ! aussi bien que pour leurs maris. À force d'habiller Goethe, j'espérais... mais non. Les gilets étaient comme la prose, anti-électriques ! Néanmoins, et c'est une nuance à observer, Goethe remercie beaucoup plus Bettina pour les gilets que pour les lettres, et se montre plus sensible aux ouvrages de l'aiguille qu'aux fleurs de l'esprit. À toutes les théories, véritablement incompréhensibles de Bettina sur la musique, il lui répond : folle, folle ! mais aux gilets, aux pantoufles, à tous les envois il dit (page 159) : *tu apparais chère Bettina par tes dons, comme un génie bienfaisant. Cette fois-ci, encore, tu as causé un grand plaisir pour lequel tu reçois les remerciemens de tout le monde.* Ainsi Bettina est, vous le verrez, toujours une folle, une espiègle, quand elle écrit sur l'art, et un génie quand elle brode les gilets. Goethe était non seulement un grand poëte, mais un agréable railleur et un très fin critique. Charles Nodier n'eut pas mieux fait pour se mocquer d'une des mille dixièmes muses de la France.

« DERNIER TABLEAU » DU ROMAN, SUITE ET FIN SANS SUITE NI FIN.

Le texte que nous publions se trouve sur le manuscrit en lieu et place du dernier paragraphe : Plus tard [...] sa société, *du bas du f° 162 au f° 170. Il subsiste seulement six lignes du f° 167 et 20 lignes du f° 168, et le texte finit brutalement interrompu après les deux premiers mots d'une phrase. Il n'y a pas d'explication à ces manques, sinon à cette interruption. Pour le premier paragraphe, comme il fut composé et corrigé, c'est le texte corrigé qui est donné ici.*

Quoique notre heureux siècle ait déjà vu bien des femmes qui, jeunes filles, furent douées d'une instruction et de talens supérieurs à ceux de Modeste, beaucoup de personnes, effrayées de ces antécédents pourraient trembler pour le bonheur d'Ernest de la Brière ; aussi peut-être cette scène ne paraîtra-t-elle pas finie sans un dernier tableau pris à quelques années de distance et qui remplacera la sèche conclusion qui termine traditionnellement les romanesques histoires, empruntées à la vie privée, et où comparaissent presque tous les personnages de cette scène.

Dans les derniers jours du mois d'avril 1837, plus de sept ans après le mariage de Modeste, un petit bossu décoré de la Légion d'honneur, vêtu de noir, en qui les gens du Hâvre eussent difficilement reconnu Jean Butscha sortait d'un des plus beaux hôtels de Paris bâti depuis 1830, en tenant par la main un délicieux petit garçon auquel vous eussiez donné sept ans, quoiqu'il n'eût que six ans et demi. Une jolie toque écossaise à glands était comme posée sur une chevelure fine, soyeuse, blonde, à boucles luisantes et légères qui se jouaient sur un col blanc. Charles-Ernest-Eugène avait pris la veille la première ròbe-prétexte moderne, ou pour parler sans métaphore, sa mère avait, non sans quelques regrets, remplacé par un pantalon et une petite veste coupée, les blouses de velours noir et ces habillements hermaphrodites qui laissent indécis entre les deux sexes, les célibataires à qui l'on exhibe les enfans d'une maison. L'aîné des trois enfans de Modeste, à qui le duc d'Hérouville avait servi de parrain et madame Dumay de marraine venait de passer des mains féminines aux soins de son précepteur. Ce bel hôtel de la Bastie avait été construit en 1833 et 1834 dans l'immense jardin de l'hôtel de Cadignan, situé rue du faubourg-saint-honoré. Cette splendide demeure avait été vendue à des spéculateurs, par le Grand-veneur quelques jours avant sa mort, dans la paternelle intention de remettre à son fils, alors criblé de dettes, la plus grande partie du prix ; et, dans les premiers jours de la révolution de 1830, Charles Mignon put acquérir à bon marché la moitié des jardins donnant sur une avenue des champs-Élysées. Le Colonel, devenu maréchal de camp, employé dans l'état-major et député du Vaucluse, avait eu confiance dans le changement de dynastie ; et, comme toutes ses acquisitions furent faites à des termes qui lui laissaient ses immenses capitaux entre les mains, il en plaça la totalité dans les fonds publics au moment de leur plus forte baisse. Il réalisa donc toute la différence entre le cours de 45 et le cours de 75 du trois pour cent, sur huit millions, c'est-à-dire la dot de Modeste et le prix de son hôtel. Le crédit de Charles Mignon lui permit de reconnaître le dévouement de la Tournelle qui fut nommé président du tribunal du Hâvre, et qui put acheter la villa Mignon à Dumay ; car, le petit notaire chargé des intérêts du comte de la Bastie en provence, y mena si bien les choses que le payement des quatre millions, prix des terres réunies autour des ruines de la Bastie n'eut lieu qu'en 1832.

La cour de l'hôtel de la Bastie, au fond de laquelle les curieux admirent une belle façade sobrement sculptée forme un carré parfait, encadré par deux ailes en retour, continuées jusque sur l'avenue où chacune présente un élégant pavillon à trois fenêtres. Ces deux pavillons à frontons sculptés sont séparés par deux portes cochères entre lesquelles se trouve un petit pavillon de concierge. Chacune de ces ailes compose une habitation séparée de l'hôtel derrière lequel s'étend un jardin encore assez considérable, quoiqu'il représente environ un quart de l'ancien jardin de Cadignan. Le Comte et la comtesse de la Bastie occupent le premier étage et le vicomte de la Bastie-la Brière le rez-de-chaussée. Ernest qui donna sa démission de Maître des comptes en 1830, n'était pas encore rentré dans la vie politique ; il ne fut nommé député du Tarn qu'à la réélection générale. Le corps de logis à gauche est la demeure de Dumay, l'un des chefs de la maison Dumay, Gobenheim et compagnie, et l'aile droite est celle de Butscha. Ces deux fidèles amis de la famille Mignon n'ont jamais conçu la pensée de vivre loin de Modeste. Lorsque Monsieur Latournelle vient à Paris pour la session, car il est, depuis 1830, le député du Hâvre, il a chez les Dumay son logement à l'entresol. Son fils, le bel Exupère est d'ailleurs l'un des premiers commis de la maison Dumay, Gobenheim et Cie. Butscha, comme on le voit, avait tenu parole.

Aussitôt le mariage de la Brière et d'Ernest [*sic*] accompli, le nain était venu s'établir dans une mansarde du quartier latin, et il avait appliqué sa prodigieuse intelligence à l'étude du grec, du latin, des sciences exactes, physiques, et naturelles. En quatre ans, d'un travail continu jour et nuit, il était devenu l'un de nos savans les plus distingués ; mais une vocation qui ne se développa que par l'étude l'avait entraîné vers les mathématiques pures, et il se rendit si célèbre dans cette partie des connaissances humaines qu'à son grand étonnement il ne lui manqua que deux voix pour être élu membre de l'académie des sciences, en 1835, à la place d'un des plus illustres mathématiciens. Le ministre de l'instruction publique le dédommagea par la croix de la légion d'honneur. Ses préoccupations, son amour contenu pour Modeste, l'avaient rendu distrait, et si distrait que le jour où le lieutenant-général Comte de la Bastie alla le chercher dans son taudis de la rue de la Harpe, pour l'installer à l'hôtel de la Bastie, en 1835, après le dîner, Butscha retourna se coucher rue de la Harpe d'où son hôtesse le renvoya dans un fiacre. Mais si quelque sentiment pouvait l'emporter dans le cœur du savant sur son dévouement à Modeste, c'était assurément son amour pour les enfans qui tous l'appelaient *papa Butscha*. Le savant était plus *leur bonne* que la Bonne elle-même, il les cajolait, les amusait, leur contait des histoires, il retrouvait pour eux tout l'esprit du clerc, et l'amour qu'il gardait dans son cœur comme la lumière de sa vie ; mais, chose étrange et due peut-être à sa bizarre conformation, il se faisait respecter d'eux, il possédait ce regard magnétique à l'aide duquel on impose aux enfans et aux fous.

Aussi, quand la mère en querelle avec ses deux enfans s'écriait : — Je le dirai à Butscha ! devenaient-ils sérieux.

— Où allons-nous, papa Butscha ? dit Ernest quand la lourde porte cochère se ferma.

— D'abord, à saint-philippe du Roule, répondit Butscha, entendre la messe et prier Dieu pour ta bonne grand-mère, pour maman, papa, petite sœur et pour ta tante Bettina qui est morte, pauvre petite, en avril...

— Papa Butscha, en quoi donc sont faits les morts ?...

— Les morts sont composés de deux parties, répondit gravement le mathématicien, l'âme qui peut aller dans l'enfer ou dans le paradis, et le corps qui est en terre...

— Et après, où irons-nous ?

— Aux champs-Élysées, voir faire des tours de force, voir polichinelle, nous trouverons quelque nouveau spectacle...

— Mais papa Butscha, nous y voilà dans les champs-Élysées...

— ah ! j'ai pris à gauche !... dit Butscha, ne me quitte pas la main, nous allons retourner par la rue du Colisée...

— Pourquoi Dieu a-t-il une si grande barbe blanche ?...

— Mais, petit drôle, ton grand-père a la barbe blanche...

— Oui

— Eh ! bien, Dieu qui a fait tout ce que nous voyons et ces mondes est plus ancien que tout, et pour te faire comprendre son ancienneté par une image frappante, on le représente ainsi...

— Pourquoi petite maman ne vient-elle pas à la messe avec nous, aujourd'hui ?...

— Elle y est allée seule ce matin avec ta grand-mère afin d'être libre à l'heure du déjeuner, car elle a du monde, elle a Canalis, tu sais cet ami de ton papa, le duc et la duchesse d'Hérouville...

— Ah ! ça m'est bien égal de ne pas en être, j'ai trente sous ! dit Ernest.

— Et qui donc t'a donné cela ?

— Gobenheim, à la condition de dire un franc cinquante centimes

— Et pourquoi me dis-tu trente sous ?

— Ça m'ennuie

— Ernest, c'est bien mal, quand tu promets quoi que ce soit, il faut tenir ta promesse.

Butscha sermonna son élève jusqu'à saint-philippe du Roule sur la sainteté du serment, ce qui doit, après 1830, constituer un enseignement politique.

Cette matinée avait en effet été prise par Modeste pour une entrevue importante entre Canalis et la jeune personne qui devint sa femme, la fille d'un des plus fameux conservateurs de la chambre, Moreau de l'Oise. Le général, qui siégeait à la chambre à côté du député de l'Oise avait négocié ce mariage entre le tribun légitimiste et l'orateur ministériel. Canalis, à qui la duchesse de Chaulieu avait fait manquer plus d'un mariage, était libre depuis trois mois. La duchesse, après avoir marié son fils, le duc de Réthoré, à madame d'Argaiolo, née princesse Soderini, avait succombé pendant l'hiver dernier tenant l'homme politique sous son charme comme elle avait tenu le poëte. Elle maintint d'ailleurs ce grand orateur dans une ligne de conduite et dans une pureté de principes qui sera l'un de ses titres de gloire. Mais ce joug pesait horriblement à Canalis qui, dans la salle des conférences, dit devant plusieurs députés au Baron de Rastignac, victime comme lui d'un attachement semblable :

— Il vous est échappé, mon cher ministre, une phrase que je voudrais voir gravée dans toutes les mansardes où s'agitent de jeunes et nobles courages

— Et laquelle ?

— N'avez-vous pas dit *« je connais un peu ces couchers de soleil, ça dure dix minutes à l'horizon et dix ans dans le cœur d'une femme ?...* (Voyez SPLENDEURS ET MISÈRES DES COURTISANES) vous vous êtes trompé de cinq minutes et de cinq ans...

Tant que vécut la duchesse de Chaulieu, malgré l'éclat nouveau qui s'attachait au nom de Canalis, toutes les familles tremblèrent de confier le bonheur d'une fille à un homme que cette femme supérieure influençait. Moreau de l'Oise [*fin du f° 166*]

[*Fragment collé sur le f° 167*] veuve du premier président de la Cour royale d'Angers, comme pouvant les leur donner, surtout pour une affaire de ce genre ; en effet, ils les ont obtenus de cette dame. Les trois millions et demi n'ont pas suffi, mon beau-père a marié la veuve, femme d'environ trente-deux ans, à Hérouville, pour lui mon

[*Fragment collé sur le f° 168*] — Au delà de toute expression, répondit la Brière, car le bonheur ne se peint pas...

— Quoi ! cette petite fille si fantasque, si savante...

— Est devenue, dit Ernest en interrompant Canalis tout ce qu'elle avait promis d'être, une femme accomplie, la femme que tu vas voir. En sept ans, nous n'avons pas eu ce qu'on appelle un nuage, nous nous aimons comme au premier jour, elle employe tout son esprit à rester la fleur de la maison, l'élégance du ménage ; elle est mère comme elle est épouse, et sa prodigieuse instruction lui sert à écouter, à observer, à dire quelques mots fins qui prouvent aux hommes distingués de notre salon qu'elle les comprend... nous avons une société choisie, les Portenduère, les Lestorade, les d'Hérouville, quelques savans, un ou deux artistes, des hommes d'état qui nous sont attachés, et nous avons ici comme une oasis, tous ceux qui s'y réunissent s'aiment et s'estiment. Modeste est le lien nécessaire de ce petit monde où elle est adorée, aimée des jeunes femmes elles-mêmes

[F°⁵ 169 et 170] enfin libre de ses mouvemens...

— D'après ce qu'on m'a dit, répondit Modeste, en brisant net sur les complimens, j'aurais voulu pour l'une de nos gloires parlementaires une autre femme.

En ce moment le général vint tenant sous le bras mademoiselle Moreau accompagnée de son père, pour la présenter à la vicomtesse. Cette jeune personne, longue, sèche, brune sortait d'un pensionnat et paraissait avoir toutes les perfections mécaniques qu'on trouve dans l'éducation publique. Elle était parfaitement mise, et peut-être un peu trop parée. Quant à l'illustration du centre, c'était un grand, gros homme, déjà officier de la légion d'honneur, à ventre prépondérant, haut en couleur, à cheveux grisonnans, qui avait dans la conversation et dans le maintien tous les développemens d'un homme promis à une Direction générale. Après un tour de jardin, on revint au salon où se trouvaient le duc, la duchesse d'Hérouville, Gobenheim et Dumay dont les comptes avaient été terminés. Canalis, qui, depuis 1830, n'avait pas rencontré l'ex Grand Écuyer de France, car les immenses changemens faits à Hérouville et son mariage y avaient toujours retenu le duc, était assez curieux d'examiner la duchesse et il trouva le modèle de cette quiétude que donne une vie calme et solitaire. La duchesse, éprouvée par des malheurs secrets, semblait toujours se demander si le bonheur dont elle jouissait ne lui serait pas arraché. Le Duc était affectueux et attentif pour elle.

— En faisant un mariage de convenance, dit le duc à Canalis en recevant ses complimens, j'ai trouvé tout ce qu'on demande à l'amour, je souhaite qu'il en soit de même pour vous.

Canalis fit observer qu'il ne manquait à cette réunion singulière de tous les personnages qui s'étaient trouvés à la villa Mignon que Butscha, car monsieur et madame Latournelle arrivaient.

— Oui, nous voilà tous, et tous heureux, dit Mme Mignon, une grande et rare faveur du ciel.

— Mon Dieu, s'écria Modeste, c'est provoquer le malheur que de lui faire apercevoir qu'il nous a oubliés...

Il était midi. Le valet de chambre du général entra, lui remit une lettre.
— De Butscha!...

Aussitôt après avoir lu les premières lignes, il prit son gendre par le bras, appela Dumay, laissant Modeste épouvantée. La mère eut un de ces pressentimens qui tiennent de la nature de l'éclair, elle sortit sur la pointe des pieds pour savoir de quoi il s'agissait, elle entendit donner des ordres pour seller deux chevaux, et quand ces mots : — Ernest est perdu ! Butscha va se tuer ! arrivèrent à son oreille, elle tomba sans connaissance comme si la foudre l'avait atteinte. Voici la première leçon que le précepteur avait reçue de son Élève. À onze heures après la messe, le savant avait mené le petit Ernest dans les champs-Élysées, où, dans la matinée, il est rare de trouver beaucoup de spectacles en plein vent, d'équilibristes et d'autres artistes forains. Ernest, assez blasé sur le drame de Polichinelle, du chat et du commissaire, aperçut une nouvelle entreprise remarquable par une de ces constructions éphémères dont tous les frais sont faits par quatre perches auxquelles sont suspendues de méchantes toiles à matelas. Le Devant de cet établissement portait en grosses lettres *Fantoccini* sur un écriteau servant de frontispice. Deux rideaux en serge rougeâtre gardaient l'entrée de ce théâtre, devant lequel une vieille femme montait la garde et faisait vraisemblablement la recette. Cette femme portait un casaquin orné de brandebourgs, un chapeau suisse enrubanné comme un mât de cocagne, et sonnait d'un petit cor vraiment magique. Elle avait des souliers à boucles en strass qui

reluisaient comme des diamans. Sa figure jaune comme un citron, ses
yeux vifs, son air étrange, tout frappa l'enfant qui resta béant devant ces
choses pour lui surnaturelles.

— Fantoccini, qué que çà veut dire, papa Butscha?...

— Fantoccini, mon petit ami, dit un personnage merveilleux qui parut
soudain, cela signifie des petits hommes comme toi, tout en bois et
animés! qui parlent, se promènent, par la permission du pape, et qui
jouent la pièce de Joseph vendu par ses frères, mélodrame en trois
actes...

Ce personnage [*fin du f° 170. On peut être reconnaissant à Balzac
d'avoir renoncé à ce morceau dont la place semble indiquée dans les œuvres
de la comtesse de Ségur plutôt que dans* La Comédie humaine...]

NOTES

Page 38.

1. Le 5 avril 1844, lendemain du premier feuilleton dans les *Débats* avec sa dédicace « A une Étrangère », Sainte-Beuve écrivait à Juste Olivier : « Le roman de Balzac est dédié à une Étrangère qui n'est autre, assure-t-on que la princesse Belgiojoso. » Le 9, Balzac écrivait à Mme Hanska : « Ah ! l'on m'a appris que tout Paris avait cru *Modeste Mignon* dédié à la princesse Belgiojoso ! En voilà une aventure ? Rions entre nous ? Je dirai la nation [alité] dans *La Comédie humaine.* » En fait, ce sera seulement sur son Furne corrigé que Balzac changera « Étrangère » en « Polonaise ». Et si Sainte-Beuve juge la dédicace et l'annonce de l'œuvre « galimatias » et « amphigourisme », Rosalie Rzewuska, qu'elle ait ou non reconnu les « modèles » du roman (voir la préface p. 11), réagit sur « le style de sa dédicace » : « quel amphigouri que la fin » (*LH*, II, 420 et n. 1 ; Lov. A 385 bis, f° 210 v°, lettre adressée à Mme Hanska le 27 avril 1844, donc après la publication de la 1re Partie achevée le 18 avril). Sur son Furne corrigé, Balzac, sans doute avisé de ce jugement, remania les deux dernières lignes.

Page 41.

2. Tout ce passage colle à cet ouvrage où Balzac multipliait les avertissements aux maris contre l'amant-Minotaure, et, dans l' « Essai sur la police » de la « Méditation XX », préconisait en §1 « Des souricières », d'après le mot et l'emploi inventés par Fouché pour piéger les suspects.

Page 42.

3. Aujourd'hui, on écrirait « physiognomoniques ».

4. *Ursule Mirouët* (Folio, 1981) suggère une réponse négative à cause de Goupil, presque nain comme Butscha, clerc de notaire, sans famille, laid et pauvre comme lui : par sa méchanceté, son acharnement à nuire à la jeune héroïne, il constituait un exact opposé de Butscha et, créé avant lui, comme une sorte de négatif qui permit de développer Butscha par

contraires, moyen aussi fréquent que puissant de la création chez Balzac. L'un comme l'autre dérivaient, à l'évidence, de Rigaudin (voir p. 268 n. 133).

5. Dès 1822, Balzac s'était inspiré de ce roman, *Le Nain noir*, pour *L'Héritière de Birague*.

Page 45.

6. Aujourd'hui, on écrirait « une palissade dont les charnières ».

Page 47.

7. Le « bois de fer » était un terme commun à des bois très durs, de teinte fauve, brun-noir, provenant des îles d'Amérique (le sidéroxyle, le paganier de la Jamaïque (le nagas) ou de Ceylan (le nagas) ; le terme de « bois du Nord » s'appliquait aux essences très claires et très tendres, telles celle des pins de Norvège ou celle des arbres nommés à tort cèdres de Sibérie, qui permettaient découpes et sculptures.

8. Rappel de l'alexandrin : « Le mur murant Paris rend Paris murmurant », né du *Mur des Fermiers généraux* construit de 1784 à 1787, et qui, à l'inverse de ceux de Philippe-Auguste, de Charles V et de Louis XIII, cernait Paris non d'une enceinte de défense mais d'octroi.

Page 48.

9. Nom évidemment fabriqué à partir de celui de Fould-Oppenheim de la banque Fould et Fould-Oppenheim fondée à Paris en 1806.

Page 51.

10. Sur le manuscrit, Balzac nomma d'abord son personnage Dumas puis surchargea le « s » d'un « y ». Le père d'Alexandre Dumas avait accompli, entre mille hauts faits de valeur et de force, celui d'arrêter seul un escadron ennemi au pont de Bauxen, lors de l'affaire de Clausen.

Page 52.

11. En avril 1837, Balzac avait visité le palais Pitti où il put voir la *Maddalena Doni*, souvenir assez lointain pour expliquer son erreur sur le prénom (*LH*, I, 492).

12. Ici, on lit sur le manuscrit : « grande, svelte ». Le physique de l'héroïne, son « col frêle », ses épaules « un peu maigres », est évidemment inspiré de celui de Caliste Rzewuska, tuberculeuse (voir préface p. 28).

Page 53.

13. Aujourd'hui « marabouts », plume très légère procurée par l'oiseau africain du même nom.

Page 54.

14. Ce trait, les « lèvres moqueuses », le « visage à la fois grave et moqueur » donné sur le manuscrit puis rayé, souligne une des caractéris-

tiques de l'esprit de Caliste qui ressort particulièrement de ses lettres à Mme Hanska.

Page 55.

15. La rue existe toujours, mais l'hôtel — à l'origine le *collège Mignon* — disparut lors du percement de la rue Danton entre 1888 et 1895. Ils devaient leur nom à Jean Mignon, archidiacre de Blois quand il fonda ce collège en 1343. Balzac connaissait particulièrement la bâtisse : c'est « rue et hôtel Mignon, n° 2 » qu'était installée l'imprimerie des Baudouin avec lesquels il fut en relation dès sa propre aventure d'imprimeur, puis chez lesquels plusieurs de ses romans devaient être composés ensuite. Mais ce souvenir et l'histoire ne décidèrent probablement pas du choix du nom. « Pourrez-vous voir et lire ce mot Mignon sans un sourire ? » écrit Balzac à Mme Hanska le 3 avril 1844 (*LH*, II, 414). Les lecteurs de sa correspondance avec elle savent que les mignons avaient dans leur langage intime un sens très peu archéologique.

Page 56.

16. À ne pas confondre avec le célèbre manchot, Mucius Scaevola. Le sobriquet de Dumay père, président d'un tribunal révolutionnaire, vient du consul romain Publius Mucius Scaevola qui déploya une terrible rigueur à faire appliquer les lois républicaines.

Page 57.

17. Sur le manuscrit apparut d'abord le nom de Grollmann qui aurait rappelé celui de l'authentique fille d'un banquier de Francfort, Marie-Elisabeth Bethmann, devenue comtesse de Flavigny et mère d'une jeune personne remarquable, la future Marie d'Agoult. Mais les « modèles » imposèrent le nom définitif, la Caroline réelle, Caroline Rzewuska (voir préface) évoquant Mickiewicz et son œuvre la plus célèbre, *Konrad Wallenrod*, où se trouvaient arrangées pour en faire un vengeur de sa patrie polonaise l'histoire et la légende d'un grand-maître de l'ordre Teutonique mort en 1394.

Page 58.

18. A Golfe-Juan, le 1er mars 1815.

19. Dans *Le Député d'Arcis*, Balzac reviendra sur les variations des prix du coton qui, « en 1814 » ruinent Pigoult père et enrichissent Beauvisage : « Le prix du coton dépendait du triomphe ou de la défaite de l'empereur Napoléon dont les adversaires, les généraux anglais, disaient en Espagne : " La ville est prise, faites avancer les ballots ". » Au fur et à mesure que les ballots avançaient, les prix s'écroulaient.

20. Ici, force maladresses et tâtonnements, qui révèlent presque à coup sûr que Balzac manipule une réalité, aboutirent à ce fragment de phrase sur le manuscrit : « pour se consoler de sa perte de deux fils »,

rayé avant même que la phrase soit continuée, et sans nul doute dicté par la mort des deux frères de son « modèle » Caliste (voir la préface, p. 12).

Page 59.

21. Orthographe de l'invention de Balzac.
22. Triplicité non phénoménale. Bertrand Gille a signalé qu'à la chute de l'Empire, « au Havre, les maisons de banque étaient pratiquement inexistantes ». Un armateur devait donc faire aussi la banque. Donc, sous la Restauration, « les banquiers du Havre ne sont en définitive que des maisons commanditées par les banquiers de Paris » (*La Banque et le crédit en France de 1815 à 1848*, p. 64). On verra que la maison Mignon s'effondre à cause de la liquidation de trois maisons de banques, dont une de Paris.

Page 62.

23. Par analogie avec un « premier-Paris », terme journalistique signifiant : la nouvelle du jour.
24. Ses « modèles » jouent ici un tour à Balzac, l'Émir surtout qui partit pour Constantinople et l'Asie Mineure (voir la préface). On ne pouvait s'embarquer pour ces destinations à partir du Havre où aucun pays oriental n'avait d'ailleurs de représentation consulaire, alors que Marseille, port d'embarquement pour Constantinople, était pourvue d'un consul général de Turquie.

Page 64.

25. Cette crise commença en Angleterre : « Dès novembre 1825, quelques grandes maisons ayant spéculé sur les cotons, sautaient [...]. Le 17 décembre, la banque londonienne Pole et Cᵒ suspendait, entraînant 70 maisons de banque provinciales dans sa chute » (Bertrand Gille, op. cit., p. 310). Mignon spécule sur les cotons et sa chute suit celle de banques de Paris, Londres et New York. Le banquier qui vit le plus clairement arriver cette crise fut Sartoris, oncle de Mᵐᵉ de Mareste (voir la préface p. 30) ; il dénonça dès le début de 1825 les risques encourus par les capitaux français accumulés en Angleterre et dans les « États américains » (Bertrand Gille, p. 311). « À Paris, les banques avaient été très touchées [...] par la crise de la fin de 1825 et du début de 1826. En province, la tourmente fut aussi très violente. Au Havre, les négociants en coton étaient très atteints : Larréa, l'un des plus importants, obligé de suspendre » (ibid, p. 314). Le président du Tribunal de commerce de Paris fit, en effet, faillite. Il s'agissait non d'un banquier mais d'un imprimeur-libraire, André-François Hacquart, imprimeur de la Chambre des députés. Balzac confond peut-être dans son souvenir avec son successeur à cette présidence, le banquier Vassal, que la crise obligea, en 1826, à accepter vingt-quatre commanditaires, parmi lesquels un futur associé de Girardin, Cleemann, et des commerçants provinciaux, notamment du Havre ; la plupart de ces commanditaires ne versèrent pas

le capital et Vassal fit faillite définitivement en 1830 (ibid, pp. 55-56 et *Almanach du commerce* pour 1826 et jusqu'à 1830).

Page 65.

26. « Note de l'auteur » dans les *Débats* où le personnage se nommait Boussenard : « Nous avons reçu de M. le docteur Boussenard de Paris, une réclamation sans aucun fondement, relativement à ce nom. Nous n'y répondons ici que pour faire observer que la littérature serait impossible à la condition de prendre des noms qui n'existeraient pas, car tous les noms sont dans la nature [...]. Il existe des Mignon en Touraine, un honorable député du nom de La Tournelle à la Chambre, des Vilquin partout, et aucune de ces familles n'a certainement la pensée qui a fait *mettre la main à la plume* à M. Boussenard. Au surplus, chose étrange, ce nom est le résultat d'une erreur des compositeurs. Nous avions mis Troussenard, nom qui, littérairement parlant, est de bien plus haut goût ; mais comme il ne s'agissait pas d'un personnage, le nom nous a semblé tellement indifférent que nous n'avons pas rectifié l'erreur assez excusable qui a fait prendre pour un B le Tr de notre écriture presque hiéroglyphique. Nous rétablirons dans les éditions postérieures le Troussenard primitif. » La lecture des épreuves, qui n'est pas toujours drôle, permet ici de s'amuser un peu : le nom « primitif » était Bourgenon, bel et bien devenu Boussenard au stade de l'épreuve envoyée aux *Débats* et très bien déchiffré par les compositeurs ; et c'est positivement parce que « M. le docteur » avait « mis la main à sa plume » que Balzac installa le Troussenard de haut goût dans les éditions postérieures.

Page 69.

27. Modeste se tient au courant : l'œuvre parut le 7 février 1829.

Page 70.

28. Pour les prospecteurs du plus ou moins inconscient créateur, à mettre en regard de l'immense Mme Latournelle « l'immense tante » qui, à propos de ses lectures, écrit à Mme Hanska : « J'aime les flèches et les carquois à force d'avaler des nuages et des brouillards » (Lov. A 385 bis, f° 173 v° 174).

29 Nommé sur les épreuves : Chastopalli, pseudonyme de François-Eusèbe, comte de Salles qui, avec Amédée Pichot, publia en 1819-1820 une traduction des *Œuvres de Byron* et, donc, de *Childe Harold.*

30. Aujourd'hui, on écrirait : Delly.

31. Aujourd'hui, on écrirait : « notairesse .

Page 73.

32. *Entrée d'Alexandre dans Babylone* de Charles Le Brun (1619-1690). Il s'agit ici d'un tableau aujourd'hui au Louvre, et non de l'une des *Batailles d'Alexandre.*

Page 75.

33. Dès le XVIIIe siècle le titre de *La Fille mal gardée* fut donné à plusieurs opéras-comiques, ballets-pantomimes et comédies, et, pour les seules années 1800-1830, à cinq œuvres dont une comédie d'Allarde, Brazier et Dumersan, créée aux Variétés en 1822, et un opéra-comique d'Hérold créé à l'Opéra en 1827.

Page 76.

34. « Les Allemands plutôt, *mastochs* signifiant un bœuf mis à l'engrais », note Maurice Regard.

Page 79.

35. Coïncidence peut-être, ou lecture des inédits de Stendhal ? On trouve trois fois le nom de Françoise Cochet dans la *Vie de Henry Brulard*.

Page 80.

36. Le romancier cherche à se démarquer de la réalité et opère avec une maladroite brutalité : est-il compréhensible que le comte de La Bastie et la dernière des « vrais Wallenrod-Tustall-Bartenstild » soient des « gens sans instruction » ?

Page 81.

37. « Chère Babouche de Salomon », écrivait Balzac à Mme Hanska, ajoutant : « j'aime ce surnom que vous donnait votre père » (*LH*, II, 122). Un surnom très « rzewuskien » : le grand-père de l'Émir et aïeul de Mme Hanska, le général Wenceslas Rzewuski (1705-1779), fut surnommé « le Salomon de la Pologne » (Falloux, *Mémoires d'un royaliste*, I, 93).

Page 82.

38. C'est-à-dire : la cour d'assises de Paris.

39. Au Havre, Modeste ne pouvait connaître directement les triomphes de ces célébrités. En revanche, le 4 avril 1838, la comtesse Rzewuska écrit à Mme Hanska sur « l'enthousiasme que les pieds de Mlle Taglioni venaient de déchaîner à Varsovie » : « moi, je n'en ai rien vu, mais Caliste a vu et admiré, elle prétend que la danse de Mlle Taglioni anime à la lecture des anciens et qu'elle fait penser à Herculanum, à Pompéia » (Lov. A 385 bis, f° 123-124).

Page 84.

40. Dans *Lara*, de Byron, Kaled, le page qui meurt quand meurt son maître, était en réalité une femme. Dans *Le Corsaire*, aussi de Byron, Gulnare est la favorite du sultan qui délivre Conrad et fuit avec lui.

41. La femme de l'auteur du *Sopha* était lady Henrietta-Maria Stafford (1714-1756).

42. Elizabeth Sclater (1744-1778), femme d'un employé de l'East India Company, Daniel Draper, rencontra Sterne (1713-1768) lors d'un séjour en Angleterre. Leur courte « histoire », alors qu'il était marié,

beaucoup plus âgé qu'elle, et mal portant, fut essentiellement épistolaire. Si Eliza quitta Bombay et son mari ce ne fut pas, comme il a été dit, pour Sterne — avec qui elle avait rompu depuis six ans — mais parce que Draper la trompait outrageusement avec sa femme de chambre, Mrs Leeds (Lewis Melville, *Life and Letters of Laurence Sterne*, pp. 175-176).

43. En fait, d'*Oberman* : Étienne Pivert de Senancour (1770-1846).

Page 87.

44. « Les auteurs se font pourtraire le cou nu et les cheveux bouclés », écrivait Balzac dans *La Mode* du 21 mai 1830. Le 8 mars 1836, il annonce qu'il a été fait « une horrible lithographie de moi par l'étranger, et que *Le Voleur* en a publié un aussi » : celle de Bernard Julien, mignarde et, en effet, menteuse. Mais il semble viser ici très exactement le Lamartine lithographié par Delpech, tête dévissée, yeux au ciel.

Page 88.

45. Dans le manuscrit, d'abord : « Canalis (de), Athanase, Jean Victor Marie. »

46. Clin d'œil probable. L'écrivain et futur député Félix Pyat avait fait annoncer en 1837 par gros pavés dans *Le Siècle,* dont il était un des principaux collaborateurs, un ouvrage de lui, à paraître chez Ambroise Dupont en deux volumes in-8. Son titre : *Or et fer* « ne fut jamais aurifère » puisqu'il ne fut jamais publié.

47. Autre clin d'œil ? A l'époque de l'action, l'ami Monnier habitait cette rue, aujourd'hui la rue Paradis, ainsi que Dupaty.

Page 89.

48. Au moment de l'action, Hugo et Lamartine, tous deux faits chevaliers de la Légion d'Honneur lors du sacre de Charles X en 1825, recevaient une pension au titre des Lettres ; Lamartine était en outre secrétaire de Légation en Toscane.

49. On retrouve ici le Dauriat d'*Illusions perdues* (Folio, 1972) disant à son commis : « À quiconque m'apportera des manuscrits, vous demanderez si c'est des vers ou de la prose. En cas de vers, congédiez-le aussitôt. Les vers dévoreront la librairie ! »

Page 90.

50. J.-A. Ducourneau nota ici que Balzac conjugue ce verbe comme « harcèle ». Par ailleurs, le romancier écrivait le 25 avril 1844 à propos de « l'explication du talent de Canalis » : « J'ai fourré là vos phrases sur Charles Nodier », « imprimées textuellement » (*LH*, II, 431).

51. Toutes les notations ironiques et péjoratives sur Canalis sont intervenues au cours des corrections. À titre d'exemple, sur le manuscrit, Modeste écrivait « à l'une des étoiles de la pléiade moderne », devenue « Berquin de l'aristocratie » sur le feuilleton, puis « Dorat de sacristie » sur le Furne corrigé. D'autre part, sur ce même Furne corrigé, Balzac mit ici le mois de « juillet » à la place du mois d'août, mais plus loin il laissa août (p. 104).

Page 92.

52. Sur le manuscrit : « doué d'une belle figure ». *Vituline :* de la nature du veau ? Mais Littré dit : *vitulaire.* On peut aussi penser à *vitellin :* couleur de jaune d'œuf, selon Robert.

Page 93.

53. Dans la pièce de Voltaire, Orosmane, soudan de Jérusalem, dit au chevalier français Néréstan :

> Chrétien, je suis content de ton noble courage
> Mais ton orgueil ici se serait-il flatté
> D'effacer Orosmane en générosité ?

Odiot était Orfèvre du Roi : Charles X fait donc un don d'argenterie au poète qui avait célébré son Sacre, comme l'avaient fait Hugo et Lamartine, entre beaucoup d'autres.

Page 94.

54. C'est seulement sur son Furne corrigé que Balzac s'est avisé d'insérer au début de son roman des allusions à la liaison de Canalis avec la duchesse, liaison ajoutée in extremis lors de la rédaction de la troisième partie (voir n. 105, p. 211) effectuée après l'impression des deux premières parties dans les *Débats.*

55. En août 1836, Balzac avait rencontré à Turin le « souverain pontife des plantes », Luigi Colla, avocat et homme politique piémontais, qui avait publié en 1833 les sept volumes de son *Herbarium pedemontanum (Corr.*, I, 129 et notice).

Page 95.

56. Quand Balzac l'évoque ici, Claude-François, baron de Méneval (1778-1850), ancien secrétaire de Joseph Bonaparte puis « secrétaire du portefeuille » de Napoléon, publiait son *Napoléon et Marie-Louise, souvenirs historiques* (1843-1845).

Page 96.

57. Le « premier ministre » selon le manuscrit et la page 187. Il s'agissait donc de Villèle. Voir la note 81 de la page 161 et la note 83 de la page 162.

Page 98.

58. Souvenirs personnels de Balzac. Sans parler des nombreuses inconnues qui lui écrivirent, Balzac était entré de la même façon en relation avec la marquise de Castries qui lui avait écrit en 1831 ; en 1836, il eut une idylle épistolaire avec une « Louise » mystérieuse ; en 1840-1841, ce fut l'aventure avec Hélène se disant de Valette et, en réalité, Valette tout court et veuve Gougeon. Et, en 1837, pour le mystifier, la marquise de Castries lui avait fait écrire des lettres enflammées signées

lady Nevil, à la suite de quoi, rendez-vous pris, Balzac se retrouva devant miss Patrickson, institutrice du fils de la marquise, une pauvre vieille fille « horrible, des dents affreuses, mais pleine de remords de son rôle » (*LH*, I, 555).

Page 100.

59. Notons, en passant, la curiosité littéraire que représente la correspondance de La Brière pastichant Canalis et faite par Balzac se pastichant lui-même.

Page 108.

60. De cette Léonore d'Este aimée du Tasse dans *Torquato Tasso* vint probablement le prénom de la duchesse de Chaulieu.

Page 110.

61. Allusion à *L'Enfant maudit*. Le cardinal est imaginaire et l'on connaît seulement un abbé de ce nom au XVIIIᵉ siècle.

62. Napoléon. Le principe du cadastre, destiné à calculer l'impôt foncier, avait été admis par la Constituante le 23 septembre 1791, mais il fut définitivement établi par une loi de finances le 15 septembre 1807.

Page 114.

63. Ici, Balzac se montre plus catégorique que partout ailleurs et presque violent sur la question de la place des filles au foyer. Peut-être parce qu'il est sous le coup de la lecture des lettres de la comtesse Rosalie, mettant en garde Mᵐᵉ Hanska très fière de sa fille et de l' « avancement si prodigieux de sa raison » : « puisse-t-elle ne jamais savoir si elle a de l'esprit, combien elle en a, ce qu'il pèse en France, en Allemagne [...] quelle misère que l'amour-propre et le goût de la Célébrité » (Lov. A 385 bis, fᵒˢ 195 et 208).

Page 117.

64. On a vu dans la préface que la comtesse Rosalie, née princesse Lubomirska, tenait aussi à toutes les pages de l'*Almanach de Gotha*. Elle pratiquait cet ouvrage et, à propos du mariage d'un frère de Mᵐᵉ Hanska, en 1837, elle écrit : « Je ne comprends rien du mariage d'Ernest avec une Jivan. Je n'en connaissais qu'une, que l'almanach de Gotha mariait au Pce Wilgenstein » (Lov. A 385 bis, fᵒ 192).

Page 120.

65. Ainsi voilà comment et pourquoi il faudra admettre la fin navrante du roman et l'acceptation par Modeste du « petit La Brière ».

Page 121.

66. Il s'agit de John Martin (1789-1854), peintre anglais d'histoire et de paysages fantastiques, surnommé « Martin le Fou » ; pour la graphie

de son nom, Balzac confond avec celui de John Martyn, illustrateur et graveur anglais, mort en 1828.

Page 122.

67. Rappel du célèbre « Homo duplex » de Buffon, plusieurs fois commenté par Balzac et mis en œuvre dans toute sa création.

Page 123.

68. Sur Goethe et Bettina von Arnim, voir la préface et *Goethe et Bettina* dans les documents. Marie-Claire Deschamps de Marsilly (1665-1750), veuve d'un cousin de Mme de Maintenon, le marquis de Villette, devint en 1717 la maîtresse de l'homme politique anglais Henry St John, premier vicomte Bolingbroke, qui acheta pour elle le château de La Source, près d'Orléans. Devenu veuf, il l'épousait en 1722.

Page 124.

69. À partir de cette référence à Molière, d'autres vont se succéder — aux Géronte, Léandre et Argante des *Fourberies de Scapin*, à Chrysale, à Anselme et au Léandre de *L'Étourdi,* sans compter un Arnolphe rayé —, si nombreuses qu'elles instaurent un climat de comédie

Page 125.

70. Lors de son séjour à Genève en décembre 1832 et en janvier 1833, Balzac était allé avec Mme Hanska voir l'historien et économiste Sismonde de Sismondi (1773-1842), qui formait avec sa femme, l'Anglaise Jessie Allen, un couple qu'il cite souvent en exemple. De même, il rappelle plusieurs fois la fidélité que toute sa vie Vittoria Colonna (1492-1547) voua à la mémoire de son mari, Fernando-Francisco de Avalos, marquis de Pescara (1489-1525), mortellement blessé au combat de Pavie.

Page 130.

71. Sismondi, auteur d'une *Histoire des républiques italiennes* publiée en seize volumes de 1807 à 1818 en Suisse et, à Paris, en 1840.

Page 134.

72. Sous la Restauration, était électeur tout citoyen payant à partir de 300 F de contributions directes ; l'éligible devait avoir atteint l'âge de quarante ans et payer à partir de 1 000 F de contributions directes. Les électeurs votaient au scrutin d'arrondissement et formaient le petit collège, les éligibles votaient au scrutin de département et formaient le grand collège et, à eux tous, représentaient bien moins d'un centième des Français.

Page 136.

73. C'est-à-dire le mariage. Sur cette île, située sur la Bidassoa entre l'Espagne et la France, se déroula la rencontre solennelle entre Philippe d'Espagne et Louis XIV préludant au mariage de l'infante Marie-Thérèse avec le roi de France par un traité de paix dont les deux rois écoutèrent la lecture assis chacun dans sa moitié territoriale de l'île, l'Évangile formant la frontière entre eux.

Page 140.

74. Dès 1836, dans *L'Interdiction* (Folio, 1973), Balzac montra que la Chine était digne d'intérêt. Mais, quand il écrit *Modeste Mignon*, son intérêt personnel s'était évidemment accru grâce à Borget, son La Brière de naguère (voir la préface). Parti faire le tour du monde de 1836 à 1842, Borget avait longtemps séjourné en Chine et publiait, en 1842, un album de lithographies, *La Chine et les Chinois;* en 1843, il obtenait une médaille au Salon pour son exposition de tableaux sur la Chine et, en 1845, il illustra *La Chine ouverte* d'Émile Forgues.

Page 141.

75. Sur le majorat, lire *Le Contrat de mariage* (Folio, 1973) et l'étude de P.-A. Perrod, « Balzac et les majorats », dans *L'Année balzacienne 1968*. La loi du 25 avril 1817 fixait à un revenu de 10 000 F le titre de baron, à 20 000 F celui de comte, à 30 000 F celui de duc.

Page 145.

76. En France, l'épidémie de choléra avait eu lieu en 1832. Cette notation est donc aussi singulière pour une intrigue située en 1829 que pour une rédaction effectuée en 1844. Elle procède vraisemblablement de la récente lecture des lettres de la comtesse Rosalie. En 1837, elle écrivait de Cracovie à Mme Hanska : « Le choléra est dans toute l'Europe ; on a la bonté de vouloir le fuir et il se respire dans l'air » ; et elle ajoutait : « Si vous appreniez que j'ai trépassé, consolez-vous en pensant que je n'étais nécessaire dans ce monde qu'à un Seul Être, c'est-à-dire à Caliste » (Lov. A 385 bis, f° 190).

77. « Probablement l'acide nitrique, qu'étudiaient autour de 1840 des chimistes comme Kuhlmann, Sainte-Claire Deville », note Maurice Regard.

Page 146.

78. La « musique de Modeste » fut composée par Auber (*LH*, II, 414 et *Corr.*, IV, 685 et 687).

Page 154.

79. Article 148 de la loi de 1804, modifié seulement par la loi du 21 juin 1907 : l'âge de la majorité était fixé à vingt et un ans pour les filles et à *vingt-cinq ans* pour les *garçons*. Butscha, devenu majeur, peut traiter pour une étude de notaire.

Page 156.

80. En regard de l'intrigue de *Modeste Mignon* en général et du discours de Butscha, il faut citer au moins ici un « sujet » inscrit par Balzac sur un de ses albums : « *Perdita*. Une femme voulant éprouver un homme. Elle s'en fait la providence, le rend riche, en restant mystérieuse. Elle correspond, il s'enflamme, abstraction faite de la chair. Elle se fait vieille, il finit par voir une affreuse vieille. La vieille meurt en lui laissant une fortune. Ses amours avec une charmante grisette. Il hésite à

l'épouser » (Balzac, *Pensées, Sujets, Fragmens* publiés par Jacques Crépet, Blaizot, 1910, pp. 119-120).

Page 161.

81. Il s'agit de Villèle, né à Toulouse, qui fut maire puis député de cette ville de 1815 à sa première nomination au gouvernement, comme secrétaire d'État aux Finances du cabinet Richelieu, le 21 décembre 1820. Le 14 décembre 1821, il devenait ministre des Finances du cabinet qui portera son nom à partir du 4 décembre 1822, jour où il fut nommé président du Conseil.

Page 162.

82. *Cinq-Mars*, de Vigny, avait rappelé l'exécution de l'ami de Louis XIII. Ce roi devait faire assassiner Concini et exiler sa mère pour leur complicité dans le meurtre d'Henri IV.

83. Le cabinet royaliste de Villèle tomba officieusement le 6 décembre 1827 et officiellement le 4 janvier 1828, jour de l'ordonnance constituant le cabinet Martignac. La chute de Villèle fut déterminée par deux événements de 1827. Lors de la revue de la Garde nationale, le 29 avril, plusieurs bataillons le huèrent alors qu'il accompagnait Charles X ; la Garde fut licenciée, au grand mécontentement du peuple de Paris. Les élections de novembre apportèrent une nette victoire de l'opposition — 249 sièges contre 157 aux ministériels —, qui suscita de graves émeutes dans Paris, justement considérées ici par Balzac comme le prélude de celles de 1830 et de la chute de Charles X.

Page 166.

84. Préparation à la métamorphose féerique du personnage dans le « dernier tableau » heureusement abandonné (voir dans les documents).

Page 171.

85. Plus exactement Gramont, lequel, dans ses *Mémoires*, raconte comment ayant réclamé sa revanche à un Bâlois qui lui avait gagné tout ce qu'il possédait, ce dernier lui objecta l'heure tardive « et se retira, me demandant pardon de la liberté grande ».

Page 172.

86. Hôtel réel, pour « grandes bourses » selon les guides du temps, et situé rue de Paris.

Page 173.

87. Plutôt les Mahrättes, chez lesquels le comte de Boigne (1751-1830) devint général du prince Sindiah et fit une immense fortune qui suscita bien des rêves en son temps.

Page 178.

88. En 1829, il y avait deux banquiers rue Chantereine (partie initiale

de l'actuelle rue de la Victoire) : au 10, Ramondt-Vandermayeren ; au 38, Ravel et Cie. Et, dans Paris, trois négociants nommés Mongenot.

Page 179.

89. Il s'agit donc de cadeaux postérieurs au sacre de Charles X, puisque c'est à dater de l'intronisation de leur beau-père que la duchesse de Berry, veuve du fils cadet du roi, eut droit au titre de Madame, et la duchesse d'Angoulême, femme du fils aîné du roi, au titre de Dauphine.

Page 181.

90. À-la-manière-de-Balzac qui, le 29 octobre 1833, écrivait à Mme Hanska : « Toutes les précautions sont prises pour que tout ce que tu m'as écrit soit comme des aveux d'amour confiés cœur à cœur, entre deux caresses. Nulle trace ! la boîte de cèdre est fermée. Nulle puissance ne saurait l'ouvrir, et la personne chargée de la brûler si je mourais est *un Jacquet* [...] un de mes amis, un pauvre employé dont la probité est du fer trempé comme un sabre d'Orient. »

Page 182.

91. Son voyage à Saint-Pétersbourg, par bateau, avait peu familiarisé Balzac avec les moyens de transport russes et leurs noms, comme le prouve ce « kitbit ». Sa *Lettre sur Kiew*, écrite après le voyage à Wierschownia en 1847, montre l'homme d'expérience : « Figurez-vous qu'être tiré à un kitbitka ou à quatre chevaux c'est tout un. Cette voiture de bois et d'osier, traînée avec une vélocité de locomotive, vous traduit dans les os les moindres aspérités du chemin, avec une fidélité cruelle » (*Œuvres complètes*, Club de l'Honnête Homme, XXIV, 572).

Page 185.

92. Aimable définition du *Lac* qui avait procuré à Lamartine l'amour et l'importante dot de miss Mary Ann Eliza Birch en 1820. En juin 1821, Balzac contait à sa sœur Laure l'arrivée chez le poète de l'Anglaise disant : « ché aîme peaucoup vôtre Lâque [...]. Je ai 15 000 l. sterling de revenu, foulez vous meu épousair ? » (*Corr.*, I, 102-103).

Page 186.

93. Alors établi rue de Richelieu, 109 et 111, avec « Restaurant, bains, chevaux et voitures de remises », selon l'*Almanach du commerce.*

Page 189.

94. *Le Singe et le Chat*, de La Fontaine.

Page 193.

95. Graphie courante à l'époque pour le nom de Shakespeare : on la retrouve même imprimée, par exemple dans l'édition de la traduction par Defauconpret des *Œuvres* de Walter Scott.

96. Allusion à *La Femme de trente ans* (Folio, 1977).

Page 198.

97. Mme Hanska n'apprécia pas la leçon donnée par Charles Mignon et Balzac dut s'échiner sur un plein paragraphe pour lui démontrer qu'elle était pour lui « l'impériale exception » (*LH*, II, 463-464).

Page 199.

98. Désigné dans le manuscrit : « l'auteur de mademoiselle de Maupin », c'est-à-dire Th. Gautier.

Page 203.

99. Les « mille e tre » chantées dans l'un des grands airs du *Don Giovanni* de Mozart.

Page 204.

100. Cette charge, dépendant de la Maison du Roi, resta sans titulaire pendant la Restauration. Louis XVIII eut un « Écuyer commandant », le marquis de Vernon, et Charles X eut, à partir de 1826, un « Premier Écuyer », le duc Armand de Polignac. Plus loin (p. 255, n. 130), Balzac fera intervenir le prince de Cadignan comme Grand Veneur, charge restée aussi sans titulaire depuis la mort du duc de Richelieu en 1822. Sans doute évitait-il ainsi « le petit malheur des personnalités ».

Page 206.

101. « Compagnie de marchands chinois à Canton, qui ont le privilège de commercer avec les Européens », selon Littré.

102. Pour *cimier*.

Page 209.

103. Voir, sur cette sorte d'empêchement, *Massimila Doni*. Selon Pierre Citron, le duc ressemblait au réel duc d'Harcourt, « une façon de nain » selon Hugo (« La Famille d'Hérouville », *L'Année balzacienne 1967*). Mais par sa taille et par sa préférence pour les femmes qu'on ne respecte pas, confirmée dans *La Cousine Bette* (Folio, 1972), par sa liaison avec la cantatrice Josépha, le Grand Écuyer rappelle surtout beaucoup le fameux bailli de Ferrette, ministre du grand duc de Bade à Paris, grand protecteur de l'Opéra et plus particulièrement de la cantatrice Cinti, homme minuscule et fort maigre : « c'était un prodige de voir ses minces jambes porter sa chétive personne. C'était l'homme le plus courageux du siècle d'oser marcher sur de pareils soutiens », nota Castellane (*Journal*, I, 351-352).

Page 210.

104. *La Fille mal gardée*, Molière, souvent, *Le Jeu de l'Amour et du Hasard*, ici *L'Héritière* (titre de plusieurs comédies et, notamment, d'une comédie de Scribe et Delavigne créée en 1823) : *Le Programme d'une jeune veuve* devenant « le programme d'une jeune fille » appelle de

nombreuses références à la comédie, voire au vaudeville, comme l'a noté J. Pommier.

Page 211.

105. C'est seulement ici qu'apparaissent sur le manuscrit la duchesse de Chaulieu et son rôle dans la vie de Canalis, donc seulement lors de la rédaction de la troisième partie du roman qui commençait avec les mots : « Le lendemain de leur arrivée », au début du paragraphe.

106. Balzac ne voulait pas « laisser-aller » et chapitra les composi-teurs de Plon à l'occasion de *La Femme supérieure* en leur indiquant sur une épreuve : « La véritable orthographe est laissez-aller ».

Page 218.

107. Ici, Balzac va à l'encontre de ses souvenirs personnels avec Mme de Berny qui avait vingt-deux ans de plus que lui : « était-ce être heureux de voir madame de B. souffrant des maux inouïs de sa différence d'âge et la combattant sans cesse ? » (*LH*, II, 109).

Page 220.

108. « Le pays qui gagne des batailles doit savoir les chanter », nota Balzac (*Pensées, Sujets, Fragmens*, p. 4).

Page 221.

109. Hippolyte Boutet, dite Mlle Mars (1779-1841), l'une des plus illustres interprètes et créatrices de la Comédie-Française, à la troupe de laquelle elle appartint de 1795 à sa mort.

Page 222.

110. Anoblissement par distraction de Balzac puisqu'il apparaît sur le manuscrit, mais peut-être voulu plus loin (p. 232) quand le duc nomme ainsi la notairesse qu'il cherche à se concilier.

Page 223.

111. Ce contrat donne donc à Mignon la priorité pour le rachat de la maison dans le délai indiqué.

Page 225.

112. « Je suis venu, j'ai vu, j'ai vaincu » (*Veni, vidi, vici*).

Page 228.

113. Comme les trois Suisses qui prêtèrent contre l'Autriche le serment du 8 novembre 1307 pour les trois Cantons à partir desquels se formera la Confédération helvétique : pour Schwytz, Werner von Stauffa-chen ; pour Uri, Walter Fürst ; pour Unterwalden, Arnold von Melchthal. Cet épisode avait été rappelé à la mémoire de ses contemporains par Rossini dans *Guillaume Tell*, créé en 1829.

Page 233.

114. Le mot « èble » est une erreur typographique pour « ebbe »,
écrit par Balzac sur le manuscrit et venant de « l'expression anglaise
flood and ebb, le flux et le reflux, utilisée sur les côtes normandes », note
Maurice Regard. Cette « affaire colossale » s'inspirait vraisemblablement d'un projet que Balzac dut connaître par Mme de Berny, dont la
belle-mère avait des parts dans la « Compagnie formée pour l'entreprise
du dessèchement du lac de Grandlieu » (Anne-Marie Meininger,
« Balzac et Grandieu », *L'Année balzacienne 1976*, pp. 108, 111-114).

Page 234.

115. Whist quotidien, à heure fixe après le dîner, que Charles X joua
jusque pendant les journées révolutionnaires de 1830, à Saint-Cloud où
arrivait par les fenêtres ouvertes le bruit du tocsin et des fusillades : « Le
roi, lui, reste imperturbable et dit à Duras qui joue en dépit du bon sens :
— Vous n'êtes pas à votre jeu » (Lucas-Dubreton, *Charles X*, pp. 150 et
193).

Page 238.

116. Personnage inspiré du grand chirurgien Dupuytren. George Sand
confirme les dires de Canalis quand elle affirme au futur médecin
Regnault qu'elle sera sa cliente, « quand même Dupuytren m'offrirait ses
services gratis, ce qu'il n'est pas trop dans l'habitude de faire »
(*Correspondance* éditée par Georges Lubin, I, 866).

117. Sur son manuscrit, Balzac avait d'abord cité Liszt, aussitôt rayé
— on voit pourquoi dans la Préface (pp. 10-11) — et remplacé par
Moschélès. « Moschélès », comme, plus haut, « Linnée » pour Linné,
sont des particularismes balzaciens…

Page 239.

118. Michel Boyron, dit Baron (1653-1729), comédien et auteur
comique, de la troupe de Molière envers lequel sa conduite est discutée,
et « le modèle de l'élégance et le prototype de la fatuité », selon
H. Lyonnet (*Dictionnaire des comédiens français*, I, 85).

119. Pour : Jacquard (1752-1834), inventeur du métier à tisser qui
porte son nom.

120. La première moissonneuse mécanique vraiment utilisable fut
celle de l'Américain Jeremiah Bailey, brevetée en 1822, puis perfectionnée par ses compatriotes Cyrus Mc Cormick en 1831 et Obed Hussey en
1833. L'engin fut acclimaté en France beaucoup plus tard. Donc en
1829, au Havre, on pouvait ignorer son invention et, en conséquence,
Balzac donne à son héroïne l'occasion de prouver son génie inventif.

Page 241.

121. Balzac songe-t-il à l'église Saint-Ouen de Rouen ? ou, plus
probablement, Saint-Ouen faisant alors partie du canton de Saint-Denis,
au nord de Paris, fait-il allusion à l'abbatiale de Saint-Denis ?

Page 242.

122. *Les Femmes savantes*, acte II, scène II.

123. Ce « journal quotidien de jurisprudence et de débats judiciaires » avait commencé à paraître le 1er novembre 1825.

Page 247.

124. Donc très proche de *La Chute d'un Ange*, œuvre en outre plus récente puisque c'est en 1838 que Lamartine publia cette pièce au thème semblable à celui du poème anglais de 1823. La comtesse Rosalie Rzewuska écrivait le 9 juin 1838 à Mme Hanska : « l'Ange déchu de la Martine me révolte. Au lieu d'élever nos âmes, c'est les comprimer de tout le poids des faiblesses humaines que d'étaler ainsi l'imperfection d'un Être qui a goûté les joies célestes et leur préfère... quoi, une femme » (Lov. A 385 bis, f° 197 v°).

Page 253.

125. Sully conta cette anecdote dans ses *Mémoires*.

Page 254.

126. La demoiselle va fort : la duchesse, ayant vingt ans de plus que Canalis, né en 1800, est dans sa cinquantième année (pp. 218 et 227), et les bonnes amies d'Éléonore lui donnent cinquante-six ans (p. 305).

127. Pour ce qui concerne les « petites indispositions » de Louis XIV, à suivre Saint-Simon, il semble que les fonctions naturelles de ce roi n'étaient pas à la hauteur de son appétit, d'où nombre d'attaques de goutte et nombre de « médecines » prises en grande cérémonie ; quant à la plus insupportable, il s'agit de la fameuse fistule anale de Louis XIV, dont Michelet fit grand état.

Page 255.

128. Arnaud Berquin (1747-1791), littérateur moralisant pour enfants.

Page 257.

129. À l'époque de l'action, il n'y avait plus de titulaire de cette charge de la Maison civile du Roi : le marquis de Lauriston, nommé Grand Veneur en 1824, était mort en 1828 et n'avait pas été remplacé. Restait un Premier Veneur, le lieutenant-général comte Alexandre de Girardin, père naturel d'Émile de Girardin.

Page 258.

130. Louise-Henriette, dite Sophie, Volland (1716-1784).

Page 267.

131. Petit journal fondé en 1826, *Le Figaro,* auquel Balzac collabora sans doute à cette époque, ne devint une des plus violentes feuilles satiriques d'opposition qu'à partir de la chute de Villèle et sous la

direction de Bohain. Mais ici il faut noter la preuve que Balzac donne de sa connaissance de l'histoire du journalisme de son temps en faisant évoquer par Canalis *Le Figaro* plutôt que tout autre petit journal, à la date de l'action. C'est, en effet, le 10 août 1829, que *Le Figaro* sortit, à l'avènement du cabinet Polignac éclos la veille, son numéro le plus célèbre, tout encadré de noir pour marquer le deuil de la Constitution, et annonçant dans ses « Bigarrures » qu'un « *auguste personnage* » allait être « incessamment » opéré de la cataracte pour signifier que le roi n'y voyait plus clair du tout. Bohain fut condamné le 29 août à six mois de prison et à 1 000 F d'amende, « et la saisie du nº incriminé fut ordonnée ; mais avant qu'elle pût être opérée, il s'en était vendu plus de dix mille exemplaires, et des numéros furent payés jusqu'à dix francs » (E. Hatin, *Bibliographie de la presse périodique française*, p. 357).

Page 268.

132. Comédie en un acte de Picard et Radet, créée le 8 décembre 1817 à l'Odéon et reprise plusieurs fois. Balzac cite quatre fois Rigaudin, deux fois en le nommant Trigaudin, ici et dans *Un prince de la Bohême*, et correctement peu après la reprise de 1838 dans *Pierrette* (Folio, 1976) et dans *Illusions perdues* (Folio, 1974). Ce clerc de notaire bossu, railleur, fomenteur d'intrigues, définissant son rôle dès la première scène :

> … je persifle, je raille,
> Tous les habitants du lieu.
> Par mes soins, on se chamaille,
> C'est un vrai plaisir des dieux.

fut évidemment le modèle littéraire du négatif de Butscha, le clerc Goupil, dans *Ursule Mirouët* (Folio, 1981).

Page 269.

133. Le Mont-de-Piété, et les reconnaissances de dettes.

Page 270.

134. Biens de l'épouse non compris dans la dot.

Page 272.

135. Sous l'Ancien Régime, l'héritage des enfants procédait du droit d'aînesse. Le Titre des successions du Code civil ordonna le partage égal des biens. Le juge de paix du *Curé de village* (Folio, 1975) exprime les critiques de Balzac : « Là est le pilon, dont le jeu perpétuel émiette le territoire, individualise les fortunes en leur ôtant la stabilité nécessaire et qui, décomposant sans recomposer jamais, finira par tuer la France. »

Page 273.

136. Étymologie évidemment champagnisée par Butscha, qui feint d'embrouiller le *cauda* de queue et le *codex* d'où vient code.

Page 275.

137. Pour les points voir le vers de Corneille, dans *Héraclius* : « Devine si tu peux, et choisis si tu l'oses. »

138. En 1834, Balzac avait fait exécuter par l'orfèvre Le Cointe, rue de Castiglione, un pommeau de canne à semis de turquoises qu'il paya 700 F. Sa canne fit « jaser tout Paris », suscita nombre de caricatures, une statuette-charge de Dantan et un livre de Delphine de Girardin (*LH*, I, 257 et n. 3 ; *Album Balzac*, Bibliothèque de la Pléiade, pp. 137-144).

Page 279.

139. Nom donné à une ou plusieurs compagnies de spéculateurs qui, après la Révolution et jusqu'à la fin de la Restauration, au moins, achetèrent châteaux et biens d'église pour les démolir et en vendre en détail tous les matériaux de construction, décorations intérieures, ferronneries, ferrailles, poutres, pierres, tuiles, bois, et les terres démembrées. Dès 1823, Hugo stigmatisa leur vandalisme dans son ode *La Bande noire.*

Page 282.

140. Balzac est ici bien plus proche de son expérience de dix ans avec Mme de Berny (voir n. 107). En 1837, il écrivait que « de 1823 à 1833 », elle avait été « une mère, une amie, une famille, un ami, un conseil ; elle a fait l'écrivain [...] elle a encouragé cette fierté [...] qu'aujourd'hui mes ennemis me reprochent comme un sot contentement de moi-même » (*LH*, I, 526-527). « Oui, j'ai été gâté par cet ange », elle « ne m'a pas donné un chagrin en dix ans », « sa maternité », etc., etc. Pas un mot de ce passage, commençant de façon intéressante par : « il s'agit de moi-même », qui ne se retrouve, parfois à la lettre, dans les passages relatifs à Mme de Berny dans les lettres de Balzac à Mme Hanska. La création chez Balzac réserve de ces surprises.

Page 285.

141. Sur le manuscrit : « ce saltimbanque », c'est-à-dire le qualificatif même appliqué à Liszt dans une lettre écrite à Mme Hanska le 10 juin 1844, donc au moment où se pose avec urgence la question de rédiger enfin la présente partie du roman.

142. En fait, les six charges de la Maison civile du roi indiquées par l'*Almanach royal* de l'année de l'action étaient : Grand-Aumônier de France (le prince archevêque de Croÿ), Grand-Maître de France (le duc de Bourbon), Grand-Chambellan de France (Talleyrand), Grand-Écuyer et Grand-Veneur de France (sans titulaires), Grand-Maître des Cérémonies de France (le marquis de Dreux-Brézé).

143. Balzac aimait bien conférer le don de clairvoyance à certains de ses personnages : à quelques semaines près, la révolution de juillet 1830 donnera raison à Butscha.

Page 290.

144. La rivale de Catherine II (1729-1796) était la princesse Dariia Fedorovna Chtcherbatova qui épousa, en effet, le jeune favori d'un temps, Momonov (1758-1803).

145. « Votre ministère d'un an » ne peut désigner le cabinet Martignac qui dura du 4 janvier 1828 au 8 août 1829. En revanche, Chaulieu ayant été ministre des Affaires étrangères après avoir été ambassadeur à Madrid et avant d'être ambassadeur en Allemagne, il y a lieu de noter de singulières convergences entre lui et le comte de La Ferronnays, le premier ministre des Affaires étrangères du cabinet Martignac. La Ferronnays, dont le ministère dura à peine plus d'un an, avait été ambassadeur de Russie avant d'être ministre et fut ambassadeur à Rome après. Et, surtout, « Vous vous êtes sacrifié » était vrai pour lui, car il perdit beaucoup en santé et en popularité en acceptant son ministère. Et c'est bien « pour le roi » qu'il se sacrifia. Sa belle-fille raconta comment La Ferronnays supplia Charles X qu'il ne lui « impose pas cette charge », à quoi le roi répondit : « Tu seras mon seul ami dans cette composition de ministère ; tu veux donc m'abandonner ? » (*Mémoires de Mme de La Ferronnays*, pp. 21-22). Mais les similitudes s'arrêtaient à la vie publique : Mme de La Ferronnays était une femme très fidèle, un peu bossue, et qui donna onze enfants à son mari.

Page 291.

146. Ou aria et, selon Littré, « haria paraît tenir à l'ancien verbe *harier*, tourmenter, vexer ».

147. Château près de Mantes, jadis séjour favori de Sully, acquis en 1818 par le duc de Berry. La duchesse y passait une grande partie de l'été avant qu'en 1824 elle découvre Dieppe, où elle alla séjourner tous les ans. En 1829, date de l'action, elle resta à Dieppe du 6 août jusqu'à la mi-septembre, puis elle alla dans le Midi du 10 octobre au 28 novembre.

Page 292.

148. « M » énigmatique — volontairement ? — puisqu'il ne va ni pour Chaulieu ni pour Vaurémont.

Page 299.

149. Soit Adriaen (1610-1685), peintre hollandais de genre, soit son frère Isach (1621-1649). Bénézit signale un tableau de ce dernier, *La Fête au logis*, vendu à Paris en avril 1902 à la vente Mniszech. Anna Hanska, la belle-fille de Balzac, était comtesse Mniszech.

Page 300.

150. Deux châteaux de Normandie, le premier près de Dieppe, le second près de Bayeux. Quant au nom de Rosembray, Maurice Regard pense qu'il dériva de la contamination de deux noms de châteaux Rosambo, près de Mantes, et Folembray, près de Coucy.

Page 309.

151. Est-ce un souvenir du début de 1825, date à laquelle Balzac découvrit Versailles où sa sœur Laure venait de s'installer ? Depuis 1826, la « compagnie d'Havré », la première des cinq compagnies des Gardes-du-corps du Roi et dont le cantonnement était à Versailles, était devenue la « compagnie de Croÿ » après la démission du duc d'Havré et de Croÿ,

lieutenant-général des Gardes, au profit de son gendre, le prince de Croÿ-Solre (*Almanach royal* de 1825 à 1829, à la section « Maison militaire du Roi »).

152. Ici, il faut noter une difficulté, sans doute créée par les nombreux remaniements des dates de l'action. La scène se passe à la fin de l'automne (p. 317) de l'année 1829. Or, à cette époque, Madame est dans le Midi (voir n. 147). Mais, plus grave : l'ouverture de la session eut lieu le 2 mars 1830. Du moins est-ce à juste titre que Balzac souligne l'importance du dernier discours de la Couronne prononcé par Charles X avant la révolution de juillet. Le roi y défendit la politique ultra de Polignac et y brandit la foudre contre « de coupables manœuvres », affirmant : « je trouverai la force de les surmonter ». Or, en prononçant ces mots, « il rejette la tête en arrière, son chapeau tombe, roule aux pieds de Louis-Philippe qui le ramasse » (Lucas-Dubreton, *Louis-Philippe*, p. 108). On y vit, évidemment, un présage.

153. Voir dans *Un début dans la vie*, écrit en 1842, la fin tragique de ce jeune homme.

154. Voir *Splendeurs et misères des courtisanes* (Folio, 1973).

155. Voir dans *Béatrix* (Folio, 1979) la duchesse de Grandlieu, notamment dans le chapitre « Les Noirceurs d'une femme pieuse ».

Page 310.

156. Voir *Les Chouans* (Folio, 1972).

157. Voir les *Mémoires de deux jeunes mariées* (Folio, 1981).

Page 312.

158. Le 19 juillet, Balzac annonce à Mme Hanska qu'il a fini *Modeste Mignon* le matin même, et ajoute : « La 3e partie [...] est un chef-d'œuvre, selon moi, c'est la comédie du *Tasse* de Goethe, ramenée à la vérité pure » (*LH*, II, 477-478).

Page 313.

159. Voir les *Mémoires de deux jeunes mariées* et *Ursule Mirouët*.

Page 315.

160. Plutôt « ton frère ».

Page 319.

161. Hommage au beau-père de Delphine de Girardin (voir p. 257, n. 130) ? Cette dernière avait « fait quelques mots gracieux » sur Balzac dans *La Presse* du 2 juin 1844, donc peu avant la rédaction de ce passage (*LH*, I, 444 et n. 1).

Page 321.

162. En souvenir du jour de 1655 où, allant affirmer pour la première fois ses droits royaux sur le Parlement qui les contestait, le jeune Louis XIV entra dans la Grande Chambre en habit de chasse, le fouet à la main.

Préface d'Anne-Marie Meininger 7

MODESTE MIGNON

I.	*Une souricière*	39
II.	*Croquis d'Ingouville*	43
III.	*Le Chalet*	45
IV.	*Une scène de famille*	48
V.	*Un portrait d'après nature*	52
VI.	*Avant-scène*	55
VII.	*Un drame vulgaire*	59
VIII.	*Simple histoire*	64
IX.	*Un soupçon*	67
X.	*Le problème reste sans solution*	72
XI.	*Les leçons du malheur*	76
XII.	*L'ennemie qui veille dans le cœur des filles*	80
XIII.	*Le premier roman des jeunes filles*	85
XIV.	*Une lettre de libraire*	87
XV.	*Un poète de l'École Angélique*	89
XVI.	*Particularités des secrétaires particuliers*	94
XVII.	*Écrivez donc aux poètes célèbres*	97
XVIII.	*Un premier avis*	100
XIX.	*L'action s'engage*	103
XX.	*Manche à manche*	106
XXI.	*Une reconnaissance chez l'ennemi*	109
XXII.	*Bas bleu, prends et lis !*	111
XXIII.	*Modeste remporte un avantage signalé*	115

XXIV.	*La puissance de l'inconnu*	121
XXV.	*Le mariage des âmes*	125
XXVI.	*Où mènent les correspondances*	131
XXVII.	*La mère aveugle y voit clair*	137
XXVIII.	*Péripétie prévue*	140
XXIX.	*Une déclaration d'amour en musique*	143
XXX.	*Physiologie du bossu*	151
XXXI.	*Modeste prise au piège*	155
XXXII.	*Butscha heureux*	158
XXXIII.	*Portrait en pied de M. de La Brière*	160
XXXIV.	*Où il est prouvé que l'amour se cache diffici-lement*	164
XXXV.	*Une lettre comme vous voudriez en recevoir*	168
XXXVI.	*Les choses se compliquent*	173
XXXVII.	*Morale à méditer*	177
XXXVIII.	*Rencontre entre le poète de l'École Angélique et un soldat de Napoléon, où le soldat est complètement en déroute*	178
XXXIX.	*Une idée de père*	184
XL.	*Tragédie-comédie intime*	190
XLI.	*Désenchantée*	199
XLII.	*Entre amis*	200
XLIII.	*Le plan de Modeste*	202
XLIV.	*Un troisième prétendu*	204
XLV.	*Où le père est superbe*	211
XLVI.	*Où l'on peut voir qu'un garçon est plus marié qu'on ne le pense*	215
XLVII.	*Un poète est presque une jolie femme*	216
XLVIII.	*Une magnifique entrée de jeu*	219
XLIX.	*La Brière est à Butscha, comme le bonheur est à la religion*	226
L.	*Auquel l'auteur tient beaucoup*	231
LI.	*Le duc d'Hérouville entre en scène*	231
LII.	*Un prince de la science*	236
LIII.	*Première expérience de Modeste*	237
LIV.	*Où le poète fait ses exercices*	242
LV.	*Modeste s'établit dans son rôle*	247
LVI.	*Temps que dure en province l'admiration*	252

Table 377

LVII. *Modeste devinée* 257
LVIII. *Ernest heureux* 263
LIX. *Où Butscha se signale comme mystificateur* 265
LX. *Canalis devient positif* 274
LXI. *Canalis se croit trop aimé* 280
LXII. *Une lettre politique* 286
LXIII. *Un ménage aristocratique* 288
LXIV. *Où il est prouvé qu'il ne faut pas toujours jouer la règle avec les femmes* 292
LXV. *Le véritable amour* 294
LXVI. *Pompeuse entrée de Modeste à Rosembray* 300
LXVII. *Une colère de duchesse* 302
LXVIII. *Une malice de jeune fille* 305
LXIX. *Une sortie modèle* 307
LXX. *Léger croquis de la société* 309
LXXI. *La Brière est toujours admirable* 311
LXXII. *Où le positif l'emporte sur la poésie* 313
LXXIII. *Où Modeste se conduit avec dignité* 314
LXXIV. *Rendez-vous de chasse, rendez-vous d'amour* 317
LXXV. *Conclusion* 321

DOSSIER

Biographie 325
Notice 335
Documents :
   Goethe et Bettina 344
   « *Dernier tableau* » *du roman* 346
Notes 353

DU MÊME AUTEUR

Dans la même collection

LE PÈRE GORIOT. *Préface de Félicien Marceau.*

EUGÉNIE GRANDET. *Édition présentée et établie par Samuel S. de Sacy.*

ILLUSIONS PERDUES. *Préface de Gaëtan Picon. Notice de Patrick Berthier.*

LES CHOUANS. *Préface de Pierre Gascar. Notice de Roger Pierrot.*

LE LYS DANS LA VALLÉE. *Préface de Paul Morand. Édition établie par Anne-Marie Meininger.*

LA COUSINE BETTE. *Édition présentée et établie par Pierre Barbéris.*

LA RABOUILLEUSE. *Édition présentée et établie par René Guise.*

UNE DOUBLE FAMILLE suivi de LE CONTRAT DE MARIAGE et L'INTERDICTION. *Préface de Jean-Louis Bory. Édition établie par Samuel S. de Sacy.*

LE COUSIN PONS. *Préface de Jacques Thuillier. Édition établie par André Lorant.*

SPLENDEURS ET MISÈRES DES COURTISANES. *Édition présentée et établie par Pierre Barbéris.*

UNE TÉNÉBREUSE AFFAIRE. *Édition présentée et établie par René Guise.*

LA PEAU DE CHAGRIN. *Préface d'André Pieyre de Mandiargues. Édition établie par Samuel S. de Sacy.*

LE COLONEL CHABERT, suivi de EL VERDUGO, ADIEU, LE RÉQUISITIONNAIRE. *Préface de Pierre Gascar. Édition établie par Patrick Berthier.*

LE COLONEL CHABERT. *Préface de Pierre Barbéris. Édition de Patrick Berthier.*

LE MÉDECIN DE CAMPAGNE. *Préface d'Emmanuel Le Roy Ladurie. Édition établie par Patrick Berthier.*

LE CURÉ DE VILLAGE. *Édition présentée et établie par Nicole Mozet.*

LES PAYSANS. *Préface de Louis Chevalier. Édition établie par Samuel S. de Sacy.*

CÉSAR BIROTTEAU. *Préface d'André Wurmser. Édition établie par Samuel S. de Sacy.*

LE CURÉ DE TOURS, suivi de PIERRETTE. *Édition présentée et établie par Anne-Marie Meininger.*

LA RECHERCHE DE L'ABSOLU, suivi de LA MESSE DE L'ATHÉE. *Préface de Raymond Abellio. Édition établie par Samuel S. de Sacy.*

FERRAGUS, CHEF DES DÉVORANTS (« Histoire des Treize » : 1ᵉʳ épisode). *Édition présentée et établie par Roger Borderie.*

LA DUCHESSE DE LANGEAIS. LA FILLE AUX YEUX D'OR (« Histoire des Treize » : 2ᵉ et 3ᵉ épisodes). *Édition présentée et établie par Rose Fortassier.*

LA FEMME DE TRENTE ANS. *Édition présentée et établie par Pierre Barbéris.*

LA VIEILLE FILLE. *Édition présentée et établie par Robert Kopp.*

L'ENVERS DE L'HISTOIRE CONTEMPORAINE. *Préface de Bernard Pingaud. Édition établie par Samuel S. de Sacy.*

BÉATRIX. *Édition présentée et établie par Madeleine Fargeaud.*

LOUIS LAMBERT. LES PROSCRITS. JÉSUS-CHRIST EN FLANDRE. *Préface de Raymond Abellio. Édition établie par Samuel S. de Sacy.*

UNE FILLE D'ÈVE, suivi de LA FAUSSE MAÎ-TRESSE. *Édition présentée et établie par Patrick Berthier.*

LES SECRETS DE LA PRINCESSE DE CADIGNAN et autres études de femme. *Préface de Jean Roudaut. Édition établie par Samuel S. de Sacy.*

MÉMOIRES DE DEUX JEUNES MARIÉES. *Préface de Bernard Pingaud. Édition établie par Samuel S. de Sacy.*

URSULE MIROUËT. *Édition présentée et établie par Madeleine Ambrière-Fargeaud.*

LA MAISON DU CHAT-QUI-PELOTE, suivi de LE BAL DE SCEAUX, LA VENDETTA, LA BOURSE. *Préface d'Hubert Juin. Édition établie par Samuel S. de Sacy.*

LA MUSE DU DÉPARTEMENT, suivi de UN PRINCE DE LA BOHÈME. *Édition présentée et établie par Patrick Berthier.*

LES EMPLOYÉS. *Édition présentée et établie par Anne-Marie Meininger.*

PHYSIOLOGIE DU MARIAGE. *Édition présentée et établie par Samuel S. de Sacy.*

LA MAISON NUCINGEN précédé de MELMOTH RÉCONCILIÉ. *Édition présentée et établie par Anne-Marie Meininger.*

LE CHEF-D'ŒUVRE INCONNU, PIERRE GRAS-SOU et autres nouvelles. *Édition présentée et établie par Adrien Goetz.*

SARRASINE, GAMBARA, MASSIMILLA DONI. *Édition présentée et établie par Pierre Brunel.*

LE CABINET DES ANTIQUES. *Édition présentée et établie par Nadine Satiat.*

UN DÉBUT DANS LA VIE. *Préface de Gérard Macé. Édition établie par Pierre Barbéris.*

Impression CPI Bussière
à Saint-Amand (Cher),
le 18 juin 2009.
Dépôt légal : juin 2009.
1er dépôt légal dans la collection : février 1982
Numéro d'imprimeur : 091777/1.
ISBN 978-2-07-037360-4./Imprimé en France.

170259